書きなおすナボコフ、読みなおすナボコフ

Revising Nabokov Revising

若島 正・沼野充義 編

Edited by Tadashi Wakashima and Mitsuyoshi Numano

The Nabokov Society of Japan

研究社

書きなおすナボコフ、読みなおすナボコフ

序文

三浦　笙子

ウラジーミル・ナボコフ（一八九九—一九七七）は英語・フランス語・ロシア語で作品を書いた世界でも稀な三ヶ国語に通じた作家である。また、ナボコフは、生涯にわたって、さまざまなかたちで「改訂」（revising）を繰り返した作家であった。作品をその他の言語に時には自ら訳し、時には息子のドミトリーに訳させ、監修している。ベルリン亡命時代にロシア語で出版した作品をアメリカに渡った一九四〇年以降に次々と英訳で出し、さらには代表作の『ロリータ』および自伝『確証』を逆に英語からロシア語へと翻訳した。ナボコフ本人のみならず、われわれはナボコフ作品のさまざまな言語での翻訳を通して、多数の versions に相対することになる。

また、ナボコフは読者に作品を「読む」というより「再読する」ことを要求している。彼は独特のナボコフ的なテーマを何度も変奏して後の作品群で再使用した。読者はナボコフのモチーフの編み込みや言葉の迷路に隠されたテーマを探り、解読していかなければならない。凝った謎々が解け、複雑な心理の深みに一閃の光を得た瞬間、ナボコフ読者は至福を味わう。

日本ナボコフ協会によって開催された「二〇一〇年京都国際ナボコフ学会」が扱ったテーマ

"Revising Nabokov Revising"は、そのようなナボコフ研究の本質に焦点を当てたものであり、さまざまな言語圏のさまざまな国からの参加者が貢献しうる、国際的な意味合いを強く帯びたものでもある。もちろん、すでに多くのナボコフ作品が翻訳紹介されている日本においても、その意義はきわめて大きい。また、ナボコフによる「改訂」だけでなく、われわれのナボコフの読み方に「改訂」をうながすような研究も、この国際学会では試みられた。本論集を『書きなおすナボコフ、読みなおすナボコフ』と題した理由はそこにある。

日本ナボコフ協会は、一九九九年に設立された。会員数約六十名の比較的小規模な学会でありながら、年に二度の全体研究会を持ち、さらにはその内部のサークルで研究会を月一度持つなど、活動はきわめて活発であり、しかも海外からも二〇〇一年のアレクサンダー・ドリーニン教授の招聘以来、一〜二年ごとに世界的に著名なナボコフ研究者(今日まで計七名)を招いて研究交流活動を行ってきた。二〇〇九年に協会設立十周年を迎えたことを記念し、二〇一〇年三月二十四日から二十七日まで、京都のホテル・コープインで国際ナボコフ学会が開かれた。アメリカ、フランス、日本、ロシア、イギリス、フィンランド、カナダ、ニュージーランドと、二十八名の国際的なナボコフ研究者が一堂に会して発表を行い、激しく議論を交わした。このような経過によって生まれたのが論集『書きなおすナボコフ、読みなおすナボコフ』である。

限られた長さのため、残念ながらすべての論文を掲載することはできなかったが、どれも国際学会に相応しい堂々たる研究であるとの会場からの評価が多かった。論文を読んであの日々の熱意が伝わるようであれば幸いである。

目次

第2章　巨大な眼球　83

第3章　未踏の地　153

第4章　ロシアへの鍵　235

凡　例

・本文中でナボコフ関連の作品を引用した場合、「ナボコフ関連作品　呼称表」（三四六ページ）にある呼称で示した。
・基本的に本文中の引用箇所の近くに、（呼称、原書のページ数、翻訳書のページ数）の形で示した。たとえば、『ロリータ』からの引用の場合は、(*Lo* 74, 86) あるいは (*Lo* 128, 130–34) といった表記になる。
・翻訳書が二冊に分かれている場合は、ローマ数字のⅠ、Ⅱを各巻にあてた。(*Stories* 566, Ⅱ 372)
・翻訳書がない場合、原書のページのみ示した。　例 (*SO* 128)
・「ナボコフ関連作品　呼称表」に示した原書と翻訳書を底本としたが、異なる版を参照した場合もある。その場合は、注などに記した。

書きなおすナボコフ、読みなおすナボコフ

第1章　魅惑された狩人たち

Enchanted Hunters

『ロリータ』再訪——新たな注釈者として

モーリス・クチュリエ
樋口友乃 訳

私が初めて買った（そして読んだ）『ロリータ』は、ノートルダム大学に私が赴任した一九七〇年にちょうど出版されたばかりの、アルフレッド・アペル・ジュニアによる注釈が付された版だった。その本に初めて目を通したときは、たぶん、小説そのものよりも、アルフレッドによる豊富な注釈に心を惹かれた。もちろん、彼に対する恩義は、カール・プロッファー、ディーター・E・ツィマー、アレクサンドル・ドリーニンとブライアン・ボイドに対するのと同じように、非常に大きい。『ロリータ』のような小説に注釈を付けることは、胸躍る計画ではあるが、危険な仕事でもある。モーテルの宿泊者名簿すべてに記入されている恋敵の名前から意味を読みとろうとするときのハンバートの不運を、私たちは教訓とすべきである。

第三回ニース・ナボコフ学会のあいだ、私たちは皆、注釈が完全な創作に堕してしまう可能性に気づいていたため、注釈と解釈とのあいだの区別をしようとした。たしかに、キンボートがシェイドの「青白い炎」に対して行ったことを、敢えて『ロリータ』に対して行おうとする者はいない。しかし、注釈者たちの中には、この小説中のささいな間違いを理由に、小説の結末がハンバートによる創作または幻覚であることを証明しようとして、完全な空想と戯れてこの小説をほとんど書き直した者もいる。* ただし、そのささいな間違いの原因は、ひねくれていて、時には混乱していることもある語り手にあると考えられるし、あるいは、ブライアン・ボイドが著名な論考の中で示し、ディーター・E・ツィマーもホームページ上で立証しているように、小説のあちこちでたくさんの間違いを犯している作者自身にあるとも考えられるのである。私は(私たち皆と同じように)ナボコフの「強硬な意見」を恐れているので、『ロリータ』への注釈の中では、個人的な見解をテクストに押し付けることは常に控え、小説の論理を忠実に守ろうと努めている。けれども、おそらく時には失敗していることであろう。私の貢献がテクストの曖昧な側面に新しい光を投げかけるために役立つことを願うばかりである。

　この論文では、二種類の注釈について考察する。最初に、米国国会図書館に保管されているカードの中でも、特にアペルが見て見ぬふりをした、小説の性的でエロティックな構成要素と関連するものを、注釈を作成するために注意深く検討したことから得られた成果を示す。そして二番目に、私が突き止めたもっとも興味深いインターテクストのいくつかを示すこととする。ちなみにそのほとんどはフランスのものである。

1　手書きのカード

九十四枚を越えるこれらの手書きのカードは、とても有益である。それらは、ナボコフが小説を構想し創作していたあいだに書籍や定期刊行物から集めた情報の多くを含んでいるからだ。大半が鉛筆で書かれているために解読がむずかしいものが多く、判読しにくい言葉も多いが、推測することは可能である。カードには日付が記入されているものもあるが、米国国会図書館でカードが公開されている順番の通りに必ずしも書かれたわけではない。

ナボコフは情報の出典をすべて明かしてはいない。たとえば、カード五十六番は日付がなく、次のように書かれている――「何かの雑誌で読んだ　セントルイスやシカゴ、シンシナティのような刺激的で温暖な気候においては、少女たちは十二歳の終わり頃に成熟し、十五歳頃に生殖可能となる」。この一節は小説の中でそのまま使われている[1](*AnL* 135, 242)。他方、カード七十四番は参考文献がとても明瞭である――「『サーチライト・ホームメイキング・ガイド』より　イーダ・ミリアリオ理学士(家政学)編集　カンザス州トピーカ、ハウスホールド社、一九四九年。来客用のガウンを用意しておくのは主婦としてのあなたの務めです。関係のないつまらない話をすると、会話がまるで退屈になってしまいます。私たちはほとんど誰もが『ピッカー』を知っていますね――歯や唇に触ったり、頭皮をかいたり、肌の吹き出物に触ったり、甘皮をむしったり、鼻をほじったりする人のことです。男性は女性と握手をする前に手袋を外します」。この一節は小説中では少し短くなっている

(*AnL* 254, 450)。このカードの裏面には、浣腸を行う方法についての長い文章がある。

時には、ローの自転車の乗り方に関するカード六十番に見られるように、ナボコフは同じ場面の文章を二通りないしは三通りの書き方で表してみていることもある——「自転車に乗ったローはペダルの上に立って、［二語の解読不可能な言葉］スピードが自然に落ちるにまかせた。／自転車に乗ったLは、止まって、郵便受け近くの誰かの新聞に手を伸ばし、それから元に戻した。／片足で前に進んでいる。／自転車に乗った彼女が、つま先で地面を蹴りながら、水たまりの近くで男に話しかけるのを、かつて私は見たことがある。／ロー、おまえが話しかけていたあの人は誰だい……」。この例から判断すると、彼は時どき、最終的に採用する表現を決める前の選定を行う場としてカードを用いていたようだ。四十枚は、カード三番に記されているロリータの同級生たちのリストや、カード四十六番のカルメンの歌のように、小説中に登場する文章の最初の、または最終的に残った草稿を含んでいる。カード十七番には、彼は『ニューヨーク・タイムズ』紙（一九五二年九月二日号）から抜き出した、完全犯罪を目論んだG・エドワード・グラマーの話を引用しているが、このときすでに小説中で加えられるユーモラスなコメントを括弧に入れて書き加えている——「おやおや、エド、残念だったね、」「われらがよき警官たちに祝福あれ！」「穏やかに」「柔らかな陽光の中」。H・Hは「罪状認否を問われた（arraigned）」を「着飾った（arrayed）」に書き直しているが、基本的にはこの記事を引用している（*AnL* 287, 513）。

サリー・ホーナー事件についての記事が次のカードに見られ、五二年八月二十日という日付も記されている——

> NY《ニューヨーク》州ウッドバイン——NJ《ニュージャージー》州カムデンの十五歳の少女サリー・ホーナーは、数年前〔中年の背徳者の〕奴隷として二十一カ月を過ごし、月曜日の早朝に起こった高速道路での不運な事故で死亡した……サリーは一九四八年にカムデンの自宅から行方不明になり、フランク・ラサール、五十二歳の〔全国横断奴隷〕として二十一カ月を過ごしたという痛ましい話をした一九五〇年まで消息が途絶えていた。
>
> 機械工のラサールはカリフォルニア州サンノゼで逮捕された……彼は誘拐の容疑について有罪を認め、三十から三十五年の刑を宣告された。裁判官から「道徳上のハンセン病患者」という烙印を押された。

もちろん、この記事が小説の典拠になったというのではない。それはただ、私たちが読んだばかりの種類の話が現実の世界でも起こりうるのだということを遡及的に立証するだけである。H・Hはチャットフィールド夫人が彼に次のように尋ねた質問を引用している——「あなたはたぶん、一九四八年にフランク・ラサールという五十歳の機械工が十一歳のサリー・ホーナーに対してしたことを、ドリーにしたのでしょう?」(*AnL* 289, 516) と。

とても多くのロリータが話す俗語と広告にまつわる知識は、ナボコフがティーンエイジャー向けの雑誌から抜き出したものである。カード五十五番には次のように書かれている——「『アメリカン・ガール』誌一九五一年一月号の〔判読不可能な語〕から抜粋——あたし、それゴマンと持ってる／彼女、超おもしろいの（モナがドリーについて）……[2]」。他にも、「べたべたした」「うっそー」といった言葉や、

「頭がおかしくなっちゃった」「わあ、すごい」「えー、やばい」「大受け」といった表現が見られる。カード七十三番は一九五二年十一月と記され、『ムーヴィー・ティーン』誌から借用したと思われる、十代の文化に関する文章が書かれている――「『魅力と魅惑の書』の広告。今すぐお金をかけずにあなたを魅力的に見せる方法を教えます。／今でもタブはいつも馬と一緒です。彼がリーヴァイスとスウェット・シャツ以外のものを着ることはほとんどありません。この二十一歳は六フィートの体(?)の上にアッシュ・ブロンドの巻き毛の髪をしていて、等々」。『アメリカン・ガール』誌、『ムーヴィー・ラブ』誌、『スクリーンランド』誌、『ミス・アメリカ』誌からも、ナボコフは情報を少しずつ収集した。カード七十番には、『ムーヴィー・ラブ』誌の十月または八月三〇日号から引用したたくさんの記事が記録されている――「広告―今すぐ外見をほっそりさせましょう。ガードルでスリムな姿になって、ロマンスを呼び込みましょう。／ニューオーリンズにて女友達が恋人を呼んだときに起こった喧嘩についてのばかげた話／広告―ニキビは見た目がよくありません。カラー広告の大写しでは(ディム・ブラックヘッド《ニキビ》が妹のジェイン・ブラックヘッド《ニキビ》に話しかける)ニキビはまさに漫画に描かれたそばかすみたい。／広告―髪をより長くしたいですか……」など。

『ロリータ』と題する書物について」という論考において、次のように説明しているように、ナボコフは当時言うまでもなく真のアメリカ作家になるために懸命であったし、新しい祖国の様々な面を歪めて伝えているのではないことを明確にしたいと願っていた――「ある読者たちが行ったもう一つの非難は、『ロリータ』が反アメリカ的だというものだった。これは不道徳だというばかばかしい非難よりもはるかに私を苦しめた……。私がスイスのホテルやイギリスの宿屋ではなく、アメリカのモーテルを選んだのは、私はアメリカ作家になろうとしていて、他のアメリカ作家が享受しているのと同じ権利をただ主張しようとしていたからである」(*AnL* 315, 560–61)。ガール・スカウトの規約、ジュークボックス、バルビツール剤、タンパックス、『真昼の暴動』のような映画、中学校に通う子どもたちの年齢層、アメリカの自動車とその様々な色合い、コルト式リボルバー(カード二枚)、パトロール・カー、スプリング・チェア、そしてもちろんアメリカの地理、といった無味乾燥なものについて彼は情報を集めたのである。

　数枚のカードは、養子縁組、結婚などに関する法律や法律の専門用語に言及している。たとえば、カード二十五番には犯罪者の逮捕と有罪判決に関連する多くの表現が記録されている――「殺人課の地方検事の事務所。彼は二人の刑事に連れられて入ってきた。殺人の罪で保釈なしにニューヨーク市刑務所に収監された……陳述をした……小柄な成人女性で九十五ポンド、細身の五フィート一インチ……。殺人のあと、私は観察のため精神病棟**に収容されました。三週間ほど観察下にあり、それから退院させられてニューヨーク市刑務所に送り返されました。」ここで使われている言葉のほとんどが小説中にも現れている。カード二十八番は後見人の指名に関する手順を述べている――「後見人は管轄権を有する裁判所への嘆願書に基づいて指名される。関係者は公聴会に出席するよう通告され、その間未成年者は、もし十四歳以下であれば、自由気ままな状態で放っておかれることになる……。継父は自然な後見人だろうか?」養子縁組法は『ロリータ』の中で使われているのと近い用語を用いてカード四十一番でふたたび要約されている――「思い切って嘆願を行って、裁判所の職員に［判読不可能な言葉］私と私の不自然な家族を調査してもらうことができるだろうか?　私はどの福祉局にも知らせていなかったし、病的なほど法を恐れていた」（*AnL* 172, 304–305）。そのカードの上部には、以下の文が書かれている――「おまえは公共福祉省の被後見人（かわいそうに！）になるだろう」。これは、小説中とほぼ同一の文である（*AnL* 151, 267）。養子縁組の主題はカード四十三番、五十八番、五十八番aでふたたび取り上げられている。一方、カード七十六番にはローマでの未成年の結婚年齢に関する法律について書かれている。

これらのカードは、ナボコフが十代の少女のすべての身体的および性的な側面について十分に精通するために努力したことの証拠でもある。カード二番は、出版情報の明記されていない『学童期の少女の年齢別身長体重表』から抜き出した、少女の年齢ごとの身長と体重に関する具体的な数値が記されている。「恥毛」と題されたカード七番には次のように書かれている――「腋毛は段階別に分けられる――A 長さ二から四ミリの産毛、B 長さ五から十ミリの半硬毛、C 十から二十四ミリのまばらな硬毛、二十五ミリの密集した硬毛……」。そのカードには、プライアー、つまり、ナボコフがこれらのカード上で繰り返し言及している書籍である、一九四三年に出版された『子どもの成長』の著者ヘレン・ブレントン・プライアーへの言及もある。カード八番は乳房の発育について書かれている――「乳房の発育段階の層的区分。一　乳首と乳輪から成る中性的な子ども時代の芽、乳頭の周りの輪が円錐状に突出する　二　乳房の芽が筋肉から成る下層から分離する。乳輪は突出するが、乳首は埋没したまま。四　完全なものとなる。乳輪は乳房全体の突出の一部となり、ボタン形の乳首も単独で突出する」。この擬似科学的な分類は、括弧でくくられた「曖昧」という一語で終わっている。番号の付いていないさらにもう二枚のカードも同様の題材を扱っている。

そしてもちろん、ほんとうの意味での性に関する知識を扱っているカードがある――カード二十一番は人工陰茎と模造の女性器外陰部について、カード八十七番は、フォードとビーチによって著わされた『性行動の様式』（一九五一）から「完全に勃起した状態での人間のペニスの平均的な全長」や、性交に関連する様々な面について引用している。カード四十九番は思春期以前の結婚と同棲について、カード五十三番は思春期の友愛について（一九三六年にロンドンで出版されたという特定できない本への言及とともに）、カード七十六番は娘を嫁にやる前に「木を植えた男が最初の果実に対して権利を持つという口実で、自分が娘と寝る」という一七世紀のシンハラ族についてである。このカードの裏面には、ローマ法に関する「それによると少女は十二歳から結婚できる」という言及があるが、これは私が注釈の中で引証した事柄である。ナボコフは実際に、もしH・Hが「テキサスかミシシッピにいたなら、『そこでは十一歳の少女と結婚できる』のだから、何の問題もなかっただろう」と一九五九年にフランスのインタビュアーに語っている。[3] あるカードには、花嫁が無理に座らされる、「雄々しい象牙」を意味するファシナムという言葉についての定義が記され、別のカードにはクリトリスとクラウゼ小体について記されている……。ここに挙げたリストは、包括的というにはほど遠いものである。

セックスは言うまでもなく、この小説の本質的な要素の一つである。ナボコフがエロティシズムと詩学《ポエトリー》の融合を成し遂げた方法の特徴を表現するため、私は「ポエロティック」（poerotic）という言葉を造り出した。[4] この小説は読者の中に強烈な欲望を引き起こし、批判的な判断力を一部麻痺させる。詩的な要素は、一七、一八世紀のポルノグラフィックな小説においてしばしばそうであったような単純な口実ではなく、この小説の存在理由《レーゾン・デートル》である――それは道徳的判断を一時停止するように読者を誘惑し、そうすることによって、とりわけH・Hがサディスティックにニンフェットを食い物にするときにある種の審美的な緊張を生じさせ、読者をテクストの魅力に屈服させようとするのである。このことに関し、ナボコフは当然ながら居心地の悪い思いをしていた。小説中のあちこちに自己検閲の痕跡が数えきれないほど見出され、たとえば、オーラル・セックスの話をする際H・Hはフランス語の言葉を使っている。これは、ナボコフがこの小説を書くときに、英語圏におけるフランスの性的な評判をおおいに利用していたことを裏づけるディテールである。

2　新たなインターテクスト

プロッファー、アペル、そしてこの小説に関わる仕事をしてきたすべてのナボコフ研究者たちが、文学上の言及に対し、多大な注意を払ってきた。米国国会図書館に所蔵されているカードには、ロンサール、ベロー、ブラウン、ディズレーリ、ダンテ、ペトラルカ、T・S・エリオット、キーツ、プルースト、ウェルギリウスとその他の文学者たちからの引用と彼らへの言及が含まれている。しかし、『ロリータ』において繰り返し言及されたり、ほのめかされたりしているシェイクスピア、バイロン、ポー、ブラウニング、フロベール、メリメ、シャトーブリアンについては含まれていない。ここからは、私が偶然出会った貴重なインターテクストをいくつか示していきたい。そのいくつかによって、この小説のテクストはさらにもっとエロティックな鮮やかさとともに輝くことになるだろう。

初めに、ロリータという名前に関わる重要な問題を取り上げたい。ナボコフは当然ながらこの特別な名前を選び出すために、いかなる特定の典拠に頼る必要もなかった。私見では、ミヒャエル・マールの発見は、とりわけリッヒベルクの物語は『ロリータ』の物語と共通点がほとんどないのであるから、発見とは言えない[***]。実のところ、ジャン・ヴィニョーによって出版されたアンリ・ウッセー（Henry Houssaye）の『ロリータ』のほうが、特にハンバート・ハンバートの名前に反響しているように思われる二つのhが著者の名前の中に含まれていることから、典拠としてはよりふさわしいであろう。ただし、その本がフランスで出版された一九四五年にナボコフはアメリカ合衆国にいたという事実、および、ブライアン・ボイドが私たちに教えてくれるように、ナボコフがその本についてメモの中で言及しているのはようやく一九七一年になってからであるという事実がなかったとすればの話である――もちろん、このことがその時初めて彼がこの本を読んだということを必ずしも意味するわけではないのだが。

ヴィニョーの『ロリータ』の初めの三分の二は、レモン、アルマン、ピエランジェロという、パリに住む三人の学生たちの話である。レモンは三人のうちでもっとも気難しく、女性に魅了されることも最も少ない。女性たちからはランニュエ（退屈男）と呼ばれている。彼はピエランジェロに青酸塩をくれるよう頼み、遺書を書く。しかしこの時点ではロリータは登場しない。より短い第二部では、十年が経過し、アルマンは遊び飽きてかなり無感動になっているが、銅色の肌をした十六歳の処女ロリータに出会う。彼女はとても無口で、彼をほんとうに愛しているという素振りを見せることもない。アルマンが裕福であったため、彼女の家族は結婚を承諾する。婚礼の数週間後、アルマンは彼女を殺し、監獄へ送られる。彼は、自殺するためにピエランジェロから毒をもらいたいと願いながら、彼に宛てた回顧録の中で何が起こったのかを明らかにする。彼にはかつてロリータと呼ばれる双子の妹シャルロット(!)がいたが、生まれて一年も経たないうちに死んでしまった。彼女のことを家族は「悪魔のように美しかった」と表現した。「彼の吸う空気さえ吸わないように、彼から何一つ奪わないために」彼女は死んだと彼は考えていた。それ以来、死んだ妹が彼にとりついていて、十代のロリータに出会ったとき、一種の生まれ変わりだと感じたのだった。結婚が完全なものとなることは一度もなかったが、ある夜、彼は死んだ妹とのセックスを求めているかのような幻覚に突然襲われた——彼は若い花嫁と格闘を始め、彼女を静かにさせようとして殺してしまった。アルマンはその回顧録を友人に送ってすぐに発作を起こして死ぬ。ここには言うまでもなく『透明な対象』との驚くような類似性がある。おそらく、それゆえにナボコフが最後から二番目となるその小説を執筆中であった一九七一年当時のメモに、ウッセーの本への言及が見られるのであろう。これはナボコフがそのフランス小説を以前からよく知っていたかもしれないことを示唆している。

この小説は偉大な書ではない。文体は大袈裟で、登場人物は現実味がほとんどないうえ、ナボコフが完全に軽蔑したにちがいない、実存主義の病的な緊張に満ちている。アンリ・ウッセーは翻訳家・作家であって、ニューヨーク公立図書館のカタログで彼の著書が分類されているような一九世紀芸術の批評家・歴史家ではなかった。彼はもう一つの小説『ロランス』（もう一つの「L」である）

を書き、それは一九四四年に出版された。また、三幕からなる劇『プランタン』がパリで一九四五年に上演され、同年に出版された。

ナボコフ・メーリングリスト[****]上で私が説明したように、ロリータという名前はフランス文学の中に何度も登場している。この名前には魔力があり、それを『ユリシーズ』のフランス語訳の監修者であるヴァレリー・ラルボーが詩的に説明している――

> スペインはファーストネームに関しては、西洋諸国の中でもっとも表現豊かな国である。名前に多数の層があり、年齢や、その者が人々とどの程度親しいかといった、あらゆる種類のニュアンスを表現することのできる指小辞が各種豊かに揃っている……。ロリータと呼ばれるのは幼い少女で、ローラは結婚適齢期、ドロレスなら三十歳、ドニャ・ドロレスは六十歳だ。言い換えて繰り返すなら、私はドン・ホセに失礼をも省みず、彼の妹で若い後家のドニャ・ドロレスについて尋ねる……。ある日、愛に駆り立てられた私は囁くだろう――ローラと。そして婚礼の夕べ、私は両腕にロリータを抱くだろう。[5]

フランス語においてその名前には、ナボコフが英語、中でもアメリカ英語には存在しないと主張した、あの「ラテン的な優しさ」[6]（SO 6）がある。かつて私は半ばおどけて、そしてフランスへの熱狂的忠誠もわずかにまじえて、多くの明確な理由とそれほど明確ではない理由のために、ナボコフの『ロリータ』は部分的にはわれわれの国民文学に属するのだと主張したのだった。

最近まで、シャーロットの名前に結びつけられてきた唯一のインターテクストは、一七七四年に出版されたゲーテの『若きウェルテルの悩み』だった。その作品では、シャルロッテ・ブッフというのがウェルテルから悲劇的に愛される女性の名前である。しかし、この関連はあまり意味をなさない。『ロリータ』において、シャーロット・ヘイズ（Charlotte Haze）のフルネームは、第一部第十七章の最初にしか現れないのだ。それまで彼女はヘイズ夫人と呼ばれ、彼女からの奇妙な結婚申し込みにもC・Hとだけ署名している。それからもちろん、第二部に登場するヘイズ夫人（Mrs. Hays）もいる。彼女はエルフィンストーンのモーテルを経営しているが、そこはH・Hとロリータが最後に宿泊する場所であり、彼らが最終的に永遠に別れる場所である。一人のヘイズ夫人が二人を一緒にし、もう一人のヘイズ夫人が二人の離別を間接的に支配するのである。

『ファニー・ヒル』の一九一四年のフランス語版に寄せられたアポリネールの序文を私が読んでいたときに、シャーロットという名前のかなり明白な典拠に出会ったのはまったく偶然の幸運であった。そこでこのフランスの詩人は、一八世紀のロンドンにおける娼婦の世界について書いている。彼は主に二つの典拠に頼っているが、その一つはカサノヴァの『回顧録』であり、われわれが知るようにフランス語で書かれている。もう一つは『ロンドンの後宮』と題された本で、一八〇一年にパリで出版された『シェ・バルバ』という英語の本の翻訳として（著者の名前も翻訳者の名前もなく）提示されている。ナボコフ・メーリングリストに載せたこの発見を私が初めて発表したメールに応えて、ジェニファー・コーツは、その典拠が『夜の酒宴、あるいはキングズプレイスとその他の現代の尼寺の歴史』であると教えてくれた[7]。シャーロット・ヘイズ（綴りに注意［Charlotte Hayes］）は第二章で初めて登場する——「密通に関する手際のよさでよく知られる女性シャーロット・ヘイズが先頭に立って、キングズプレイス、つまりペルメルに家を借りて整え、まもなく華々しくその仕事に着手した」[8]。のちに彼女は借金のために投獄される。あとに続くほとんどの章に彼女はふたたび登場し、明らかにロンドンでもっとも悪名高い売春宿の女将だと考えられている。ここに挙げたのは、彼女のいわゆる値段表の最初に記入されている事柄である——「一月九日日曜日。オールダーマン・ドライボーンズの相手をさせる娘——ニール・ブロッサムは十九歳くらいで、このところ四日間誰の相手もせず、昨夜処女の状態になる準備をした……二十ギニー」[9]。「いったいどのようにして、顧客たちの様々な嗜好に応じながら、同時に全員を泊めることができるだけの個別の部屋を提供することが彼女にできたのだろうか」と著者は不思議に思っている[10]。彼女は次のように語ったと引用されている——「処女性に関しては、女というものは処女性を五百回失っても以前と同じように処女でありうるというのが彼女の意見だった」[11]

エルフィンストーンでモーテルを営むヘイズ夫人は、売春宿の経営者に少々似た振る舞いをして、部屋の鍵を手渡す際H・Hに「きらきら輝く微笑み」(*AnL* 239, 424) をよこす。そして、ナボコフ・メーリンググリスト上で指摘されていたように、シャーロット (Charlotte) という名前はその中に偶然ながら「売春婦 (harlot)」という言葉を含んでいる。ロリータの母親はもちろん売春宿の女将ではないが、H・Hが自分の娘に魅了されていることは認識している。ナボコフがロリータの母親とモーテルの女性に名前を付けたとき、あのシャーロット・ヘイズ (Charlotte Hayes) のことを考えていたことは、ほとんど疑う余地がない。この明白なインターテクストは、新たな、いくぶん俗悪な光を小説に投げかけるであろう。

ナボコフはかつて「ニンフェット」という言葉を生み出した権利を主張したことがある――「あるフランスの映画会社が『ニンフェットたち』という映画を製作しようとしていると聞きました。この言葉は私の小説『ロリータ』の主人公のために私が考え出したのですから、この題名を使うことは、私の権利の侵害です……」（SL 312, 305–306）。「ニンフ」と題されたカード八十八番は、草稿のカード八二三番へ言及しつつ、明らかにマイケル・ドレイトンの『多幸の国』（一六一二、一六二二）から引用している――「シングルトン翻訳のウェルギリウス第一巻七頁は、ニンフェットたちに歌わせることができた」が、それと同じように、「ドレイトン『多幸の国』第十一番は、そこで戯れるニンフェットたち［のこのことを明らかにしている］……」。彼はロンサールに詳しく、『ロリータ』に引用もしているけれど、「ラテン的な優しさ」に満ちた以下の詩には出会っていなかったかもしれない。

陽気にはしゃぐ小さなニンフ、
ぼくが崇拝するニンフェット、
ぼくの愛しいひと、その瞳は
ぼくの最悪の部分と最善の部分が位置する場所
ぼくのやさしいひと、かわいいひと、
ぼくに与えられた恵み、ぼくのキュテラ、
きみはぼくを静めるために

一日に千回くちづけしてくれなければならない。[12]

この小説全体には、明らかな引用がされているだけでなく、紛れもないロンサール的な底流が流れている。しかし、このルネッサンスの詩人が「ニンフェット」という言葉を創作したのではない。彼よりも一世代前のジャン・ルメール・ド・ベルジュ（一四七三–一五二四）が「緑の恋人への最初の手紙」の中で使用している――「そしてかれら、妖精たちとニンフェットたちとともに／あたりの者みな陽気に浮かれさわぐ」。たしかに、これらの作家たちはナボコフが定義し、『ロリータ』の出版以来フランスの辞書が採用したような意味でこの言葉を使っていたのではなかった。しかし、J・L・J・カーターの『ニンフェット』において、この言葉は紛れもなくナボコフが特定した意味を持っている。それは一九一五年にイギリスで出版された取るにたりない小説であり、二人の女たちに対する一人の男の愛を語っている。女たちのうち一人は大人、もう一人は十二歳の少女で、彼女は最終的に二人の大人たちの関係を成就させる手助けをするために尽力することになる。

ここに示すのは、あと二、三の、ほとんど確実だが、まだ確認されていないインターテクストである。日曜日の朝の場面で、H・Hはロリータが「食べつくした（abolished）林檎の芯を炉格子の中へ放り込むため」（*AnL* 59–60, 107）体に力を入れる様子を描写している。“abolished” という言葉は、この文脈ではいささか次のような疑念を抱かせる。フランス語の話者であるこの語り手は、二つの有名なフランスのインターテクストを念頭に置いているのではないだろうか。一つ目はジェラール・ド・ネルヴァル（一八〇八–一八五五）のよく知られた一節――「アキテーヌ公と壊れた（abolished）塔」

という、ネルヴァルの想像上の紋章（彼はペリゴールの貴族の出身であると主張していた）に描かれた銀色の塔への言及である。もしくは、マラルメの生前には出版されなかった詩の中のさらによく知られた一節――「よく響く無意味な壊れた（abolished）飾り物」であり、これは、チョムスキーの撞着語法的な「色のない緑の概念が猛烈に眠る」の予兆となる一節である。私がここで示唆しているのは、ロシア・フランス文学を専攻してケンブリッジ大学を卒業し、生涯を通じてフランス文学の熱心な読者であり続けたナボコフは、意識的にであれ無意識的にであれ、フランス的な趣を自分の英語に添えており、翻訳をしているあいだに私がしばしば感じたように、特にこの小説に添えていたのだということである。

H・Hが話ついでに自分と同一視しているジャン・ジャック・ルソーとの関連は、アペルが考えていたよりもはるかに重要である。たしかに、ルソーはH・Hと同様に『告白』を著わし、最悪の罪のいくつか、とりわけ、H・Hが軽蔑を込めて「乞食の幸福」と呼ぶものにふけった事実を告白した。彼はH・Hと同じく、たくさんの欠点があったにもかかわらず、人から気に入られるように自分自身を描こうとしてもがいている。そのうえ、彼はH・Hと国籍が同じであり、教育に関する非常に有名な書である『エミール』を著わし、その中で、よい教育を受けるために子どもは社会から切り離されねばならないと主張した。それにもかかわらず、彼にはそのような主題について説教をするような資格はほとんどないのである。というのは、彼は自分の子どもたちを遺棄して孤児院へ送ったからであり、それはヴォルテールが辛辣に非難した事実である。『告白』は部分的には、ルソーにとって、ヴォルテールからの非難を受けたあとに、自己の名誉を回復しようとする試みであった。それゆえ、『エミール』におけるルソーの教訓じみた説教と、第二部におけるロリータの教育と倫理性に関するH・Hの長々としたすべての話とは、同じくらい欺瞞的なのである。

他のどの小説よりも『ロリータ』においてより多く見られるフランスのインターテクストに関することの研究を締めくくるために、今まで指摘されていないフロベールとの関連をいくつか考察したい。H・Hの名前に関してはすでにたくさんのことが述べられてきたが、私の考えでは、もう一つの重要なインターテクスチュアルな関連が存在する。フロベールとその友人のマクシム・デュ・カンはエジプトを訪れたとき、最も高いピラミッドであるケオプスにのぼった。デュ・カンが先に頂上に到達し、フロベールが到着したとき、彼は次のように書かれた広告の紙片が残されているのを見つけた──「磨き屋アンベール」("HUMBERT FROTTEUR")──これは、ルーアンのポルトラ通りに住んでいた「木を伐り、磨く者」に関連するものだった。[13] そして、日曜日の朝の場面の最後に、彼女が性的に刺激されていたことの明白な徴候として、「頰が火照り、髪の乱れた」ロリータが電話に応答しながら手にして「机の縁を軽くたたき」(*AnL* 61, 109) 続けるスリッパは、エマ・ボヴァリーが(マドモアゼル・ランプルールからピアノのレッスンを受けていることになっているあいだ)、レオンと密会し、愛を交わすルーアンの寝室に置いている有名な一対のスリッパの反響だと思われる。ナボコフはここで、あからさまな性的な象徴と戯れているのである。最後に、H・Hとロリータのアメリカ大陸を周遊する旅行は、エマとレオンが言わば姦通を誇示するようにルーアンの通りをさまよう辻馬車の場面への言及であり、『ボヴァリー夫人』のもう一つの反響かもしれない。ここに挙げるのは、その一節の一部分である──「港の近くで貨車と樽の間や、通りの角と歩道沿いに、町の人々は田舎では前例のないものを驚いて見つめた――窓の日よけをすべて下した馬車が、墓よりもしっかりと閉めきって波上の船のように揺れながら、ひっきりなしに現れたのである」[14]。一年間にわたる自動車旅行をアペルはフロベールの『感情教育』におけるフレドリック・モローの多くの旅の反響であると示唆したが、ナボコフは彼に反論した――「感覚の教育ではありません……私がぼんやりとしか覚えていないつまらない小説ですからね」(*AnL* 385)。この言葉遣いは、彼がもう一つの小説のほうを心に抱いていた可能性を示唆している。

小説中にはフロベールへの不適切と思われる言及がある。第二部の最初に、H・Hは「私たちは知った」(*"nous connûmes"*)(*AnL* 145, 258)というのは典型的なフロベール風の表現だと主張するが、その表現は『ボヴァリー夫人』にも『感情教育』にも一度も登場しない。たしかに「私たち」は『ボヴァリー夫人』の最初の言葉――「私たちは教室にいた」への明確な言及であろう。[15]この「私たち」は、ぎこちないシャルル・ボヴァリーが到着したときに教室にいた少年たちの一人によってこの小説が語られることをほのめかすように思われるが、実際にはこの小説のあとに続くページからは完全に姿を消してしまう。フロベールは物語を語るために適切な時制である「単純過去」を選ぶことは滅多になく、ほとんどの場合、物語そのものよりも登場人物の心の中の意見により重点が置かれる「半過去」を選んでいるのである。これは語り手の間違いである可能性がもっとも高い。

結論

私の注釈は、この小説をよりよく理解するために貢献しているであろうか？　当然ながら、それだけが答えるに値する唯一の問いである。『ロリータ』に関わる仕事をしてきたほとんどの批評家たちは、セックスがその小説の主要な構成要素の一つであることを当然だと考えていたが、その主題に関していくぶん居心地の悪い思いをし、特に作者の生前には作者からの禁止命令を破ることを恐れていたので、それについては語らず、他のテーマについて好んで論じることを選んできた。『ナボコフ、あるいは欲望の残酷さ』と論考「『ロリータ』におけるナルシシズムと要求」において私が説明を試みてきたように、この小説は性的および審美的な欲望に対する印象的な分析を提示してみせている。欲望のこれら二つの様相は、テクストの網の目と切り離せないほど密接に絡み合い、そして高度に存在論的な次元を有している。おそらく、「セックスの話は飛ばそう」と言ったり、『アーダ』は近親相姦についての話ではまったくないと説明したりしたことで、ナボコフを不誠実だと責めるべきではない。文学者としての生涯を通じて彼が成そうとしていたことは、私の考えでは、彼が酷評した小説家のヘンリー・ジェイムズがかつて主張したように、人間の存在論的な（形而上学的ではない）深みにトンネルを掘ることであった。そして、過去に詩学と調和したことのほとんどなかったもっとも暗い穴を探検することを彼はしばしば選んだのである。『ロリータ』においては『魅惑者』と反対に、彼はセックスを陳腐なものや厄介なこととしてではなく、芸術家にとっての課題として探求したが、しかし、ジョルジュ・バタイユと同じように、セックスは醜く詩人にとってふさわしくない主題にとどまる運命ではないのかとまだ迷っていた。『アーダ』において、ナボコフは、われわれの卑小な人間的要求や倒錯を超越し、真実の愛における性的な欲望が、それがいかに近親相姦的なものであっても、たとえ悲劇を生み出すとしても、高度に詩的なメタファーの限りなく深い源泉となる世界を夢想し、その過程において、彼のもっとも芸術的な小説を創作したのである。

注

1 *The Annotated Lolita* (London: Penguin Books, 1991) 以下、本文中に *AnL* で表記。
2 強調はナボコフによる。
3 *L'Express*, November 5, 1959.
4 *Revue Française d'Etudes Américaines*, 20 (May 1984), 243–60 に掲載の論考 "Sex vs. Text: From Miller to Nabokov" において筆者が造った用語。
5 Valery Larbaud, *Œuvres* (Paris : Gallimard, Bibliothèque de la Pléiade, 1958), 889.
6 *Strong Opinions* (New York: McGraw-Hill, 1973)
7 「聖フランチェスコ修道会の僧」によって書かれ、M. Goadby のために Pater-noster から一七七九年に出版されたと推定される。
8 *Nocturnal Revels* 31–32.
9 前掲書、48.
10 前掲書、51.
11 前掲書、161.

12 *Œuvres*, Vol. I (Paris : Gallimard, Biblio. de la Pléiade, 1993), 1222. "Little frolicsome nymphet / You the nymphet I idolize / My darling whose eyes / Are the seat of what is worst and best in me ; / My sweet, my honeyed girl / My grace, my Cytheran, / To soothe me you must / A Thousand times a day kiss me." (筆者による翻訳。)

13 Flaubert, *Correspondance*, Vol. I (Paris : Gallimard Bibliothèque de la Pléiade, 1973), 551.

14 *Madame Bovary*, trans. by Paul de Man (New York : Norton and Co., 1965), 177.

15 *Madame Bovary* (Paris: Classiques Garnier, 1990), 3.

引用文献

Couturier, Maurice. "Sex vs. Text: From Miller to Nabokov," *Revue Française d'Etudes Américaines*, 20 (May 1984), 243–260.

——. *Nabokov ou la cruauté du désir*. Seyssel: Champ Vallon, 2004.

Flaubert, Gustave. *Madame Bovary*. Paris: Classiques Garnier, 1990.

——. *Madame Bovary*, trans. by Paul de Man. New York: Norton and Co., 1965.

——. *Correspondance*, Vol. I. Paris: Gallimard, Bibliothèque de la Pléiade, 1973.

Larbaud, Valery. *Œuvres*. Paris: Gallimard, Bibliothèque de la Pléiade, 1958.

Nabokov, Vladimir. *The Annotated Lolita*. Ed. Alfred Appel, Jr. London: Penguin Books, 1991.

——. *Strong Opinions*. New York: McGraw-Hill, 1973.

Nocturnal Revels or the History of King's Place and Other Modern Nunneries, allegedly written by a monk of the order of St. Francis. London: printed for M. Goadby, Pater-noster, 1779.

Ronsard, Pierre de. *Oeuvres*, Vol. I. Paris: Gallimard, Bibliothèque de la Pléiade, 1993.

訳注

＊　『ロリータ』の最後に、ハンバート・ハンバートは、五十六日前に『ロリータ』を書き始め、最初は観察のために勾留されていた精神病棟で、のちには独房の中で書いたことを明かしている。ハンバートが死亡したのは、ジョン・レイ・ジュニア博士による序文から一九五二年十一月十六日であることがわかる。そこから五十六日遡って逆算すると、同年の九月二十二日という日付が得られる。しかし、この日は失踪していたロリータから手紙が届く日である。もし、この日にハンバートがすでに逮捕され勾留されていたのであれば、十七歳になったロリータとの再会や、クィルティの殺害といった、ロリータの手紙が届いたあとに起こる結末の一連の出来事は現実のものではなく、ハンバートによる創作または幻覚であると考えられる。このような読み方は、「修正派」と呼ばれるナボコフ研究者から根強く支持されている。一方、日付に関するこの矛盾を、作者ナボコフまたはハンバートによる単なるささいな間違いにすぎないとみなす研究者も多く、解釈が分かれている。

＊＊　原文では "psychopatic [*sic*]" と表記されている。

＊＊＊　ミヒャエル・マールは、ドイツの作家ハインツ・フォン・リッヒベルクが、中年の教養ある一人称の語り手が下宿先の家の少女ロリータに恋をするという筋書きを持つ短篇「ロリータ」を一九一六年に著わしていたことを指摘し、ナボコフがベルリンに住んでいたあいだにこの作品を読んだ可能性を示唆している。Michael Maar, *The Two Lolitas*. Trans. Perry Anderson and Will Hobson. London: Verso, 2005 を参照。

＊＊＊＊　国際ヴラジーミル・ナボコフ協会のメーリング・リスト (NABOKV-L, the Nabokov Electronic Discussion Forum) を指す。

「カスビームの床屋」再訪——いつも失敗する読者

若き死は決して自然であることはない。それはつねに暴力的な死だ。[1]

——スチュアート・ダイベック「右翼手の死」

秋草俊一郎

読みなおされ続ける『ロリータ』

ナボコフの作品のなかで、『ロリータ』ほど繰り返し読みなおされてきた作品はない。一九五五年の発表当初は、ポルノを多く手がけた出版社オリンピア・プレスから出されたこともあり、エロチックな読み物として。一九七〇年にはアペル・ジュニアが一五〇頁近い註を添えた『詳註ロリータ』を出版し文学的な織物としての読み方が広く普及した。アレクサンドロフが『ナボコフの異界』を出版し、ナボコフ批評の重要なキーワードとして「異界」が認知されたのが一九九一年。そのなかでも『ロリータ』を扱った章は中心を占めていた。ナボコフ批評の流れに大きな変化が起こったことは過去何度かあったが、その都度『ロリータ』は変化の中心にあって、試金石の役割を果たしてきたとも言えよう。

そして、一つの流れとしてナボコフの作品を「モラル」や、読者受容の観点から再評価しようという動きがある。その先鞭を付けたのは、科学哲学者リチャード・ローティによる「カスビームの床屋――残酷さを論じるナボコフ」という一本の論文だった。ローティは、ナボコフの文学講義やエッセイなどを吟味しつつ、その道徳観を浮き彫りにしてみせた。さいわいこの文章を含む論集は邦訳もされているので、興味のある方はご覧いただきたい[2]。

論文のタイトルに使われている「カスビームの床屋」とは、『ロリータ』における一エピソードだ。詳細は後述するが、ナボコフがアメリカ版に付したあとがき、「『ロリータ』と題する書物について」で、作家は印象深い場面の一つとして「カスビームの床屋」を挙げ、この人物を書くのに一ヵ月もの時間を費やしたと語っている。さらに、このシーンを含むいくつかの場面を小説の「中枢神経」とまで呼んでいる(*Lo* 316, 563)。

ローティがこのエピソードを広く研究者に知らしめたのは間違いないが、論文では抽象的な議論が主で、ナボコフの読者からするとやや物足りなさが残る。一人歩きしてしまった感がある「カスビームの床屋」だが、本稿ではなぜナボコフがこの挿話を書くのにそれほどの時間をかけたのか、再考してみることにしたい。

野球と庭球

ところで、この挿話を記憶にとどめている一般読者はまずいないだろう。それもそのはず、「カスビームの床屋」のエピソードはきわめて短い一節であり、原文ではなんと一文でしかない。ロリータを連れて第二の逃避行に出発したハンバートは、全米をあてどなくドライブする途中、田舎町カスビームに立ち寄ることになる。

カスビームで、ひどく年寄りの床屋に、ひどくいまいちな散髪をされた。この床屋は破裂音のたびに私の首筋につばを飛ばしつつ、野球選手の息子のことをべらべらしゃべり、ときどき私の掛け布で眼鏡をふいたり、ぶるぶる震えるハサミの手を止めて変色した新聞の切り抜きを出してきたりしたが、私はまったく注意を払っていなかったので、古ぼけた灰色のローションの間に立てかけてある写真を、床屋が指さしたとき、その口ひげをはやした若い野球選手が三十年間死んでいるとわかってぎょっとした(*Lo* 213, 376–77)。

三〇〇頁を超す長篇にあってこれだけの描写では、読み落としたとしてもしかたがない。しかし、さすが「一ヵ月かかった」と言うだけあって、これだけの文章にも小説を読みとく上で重要なディテールがいくつも詰めこまれている。

まず注目したいのは、亡くなった息子の職業だ。言うまでもなく、ベースボールはアメリカン・ドリームの象徴だ。ハンバートが床屋を訪れたのは一九四九年だが、床屋の息子が「死んでい」た三十年間は、ベースボールが一九一九年のワールドシリーズをめぐる大スキャンダル「ブラックソックス事件」から、ベーブ・ルースの活躍によって立ち直り、「国民的娯楽《ナショナル・パスタイム》」として認知され、広い人気を獲得していった時期と重なる。もしこの床屋の自慢の息子が、物故せずに野球を続けていれば、大成して莫大な年俸を稼いでいたかもしれない。そして彼がスター選手になっていれば、老いた父親も片田舎で床屋などしていなかっただろう。

　そして野球は、ロリータの趣味、テニスとも「球技スポーツ」という面でつながり合っている。一時期、ハンバートは元プロのコーチを雇うなど熱を入れてロリータにテニスを教えていたことがあった。ハンバートは彼女には才能があり、女子テニスの選手になれたかもしれないとさえ言う。この時期、一九四〇年代後半はルイーズ・ブラフをはじめアメリカ人選手が女子テニス界を席巻していた。それを考えれば、ハンバートの想像もあながち突拍子もないものとばかりも言えない。しかし、その可能性をつみとってしまったのは、他ならぬ自分自身だったことも同時に認めている(*Lo* 232, 411)。だが、もしロリータがプロのテニス選手になっていれば、逃げ出したあと皿洗いをしたり、ハンバートに金の無心をしなくてはならないような生活をおくることはなかったろう。

　こう考えると、カスビームの床屋の息子とロリータの共通点が浮かび上がってくる。それは同じようにスポーツに才能を発揮しながら、なんらかの原因によってふみにじられ、未来を奪われたことだ。床屋があれだけ自慢していた息子が、はるか昔に死んでいたことに気づいてギョッとしたハンバートだが、当然ながら結婚してつつましい生活をおくるロリータを見るまえの段階では、床屋の息子の死と、ロリータの挫折の関係を意識しない。別の場面についてローティが言うように「二つを結びつけるのは〔中略〕読者の手に委ねられている」のだ。[3] このように、床屋のシーンは小説中のいくつかの場面をつなぎとめる「ハブ」の役割を果たしている。それを、ナボコフ流に呼べば「中枢神経」ということになるのだろう。

なにが床屋の息子を殺したか

すでに見たように、「カスビームの床屋」の記述自体は小説内ではただの一文でしかない。ただし、あの文章にまったくひっかかるところがないわけではない。なぜなら、いくつかの形容矛盾的表現が、床屋の息子をめぐる短いパッセージに見られるからだ。一つはもちろん「若い」と「死」だ。「若き死は決して自然であることはない」とはダイベック「右翼手の死」の中の印象的な一節だが、その死の原因がなんだったのか、私たちは考えてみてもいいのではないか。

もちろん、与えられた手がかりはあまりに少ない。ただこの情報のなさには、意図的なものを感じずにはいられない。この小説に登場する多くの人物は無残な死に方をする。銃殺されるクィルティ、轢死するシャーロット。出産の際に亡くなったというロリータ。冠状動脈血栓で死ぬハンバート。小説に溢れかえったおびただしい死を見れば、『ロリータ』はほとんど死に方についての本だとさえ言えるかもしれない。反面、逆説的に死の理由が描かれていない少数の人物の存在が浮かび上がってくるのだが、床屋の息子は「三十年間死んでいる」と書かれているだけで、なぜ死んだのか手がかりがまったくない。語り手のハンバート自身、没年が書かれた写真を見ただけで、床屋の息子が死亡した理由をわかっていなかったのかもしれない。もちろん、人の死因は数限りないが、プロのスポーツ選手になるほどの壮健な若者の命を奪ったのは、病気ではなく不慮の事故や事件ではなかったか、と推測するのが自然だろう。

息子が死亡したと思われる時期にあった最大の「事件」、それは、もちろん一九一四年から一八年の第一次世界大戦である。この戦争に、アメリカも一九一七年に連合国側として参戦したが、同年制定された選抜徴兵制のもと、多くの若者が戦場へと駆り出されていった。そして十三万人にものぼるアメリカ軍の戦死者リストのなかには、数名のメジャーリーグ・ベースボール・プレイヤーも含まれている。

この若き野球選手が戦死したのではないかという仮定には、作品のなかでそれなりの根拠がある。というのも『ロリータ』には戦争で傷ついた若者が何人か出てくるからだ。ロリータの夫、機械工のディック・シラーは第二次世界大戦に従軍した結果、聴力を失い、その友人ビルはイタリアでの戦闘で指をなくし、ともに日常生活を送る上で困難を抱えている。またロリータの初体験の相手だったチャーリー・ホームズは、のちに朝鮮戦争で戦死している。この事実はチャットフィールド夫人の口から明かされるのだが、このとき直前まで軽口を叩いていたハンバートは、当然生きているものと思っていたチャーリーの死を知って大きなショックを受けている。不注意による他者への残酷な振る舞い——このエピソードは、ほとんど「カスビームの床屋」と同じ構造だ。もし床屋の息子が、こうした戦争による死傷者たちに連なる存在なら、この相似形はさらに完成されたものになるだろう。

息子が戦死した可能性があることはわかった。だが、さらに踏み込めないだろうか？　写真を見たハンバートによれば、床屋の死んだ息子は「口ひげをはやした若い野球選手」だったという。ここではまた「口ひげをはやした」と「若い」という、ややオキシモロン的な形容詞が使われている。一九世紀には分野にかかわらずひげをたくわえたスポーツ選手はいたものだが、一九二〇年代には口ひげをはやした野球選手はすでに多くはなかった。つまり、この描写は作者が特定の個人を念頭に置いていたのではないだろうかと思わせるのだ。

この仮定も根拠がないわけではない。ボイドによれば、ナボコフは『ロリータ』を執筆する上で入念に下調べをし、新聞記事や資料を収集したという。[4] ナボコフによって過去の事件が『ロリータ』に取り込まれた有名な例として、「サリー・ホーナー事件」が挙げられる。以前から、この未成年者略取事件を作者が調査していたという指摘はあったものの、近年になってナボコフ研究の大家ドリーニンが論文を発表し、『ロリータ』の重要なソースとして取り上げたことで再注目されることになった。[5] 一九四八年、当時十一歳だったサリー・ホーナーが、五十歳の機械工フランク・ラサールによって略取され、約二年間にわたって複数の州を連れ回され性的な関係を強要されるという事件が起こった。当時の記事を精査したドリーニンは、作品の細かなディテールにナボコフが新聞記事の記述を織り込んでいる事実を突き止めた。

実際、カスビームの床屋は客の髪を切るかたわら、「変色した新聞の切り抜きを出してきた」らしいが、これは明らかに自分の息子についての記事だ。ここで、こう問うてみたくなる。第一次世界大戦で亡くなった野球選手のうち、「口ひげをはやし」ていた若者はいなかったのだろうか？

第一次世界大戦に従軍して亡くなった大リーガーの数は、はっきりしないところも多いのだが、六人とも言われている。[6] しかし、このうち球史に名を残したと言えそうな選手は一人もいない。また、一八八三年生まれのエディー・グラントは亡くなったときには三十五歳だったから、若いとは言えないだろうし、残された写真で見る限り口ひげもはやしていない。[7] また二十八歳で死んだラリー・チャペルや、二十三歳で死んだラルフ・シャーマンも、写真で見る限り、口ひげをはやしてはいなかった。[8]

職業野球選手として出場した試合が極端に少ないハリー・グレン、バン・トロイとアレクサンダー・バーの場合、選手としての写真は見つけることができなかった。しかし、二十四歳で死んだバーは地方紙に掲載された死亡記事で顔を確認できる。皮肉なことに、これは彼が、新聞に顔写真付きで登場した唯一の機会だったのではないかと思われる。一九一八年十一月十八日の『シカゴ・デイリー・トリビューン』紙に掲載された記事がそれだ[9]［図1］。

従軍中のアレクサンダー・トムソン・バー中尉が、十月十二日にフランスのカゾーで搭乗していた飛行機が炎上して湖に墜落して死亡したと伝える新聞記事に掲載された写真は不鮮明ながら、口ひげをたくわえているように見える。

しかし、その一方で当の新聞記事が伝えているように、アレクサンダーの死は、ラムソン・ブラザーズという仲買証券会社を経営していた父親ルイスに知らされたという。念のため、ウィスコン

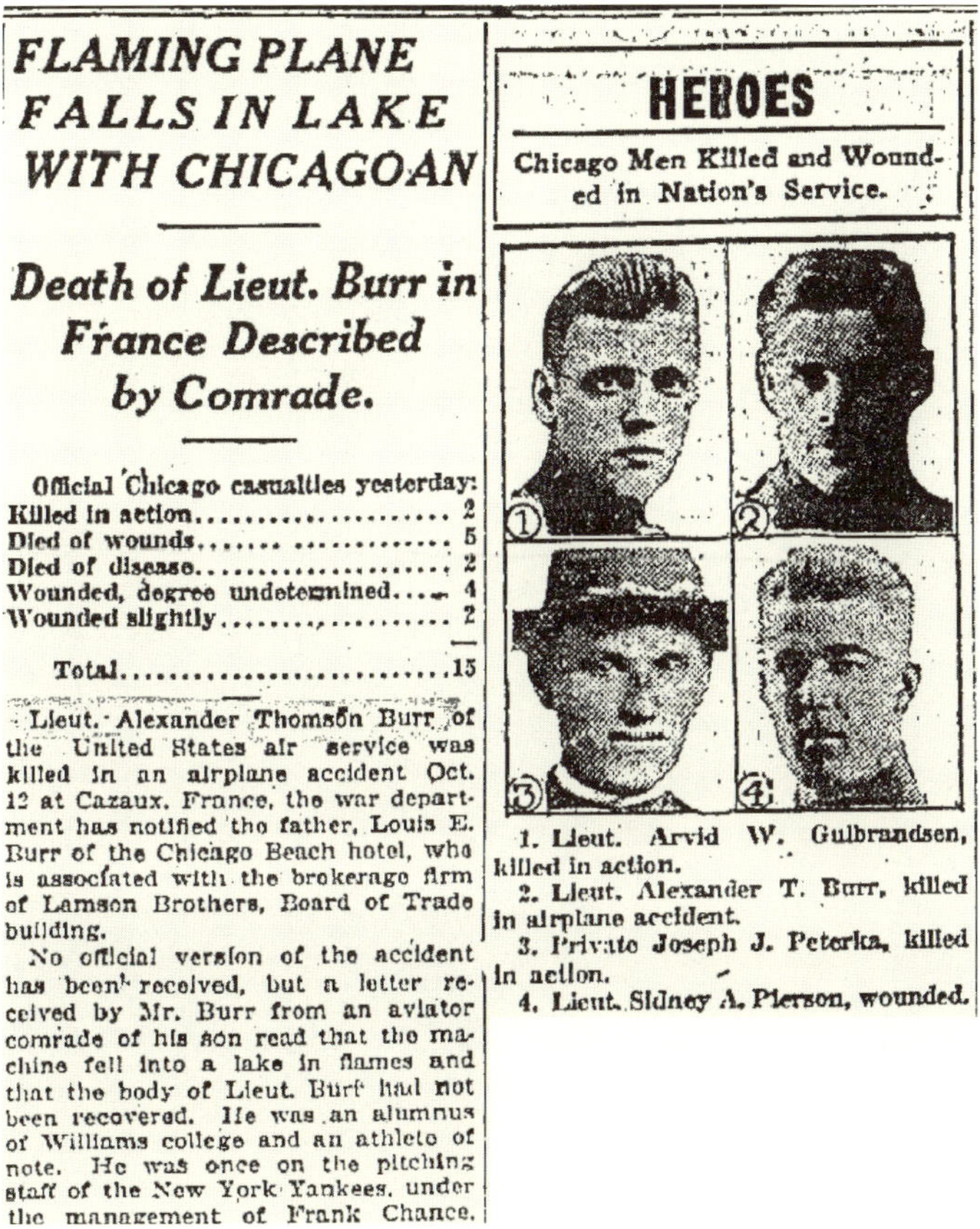

FLAMING PLANE FALLS IN LAKE WITH CHICAGOAN

Death of Lieut. Burr in France Described by Comrade.

Official Chicago casualties yesterday:

Killed in action	2
Died of wounds	5
Died of disease	2
Wounded, degree undetermined	4
Wounded slightly	2
Total	15

Lieut. Alexander Thomson Burr of the United States air service was killed in an airplane accident Oct. 12 at Cazaux, France, the war department has notified the father, Louis E. Burr of the Chicago Beach hotel, who is associated with the brokerage firm of Lamson Brothers, Board of Trade building.

No official version of the accident has been received, but a letter received by Mr. Burr from an aviator comrade of his son read that the machine fell into a lake in flames and that the body of Lieut. Burr had not been recovered. He was an alumnus of Williams college and an athlete of note. He was once on the pitching staff of the New York Yankees, under the management of Frank Chance.

HEROES

Chicago Men Killed and Wounded in Nation's Service.

1. Lieut. Arvid W. Gulbrandsen, killed in action.
2. Lieut. Alexander T. Burr, killed in airplane accident.
3. Private Joseph J. Peterka, killed in action.
4. Lieut. Sidney A. Pierson, wounded.

図 1

1918 年 11 月 18 日の『シカゴ・デイリー・トリビューン』紙に掲載された死亡記事。右上の写真がアレクサンダー・バー。

シン大学のリファレンス・ライブラリアンのジェラルディン・ストレイに第一次世界大戦で死亡した大リーグ選手について、父親の職業の調査を依頼した。一九〇〇年、一九一〇年、一九二〇年のアメリカ国勢調査によれば、ラルフ・シャーマンの父親は法律家、アレクサンダー・バーの父親はピアノ会社の重役、エディー・グラントの父親は大工、バン・トロイの父親は炭坑夫、ラリー・チャペルとハリー・グレンの父親は農夫で、床屋の父親はいなかった。[10]

もちろん物語のなかでカスビームの床屋の息子が戦死したかもしれないという可能性自体がなくなるわけではないが、ここで「カスビームの床屋」とその息子に直接のモデルがいたのではないか、という推論は壁に突き当たってしまう。結局、仮説の検証は失敗に終わったわけだが、ふり返ってみるに、私にはこうした試行錯誤こそナボコフが読者に求めていた読書なのではないかと思える。ほとんど手がかりのない脇役の死をめぐって思いをめぐらせ、時に他の登場人物と結びつけながら、それを読者がいる世界――現実の文脈に引きつけて考えること。えてして「ソース」を突き止めて完結してしまう証拠探しに比べて、こうした失敗に終わる読書は、喉につかえた小骨のように読者の心に引っかかったままになって残り続けるだろう。

『ロリータ』が一種の「死に方カタログ」だということはすでに述べたが、死因が特定されていない他の人物、たとえば、ロリータの父親はどうして死んだのかを同じように考えてみてもいいだろう。無数の可能性を小説と時代の文脈で探っていくと、小説が死で溢れかえっているように見えるのは、端的にこの現実がそうであるから、という事実に思い当たる。読者は何度も壁にぶつかりながら、そのたびに小説のなかで見落とされる脇役のように、暴力的な死をむかえ、歴史の忘却に沈んでいった数え切れない無辜《むこ》なる人びとが現実にいたことを知らされる。こうして、読者自ら「中枢神経」をつなぎとめるために、試行錯誤を繰り返すこと——これが、作者が「いかなるモラルも引きずっていない」とあとがきで述べる小説で[11]、読者が唯一出会う「モラル」なのだ。

中堅手の死

結局カスビームの床屋の息子は、床屋自身の境遇が証明してしまっているように、華々しい活躍をした名選手ではなかったのだろう。そうだからこそ、さかんに亡き息子を自慢する床屋の姿は胸に迫る。

インターネット上のいくつかの記録を読む限り、ニューヨーク・ヤンキースの選手だったシカゴ生まれのアレックス・バーは一九一四年四月二十一日、途中出場して中堅手として守備についたが、バッターボックスには立たなかったという[12]。そして、これが彼の唯一の公式戦の出場記録となった。この三年後の一九一七年には彼は戦地に赴くことになる。『ロリータ』にとってサリー・ホーナーが重要なソースであることは間違いないが、ロリータその人ではないように、「カスビームの床屋」も絶妙なバランスをとって現実と虚構のあいだで静止している。だから、私たちはこれからも幾度となく『ロリータ』を読みなおし、床屋を訪れるのだろう。

注

1 スチュアート・ダイベック（柴田元幸訳）「右翼手の死」『シカゴ育ち』白水Uブックス、二〇〇三年、五〇―五一頁。

2 リチャード・ローティ（齋藤純一、山岡龍一、大川正彦訳）「カスビームの床屋――残酷さを論じるナボコフ」『偶然性・アイロニー・連帯――リベラル・ユートピアの可能性』岩波書店、二〇〇〇年、二八九―三五〇頁。

3 ローティ「カスビームの床屋」、三二六頁。

4 Brian Boyd, *Vladimir Nabokov: The American Years* (Princeton: Princeton UP, 1991), 211.

5 Alexander Dolinin, "What Happened to Sally Horner?: A Real-Life Source of Nabokov's *Lolita*," Zembla http://www.libraries.psu.edu/nabokov/dolilol.htm（二〇一〇年八月二十一日閲覧）

6 The Dead ball era.com http://www.thedeadballera.com/ThoseWhoServed_Casualties.html（二〇一〇年八月二十一日閲覧）

7 ウィキペディアのエディー・グラントのページ。http://en.wikipedia.org/wiki/Eddie_Grant_%28baseball%29（二〇一〇年八月二十一日閲覧）

8 Baseball Fever: http://www.baseball-fever.com/showthread.php?75607–Vintage-Panoramic-Pictures（二〇一〇年八月二十一日閲覧）Baseball-Reference.com のラルフ・シャーマンのページ。http://www.baseball-reference.com/players/s/sharmra01.shtml（二〇一〇年八月二十一日閲覧）

9 "Flaming Plane Falls in Lake with Chicagoan," *Chicago Daily Tribune* 19 Nov. 1918: 11.

10 ちなみに、第二次世界大戦で亡くなった二人のメジャーリーグ・ベースボール・プレイヤー、エルマー・ゲディオンとハリー・オニールについても父親の職業の調査を依頼したが、一九二〇年の国勢調査によれば、それぞれ事務員と化学薬品技師だという。

11 Nabokov, *Lolita*, 314.

12 Baseball-Reference.com. http://www.baseball-reference.com/players/b/burral01.shtml（二〇一〇年八月二十一日閲覧）

魔法の絨毯を折り重ねる——『記憶よ、語れ』と『ロリータ』

エレン・パイファー
的場いづみ 訳

「率直に告白するが、私は時間の存在を信じる者ではない」とナボコフは自叙伝で述べている。「魔法の絨毯を、一つの模様《パターン》が他の模様《パターン》と重なり合うようにたたむのが私は好きなんだ」。『記憶よ、語れ』でナボコフの魔法の絨毯は、半世紀にわたる時の流れと広大な海に隔てられた景観を超えて旅をする。ロシアでの幼年期、太陽が眩い午後に、幼いウラジーミルはペテルブルグの南にある家族の屋敷の庭の向こうで、珍しい蛾やヒョウモンチョウを追いかけ、そしてその結果、数十年後にユタやコロラドの山々で捕まえることになる(*SM* 136–39, 105–07)。このようなパターンの重ね合わせはテクスト中に堂々と表され、テクスト中で古いスーツケースは、遠くの過去の要素を作家の現在に結び付けて、蝶のように時間と空間を旅するのだ(*SM* 142–43)。

二〇世紀の半ばに、ナボコフは文学的なキャリアで重要な二つの作品を同時に書いていた。彼の少年期と青年期の「伝説のようなロシア」の思い出を語る自叙伝と同時に、『ロリータ』の後書きで彼が述べるように、ハンバート・ハンバートという名の主人公によって語られた虚構の回顧録の形を借りて、ナボコフは「アメリカを創り出し」ていた[1](*SM* 153 *Lo* 312, 555)。『記憶よ、語れ』の索引では『ロリータ』は二回しか出てこないが、そのいずれも小説の創作時期について言及している。[2]『記憶よ、語れ』の本文はさらに豊かな類似点を産出し、少年としての彼を「魅惑」した「こちらの、または、あちらの優美な少女」について幾度も語り手が書き留める(*SM* 82)。『記憶よ、語れ』のなかでも『ロリータ』と同様に記憶の勝利——そして失われた楽園の回復——に悔恨が入り混じるくだりは、さらに興味深い。語りの中ほどでハンバートは、彼がロリータと分かち合おうとした「魔法の島」(*Lo* 16–17, 30)は「空が地獄の業火の色に染まった楽園」(*Lo* 166, 295)だったと認めている。『記憶よ、語れ』において、ロシアでの過去という「魔法の島」へのナボコフの帰還は明らかにもっと無垢なものだが、それもまた苦い結果をもたらすのだ(*SM* 51)。「すべてが調和している完全な幼年時代の世界」(*SM* 24, 15)が著者の記憶にとって一層鮮明なものへと熟成するにつれ、正確な自己認識も獲得されるようになり、それは自身の情熱的な関心を超えて広がる世界にほとんど無関心な、「大事に育てられた」(*SM* 257)子どもで「傷つきやすい若い気どり屋」(*SM* 243, 196–97)として示される。自身の「欲求充足」をひたむきに追求するあまり、残酷さに無頓着であったことにたじろぎ、ナボコフは過去の行動を悔悟の念とともに振り返るのだが、その悔悟の増幅された残響をハンバートの自責の念に見ることができる(*SM* 126, 98)。

『記憶よ、語れ』はまた、ニンフェットに取りつかれたハンバートに生命を吹き込むナボコフの創作過程を知る手がかりを読者に与える。熱狂《ニンフォレプシー》とは、『オックスフォード英語辞典』の定義によると、「ニンフによって人が与えられた恍惚状態。転じて、［特に］手に入れることのできない何かによってかきたてられた恍惚、または、感情の狂乱」である。『記憶よ、語れ』において、ナボコフは鱗翅類採集への生涯続く執着を、『ロリータ』の読者にはなじみ深い言葉で記述する。「私にとりついた悪魔をもっと客観的に眺めてみよう」と彼は言う。「私のこの執着を本当に理解しているのは両親だけだった。私が同病の患者に出会うのはまだ何年もたってからだった」(*SM* 127, 99)。恍惚者《ニンフォレプト》も鱗翅類収集家もともに、発見するという、人をじらす期待感によって誘惑される。ナボコフの場合、珍しいヒョウモンチョウ(タテハチョウ科に属する蝶の総称)、あるいは、他の昆虫学上の標本の発見。ハンバートの場合、ニンフェット——少女の希少種で、その「危険な魔法」(*Lo* 16–17, 30)は彼の主張によると「人間ではなく、ニンフのような(すなわち、悪魔的)」(*Lo* 134, 240)である——の発見。ここでナボコフの二枚舌の語り手は、執着という「悪魔」と著者ナボコフが呼ぶものを、捕えがたい対象にうまい具合に投影している。『記憶よ、語れ』の語り手はもっと率直である。鱗翅類採集への情熱を「我を忘れる熱狂」と位置付け、その「欲求充足に妥協や例外の余地はなかった」のだ(*SM* 126, 98)。

　ナボコフと彼の主人公との決定的な違いは、自身に悪魔的な執着の主体《エイジェント》よりむしろ不運な犠牲者の役を割り当てるハンバートの飽くことのない努力に起因する。それに対して、『記憶よ、語れ』の著者は自分が有責であることを認めるのを厭わない。一九一三年夏、お気に入りの級友のヴィラへの訪問を描く際に、ナボコフは友人が「二五マイルほど離れた」町に住んでいたことを示す。「彼の父親は最近、不慮の事故で亡くなって、家は没落しており、剛毅な少年は鉄道切符代に出費する余裕がなく、私と数日を過ごすためにその道のりを自転車をこいできたのだった」。級友が到着した翌朝、十四歳のウラジーミルは「どんなに静かな人間でもそばにいると、自分の熱狂の凝縮した喜びの邪魔になったために」一人でいようと決心していた。「ヒステリックに慌て」て家を抜け出して森への「朝の採集」に出かけた。彼は「気の毒な友人」が「私がいなくなった理由を何とか自分に納得させようとして」庭をふさぎこんで歩いている姿を思い浮かべて、目には焼けつくような涙が溢れ」、身体は「恥ずかしさと自己嫌悪でひきつりながら」歩き続けた（*SM* 126–27, 98–99）。

読者は『ロリータ』におけるひどく心をかき乱す瞬間、すなわち、ハンバートが「欲求充足」のため、さらに倒錯した必要から、同様の恥ずかしさと自己嫌悪の感覚を引き起こしたときのことを思い起こすだろう。たとえば、ドロレス・ヘイズとホテル〈魅惑の狩人〉を車で立ち去る際、車の中で隣に座っている子どもが「みなしごの、天涯孤独の子ども」であることを彼は痛いほどに意識する。しかし、彼の「罪悪感の痛み」は長続きしない。「煩悶の闇の奥のどこかで、私は欲望がまた鎌首をもたげるのを感じた。それほどまでにあの惨めなニンフェットを求める我が欲望は怪物じみていたのだ」（*Lo* 140, 250–51）。特徴的な陽動作戦を用いるハンバートは、自身の罪と悲嘆を「惨めなニンフェット」に投影することによって告白を締めくくる。十四歳のウラジーミルはもっと正直だ。見捨てられた友人を「私がいなくなった理由を何とか自分に納得させようとして」いると表現する際に、彼は自分にはひどく欠落している寛容な心をその友人の中に認めているのだ。

十歳のときの幼いコレットに始まりタマーラとの恋愛で頂点に達する、若者らしいのぼせあがりを物語ることによって、ナボコフはまた自分の恋愛に付随する執着の性質、しかも好ましいとは限らない性質についても率直な態度をとる。彼の恋愛に付随する執着の性質はハンバート自身のそれにも予期せぬ光を落としているのだ。紙幅が限られているので、ナボコフが『記憶よ、語れ』で扱っている若いときの恋愛の一つにだけ焦点を当てる。その一つとは、私が知る限りでは、これまで批評家の注目をほとんど、あるいは、まったく集めていない。著者が語るところによると、若い頃、彼はポーレンカという名の可愛い田舎の「同い年の少女」で御者頭の娘と「視線による」、つまり、言葉を交わさない関係を楽しんだ。夏にナボコフは、扉のわき柱にもたれかかるポーレンカを一日見ることを期待して、彼女の家族の小屋のそばを通ったものだった。ナボコフを見て彼女の顔がはなやぐ様子を描きながら、彼が近づくにつれてどのようにこの「輝き」が「薄笑いへと変わり」、それから消えて無表情になっていくかを彼は書き留める。通り過ぎるとすぐに、最後に一目見ようと彼は振り返り、「不思議な光が再び彼女の可愛い顔にひろがる」のを心にとめるのだった。「私は彼女と一度も口をきかなかった」と彼は付け加えるが、「私たちの視線による関係は二、三年間、夏のあいだ時々繰り返された。彼女はどこからともなく現れて、いつも少し離れたところに裸足で立っていて」、「私の馬に鞍がつけられる」あいだ黙って見つめ続けるのだった。階級や文化の境界に隔てられ、御者頭の娘と若主人は遠くから互いに見つめあうことしかできない。しかし、ナボコフがもう少し先の箇所で明らかにするように、まさにこの距離こそが彼の若々しい想像力を焚きつけて、ポーレンカの「しばしば浮かぶ面影」を夢の中に保存したのだった(*SM* 209–10, 165–66)。

ロマンチックな若主人はすでにハンバートが数十年後に「実現不可能な偉大なるローズグレイ色」と定義するものの直観的な意味を把握している。それはつまり、「その幻が手の届かないところにあり、絶頂が損なわれる可能性もないために、我が奔放なる喜びもまた完成したものとなった」という意味での、ハンバートにとっての「完成」なのである（*Lo* 264, 469）。平凡な少女であるドロレス・ヘイズはその身体が理想像の肉体化に役立ちはするものの、ニンフェットのほうがハンバートにとって現実の少女よりもはるかに現実的な幻を形作る（*Lo* 62, 111）。同じような調子で、ナボコフは「［ポーレンカの］哀れみを誘う美しさのニンフのような肉体化」がどのように自分の夢枕に立ち、「私が戸口や夕日とともに思い出したポーレンカとはまったく別物として」存在しているかを説明する。相違はここで重要である。ハンバートの下劣な性的振る舞いではなく、理想的なものを追い求める彼の想像力こそが、若いナボコフのロマンチックな憧れに共鳴するのである。さらに、ハンバートとは対照的に、若主人であるナボコフは「主人面をして言い寄るという陳腐な振る舞い」によってポーレンカを「はずかしめる」ということを考えるだけでもぞっとする。他方、彼の慎重さについては高潔とは言いがたい動機も明かされている。理想化されたポーレンカの面影がたびたび夢に現れはするが、「実際には、泥のこびりついた足と臭い衣服によって不快に思うことのほうをかえって恐れた」とナボコフは認めている（*SM* 210, 165–66）。

「［ポーレンカ］と私がともに十三歳だった」ある六月の日を想起し、著者は川で「三、四人の他の裸の子どもたち」と一緒に彼女が水遊びをしているのを見かけたことを思い出す。「嫌悪と欲望で朦朧として」そっと立ち去る前に、彼は「見慣れないポーレンカが追いかけてくる子どもを舌先を出してからかいながら、東風を避けようと両腕で抱え込むように胸を覆って、壊れかけた桟橋の板に震えてうずくまる」のをなんとか盗み見したのだった（*SM* 210–11, 166–67）。不作法に舌を突き出して、裸でうずくまるこの少女に嫌悪を感じながらも惹きつけられ、若いナボコフはハンバートにはおなじみの認識の亀裂を経験する。その若者がポーレンカを心に思い描く際に伴う「嫌悪と欲望で朦朧」とする状態は、ハンバートの認識の分裂をも表す。ハンバートはドロレス・ヘイズが崇高なニンフェットどころか、「うんざりするほどありきたりな女の子である」ことに気づいている。「広告が捧げられている相手は彼女であり、彼女こそ理想の消費者。あらゆる汚らわしいポスターの主題にして対象なのだ」(*Lo* 148, 263)。ここで特筆されているのは、ロマンチックな想像力の矛盾である。現実は夢想家の思い描く「ニンフのような」美しさを打ち砕きそうになると同時に、肉体化した現実である少女の身体は夢想家の欲情を煽りたてるのだ。そして嫌悪も。

ナボコフがポーレンカを最後に見かけたのは一九一六年である。この時までに彼は彼女が十六歳のときに「遠くの村の鍛冶屋」と結婚したことを聞いていた。雪に覆われた鉄道のプラットフォームに立ち、一日スキーをしたあとでペテルブルグに戻る列車を待っているときに、ポーレンカが偶然、友人とともに通り過ぎる。若い女性は二人とも「スカーフですっぽり頭を覆い、大きなフェルトのブーツを履き、見苦しい、不格好な、丈の長いキルトの上着を着ていて、粗くて黒い布地の破れたところからキルトの中綿が見えた」。彼女が通り過ぎるとき、ナボコフは「彼女の目の下のあざと腫れあがった唇」に気づく。「夫は土曜になると彼女を殴ったのだろうか」と彼は思いめぐらす。それから、彼は彼女が「切ない、旋律的な調子」で「ほら、若様は私のことは憶えていらっしゃらない」と言うのを聞く。これが「彼女の話すのを私が聞いたただ一度の機会」だったとナボコフは書き留める(*SM* 211–12, 167)。彼が初めて聞くポーレンカの声の「切ない、旋律的な調子」は彼女の内面生活、すなわち、考えや感情の秘密の王国の秘められた奥行きを明示する。

『ロリータ』でのあの胸を突き刺す場面が想起される。それは、ドロレス・ヘイズがビアズレーでの学友エヴァ・ローゼンに「ほら、死ぬのがすごく怖いのは、完全に一人っきりになってしまうからよ」と打ち明けるのを耳にしたことを、ハンバートがニンフェットを失って何年もしてから思い出す場面だ。二年にわたる共同生活の間にハンバートは少女の肉体を何度も凌辱したが、彼女の考えや感情の秘密の「庭園」には「はっきりと立ち入り厳禁」だったと認めており、そこに入る権利を獲得できなかったことに気づいて彼は驚くのだ(*Lo* 284, 506–07)。こうした違いはあるものの、若いナボコフがポーレンカに最後に偶然出会う場面は、ハンバートが回想する場面と重要な類似を示している。一九一六年にロシアの鉄道のプラットフォームで若主人はかつて夢に描いていた少女の「旋律的な」声を初めて耳にする。ポーレンカの「切ない」一言は、ドリー・ヘイズが友人に打ち明け話をする時と同じ物悲しい調子を表す。「ニンフのような」美しさのためにロマンチックな崇拝の対象となり、それゆえに自立的な主体性を沈黙させられ奪われた少女に、どちらの場面も声を与えている。まったく偶然に語り手が小耳にはさむことになる一言を通して、彼女の声はついに、そして初めて聞かれるのである。

このポーレンカとの最後の場面にナボコフは、違った音調ではあるけれど、『ロリータ』と共鳴する別の要素を埋め込んでいる。ハンバートが彼のニンフェットに最後に会ったときには三年の月日が経っており、十七歳のドロレスはポーレンカと同じく結婚している。さらに、ドロレスは「あけすけで信じられないくらいお腹が大きくなって」おり、かつては優美だった彼女の肉体は、ポーレンカの粗野な冬服が作り出したのと同じような、たっぷりして不格好な形になった状態である。しかし、「簡易食堂で働く」放浪の年月もローの「色あせた容貌」の一因となっていた。彼女が暮らす「羽目板作りの掘っ立て小屋」の周囲に「枯れ草の荒地」が拡がる状態が雄弁に示すように、彼女は安逸な生活を送っていない。茶色の「木綿のドレスと型くずれしたフェルトのスリッパ」を身につけ、ドロレス・ヘイズは「十七歳にして絶望的にやつれて」いる様子だ(*Lo* 269, 478–79; 277, 494)。「縄のような血管が浮き出た」手と妊娠した身体のため、ハンバートのニンフェットはほとんど見憶えのない外観になっている。彼女が若い夫ディックを迎える時の声の調子も聞き憶えがない。夫を「父」に「よく響く乱暴な」口調で紹介した時、ロリータの声は「遠い戦地から帰還した若い男が難聴であるために、まったく奇妙で、新しくて、陽気で、年を取って、そして悲しそう」であるという感じをハンバートに与える(*Lo* 273, 486)。この「奇妙で」「新しい」声の要素のいくつかのうち、声高に「鳴り響く」調子は明らかにディック・スキラーが難聴であるという事実に起因しているが、「陽気な」雰囲気は、ドロレスとハンバートが分かち合った「完全な悪の世界」にはけっして存在することがなかった、居心地がよく、打ち解けた関係をドロレスと若い夫が築いていることを示唆している。同時に、ハンバートはローの声に「年を取って」「悲しそう」な何かを感知しており、その声は、「乾いた泥がこびりついた彼女の子ども時代」や彼女の人生に暗い影を投げかけ、彼女の若々しい声質を年取った低いものにしてしまった失望と裏切りという、二人の下劣な関係の哀しい影響を伝えている(*Lo* 272, 485)。

ロシアのポーレンカとは異なり、ドロレス・ヘイズは新世界の柔軟な社会的合意から恩恵を受けている。ハンバートの虐待から逃れた後、ドロレスは夫と赤ん坊にアメリカン・ドリームを手に入れることを望みながら新しい人生へと乗り出す。しかし、この二人の若い女性を隔てる文化や時代による違いはあるものの、二人とも過酷な運命を受け入れている。ポーレンカについては虐待する夫、すなわち、家庭内の暴君の手によって。そして、それは階級とジェンダーの不平等が存在する固定した社会システムによって形成された振る舞いである。ロリータについては、たがが緩んだ社会構造と消費文化の際限ない気晴らしが、その振る舞いをうっかり幇助してしまった性的暴君の手によって。自伝作家としての役割と比べると、小説家のナボコフは彼の語りの質を高めるのに役立つ人生や運命の要素は何であろうと自由に作り出す。『ロリータ』の虚構の前書きによって、私たちは「リチャード・F・スキラー夫人は一九五二年のクリスマスの日に北西部最果ての入植地であるグレイ・スターで、出産中に亡くなり、生まれた女児も死亡していた」ことを知っている (*Lo* 4, 10–11)。小説を読み終えた者にとって、その運命を辿ってきた「北アメリカの少女」が十七歳で亡くなってしまうという情報は哀悼歌のように感じられる (*Lo* 283, 504)。新しくより良い生活を求めるアメリカン・ドリームはドロレス・ヘイズの早過ぎる死によって無慈悲にも終わってしまう。他方、「死産」の女児の死は、ドロレスがロシアの先駆者と共有する、砕かれた夢と途中で破壊された少女時代を明白に物語るのである。

注

1　一九四七年四月七日にナボコフは次の手紙（手紙一六四）をエドマンド・ウィルソンに書いた。「私は今二つのものを書いています。一、少女を好きだった男についての短い小説、そして 二、新しいタイプの自伝で性格のもつれた糸をすべてほどいて、さかのぼろうとする科学的な試み」（*NWL* 215, 269）。一九五〇年六月に自伝が完成するまで二つの計画にナボコフは難なく取り組み続けた。その自伝は翌年に元々の書名『確証』で出版された。『ロリータ』の原稿は三年後の一九五三年十二月に完成した（Boyd 169 および 226）。この時までにナボコフは『確証』のロシア語訳に取りかかっていて、「写真、前書き、索引、本の見返しのナボコフ地所の地図」だけでなく、訂正してより詳細な情報と日付を加えてテクストを充実させた（Boyd 504）。ロシア語版「向こう岸」は一九五四年に出版された。しかし、自伝と小説を重複して創作するのはここで終わるわけではない。一九六五年十一月――同月、ナボコフはその前の三月に書き終えていた『ロリータ』のロシア語訳に後書きを書いた――に、彼は「十年間取り組みたいと思っていた企画」である自伝を書き直し、膨らませ始めた（Boyd 489 および 503–504）。その十年間の始まりが一九五五年という『ロリータ』の最初の出版年であることは印象深い。ナボコフの自叙伝の改訂・拡大版はこの作品について現在もっとも良く知られる『記憶よ、語れ　自伝再訪』という書名で一九六六年に出版された。その前書きでナボコフは「ロシアの記憶をまず英語で語ったものをロシア語版にし、再び英語にしたこの作業は悪魔的な仕事だった」と語る（*SM* 12–13）。

2　最初に索引に現れた『ロリータ』への言及は序の文章である。序でナボコフは、一九五三年夏のあいだ、「蝶採集と『ロリータ』、『プニン』執筆」のかたわら、妻に手伝ってもらってどうにか『記憶よ、語れ』をロシア語に翻訳したと記している（*SM* 12）。二つ目は第三章で、ナボコフは公表された鱗翅目に関する科学論文を数点挙げ、一九四九年以降コーネル大学での教職や『ロリータ』執筆と「自然科学研究を両立するのはもはや肉体的に不可能」だったと記している（*SM* 65）。

引用文献

Boyd, Bryan. *Vladimir Nabokov: The American Years*. Princeton, NJ: Princeton UP, 1991.

Johnson, Kurt & Steve Coates. *Nabokov's Blues: The Scientific Odyssey of a Literary Genius*. Cambridge, MA: Zoland Books, 1999.

Nabokov, Vladimir. *Speak, Memory: An Autobiography Revisited*. New York: Putnam's. 1967.

"Nympholepsy." *The Compact Edition of the Oxford English Dictionary: Complete Text Reproduced Micro-graphically*. 1971. Print.

ハンバートの目にも涙

メドロック皆尾麻弥

ナボコフのロシア語小説『賜物』のなかで、主人公フョードルはロシアの作家・思想家ニコライ・チェルヌイシェフスキーの評伝を執筆する。この評伝は様々な「テーマ」に沿って語られる。そのなかにフョードルが「涙のテーマ」[1]と呼ぶものがあり、じつはこのテーマはそのままそっくり『ロリータ』にも受け継がれている。そこで、「涙」の痕を辿ってこの小説を読んでみることの意義を探ってみたい。

水のテーマ

涙のテーマは、『ロリータ』におけるさらに大きなテーマ、つまり、水のテーマから枝分かれしてきたものだと言えるので、まずはそちらのテーマについて明らかにしたい。[2]この小説において「水」

は非常に大きな役割を担っており、いたるところにありとあらゆる形で登場する。たとえば、ハンバート・ハンバートの少年時代の想い出は海辺が舞台である。また、ドリー・ヘイズ(ロリータ)の家がある町ラムズデールの自慢、アワーグラス湖の湛える水は、言ってみればハンバートの想像力の源である。シャーロットはしばしば水の中を泳ぐ人魚にたとえられるし、彼女がハンバートに贈る腕時計は防水である。さらに、シャーロットの認めた手紙が流されてしまう渦巻きに代表される、トイレの水にまつわる描写は豊富にちりばめられている。

そのうち最も重要な「アワーグラス(砂時計)湖」は、その名前自体がさらなる二つのテーマを内包している。アワー、つまり時間と、グラスのテーマである。砂時計のイメージはまず、少年ハンバートの初恋の人、アナベル・リーの「細かい砂を手ですくってはまた指のあいだから流す」(*Lo* 12, 22)というイメージとしてこの小説に導入され、そのようにして過去のリビエラの海岸と現在のアワーグラス湖を結びつけ、同時にアナベルとロリータを結びつけることになる。[3] ハンバートは実際に訪れる前、この湖をドリーと二人きりになれるロマンチックな場所として夢見ていた。しかし、降り続く雨によって湖へのピクニックは常に延期されることになり、湖はハンバートにとってほとんど幻のような存在になってしまう。ドリーと一緒に湖へ行くという夢は結局叶うことなく、その結果ハンバートの想像した「アワーグラス湖(私たちのグラス湖)」(と彼は勘違いしていた)は、文字通り「どうしてもたどりつけない」(*Lo* 50, 89)幻の湖となり、シャーロットの支配する「アワーグラス(砂時計)湖」という現実に取って代わられる。こうして、「私たちのグラス湖」にいるであろうロリータは、ハンバートにとって、過去のリビエラの海岸にいたであろうアナベル同様に、手の届かない存在となる。この湖はさらに、ハンバートの防水腕時計とも密接なつながりがある。湖面と重なるその表面ガラスは、ハンバートの宿敵クィルティの死と同時に壊れてしまう。

アワーグラス湖はまた、読者にグラスのテーマを認識させる。しばしば現れる二対のグラスはシャーロットの死を思い出させる道具だし、ドリーの瞳も「曇りガラスのような灰色」(*Lo* 204, 361)と描写される。おそらく、ハンバートにはその奥にあるドリーの思いが見通せないから「曇りガラス」なのであろう。ハンバートはロリータのことを、ガラスの目を持つ感情のない、涙も流さない人形として見たいのであろう。

涙なのか雨なのか

水のテーマには、雨のテーマも加えてよい。天候と語りが巧妙に結びついているナボコフの作品にはよくあることだが、この小説でも雨は重要な役割を負っている。『ロリータ』には実に雨がよく降り、先に述べたように、降り続く雨がハンバートの想像した「私たちのグラス湖」の現実化を妨げるのがよい例である。雨(さらに嵐や雷も)はまた、ハンバートの精神状態を映し出すことがしばしばである。たとえばハンバートは、機嫌が悪いときに黙りこんでしまう癖について述べたあと、次のような文章で、自分の感情と天気を直接結びつける。「先日アワーグラス湖の静止した砂を訪れた後の、驟雨と曇天が続いた一週間は、思い出せるなかでもいちばん憂鬱な週だった」(*Lo* 90, 161)。パート一の二十三章の締めくくりに、ハンバートはシャーロットの死を思って自分が「泣いた」(*Lo*

103, 185）ことを強調する。そして続く次の章の冒頭、ラムズデールを立ち去る時に黒い雷雲が空に現れ、そこでハンバートは「雨が一粒、私の拳に落ちた」（*Lo* 103, 185）と言い、それがまるで前章終わりで流した涙がここで雨に変わったかのような印象を作り出す。

雨と涙の組み合わせは、パート二の十四章、大喧嘩のあとドリーを追ってハンバートが雨の通りに出てくる場面で大きく発展する。「ぽつりぽつり」と落ち始める「なまあたたかい雨」はそのうち「甘美などしゃぶり」（*Lo* 207, 366）になり、それはちょうどハンバートの「愛の痛みで破裂しそうに」（*Lo* 207, 366）なる心臓を反映しているかのようである。そしてしまいには「（嗚咽の嵐が私の胸にあふれてきた。）」という説明によって、雨とハンバートの涙（あるいは空模様と彼の心情）との境界がぼやけてしまう。そのうえハンバートは、自分には「もうひとつの嵐の最中に滝のような涙を流す能力がある」（*Lo* 207, 367）ということを臆面もなく告白することによってこの章を締めくくる。このあと、ハンバートはドリーにこの特別な夜を記念する「春雨の贈物」としてアクアマリンの首飾りを与える（*Lo* 208, 369）。この青い大きな一粒の宝石は（これもまた水のテーマの一部であろう）、ハンバートの涙のしるしでもある。

泣き虫ハンバート

水のイメージは主にシャーロットと関連するものだが、同時に、登場人物たちを結びつける媒体としても働いている。ハンバートはいかにしてシャーロットをアワーグラス湖の水中で死に至らしめるかということを、バレエのイメージを使って説明する。それはそのまま、ハンバートに撃たれたクィルティの、バレエの振り付けのような動きに直結するのであり、つまりアワーグラス湖の水中でシャーロットとクィルティは結びつくように見える。この結びつきは小説終盤で、別の水のモチーフによって補強される。自分の想像のなかで、死にゆくクィルティが病床のシャーロットという像と二重重ねになるとき、ハンバートは腕時計を確認する。それはおそらくシャーロットから贈られた防水時計であり、これが死にゆく二人の登場人物を結びつけ、彼らの死が同時進行しているように見せる。

水の中の人魚というイメージが結びつけるのは、「きらきら光るプールの水が大好きだし、飛び込むのが実にうまかった」(*Lo* 161, 286) ドリーと、「ひどく凡庸な人魚」(*Lo* 86, 155) でありハンバートの夢のなかで「緑がかった水槽の中」にいる人魚になるシャーロットである (*Lo* 132, 236)。

それでは、ハンバートとドリーを結びつける「水」は何かと言うと、それが涙であり、ようやく涙のテーマへと行きつく。われわれ読者はハンバートが偏愛する、「ひとしきり泣いた後」のドリーの「ボッティチェリ風のピンクに染まったところや、あの唇のあたりの艶めかしい薔薇色や、あの濡れて、もつれた睫毛」(*Lo* 64, 116) のことはよく覚えている。またハンバートは、「夜ごとの彼女のすすり泣き」(*Lo* 176, 311) や、「冷たい怒りと熱い涙が戦っているあの忘れがたい目」(*Lo* 205, 363) など、そういったドリーの涙について言及する。ただし大抵の場合、ハンバートは彼女の涙を真剣には受け止めないのだが。こうしたいくつもの言及によって、読者はドリーの涙には注目してきたのだが、さて、ハンバートの涙に関してはどうだろう。ハンバートはしばしば、自分がいかによく涙を流すかということを読者に印象づけようと試みる。ハンバートは、ドリーの涙について語り、彼女の悲しみや痛みを読者に隠さないという点に関しては正当だと言わざるを得ないが、この人物のいやらしいところは、自分自身の涙、嗚咽についてもまた大いに語り、さらにはそれらがドリーの涙のほうを圧倒してしまうというところまで行くという点である。ドリーの痛みについても触れるのだが、自分の痛みにも、読者の注意を引きたいのだ。

ハンバートは自分の涙を、早くも五章において、ニンフェットの定義について説明している部分で「やさしさの涙」(*Lo* 17, 31) として紹介している。また、ドリーのクラス名簿に連なる名前を見ると「感極まって、涙(熱くて、オパールのような、詩人と恋人たちが流す大粒の涙)が出そうになる」(*Lo* 52, 94)。あるいは、キャンプから帰ってくるドリーを想像して、「情熱でこらえきれずに、今にも泣きそうになった」(*Lo* 79, 142)。こうした言葉によってハンバートは、自分の涙をロマンチックなものとして印象づけ、自分自身、そうしたロマンチックな「詩人」であり「恋人」になりきるのだが、同時にこれらの表現に共通しているのは、「泣いた」のではなく「泣きそうになった」という事実にとどまっているということである。泣き虫の傾向をさらに裏付けるものとして、前述のようにハンバートはシャーロットの死後に泣いたことを主張したり(「陪審席の紳士淑女のみなさん、私は泣いたのであります」)(*Lo* 103, 185)、「もうひとつの嵐の最中に」涙を流す能力について告白したりもするのである。

ハンバートがドリーの涙について言及する第一の目的は、涙が引き起こす彼女の「魅力的な」顔色に対するハンバートの「個人的な美学」や好みを説明するためなのだが、同時に、ロリータと自分自身とを同等化するという目的もあるのではないか。涙は、この二人が共有するものであり、お互いを似せるものなのである。ハンバートがアナベルとの完璧な関係について説明するとき、彼は「類似」（*Lo* 14, 25）という言葉を持ち出し、それによって、真実の愛はお互いに類似するものを持っていなければならないということを主張しているかのようである。そうした類似を、若く無骨で無関心なドリーと自分の間に見つけることができないハンバートは、なんとかしてお互いを似せるもの、お互いを近づけるものを探そうとする。自分自身を、大いに涙を流す人物として描き出すことで、ハンバートは彼のニンフェットに近づこうとする。それと同時にハンバートは、ドリーの「残酷さ」や「狡猾さ」を強調することがしばしばあるのだが、それらは実際のところハンバート自身の性向であるということを忘れてはならない。こうして自分の傾向をドリーにあてはめることによって、今度は彼女のほうを自分に近づけようとし、自分たちを同質化することによって隔たりを埋めようとする。

「涙にくれる娘」は誰か

自分をドリーに似せようとするハンバートの試みはまた、彼の変身（transformation）へのあこがれとしても読むことができる。シャーロットもドリーも（あるいは、その他多くの人物も）この小説のなかで、ある意味「変身」を経験する（ただし、ハンバートの目を通してみれば、ということなのだが）。シャーロットはハンバートと結婚したあとに変化するようである。ハンバートによると、「この変身で容貌もずっと美しくなった」(*Lo* 76, 136)、そして彼女の「あれほどぎこちなかったほほえみも、すっかり愛情にあふれた輝きとな」り、そこにハンバートはドリーの「あの愛らしく、ぼうっとして、我を忘れたような」表情を見出す(*Lo* 76, 137)。ハンバートはシャーロットの中にその他いくつかのドリーの特徴を認め、それによってシャーロットはハンバートの目の中でロリータに近づいていく。ロリータはというと、ハンバートが「ああ、なんと彼女は変わってしまったことか!」(*Lo* 204, 361)と嘆くように、ニンフェットから若い娘へと変身する。そして、彼女のほとんど怪物的と言っていいような変貌ぶりについて詳細に説明する。彼女の顔色は「下品でだらしのない高校生の女の子と変わりがな」くなり、「あれほど愛らしく、涙に輝いていた」なめらかでやわらかな「生毛」も、「野卑な赤み」に取って代わる。またハンバートはおののきながら、「つやつやした筋肉質の脚」を眺める(*Lo* 204, 361)。ロリータはしまいにはスキラー(シラー)夫人という、ニンフェットの面影をすっかりなくした、妊婦となる。彼女の「変身」はハンバートにとってみれば嘆かわしいものでしかないであろうけれども、実際は、彼女はハンバートによる馬鹿げたニンフェットという呪縛から解放され、自分自身へ戻り、やがてハンバートの手の届かない存在になりおおせたということである。

一方ハンバートはというと変身などしないで、おそらく永遠に、汚らわしい、見下げ果てた中年男という存在から抜け出すことは不可能である。そして読者はハンバートの、自分ではない誰かに変身したい、自分からなるべく遠く、ロリータになるべく近い、そのようなものに変身したいという願望を随所に見つけることができる。ハンバートが、自分が女性になるところを想像するのもまた、この変身願望の表れの一つかもしれない。ドリーがキャンプQに送られる際、自分もキャンプに加わり、ドリーと一緒に寝ることができるように、「陰気で古くさく、身体ばかりでかくて不器用なハンバート嬢」に変装してみようかとさえ考える(*Lo* 66, 118)。また別のところでは、自分が男性であることを呪いながら、女性作家であればよかったのにという思いを連ねる。そうすれば、ロリータをまた違ったように描写できるというのである。「ああ、もし私が女性作家だったら、裸の灯の下で裸でポーズを取らせることもできたのに！　しかしその代りに、私はひょろっとして、骨太で、もじゃもじゃと胸毛のはえたハンバート・ハンバートにすぎず、眉毛は濃くて黒く、奇妙な訛りがあり、少年のようなゆっくりとしたほほえみの背後には、汚水に浮かぶ腐肉と化した怪物たちを隠しているのである」(*Lo* 44, 79)。ハンバートはまた、本物の詩人、恋人、父親、そういったものになりたかったのだが、結局それも不可能であった。

こうしたことを考慮に入れながら、「変身」のテーマが特別大きく扱われているパート二の二十七章を読んでみると、そこにハンバートの、ロリータに近づくための変身願望が巧妙に描かれていることに気付かされる。この章には変身、変化を遂げるものや人物が多く登場し、ハンバートは、変身によって欺かれることについていろいろな形で説明している。手紙の「見知らぬ筆跡」が「ロリータの筆跡に似たようなもの」に歪められ、また「彼女のまろやかな丸文字の、子供っぽい殴り書きが、恐ろしいことに、数少ない文通相手の一人のつまらない筆跡に変身してしまう」(*Lo* 263, 468)。こうした変身がハンバートに、ある幻を思い出させる。そこでは「窓の中に浮かび上がる半裸のニンフェットの、不思議の国のアリス然とした髪を櫛でとく、そのままの静止したポーズ」が「新聞を読んでいる下着一枚の太った男」に変わる(*Lo* 264, 469)。さらにこの章でハンバートはジョン・

ファーローから「取り乱した」手紙を受け取るが、「退屈で、落ち着いた、たよりになる」人物だと思っていたこの男が、手紙を読む限りすっかり変貌してしまったことにハンバートは気付き、困惑する（*Lo* 265–66, 472）。ファーローの変身から受けた動揺を説明するためハンバートは文学作品を引き合いに出す。文学作品の登場人物が読者の目に映るとき「タイプの普遍性」をともない、彼らの運命が固定されているのと同じように、現実の友人たちもまた「我々が定めたあれこれの論理的でありきたりなパターンに従う」ものだと思いたい、とハンバートは言う。ハンバートにとってファーローの変貌、「逸脱」は裏切りであり、ほとんど「人の道からはずれている」（*Lo* 265, 471）。この章を締めくくるもう一つの変身をほのめかすのが、ミセス・リチャード・スキラーという署名のある、ドリーからの手紙である。

こうした変身するものたちのなかで、ハンバートは忠実に自らの定められたパターンであり運命に従い続け、変身することがない。しかしながら彼の「逸脱」への隠れた願望を、たとえば次の部分に見出すことができないだろうか。「斑になった光がガラスを通って見知らぬ筆跡に当たったその錯覚で、それがロリータの筆跡に似たようなものに歪められると、私はもう少しで気絶しそうになり、そばの骨壺にもたれかかって、それがほとんど私の骨壺になりかけたことがこれまでに何度かあった」（*Lo* 263, 468）。原文では、おしまいの部分が“almost to collapse as I leant against an adjacent urn, almost my own”という、一見してなにか不可解な文章で、その不可解さが奇妙に読者の注意を引き、さらに想像力をかきたてる。さて、少々突拍子もなく聞こえるかもしれないが、ここにT・S・エリオットの詩“La Figlia che Piange”[4]（嘆く少女［涙にくれる娘］）からのかすかなエコーを聞き取ることができる。この詩の中で、男性の語りが“Stand on the highest pavement of the stair — / Lean on a garden urn — / Weave, weave the sunlight in your hair —”と、かつての恋人であろう女性に向けて呼びかける。この、少々演劇の振り付け風で、審美的な娘のイメージはまさに、ハンバートがロリータを思って描くようなものである。したがって、庭の壺にもたれる、la figlia che piange つまり「涙にくれる娘」は、ドリーでなくてはならない。ところが、ここでハンバートは彼女からこの役を奪い取り、自分自身がロマンチックな形式化された文学上の娘を演じているのである。

ただし、この読みが正解だとしても、自分とは違う誰かになり、ロリータに近づきたいというハンバートの必死の試みは、当然ながら大失敗に終わっており、けっして読者の胸に共感の念など引き起こすことはない。ハンバートの、涙にくれる娘像にかぎりなく接近したいという夢は、この人物の醜さと滑稽さをいっそう際立たせるという結果しかもたらさないのである。

注

1　Vladimir Nabokov, *The Gift* (Trans. Michael Scammell with the collaboration of the author, 1963. New York: Vintage, 1977), 221.

2　『ロリータ』における水の重要性は、ジュリアン・コノリー、D・B・ジョンソンなども指摘している。

3　Vladimir Nabokov, *Lolita* (1955. New York: Vintage, 1977), 12.

4　T. S. Eliot, “La Figlia che Piange,” *The Waste Land and Other Poems* (New York: Penguin, 2003), 28.

『ロリータ』と英国大衆小説
――グリーン＝ゴードン論争の背景をめぐって

若島　正

今日『ロリータ』が現代小説の古典としての地位を確立しているのは、グレアム・グリーンの恩恵にあずかる点が大きいことは疑問の余地がない。一九五五年に、ロンドンの『サンデー・タイムズ』紙で、グリーンはその年度のベスト三冊のうちの一冊として、当時ほとんど誰も知らなかった『ロリータ』を挙げた。そして、『サンデー・エクスプレス』紙の編集長であったジョン・ゴードンが『ロリータ』を「私がこれまで読んだなかで最も汚らわしい本」であり「露骨極まりないポルノグラフィー」と決めつけ、グリーンを非難したところから、滑稽なグリーン＝ゴードン論争が始まった。このスキャンダルが、『ロリータ』のアメリカでの販売に理想的な宣伝効果をもたらしたことはたしかである。それにもかかわらず、それではグリーン自身は実際に『ロリータ』をどう読んでいたかは謎のままなのだ。一九五七年一月付けのナボコフに宛てた手紙で、グリーンは『ロリータ』を「素晴らしい本」だと褒めているが、どうして素晴らしいのかという理由は書いていない。[1]一九五九年の十一月に、『ロリータ』のイギリス版刊行に際してナボコフがロンドンを訪れたとき、ナボコフとグリーンは夕食を共にした。ブライアン・ボイドの評伝によれば、そのときグリーンはナボコフに対して、あなたもハンバート・ハンバートと同じようにカトリックに改宗したのかと、奇妙な質問をしたという。[2]さらに、リック・ゲコスキーの『トールキンのガウン』によれば、グリーンはそのときにナボコフから贈られた署名入りのオリンピア・プレス版を、晩年になって古書籍商に高額で売り払ったという。[3]こうしたエピソードから考えると、はたしてグリーンがどれほど『ロリータ』を評価していたのか、そしてまた、今のわたしたちが『ロリータ』を読むように彼が『ロリータ』を読んだのかどうかは、大いに疑わしい。グリーンが『ロリータ』に興味を示した理由は、おそらくグリーン自身の嗜好に求めなければならないだろう。

　ここでわたしの関心は、グリーン＝ゴードン論争の背景に存在していた、当時のイギリスにおける大衆小説の状況と、有害図書の出版を規制しようとする動きにある。とりわけ、第二次大戦後のイギリスに蔓延っていた、けばけばしく煽情的なカヴァーが付けられている大量のペーパーバック群、いわゆる「マッシュルーム・ジャングル」を検討することによって、『ロリータ』がいかにも典型的にそうしたたぐいの小説に見えてしまう可能性があったことを論じてみたい。言葉を換えれば、ここでわたしが書こうとしているのは、『ロリータ』の読み方ではなく、出版当時にありえたかもしれないような『ロリータ』の誤読の仕方である。かつてアルフレッド・アペル・ジュニアは、文化史研究を先取りした著作『ナボコフの暗黒映画』(*Nabokov's Dark Cinema*)で、『ロリータ』のアメリカにおける受容の下地を作った、映画やコミックスといった二〇世紀前半のアメリカ大衆文化史を、愛着をこめて記述してみせた。わたしのこの論考での試みは、英語圏でのナボコフ研究の先駆者であったアペル・ジュニアに対する一種のオマージュであり、彼が『ナボコフの暗黒映画』でやったことをイギリスに移して行った、いわばトランスアトランティックな転用だと受け取ってもらえれば幸いである。

一九五三年の七月、『サンデー・エクスプレス』紙の編集長ジョン・ゴードンは、「時事」と題する社説記事の中で、猥褻図書撲滅のためのキャンペーンを開始した。そこでゴードンは、最近の嘆かわしい書物の例としてマーゴット・ブランドの『ジュリア』(*Julia*)とスタンレー・カウフマンの『女たらし』(*The Philanderer*)の二冊を挙げ、こうした有害図書に対しては政府が何らかの規制措置を取るべきだと訴えた。このキャンペーンが功を奏してか、一九五四年五月に、前記の二冊の出版社は裁判にかけられることになった。そして、次に槍玉に挙げられたヴィヴィアン・コンネルの『クインズの九月』(*September in Quinze*)は有罪判決を受けた(ちなみに、『ロリータ』の読者ならちょっと気になるところなので言っておくと、このヴィヴィアンは女性ではなく男性作家である)。

つまり、ジョン・ゴードンは時代の堕落した風潮全般に対して手厳しかったのであり、なにも『ロリータ』一冊だけを取り上げて攻撃したわけではない。彼が書名を挙げて非難した、『ジュリア』や『女たらし』といった作品はいずれもハードカヴァーの小説で、今日の目から見ればまったくおとなしい内容のものであり、彼がなぜ目くじらを立てて非難したのか不思議に思えるほどである。しかし、おそらくそれらは彼の目にはいわば氷山の一角と映っていたはずだ。彼の視界に間違いなく入っ

ヴィヴィアン・コンネル『クインズの九月』(Vivian Connell, *September in Quinze*, Hutchinson & Co.)

マーゴット・ブランド『ジュリア』(Margot Bland, *Julia*, T Werner Laurie)

スティーヴ・ホランド『マッシュルーム・ジャングル』(Steve Holland, *The Mushroom Jungle*, Zeon Books)

スタンレー・カウフマン『女たらし』(Stanley Kauffmann, *The Philanderer,* Martin Secker & Warburg)

ていたと思えるのは、それよりももっと大衆の手の届きやすいところにあった、はるかに煽情的なペーパーバック小説の大群であり、その中でも特に人気を博していた、犯罪物やギャング物の小説である。

二〇世紀英国大衆小説研究のランドマークとでも呼べそうな、スティーヴ・ホランドの名著『マッシュルーム・ジャングル――戦後ペーパーバック出版史』(*The Mushroom Jungle: A History of Postwar Paperback Publishing*)を参考にしながら簡単にまとめると、イギリスにおいてアクション主体の犯罪小説が流行するきっかけを作ったのは、一九二〇年代から三〇年代にかけてアメリカから輸入された、いわゆるハードボイルド派の犯罪小説を大々的に取り上げているパルプ雑誌である。一九三五年、ペンギン・ブックスの創刊により、ペーパーバックの普及が急速に進んだところへ、第二次大戦中は紙不足が深刻となり、多くの出版社は廉価な価格で大量に売りさばけるようなペーパーバックの出版へと関心を向けるようになった。当時はアメリカからの輸入も厳しく制限されていたので、読者の欲求を満たすには、アメリカ産のハードボイルドやギャング物の代用品をイギリスで作る必要が生じた。こうして、一九四〇年代から五〇年代にかけてイギリス国内で出まわったペーパーバック犯罪小説の多くは、一人で多くのペンネームを用いた作家たちが大量生産したものだった。[4] パルプ雑誌から出発したアメリカのダシール・ハメットやレイモンド・チャンドラー、あるいはジェイムズ・M・ケインといったハードボイルド作家が、現在ではアメリカ文学史に確固とした地位を築いているのに対して、こうしたイギリスの亜流ハードボイルド作家たちは、今ではほとんど忘れられた存在になっている。もし当時のペーパーバックが現在ではコレクターズ・アイテムになっていたとしても、それはたいていの場合には内容が問題ではなく、煽情的なカヴァーが蒐集家にとって価値があるからである。それでは、英国産の亜流ハードボイルド小説はどんなものだったか、その内容を具体的に見てみるために、ここでハンク・ヤンソン(Hank Janson)という作家をギャング物作家の代表例として取り上げることにする(ジャンソンではなくヤンソンと発音されるのは、「ヤンキー」の連想を誘うことが意図されている)。そして、当時のギャング物が、奇妙なかたちで『ロリータ』といくつかの共通点を持つことを見ていきたい。

「タフなギャング物で最高の作家」として宣伝されたハンク・ヤンソンは、本名がスティーヴン・フランシスという人物で、この匿名は後にフランシス本人ではなく多くの無名作家がその名前を借用してシリーズを続ける、いわゆるハウス・ネームにもなった。[5] ハンク・ヤンソンの本が一九四〇年代から五〇年代にかけて有名になったのは、恐怖の表情を浮かべている美女を描いた、レジナルド・ヒードのエロティックな表紙絵が寄与するところも大きかったと思われる。[6] 節約を余儀なくされる戦後の陰気な生活のはけ口を大衆に提供したハンク・ヤンソンの本には、五〇年代には猥褻だとして発禁処分を受けたものも何冊かあった。ハンク・ヤンソンの初期シリーズでの定形は、一人称の語り手であるハンク・ヤンソンが、かつて新聞記者や私立探偵事務所の助手をしながらアメリ

ハンク・ヤンソン物の典型的な一冊。カヴァーアートはレジナルド・ヒード。ハンク・ヤンソン『拷問』(Hank Janson, *Torment*, Telos Publishing)

カ全土を旅してまわったときに直接体験した、アメリカの暗黒部を語るという設定である。実在する人物が体験した実話だと読者に思い込ませる仕掛けだが、実際には作者のスティーヴン・フランシスはアメリカに旅行したことすらなかった。いかにも本物のアメリカらしさを物語に持たせるために、彼はハリウッドのギャング映画やさまざまな旅行案内書を参考にしたという。さらには、文章のあちこちに“wanna”や“gonna”や“kinda”といったアメリカニズムを散りばめて粉飾を凝らしたのも、擬似ハードボイルドの雰囲気を出すためだった。

戦後の英国パルプ小説のこうした典型例が示すように、そこで描かれているアメリカは、犯罪や暴力や美女があふれる、まったく架空の夢の国であった。『ロリータ』が英国産の亜流ハードボイルド小説と接点を持つとすれば、まずそこである。単純に最小限のストーリーだけを取り出してみれば、『ロリータ』は十代の少女の誘惑と誘拐の物語として読むことも可能である。アレクサンドル・ドリーニンが論じたように、この根本的なプロットには現実のモデルがある。すなわち、十一歳の少女サリー・ホーナーが五十歳のフランク・ラサールによって誘拐されたという事件だ。ハンバート・ハンバートもその事件との類似性を意識していて、間接的にこう言及している。

つい先日、新聞で読んだつまらない記事によれば、中年の背徳者がマン法違反および九歳の女の子を不道徳な目的(とはどんなものか知らないが)で他州に連れ出し、罪状否認で有罪を認めたらしい。愛しいドロレス！　おまえは九歳じゃなくてほとんど十三歳なんだし、自分を他州に売り渡される奴隷だなんて思ってもらいたくないし、嘆かわしいことにマン法という言葉はおぞましい駄洒落をすぐに連想させて、これはジッパーをしっかり閉じている俗物たちに対する意味論の神の復讐ではないだろうか。[7]

一九一〇年に制定されたマン法(the Mann Act)は、もともと売春斡旋業者や暴力団が女性をむりやり他州に連れ出し、そこで売春婦として働かせることを防止する目的を持っていた。そうして売春を強要された女性を指す用語「白人奴隷」(white slave)はよく知られるようになり、多作家ローランド・ヴェインが書いた『白人奴隷の闇市』(*White Slave Racket*)や『ニューオーリンズの白人奴隷』(*White Slaves of New Orleans*)といった作品の題名が示唆するとおり、英国ペーパーバック作家たちに格好の題材を提供し、「白人奴隷」物とでも呼べそうなサブジャンルを作ったほどである。ここでもまた、販売戦略はハンク・ヤンソン本と同じで、『白人奴隷の闇市』の裏表紙には次のような宣伝文句が載っている。つまり、本書は「完全な事実を背景にして編みあげられたフィクション」であり、「罪のない人間を守るためにごく薄い粉飾をほどこしてあるだけ」だというのだ。[8] こうした文句は、ただちに『ロリータ』におけるジョン・レイ・ジュニアの序文を想起させるだろう。要するに、「トラヴェラーズ・コンパニオン」シリーズの一冊として出版された『ロリータ』は、基本的なプロットと、実話に偽装しているという両方の点において、英国産の亜流ハードボイルドに類似した出版

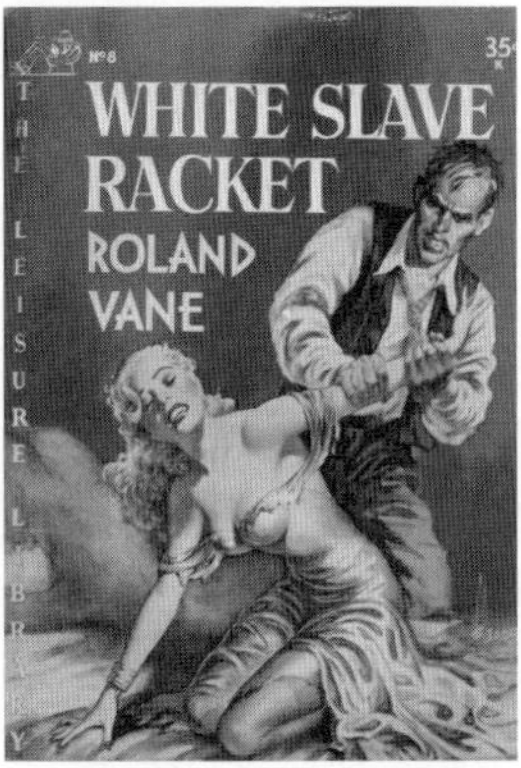

ローランド・ヴェイン『白人奴隷の闇市』(Roland Vane, *White Slave Racket*, Leisure Library)

物だと誤解されてもおかしくはなかったのである。

英国ギャング小説の歴史をたどれば、このジャンルを開拓して大好評を博した、ジェイムズ・ハドリー・チェイスの一九三九年の作品『ミス・ブランディッシの蘭』(*No Orchids for Miss Blandish*)に行き着く。この物語は、富豪の娘がギャングたちに誘拐され暴行を受けるという筋書きの作品である。ギャングたちの中で最も危険な人物が、サディスティックな嗜好を持ち、人殺しを何とも思わないスリムという男だ。彼は誘拐した娘に惹かれるようになり、必死になって警察の手を逃れようとするが、最後には撃ち殺される。そして彼の子を宿した娘は、物語の結末でホテルの窓から飛び降り自殺をすることになる。[9] この筋書きは『ロリータ』に似ていなくもないが、ここでの議論でもっと重要なのは、チェイスには当時アメリカに行った経験がまったくなく、スティーヴン・フランシスと同じように、アメリカの俗語辞典やパルプ雑誌やペーパーバックなどを資料として用いた点にある。ナボコフが『ロリータ』で描いたのが、現実のアメリカから醸造された夢のアメリカであったのと同じような意味合いで、チェイスが『ミス・ブランディッシの蘭』で描いたのも夢のアメリカであった。

チェイスとナボコフを結ぶために、ここで一本の補助線を引いてみたい。それはグレアム・グリーンである。奇妙な偶然の符合で、チェイスは第二次大戦終結以降、グリーンと

ジェイムズ・ハドリー・チェイス『ミス・ブランディッシの蘭』(James Hadley Chase, *No Orchids for Miss Blandish*, Corgi Books)

長く親交を結んでいた。グリーンとチェイスのつきあいは、グリーンが特にスリラーを中心とした大衆小説を好んでいたことを考え合わせると、それほど不思議なことではない。この事実を明るみに出したのは、在野の研究家であるW・J・ウェストが一九九七年に発表した『グレアム・グリーン探求』(*The Quest for Graham Greene*)である。まったくの偶然から山のようなチェイスの未公開書簡を発掘したウェストによれば、グレアム・グリーンは出版社エア・アンド・スポティスウッドの編集主幹として働いていたとき、新人の発掘にも力を入れ、チェイスに援助の手をさしのべたという。

ここで問題になる本は、チェイス(本名はルネ・レイモン)が「アンブローズ・グラント」名義でエア・アンド・スポティスウッドから出した『女の武器』(*More Deadly Than the Male*, 1944)であり、この作品は「新人作家」のデビュー作として好評価を受けた。この小説の主人公はジョージ・フレイザーという、出版社の営業担当係で、学校をまわって事典セットの注文取りをしている、孤独で臆病な男である。物語の冒頭でフレイザーは、ギャングの親玉であるジョン・デリンジャーとの銃撃戦の場面を夢に見ている。そして彼は、アメリカでギャングの一員だったという「秘密の過去」があるかのような口ぶりで、他人に嘘をつくのが癖になっていた。

アンブローズ・グラント『女の武器』(Ambrose Grant, *More Deadly Than the Male*, Eyre & Spottiswoode)

ジョージが事細かに語って聞かせるこうした物語は、彼の非凡な想像力の産物だった。彼はアメリカに行ったこともなければ、ギャングを見たこともなかった。それでも、派手なアメリカ産パルプ雑誌の熱烈な愛読者であり、ギャング映画なら欠かさず観ていたので、彼はアメリカの組織犯罪について驚くほどの知識を仕入れていた。『フロント・ページ・ディテクティヴ』や『トゥルー・コンフェッションズ』といった雑誌に描かれている殺し屋が、すっかり彼を虜にした。[10]

ジェイムズ・サーバーの名短篇「虹をつかむ男」を想起させるこの一節は、いかにアメリカ産パルプ雑誌が海外の読者の想像力をかきたてたかを、活き活きと伝えている。そしてこの熱狂ぶりは、作者であるチェイス自身の臆面もない告白だと読み取ることも、明らかに可能だろう。チェイスはしばしば、レイモンド・チャンドラー、ジェイムズ・M・ケイン、ジョナサン・ラティマーといったアメリカのハードボイルド作家たちの作品からアイデアを盗んでいることを指摘されているが、そうした作品群は彼にとって想像力の源泉だったのである。[11]

ウェストの『グレアム・グリーン探求』は、グリーンの伝記として決定版と言えるノーマン・シェリーによる三巻本とは比較にならないほど、

W・J・ウェスト『グレアム・グリーン探求』(W. J. West, *The Quest for Graham Greene*, The Orion Publishing)

まとまりを欠き、根拠の不確かな憶測に満ち満ちた本だと言われてもしかたがない。たとえば次の一節は、なんの論証もなく主張を述べるという、この本の性格がよく表れた典型例である。

チェイスがアンブローズ・グラント名義で書いた唯一の本である『女の武器』は、チェイスの通常の作品からは大きく外れているので、その当時にグリーンがどれほど手を加えたのかと問わざるをえない。この書物全体がほとんどグリーンの書いたものだとする説もある。ただ、それは可能性が低いことが、精読してみればわかる。そうは言っても、この小説にはチェイスにしては珍しく自伝的要素が濃厚で、それはグリーンの作品によくあることなのである。まるでチェイスの作品をグリーンがかなり綿密に校正したように見えるのだが、チェイスの経歴のこの段階においては、他人が手を加えることが可能で、それどころか不可欠でもあったということを証明するような、説得力のある状況証拠が存在している。[12]

ウェストは、グリーンが『女の武器』の大半を書いたわけではないということが、精読すればわかると言うが、その精読とはどういうものか、具体的に示していない。そして、グリーンがチェイスの原稿に大きく手を加えたという仮説を証明する、説得力のある状況証拠が存在すると言うが、その状況証拠とは何か示していない。もちろん、テクスト上の証拠も挙げていない。このように、ウェストの議論は論証のない空論にすぎないように見えるが、それでもなお、『女の武器』をめぐる彼の説はまったく無価値でもないということを、これからわたしがウェストに代わって論証してみたい。

最終章で、フレイザーは自分の意志で殺人を犯して逮捕されるとき、これまでの退屈な人生で初めて幸福感をおぼえる。絞首刑にされるのも怖くないと彼は刑事に向かって言うが、その言葉を刑事は強がりだと誤解する。

「まあそう言うなよ」と刑事は彼をじろりとにらみながら言い返した。「生きてさえいれば希望がある、と言うじゃないか。そんなに落ち込む必要はないさ」[13]

この一節はまるでグリーンの署名のように読める。グリーンの初期短篇の一つ「アイ・スパイ」で、主人公である十二歳の少年チャーリーは、真夜中に父親が「山高帽にベルト付きレインコート姿」の見知らぬ男二人に連行されていく、その瞬間を目撃してしまう。彼は父親がドイツのスパイだったとは知らない。

「もちろん、もちろんだとも」と知らない男の一人が言って、ふいに陽気で励ますような口調になった。「まあ、あんまり気にしないことだよ。生きてさえいれば……」すると父親が突然笑い出した。[14]

この二作品の類似には、偶然以上のものがある。どちらの物語でも、犯罪者は死刑判決を免れないし、刑事が同じ言葉でその犯罪者を慰めようとするのである(もちろん、「生きてさえいれば……」という言葉が、意図せざる皮肉になってしまうのも共通している)。これは編集者による校正なのか、それともほとんど共作に近いのかどうかは、まったく判断がつかない。わたしたちにわかることはただ、グリーンがチェイスに対して、さらには一般的にスリラーと呼ばれるジャンルに対して、強い共感を抱いていたという点しかない。

ブライアン・ディマートが論じているように、グリーンが自作に対して用いていた「ノヴェル」と「エンターテインメント」という二分法は、見た目ほどきれいに分けられるものではない。[15]本格的なノヴェルにおいても、そこにはつねにグリーンのメロドラマ的想像力が働いている。そしてグリーンの大衆文学嗜好は、間違いなく一九二〇年代の高踏的モダニストたちへの反発を反映しているだろう。こうした点を考慮に入れると、なぜグリーンが『ロリータ』を高く評価したのかという理由は、それが非常に手の込んだ虚構作品だからというのではなく、センセーショナルな話題を扱ったおもしろい物語だから、というものだったのではないか。おそらく『ロリータ』はナボコフがストーリーテラーに最接近した作品であることを、わたしたちはしばしば忘れがちである。言うまでもなく、『ロリータ』がアメリカでの発売後ただちにベストセラーになったのは、それが第一の理由なのだ。

『ブライトン・ロック』のピンキーや、『第三の男』のハリー・ライムをはじめとして、グリーンの著作は魅力的な悪役に満ちている。彼らは唾棄すべき悪党であると同時に、独特の魅力を持っていて、ここでわたしの推測を許してもらえるなら、グリーンはハンバート・ハンバートにまさしくその嫌悪と魅惑を見出したのではないか。この点に注目すると、映画批評家としてグリーンがピーター・ローレについて論じた文章は、充分検討に値すると思う。グリーンは『ナイト・アンド・デイ』誌に書いた『テンプルの軍使』(*Wee Willie Winkie*)評がもとで、一九三八年にシャーリー・テンプルの名誉を毀損した罪で告訴されていたが、その同年に発表されたこの映画評で、彼はフリッツ・ラングが撮った『M』における少女連続殺人鬼の演技から、ピーター・ローレを偉大な俳優だと賞賛している。忘れ難いピーター・ローレの表情の中にグリーンが読み取ったものは、連続殺人鬼の混沌とした心理だ。「彼がいたいけな犠牲者に向ける絶望的なやさしさの表情と、その顔に浮かぶ、どうしても破ることのできない習慣に抗おうとする不運な葛藤を、私は今でも記憶している」。そしてカール・フロイントが撮った『狂恋』(*Mad Love* または *The Hands of Orlac*)で堕落した外科医オルラックを演じたローレについて、グリーンはこう書く。「この悪人に善良さや、やさしさを我々が見出すのは、ひとえにローレのおかげである。ペーストのような球形の頭部についているおはじきのような瞳は、顕微鏡の接眼レンズみたいなものであり、スライドガラスに平たくなったこの男のもつれた心を、そこから覗くことができる。愛と情欲、品位と倒錯、己に対する憎悪と絶望が、そのぐにゃりとした心から観客に向かって飛び出してくるのだ。彼の顔立ちそのものが

フリッツ・ラング『M』(Fritz, Lang, *M*, 1933)

形而上的なのである」[16]。グリーンが『ロリータ』に興味を示したのは、自分自身のひそかな少女愛的嗜好ゆえだとする俗説もある。しかし、具体的な証拠はないものの、わたしはハンバート・ハンバートという少女愛趣味の持ち主の深層心理にひそんでいる、「愛と情欲」に、あるいは「品位と倒錯」に、グリーンは魅了されたのだと推理したい。

実際の理由はどうであったにせよ、とにかくグリーンは『サンデー・タイムズ』紙で一九五五年のベスト三冊のうちの一冊として『ロリータ』を選んだ——そして後は歴史となったのである。

注

1　Vladimir Nabokov, *Selected Letters 1940–1977*. Ed. Dmitri Nabokov and Matthew J. Bruccoli. New York: Harcourt Brace Jovanovich, 1989. 198.

2　Brian Boyd, *Vladimir Nabokov: The American Years*. New Jersey: Princeton University Press, 1991. 398.

3　Rick Gekoski, *Nabokov's Butterfly & Other Stories of Great Authors and Rare Books*. New York: Carroll & Graff Publishers, 2004. 1–12.

4　英国大衆小説史の概観については、Steve Holland, *The Mushroom Jungle: A History of Postwar Paperback Publishing*. Westbury: Zeon Books, 1993 および Maurice Flanagan, *British Gangster & Exploitation Paperbacks of the Postwar Years*. Westbury: Zeon Books, 1997 を参考にした。

5　ハンク・ヤンソンことスティーヴン・フランシスについては、Steve Holland, *The Trials of Hank Janson*. Surrey: Telos Publishing, 2004 が必読。また、この Telos Publishing という出版社では、ハンク・ヤンソン物のペーパーバックを、当時のレジナルド・ヒードによる表紙絵をそのまま再現する形でまとめて復刊している。

6　レジナルド・ヒードが書いたペーパーバックの表紙絵の多くは、Steve Chibnall, *Reginald Heade: England's Greatest Artist*. Richmond: Books Are Everything, 1991で見ることができる。
7　Vladimir Nabokov, *The Annotated Lolita*. Ed. Alfred Appel, Jr. New York: Vintage International, 1991. 150.
8　Roland Vane, *White Slave Racket*. New York: Leisure Library, 1952.
9　James Hadley Chase, *No Orchids for Miss Blandish*. Rpt. London: Corgi Books, 1977.
10　Ambrose Grant, *More Deadly Than the Male*. London: Eyre & Spottiswoode, 1946. 8.
11　奇妙なことに、ナボコフはラティマーの『モルグの女』(*The Lady in the Morgue*)を読み、そこに出てくるいかがわしいダンスホール("rubhouse"——男女が身体をすり寄せて踊るところから来た言葉)の描写が秀逸だと言って褒めている。Vladimir Nabokov, *Dear Bunny, Dear Volodya: The Nabokov-Wilson Letters 1941–1971*. Corrected edition. Ed. Simon Karlinsky. New York: Harper Colophon. 1980, 189を参照。また、チェイスの *Miss Callaghan Comes to Grief*(一九四一年)は、死体安置所で男たちが美人の死体を発見する場面から始まるが、物語の本筋とはまったく関係のないこの導入は、明らかにチェイスがラティマーの『モルグの女』から拝借したものである。
12　W. J. West, *The Quest for Graham Greene*. London: Weidenfeld & Nicolson, 1997. 114.
13　Grant 271.
14　Graham Greene, "I Spy." *Collected Stories*. London: The Bodley Head & William Heinemann, 1972. 537.
15　Brian Diemert, *Graham Greene's Thrillers and the 1930s*. Montreal and Kingston: McGill-Queen's University Press, 1996.
16　Graham Greene, "The Genius of Peter Lorre." *Mornings in the Dark: The Graham Greene Film Reader*. Ed. David Parkinson. Manchester: Carcanet Press, 1993. 403.

第2章 巨大な眼球

One Big Eyeball

ナボコフの語りについて
——「クリスマス」の誤訳から

加藤光也

ナボコフには細部のみごとな精確さにもかかわらず、全体の構図にどこか幻覚めいた曖昧さがつきまとう。翻訳に携わってみるといっそうよくわかるが、語呂合わせや引喩の他にも、わからない箇所がずいぶんあるのである。中でも驚いたのは、二〇〇一年、日本ナボコフ協会の秋の研究会での特別講演でアレクサンドル・ドリーニンが、仕掛けがわかりやすい「ある日没の細部」ばかりではなく、「リーク」や「かつてアレッポで……」などの短篇でも、主人公が途中で死んでいたり、すでに死んでいたりすることをみごとに解き明かしてみせてくれたときのことだった。

二〇一〇年の国際ナボコフ学会では、映画と原作との比較や、ロシア語の詩の分析、ナボコフ作品の背後にある形而上学の問題など、様々な話題が取り上げられたが、私がこのことを改めて思い出したのは、最近、ナボコフの短篇のいくつかを改訳する機会があり、以前私が訳した短篇「クリスマス」のとんでもない誤訳に気づいて、あれこれ考えさせられたからである[1]。

「クリスマス」はナボコフがシーリンの筆名で短篇を発表していた頃のもので、一九二五年十二月、ベルリンの亡命ロシア人の新聞『舵《ルーリ》』のクリスマス号に掲載され、のちに息子のドミトリーとの共訳で英訳されている。ナボコフのものとしては単純な物語の舞台はロシアの冬の別荘。第一節では、主人公のスレプツォフはサンクトペテルブルクで亡くなったばかりの息子を埋葬するため一族の墓がある田舎屋敷に来ているところである。短い滞在なので、本館は開けずに翼棟だけを使っている。第二節、埋葬の次の日、雪景色の敷地に出てみると、夏の頃に別荘で蝶を追ったりしていた息子の姿が思い浮かんでくる。第三節、午後にふたたび墓を訪れたスレプツォフは夕方、夏のあいだ息子の書斎だった本館の部屋から、息子の形見の品々（ノート、缶に入った蛾の繭、蝶や蛾をとらえるための捕虫網）を持ち出してくる。ツリーを運んできた召使いが、その日はクリスマスイヴであることを告げても、上の空である。第四節、夜になり、息子のノートに記された日記から、自分が知らなかった息子の淡い恋（「わざと彼女の別荘のわきを二度とおったけれど、彼女は見えなかった……」）を知るとスレプツォフの悲しみは耐えがたいまでになり、自殺への誘惑に駆られそうにさえなる。と、そのとき、息子の書斎から持ち出してきた缶のなかの繭が裂けて、大きな蛾、オオアヤニシキが壁の上で奇跡のように羽を拡げる。

物語の背景にはナボコフ自身が少年時代の夏をよく過ごしたサンクトペテルブルク近郊のヴィーラの別荘の記憶があるだろうし、息子を失った主人公の悲嘆には、リベラルな政治家であった父を極右の凶弾で失ったナボコフの思いが、父と子の関係を逆転させて、投影されてもいるだろう。父と子の強い絆はのちに『ベンドシニスター』のクルークとダヴィッドの関係でも繰り返されるテーマである。最愛の息子を失った主人公の心の痛手が、蛾に変容した新しい命の誕生によって慰められるという、いかにもクリスマス・ストーリーにふさわしい構図について、タチヤーナ・トルスタヤはナボコフの『短篇全集』の書評で詳しく取り上げ、ロシア語の「クリスマス」は「誕生」の意味で、主人公の名前スレプツォフもロシア語の「盲目」から来ていることを指摘したあと、この世界でのわれわれの生はいわばまだ蛹のようなものであり、蛾が蛹から羽化するように、死の向こう側に真の生命の世界、息子と再会できる世界があることをスレプツォフは知らないのだ、と明快にその象徴性を解説している(Tolstaya)。

だが、それでは、主人公のスレプツォフは盲目のまま、物語の肝腎の奇跡には取り残されてしまうのだろうか。ここでは象徴解釈にはこだわらずに、英語版のテクスト(*Stories* 131–36, I 201–209)に沿って読み直した場合にどうなるのか、考えてみよう。肝腎のその最後の奇跡が訪れる場面は、次のように語られる。

「あすはクリスマスでございます」不意にあの声が甦ってきた、「そしてわたしは死ぬところなのだ。もちろんだ。とても単純なことだ。きょう、こんや……」

彼はハンカチを引っぱりだして、目と顎髭と頬を拭った。ハンカチに黒く濡れた涙の縞がついた。

「……死」とスレプツォフは、まるで長い文章を締めくくるときのように、そっと言った。

置き時計がカチカチと鳴る。(中略)スレプツォフはかたく目を閉じて、つかのま、この地上の生というものがすっかりむき出しの、理解可能な形で目の前に現れてくるように感じた——それも、ぞっとするほど悲しく、屈辱的なまでに無意味で、不毛な、奇跡も起こらないようなものとして……。

と、ちょうどそのとき、突然、ピシッという音がした——ひっぱりすぎた輪ゴムが切れたときのようなかすかな音だった。スレプツォフは目を開いた。(*Stories* 136, I 209)

ここで恥をさらすことになるが、スレプツォフが内心の苦悩を洩らす最初の部分(「そしてわたしは死ぬところなのだ……」)を、私は息子のうわごとと取り違えて誤訳していた。いかに悲しみの底にあるとはいえ、自殺の決意をほのめかしさえするようなつぶやきは、やや唐突に思えたからでもある。しかし、息子はすでに「ついこないだ」亡くなったと記されているし、うわごととはいえ、その息子が「明日はクリスマスなんだ」と語るのはおかしいので、明らかに私の勝手な思い込みによる誤訳である。

けれども、誤訳を正してみると、語り手がこの短篇では唯一思弁的な解説の言葉で介入してくるこの箇所について、さらにいくつかの疑問がわいてくる。多くの研究者は、奇跡のような蛾の誕生を見て、絶望した主人公はふたたび生への希望を回復すると解釈するようだが、[2]「わたしは死ぬところなのだ(‘I'm going to die’)」の意味が、まず「わたしは死ぬ(自殺する)つもりだ」という意志を示すものなのか、「わたしは心痛のあまり死んでしまうだろう(死んだも同然になってしまうだろう)」という予測を示すものなのかはっきりしないし、また、「つかのま……感じた(fleeting sensation)」(「消えゆく意識のなかで……感じた」とも取れる)という言い回しからは、ひょっとすると絶望のあまり、スレプツォフはここで意識を失うのではないか、あるいは極端に言えば作品世界の現実とは別の世界に入っているのではないか、とも取れる曖昧さがある。もちろん、スレプツォフは繭が裂ける音で「目を開」くことになっているが、スレプツォフははたして、どこで目を開いているのだろうか。これらの疑問を考える前に、もう一度、作品を振り返ってみよう。この短篇は最後の場面までは三人称のリアリズムの形式で書かれているけれども、その語りはそれほど単純ではなさそうだからである。

冒頭、「雪のなかを、村から田舎屋敷まで歩いて戻って」きて、それまでに使ったことのない椅子に腰をおろすスレプツォフの姿は、次のように語られる。

> あたりがかすむほどの雪のなかを、村から田舎屋敷まで歩いて戻ってくると、スレプツォフは部屋の隅にある、それまで一度も使った覚えのない(中略)椅子に腰をおろした。何か大きな不幸のあとでは、えてしてそのようなことがあるものだ。実の兄弟ではなくたまたまの知り合いで、これまでさして注意を払ったこともなく、普段ならほとんど言葉も交わさないような村の隣人が、気をきかしてやさしく慰めてくれたり、葬式が終わったあとで落とした帽子を手渡してくれたりする。(中略)生命のない事物についても、同じことがあてはまる。(*Stories* 131, I 201)

これが、じつはスレプツォフが息子の葬儀から帰ってきた場面なのだと読者が知るのは、第二節まで読み進んでのことである(「そして昨日、スレプツォフは少年の棺を[中略]田舎の、村の教会の近くにある一族の地下納骨所まではこんできたところであった」）。読者は読み返してみて初めて、スレプツォフが参列した葬儀の様子が比喩の中に織り込まれているのを知ることになる。これは主人公の悲しみをあまり感傷的に押しつけないようにする工夫かもしれない。しかし、それが比喩の構造の中に留まるかぎり、はたしてスレプツォフの実際の体験かどうかは決めがたいままで、あくまで暗示されているだけである。暗示されるだけにせよ、異なった複数の語りをこのように圧縮する操作からは、語り手の物語への強い介入がうかがわれる。一方に悲しみにくれる主人公がおり、一方に主人公の悲しみを感傷的には伝えないようにしながら、その悲しみから主人公を救おうとする語り手がいるということである。

では、語り手は、どのようにして主人公の悲しみを慰めようとするのか。語り手が主人公を最初に向かわせるのは、別荘地の冬景色であり、夏の日の息子の記憶である。ナボコフ特有のめざとい観察にとらえられた自然描写（「黒い小枝はどれも銀色に縁どられ、樅の木はきらきら積みかさなるものの下に、緑色の前足をちぢこめているように見えた」）は、スレプツォフが「晴れて凍てつくような日だけに感じられる静けさ」のなかで「私園の土地が川にむかって落ちこんでいる場所」まで歩いてゆく箇所で頂点に達する。下に見下ろす凍った川から対岸の丸太小屋、そこから立ち上る煙、さらに遠くの百姓家のずっと上にかがやく教会の十字架へと、遠くに視線が誘われて冬景色の中に溶け込んでゆく描写には、ワーズワスが若い日の記憶が残る景色と五年ぶりに再会するときの「ティンターン寺院」冒頭を思わせるような、自然との融合の感覚があふれている。しかし、ナボコフのアイロニーによって、十字架が暗示する慰め（信仰の世界での亡き息子との対話）はすぐに次の第三節で「地下の納骨所では、屋敷にいるときよりもさらに一層息子から遠く隔てられているかのようだった」と否定され、スレプツォフが次に向かうのは、息子の記憶を留める形見の品々であり、ノートに記された日記を読むうちにスレプツォフの悲しみはつのり、そして最後の場面が訪れる。

ロシア語版との詳細な比較を行っているシュライアーは、最後の場面の曖昧さを認めながら、作品中の現実を超えた「別世界」との出会いを暗示する「奇跡的な(蛾の)変容のお陰で、スレプツォフは自殺の誘惑を避けることができる」のだ、と述べているが(Shrayer 37–38)、はたして、スレプツォフはどこでそれを目撃するのだろう。たしかに繭が裂ける音を聞いて、「スレプツォフは目を開いた」と書かれているが、これは、蛾の羽化の場面を作品内の現実に留めおくための仕掛けにすぎないように思われる。それほどまでに、蛾の羽化のうっとりするような描写は、テクストの他の部分とは異質の描写となっているのである。ナボコフ特有の「美的至福」のヴィジョンと言ってもよいが、ここではスレプツォフの視線は置き去りにされたまま、蛾の羽化にうながされるまま、言葉が自ずからひたすら描写を行っているようなのだ。

では、『ベンドシニスター』の最後で、息子を失った主人公の苦悩を見かねて不意に語り手が小説世界の書き割りを破って登場するときのように、ここでは「美的至福」の世界が唐突に外挿されているのだろうか。おそらくはそうなのだ。つまり、主人公スレプツォフの視線にそって進む語りはここで中断され、実体が曖昧なスレプツォフの意識についての問いも無効になる。そして、この奇跡が読者にとってけっして唐突と思われないのは、すでにテクストで奇跡がなされているからであり、オオアヤニシキは、いわば、語り手が主人公スレプツォフの視点を借りて書き留めてきた、ロシアの美しい冬景色や、恋の思い出、鱗翅《りんし》類の目録（世界の奇跡を体現する、アゲハチョウ、チョウセンベニシジミ、ヒョウモンチョウ、ポプラスズメガたち）の記憶の、エンブレムなのである。

さらに、奇跡の場面全体の眼目は、最後のパラグラフ「やがて（中略）黒く分厚い二枚の翅は、やさしくうっとりするような、ほとんど人間が感じるものといってもよい幸福（almost human happiness）の衝動に駆られて、大きく息づいた」の、'human'にある。

強引と思われるほどの奇跡を演じてみせながら、あくまでそれを特別な別世界のものとしてではなく、「人間が感じる」世界のものに留める姿勢は、やはり『ベンドシニスター』の序文で、その「第一のテーマはクルークの愛に満ちた心臓の鼓動」であると語るナボコフの姿勢にも通じるが、「クリスマス」では鮮やかな記憶としてのロシアの慰めはまだ少しも薄れていなかったように思われる。ロシアが遠い北の国ゼンブラに変容する前のことである。

注

1 「クリスマス」の旧訳は『ナボコフ短篇全集Ⅰ』（作品社、二〇〇〇年）、二〇一–二〇九頁。本文中の訳文は私の改訳で、ナボコフ全短篇の改訳が作品社から近刊の予定。

2 若島正『ロリータ、ロリータ、ロリータ』（作品社、二〇〇七年）、三二一–三二五頁も参照。

参考文献

Nabokov, Vladimir. *The Collected Stories*. London: Penguin Books, 1997.
Shrayer, Maxim D. *The World of Nabokov's Stories*. Austin, Texas: U Texas P, 1999.
Tolstaya, Tatyana. "A Phoenix from the Russian Snow." *Los Angeles Times*. 6 Dec. 1987. Web. 19 January 2011. http://articles.latimes.com/1996-02-04/books/bk-32004_1_vladimir-nabokov

『オネーギン』注釈から『青白い炎』までの道程
――ナボコフとロトマンの注釈を比較しながら

柿沼伸明

小説『青白い炎』は、以下の三要素から構成されていると言えるだろう。第一に、欠陥のある原詩テクスト。「欠陥のある」と述べたのは、必ずしもテクストにおいて作者シェイドの創作的な意図が十二分に発揮されているとは判断できないし（まずテクスト自体が意味不明である）、注釈者であり出版発起人でもあるキンボートが原テクストに改竄を加えている可能性すら排除できないからだ。第二に、詩の内容・結構についての作者の根本的な構想。どのような形で、作品のプロットを解決したかったのか、語りを束ねたかったのか、出来事を配列したかったのか、などテクスト構成上の戦略に関して、作者はグラウンドデザインを持っていたに違いないが、この点が読者には判然としない。第三に、第二の作者の構想に対する注釈者の想像。第三の要素は、キンボートの妄想内容が書き込まれた脚注のなかで実現されている。結局、第一と第三の要素は、それぞれ原詩と脚注という形でテクストとして存在するが、第二の作者の創作プランの真意に関しては実体として存在せず、畢竟、注釈者も読者もそこに到達することはできない。

原詩テクスト、その作者、その注釈者のすべてを虚構物として創造し、以上のような複雑な関係性を小説内で具象化しようとした前代未聞の試みが、ナボコフの『青白い炎』である。このアイデアが、十五年近くにおよぶ『エヴゲニー・オネーギン』の翻訳・注釈作業[1]に由来することは、研究者のあいだで周知の事柄だ。『青白い炎』と『オネーギン』注釈書を対照してみると、原詩テクスト・注釈・索引による構成という外観上の相似以上に、不完全な原詩テクストが、作者の本来的な構想をめぐって、注釈者の想像力を駆り立てるという因果関係にこそ、両作品の決定的な共通点があると思える。では、『オネーギン』解釈のどこから『青白い炎』の構成につながる発想をナボコフがつかんだのか。その詳細を明らかにすることが、本論稿の目的である。

さて、まず理解しておかねばならぬことは、『オネーギン』がプーシキンの未完の作であるということだ。これは、作者によって構想された章構成の原案が後に抜本的に変更された事実から明らかである。一八三〇年九月二十六日(作品の基幹部が完成したいわゆる「ボルジノの秋」)、詩人は全体を第九章にまとめることを考量していた。その後の三週間、さらに幾連かを加筆し、新たに企画された第十章に収める予定であったが(*EO* 1, 65–66; *EO* 3, 254–56)、一八三〇年十月十九日、これらの詩連は焼却された[2](*EO* 3, 312)。一八三一年に当初の第八・九・十章は組み替えられ、現存する全八章からなる一八三三年三月初刊の正典の形に整理された。変更点は以下の通り。初め「放浪」と題された第八章は大幅削除され、追記の形で「オネーギンの旅」として断章と作者の注が正典に付加された。このため、当初の第九章「社交界」は、繰り上げされ正典八章に移行。第十章は正典から完全に削除されたが、プーシキンは詩句の一部を暗号化して紙片に書き留めていた。一九〇四年以来、この紙片はアカデミー自筆原稿部に保管され、一九一〇年、モロゾフというプーシキン学者が、作者の語省略の規則を見破り、これを解読した。[3] しかし、復元された詩行のなかで十四行『オネーギン』詩型をとどめているのは二連のみであり、それら以外は数行ごとに一連を形成する仕組みで、全体が十七連か十八連に分節されている。[4] また、主人公は第十章にまったく登場しない。よって、圧縮された元の第八章(「オネーギンの旅」の原型)と廃棄された第十章は、作者の構想が判然としない欠陥テクストである。

プーシキンがプラン変更を行った理由は簡単だ。一度、筆禍事件をおこして南ロシアへの流刑に処せられた詩人が、再度、政治的な問題に巻き込まれることを避けたためである。「オネーギンの旅」の削除部にはデカブリスト南方結社の活動と結びつく事柄が扱われていたと推測され、第十章の残存部にはデカブリスト北方結社の秘密集会の様子が描かれている。執筆当時、デカブリストの反政府活動に触れることはきわめて危険だった。

プーシキンが韻文小説の構想を変更したため、今日、私たちが読む正典には、「プロットの穴」と呼ばれるべき奇妙な現象が生じた。プロットの穴というのは、小説内の時系列中のある期間、主人公オネーギンの足取が辿れなくなることだ。具体的には、レンスキーとの決闘後、オネーギンのペテルブルク出発からふたたび首都に戻ってくるまでの約三年間(一八二一年六月三日—一八二四年八月中旬)[5] (*EO* 3, 302–303)[6]、そしてタチヤーナからの最終拒絶からデカブリスト事件までの約八ヵ月間(一八二五年三月中旬から四月中旬[7]—一八二五年十二月十四日)、主人公は小説内から行方不明になる。ここから、「主人公は西欧を旅したのか?」「主人公はデカブリスト蜂起に関与したのか?」という二つの大きな副次的な疑問が生じてくる。プロットを構想中の作者の脳内には、出来事の首尾一貫したシークエンスが存在したはずだが、大幅削除の結果、テクストを精査しても、作者の真の創作的意図は謎と化してしまった。

このような事情は注釈者ナボコフの想像力を大いに刺激した。彼は放棄された草稿から流産となった作者の本来的構想を推しはかり、欠陥テクストの復元にとりかかる。しかし、この作業は厳格なテクスト・クリティークの領域からの完全な逸脱であり、小説家ナボコフの想像力の暴走とみなすことができるだろう。他方、まさにここで、①欠陥のある原詩テクスト、②隠された作者シェイドの本来的構想、③自己の原詩解釈からテクストを改変しかねない注釈者キンボートの妄想という『青白い炎』の三位一体性が、ナボコフの頭にひらめいたことは想像に難くない。ナボコフとロトマンの『オネーギン』注釈を読み比べてみるとき、そうした見えざる背景が浮かび上がってくる。[8]

仔細を検討してみよう。『オネーギン』のプロットの穴を考えるとき、解釈上、もっとも謎めいて見えるのが、(A)正典八章第十三連の十三―十四行(傍線は筆者)と(B)「オネーギンの旅」の草稿第五連である。これら二連は、主人公の西欧旅行とデカブリスト蜂起関与の可能性についての議論を誘発する。以下、ロシア語原文、ナボコフの英訳、それからロシア語原文からの筆者の拙訳を引く。

(A)　正典八章第十三連の十三―十四行

Им овладело беспокойство,　　　A restlessness took hold of him,

Охота к перемене мест
(Весьма мучительное свойство,
Немногих добровольный крест).
Оставил он свое селенье,
Лесов и нив уединенье,
Где окровавленная тень
Ему являлась каждый день,
Начал странствия без цели,
Доступный чувству одному;
И путешествия ему,
Как всё на свете, надоели;
Он возвратился и попал,
Как Чацкий, с корабля на бал.

the urge toward a change of places
(a property most painful,
A cross that few deliberately bear).
He left his countryseat,
the solitude of woods and meads,
where an ensanguined shade
daily appeared to him,
and started upon travels without aim,
accessible to one sensation;
and journeys to him
tedious became as everything on earth.
He returned and found himself,
like Chatski, come from boat to ball.

オネーギンを支配していたのは〃不安と居場所を変えたい願望だった〃（これらは、非常に苦しみを与える性質のもので〃少数の人たちにとっては自発的な十字架となる）〃オネーギンは自分の領地〃そして森と畑の隠居地を後にした〃そこには、血まみれの亡霊が〃毎日、彼のもとに現れた〃それゆえ、目的地をもたない放浪を始めた〃一つの感情にとらわれていたオネーギンは〃しかし、彼は旅することに飽き飽きした〃この世のすべてのことと同じく嫌になったのだ〃彼は帰って来た、そして行きついた〃チャッキーのように船から舞踏会へ

上記詩連の十三―十四行にある「彼は帰って来た、そして行きついた〃チャッキーのように船から舞踏会へ」という言葉は、一見、オネーギンが海路で（国外から）ペテルブルクに帰還したかのように読める。換言すると、グリボエードフの『知恵の悲しみ』の主人公チャッキーが、西欧旅行のあと（それからペテルブルクからモスクワへ陸路で到着）、恋人に愛を告白し、恋に破れるのと同じ経過を、オネーギンも辿ったかのような印象を読者に与える。[9]

しかし、ナボコフは、オネーギンが西欧を旅してから海路で首都に帰還したという設定はほぼありえないと述べる（だが、明確な根拠を示していない）。[10]他方、ロトマンは、「オネーギンがオデッサから西欧へ船で赴いた」という仮説もありえるとしている。ロトマンの読みは、オネーギンがオデッサ近郊の軍事村落（военные поселения）を訪れたため、官憲に目をつけられ、オデッサから海路で西欧に逃避せざるをえなかったという筋立てがプーシキンの意中にあったが、政治的な理由で断念されたというものだ（Лотман 503–505）。「軍事村落」というのは、農民を兵士に仕立てあげるため、政府によって国有地に強制的に設立された軍事的共同体のことで、農民の不満から一八一九年には南ロシアで大規模な武装反乱が起きた。デカブリスト南方結社の軍人ペステリも、共和制実現の手段としてオデッサ近郊の軍事村落を利用することを計画していた。それゆえ、当時、不満分子のたまり場である軍事村落に言及することはできなかった。ロトマンの解釈を敷衍すると、主人公の軍事

村落訪問→危険人物扱い→やむなく海外逃亡→海外からペテルブルクに帰還というシナリオを、いったん作者は放棄したものの、旧プランの名残で「船から舞踏会へ」という詩句が正典にとどまったとみられる。

小説内の時系列の観点から、この問題を眺めてみよう。一八二三年後半、オネーギンは作中人物プーシキンとオデッサで再会を果たし、一八二四年八月中旬、旅行からペテルブルクへ戻ってくるが、この間、一年ほどの時間的な空白がある。仮にオネーギンがオデッサから海路で黒海を抜けマルセイユ(フランスの港町)に到達し、そこから、ナボコフが想定する西欧旅行の行程マルセイユ→陸路でリューベック(ドイツの港町)→海路でペテルブルクのルートを辿ったとしても、旅の所要日数の点で矛盾は生じない。すなわち、時系列上、ロトマンの仮定に問題はないのだが、ナボコフはあえてこの可能性を否定しようとする。このことは注目に値する。

(B)「オネーギンの旅」の草稿第五連

Наскуча или слыть Мельмотом　　Grown bored of either passing for a Melmoth,
Иль маской щеголять иной　　or sporting any other mask,
Проснулся раз он патриотом　　he once awoke a patriot
Дождливой скучною порой　　during a rainy tedious spell.
(削除された四行目: В Hôtél de Lóndres что в Морской　　in the Hôtel de Londres in Morskaya Street.)

Россия, господа, мгновенно
Ему понравилась отменно
И решено. Уж он влюблен
Уж Русью только бредит он
Уж он Европу ненавидит
С ее политикой сухой
С ее развратной суетой

For Russia, gentlemen, he instantly
felt a tremendous liking,
and it is settled. He is now in love,
he raves of nothing now but Rus',
he now hates Europe,
with its dry politics,
with its lewd bustle

メルモス（ロバート・マチューリンの小説『放浪者メルモス』の主人公―筆者注）という評判をとることにも//他の仮面を誇示することにも飽きた//オネーギンの中にいっきに愛国心が目覚めた//雨が降りつづく退屈な日々に//（削除された四行目：モルスカヤ通りにあるロンドンホテルで）//読者の皆さん、彼はすぐさま//ロシアへの大きな愛を感じた//事は決した。彼はルーシ（ロシアの旧名―筆者注）にぞっこんだ//話すことといえば、ルーシのことばかり//オネーギンはヨーロッパをとても嫌っている//あの無味乾燥な政治を//あの低劣な空騒ぎを

この草稿は、実現されなかったプーシキンの全体構想を忖度する上で、もっとも重要な意味をもつ。ここには主人公の急激な精神的転回が描かれている。人生に食傷していたオネーギンの内部に、突如、西欧を厭い、ロシアを愛する気持ちが生まれる。当然、この変貌には理由が必要となる。こ

こから、ナボコフによる死産した作者の構想への推理が始まる。手掛かりは三つある。第一に、草稿余白に「第十歌へ」という作者自身の書き込みがあることから、作者がこの連を第十章で使う予定であったことがうかがえる。第二に、削除された四行目にある Hôtel de Lóndres（ロンドンホテル）がペテルブルクに実在したホテルの名であることから、精神的転回は首都で起こったことを物語る。[11]第三に、ナボコフは、「最初の四行は、オネーギンがメルモスのごとく西欧を放浪し、西欧に飽き飽きしてペテルブルクへ戻ってきたと理解できないこともない」と指摘する（*EO* 3, 259）。つまり、ナボコフのストーリー復元説はこうだ。一八二五年春、正典八章（もともとの第九章）の最後で、オネーギンはタチヤーナから最終拒絶を受ける。傷心の主人公は（おそらく陸路で）西欧旅行に出発し、その地を放浪するが、西欧がすっかり厭になってふたたびペテルブルクへ戻ってくる。そして、首都のロンドンホテルに投宿していたとき、突然、彼の心にロシアへの深い愛が目覚める。帰国後、彼はデカブリストたちと交流し、一八二五年十二月十四日、デカブリスト蜂起の目撃者となる。ここから、ナボコフが再現する遺稿第十章の最終第十八連の後続部は、以下の形にならねばならない。[12]

第十章第十八連

（デカブリスト北方結社の秘密集会の様子が描かれている）

Сначала эти заговоры　　At first these conspirations
Между лафитом и клико　　between Laffite and Cliquot
Лишь были дружеские споры,　　〈were merely〉 conversations

И не входила глубоко　　and did not ⟨enter⟩ deeply
В сердца мятежная наука,　　the science of rebellion into hearts;
Всё это было только скука,　　⟨all this was only⟩ boredom,
Безделье молодых умов,　　the idleness of youthful minds,
Забавы взрослых шалунов . . .　　pastimes of grown-up scamps . . .

最初、ほろ酔い気分で[13]//語られたこれらの陰謀は//単なる友人同士の議論にすぎなかった//叛乱へのそそのかしは//心の奥底には届かなかった//これらすべては、若い知性たちの退屈まぎれ//無為懶惰のしろもの//腕白な大人たちの遊びであった……

第十章第十九連

（この連で初めてオネーギン登場。主人公の西欧放浪、西欧が嫌いになった事情、ロシア帰国への言及）

第十章第二十連

（「オネーギンの旅」の草稿第五連はここに移動）

第十章第二十連以後

（オネーギンは、ペテルブルクでデカブリスト事件の参加者ではなく、その目撃者となる）

これに対し、ロトマンは、オネーギンが精神的な再生を経験した結果、デカブリスト運動に参加するという説は、「議論の余地がある」とする。[14] また、第十章に出てくるナポレオン戦争から地下デカブリスト運動までの歴史記述と、オネーギンの物語がふたたび交わるためには、次の三種のプロット解決法しかないと指摘する。つまり、オネーギンがデカブリスト運動の参加者となるか、目撃者となるか、それともまったく関係しないか。しかし、政治的理由からであれ、作者は正典の形で作品を完結することを選んだのだから、文献学の役目はもう終わっており、そうした詮索は意味がないと断じる。ただし、テクスト分析から離れるなら、オネーギンのデカブリスト運動関与の推量から小説のプロットを補完する作業、あるいは第十章の断片的な記述からプーシキンの政治観を探る作業という二方向への研究スタンスが予想されるが、どちらも非生産的だと切り捨てる。テクストに忠実なロトマンの立場からすると、未完の作者の構想を再現しようとするナボコフの企てなど、はなから興味がないのだ。

最後に筆者の三つの観点を表明したい。第一に、ナボコフが、小説内の時系列からみて十分にありえるにもかかわらず、オネーギンの国内旅行→オデッサ→西欧旅行→ペテルブルク帰還という旅程の可能性をあえて否定し、失恋後の感傷旅行《センチメンタルジャーニー》としての西欧彷徨が作者の考えていたほんとうのプロット展開であると論じるのには、一定の理由があると思える。その理由とは、あくまでも筆者の憶測の域を出ないが、彼がオネーギンの運命と自身のそれとを重ね合わせているからではなかろうか。一九一九年四月、ナボコフは、処女作『マーシェンカ』のモデルとなった初恋の女性リューシャ・シュリギナーとの思い出を胸に秘め、祖国を船で発ち、黒海を渡って五月にマルセイユに至る。[15]そこから彼の西欧漂泊が始まり、異国の空の下で故国ロシアへの深い愛を感じることになる。ナボコフの思い描くオネーギンも、西欧放浪の経験からロシアを再認識する。奇しくも、オネーギンの内的覚醒が生じるのは、ナボコフの旧宅の近くでのことだ。

第二に、「オネーギンの旅」草稿第五連の三つの手掛かり（余白部への書き込み、削除された一行、詩句の解釈）に基づき、未完に終わった作者の構想を推理し、第十章の欠陥テクストの復元を行うという発想は、実に面白い。もちろんロトマンの主張する通り、注釈者が勝手に原テクストの復元を行うことなど許されない。『オネーギン』の原詩テクストは実在するものなので、文献学者はこの絶対条件に縛られる。しかし、原詩テクストが虚構のものであるなら、すべてが許される。さらに、そこに仮想の狂的な注釈者を登場させ、作品構成に関する作者の本意と注釈者の想像を競合させ、双方の領分がどう区分されるのかが判断できないような枠組みを考案するならば、小説は幾重にも複雑になる。こうして『青白い炎』の独創的なアイデアが得られた経緯が理解される。

第三に、ナボコフはアンドレイ・ベールイの評論『弁証法としてのリズムと『青銅の騎士』』（一九二九）をすでに読んでおり、『オネーギン』注釈はこれに影響を受けたのではないか、という疑念が筆者に湧く。ベールイの『青銅の騎士』論はこうだ。[16]プーシキンは主人公がデカブリストと交流をもつ設定の『オネーギン』最終章を書き、これを放棄した。このテーマを扱うには作者は仮面をかぶる必要があった。一八三三年に執筆された詩人の最後の物語詩『青銅の騎士』でそれが実現された。新帝都建設の壮大な野望を思い描く専制君主ピョートル一世は、ニコライ一世の暗喩である。洪水で家と恋人を失い、ピョートル像に向かって呪詛の言葉を吐くエヴゲニーは、同じ名をもつオネーギンの生まれ変わりで、デカブリストたちの暗喩。青銅の騎士がエヴゲニーを追いかける場面は、ニコライ一世によるデカブリスト蜂起の弾圧を表す。空間的にも同じ元老院広場での出来事であり、時間的にも事件とほぼ同時期だ。物語詩の最後で、主人公エヴゲニーは死体で発見されるが、ここには蜂起参加者の悲惨な末路が暗示されている。

筆者の知る限り、『青白い炎』に近いと思う構成を備えている小説は、ブリューソフの『炎の天使』(未邦訳)と谷崎潤一郎の歴史物だ。物語は完全に作者の作りごとなのだが、語り手が作者の捏造物である偽の先行テクストを引用したり、注釈したりしながら、物語を本当らしくみせかける語りの点に、三者の類似性がある。『炎の天使』は、虚構の古文書への注釈を巻末におき、中世ドイツのファウスト伝説の世界を描いている。谷崎の歴史物だと、たとえば『春琴抄』では、後世の語り手が『鵙屋《もずや》春琴伝』なる捏造テクストから文章を引用し、時代考証に配慮する体裁を装いながら、明治維新前後の春琴と佐助の虚構の恋物語を伝える。『少将滋幹の母』では、『源氏物語』や『今昔物語』などの様々な実在テクストと『滋幹の日記』という一つの虚構テクストからの出典引用を織り交ぜながら、[17] 古典学者ふうの語り手が、平安時代に実在したであろう藤原国経《くにつね》という人物の老いらくの性(作者の想像の産物)について物語る。ナボコフとブリューソフと谷崎に共通するのは、半面で広い教養を備えた学者であり、半面で物語を紡ぎだすことを生業《なりわい》とする小説家であることだ。学者の半身で培われた文献学的手法を、小説家の半身が生成する嘘八百の物語のなかに織り交ぜたい誘惑は、抗しきれないほど大なるものであったのだろう。

注

1　一九四九年、ナボコフはコーネル大学の学生のために簡潔な『オネーギン』概説書を出版したいと考え、英訳に着手したのだが、作品研究がライフワークのようになり、一九六四年にようやく最初の四巻本の翻訳・注釈書が公刊された。Boyd, Brian. *Vladimir Nabokov: The American Years* (Princeton University Press, 1991), p. 133, 136, 319. ナボコフの翻訳・注釈書は、*Aleksandr Pushkin. Eugene Onegin. A Novel in Verse*; Trans. by Vladimir Nabokov (Princeton University Press, 1981) を使用した(ただし二巻目の第二部は便宜的に三巻と見なした)。

2　一八三〇年十月二〇日に完成された短編『吹雪』の原稿の最終ページ余白に「十月十九日、第十歌が焼却された」という書き込みがある。

3　第十章解読の歴史については(*EO* 3 365–66)。

4　ナボコフは十八連に分節しており、英訳も第十章の注に載せるだけにとどめているが(*EO* 3 315–18)、ソ連のプーシキン研究では十七連分節が慣例である。たとえば、トマシェフスキー監修の十巻本プーシキン全集第五巻(ナウカ社、一九七八年)でも全十七連構成で、連の分節方式もナボコフのものとは若干異なる。

5　「オネーギンの旅」草稿第六連二行に国内旅行出発の日付が六月三日と刻されている。ナボコフによると、主人公が西欧旅行を行ってから国内旅行に出かけたと仮定すると、一八二一年でなく一八二二年の六月三日という設定が予想されるが、そうなると滞在先のモスクワでタチヤーナの結婚話を小耳にはさんだことも考えられ、正典八章の公爵夫人となった彼女に驚くエピソードが崩れる。それゆえ、国内旅行前の西欧旅行の可能性は却下され、レンスキーとの決闘(一月十四日)と同じ年の一八二一年に出発とされる(*EO* 3 259)。

6　*Лотман Ю*. Роман А. С. Пушкина «Евгений Онегин». Комментарий. СПб: Искусство-СПб, 2007, С. 191. 以後、ロトマンの『オネーギン』注釈書からの引用には括弧内にЛотманと表記。プーシキンは一八二三年七月以降、キシニョフからオデッサへ転地となる。小説内でオネーギンとプーシキンが再会したのは、一八二三年後半（夏か秋）のこととされる。

7　正典八章第三十九連十一行に、主人公がタチヤーナ邸へ橇で駆けつける場面で、氷結していたネヴァ河の氷が割れ、流氷となって漂う描写が出てくる。ナボコフは、三月中旬から四月中旬にかけてこの光景が見られると言う（*EO* 3 233）。

8　ユーリイ・ロトマン（一九二二―一九九三）は旧ソ連エストニア共和国のタルトゥー大学を拠点として活躍した著名な文化記号論学者で、ナボコフ（一八九九―一九七七）よりも二十三歳年下である。ロシア文学専攻の大学生と学校教師用の参考書として、一九八〇年に『オネーギン』注釈書、翌一九八一年に『プーシキン伝』を刊行した。*Егоров Б. Ф.* Жизнь и творчество Ю. М. Лотмана. М.: Новое литературное обозрение, 1999, С. 168–171. ロトマンの注釈書の参考文献には、一九六四年刊のナボコフの四巻物も挙がっている。

9　一八八〇年六月八日、プーシキン像の除幕式に際して、ドストエフスキーが行った有名な演説のなかで語られたオネーギン理解が、この立場である。ドストエフスキーの「土壌主義」を反映した解釈は、国内にいても西欧を放浪しても常に根無し草の余計者であるオネーギンに対し、ロシアの大地にしっかり根をはり、夫への貞潔を貫いたタチヤーナこそ小説の真の主人公であり、ロシア人女性の鏡というものだ。参照：米川正夫訳『作家の日記（下）』（『ドストエフスキー全集』第十五巻所収、河出書房新社、一九七〇年）、pp. 417–418。ナボコフは、ドストエフスキーがテクストをぼんやりとしか覚えておらず、オネーギンとチャツキーを混同していると批判（*EO* 3 258–59）。

10　ナボコフは、主人公とタチヤーナの再会の場面で、「『実際、外国にいました。マルセイユからリューベックまで西欧を縦断し、ようやくいま船で帰って来たところです』とオネーギンに言わせるには、ものすごく想像力を働かせないとできない」と指摘する（*EO* 3 167）。しかし、論稿中で筆者が説明したように、そうした発言は十分可能であり、ものすごく想像力を働かせる必要はない。

11　ロンドンホテルは、ネフスキー大通りとマーラヤ・モルスカヤ通りの端にあった（Лотман 508）。ナボコフは、ホテルがモルスカヤ通りに位置するとされているのは作者の誤記だが、モルスカヤ通りからも遠くないと指摘(*EO* 3 269)。ちなみに、ナボコフが暮らしたペテルブルクの三階建て邸宅は、モルスカヤ通り四十七番地にあった。

12　ナボコフの第十章後続部復元の推理については、(*EO* 3 364–65)。

13　直訳「ラフィットとクリクォのあいだで」は、ナボコフによると、「たまたま」「酒を飲みながら」を意味するフランス語表現“entre deux vins”のロシア語転写(*EO* 3 363)。ロトマンは、ラフィットは食前酒として飲む辛口ワインで、クリクォは食事を締めくくるシャンパンのことなので、「食事中」を意味し、酒気を帯びた会話の内容が深刻なものでないことを表現していると解説(Лотман 536)。

14　ロトマンによる第十章のプロット復元の議論については、(Лотман 536–37)。

15　ナボコフの西欧への旅程は、航路でクリミア半島のセヴァストーポリ→コンスタンティノープル→アテネ→マルセイユだった。マルセイユからパリを経由してルアーブルまで陸路で移動し、そこから船でイギリスへ渡った。クリミア半島からイギリスまでは、二ヵ月弱の旅時間。ブライアン・ボイド、諫早勇一訳『ナボコフ伝　ロシア時代(上)』(みすず書房、二〇〇三年)、一八五―二〇一頁。

16　*Белый* А. Ритм как диалектика и «Медный всадник». М.: Федерация, 1929, С. 194–195.

17　Chambers, Hood Anthony. *The Secret Windows: Ideal Worlds in Tanizaki's Fiction* (Harvard University Press, 1994), pp. 94–95.

『ベンドシニスター』の狂ったダッシュ、あるいは人間の姿をとった神の演じ方

リーランド・ド・ラ・デュランタイ
森　慎一郎　訳

ウラジーミル・ナボコフの作品の結末には驚きがある。その驚きは『ロリータ』の場合のように、突如溢れる温もりという形をとることもあれば、『アーダ』を締めくくる作品紹介の、あの冷めた告別の調子であったりもする。さらには、結末の驚きがそこまでの物語を逆照射し、小説が新たな相貌を帯びることもある。たとえば『セバスチャン・ナイトの真実の生涯』は、セバスチャンの伝記を記す腹違いの弟による、「ぼくはセバスチャンなのだ。あるいは、セバスチャンがぼくなのだ。あるいは、おそらくぼくたち二人は、ぼくたちも知らない何者かなのであろう」という宣言とともに終わる。物語の途中にばらまかれた無数の手がかりに導かれて、われわれはこれを文字通り仮面の放棄と――この小説はセバスチャン・ナイトが偽の伝記という形式で記した小説なのだと――信じるかもしれない。その一方で、セバスチャンの弟もセバスチャンと同じく登場人物として実在し、ここでの彼の言葉が表しているのは、想像による一体化の異様に濃密な形――もしくは狂

気の始まり——であるという可能性も否定できない。また、作者の正体というテーマのもっと複雑な変奏として、さらに驚くべき可能性が立て続けに示唆される『青白い炎』の有名な結末も思い浮かぶだろう。これらはいずれも不思議と驚きに満ちた例であるが、そんなナボコフ作品の結末のなかでも、不思議さにおいて、またそれまでの物語を新たな光の下で眺めるよう読者を促すという点においても際立っているのが『ベンドシニスター』である。

物語の筋については、ここで改めて説明するまでもないだろう——そしてまた、『ベンドシニスター』が狂ったダッシュとともに——二通りの意味での狂ったダッシュとともに——終わることも。

蟇蛙《トウド》が壁の裾にうずくまっているのが見えた。体を震わせ、溶解しながら、金切り声で早口に呪文を唱え、透けるような腕でぼやけてゆく顔を守っている。クルークは蟇蛙《トウド》にむかって駆けてゆき、そして、別の狙いすました弾丸が彼にあたる何分の一秒か前に、また叫んだ。おまえ、おまえ——すると、まるで引き戸をさっと引いたみたいに壁が消えうせてしまい、わたしは伸びをしてから、書き終えたページや書き直したページが散乱するなかに立ちあがり、窓の網に何かがあたって、不意にぶーんと音をたてているのを調べにいった。(*BS* 240, 270)

この苦痛に満ちた物語の主人公である哲学者は、天敵である蟇蛙《トウド》めがけて文字通り狂ったダッシュをかけ、その疾走の勢いそのままに、どうやら物語の反射面を突き破ってしまう。これは一つには彼の死を意味するが、それだけではない。窓越しに不思議な形の水溜りを見つめるクルークとともに始まった物語は、そこで終わらない。『ベンドシニスター』の主人公は絶叫とともに虚構の世界から駆け出して——そして彼の作者の存在に出くわすのだ。がっちりと護衛された国家元首をめがけたクルークの狂ったダッシュに続いて、ナボコフのテクストに文字通りのダッシュが現れる。クルークの物語を終わらせ、別の物語を導入するダッシュ。この奇妙なコーダにおいてわれわれが見出すのは、書きもの机の前に腰をおろしたある人物、あらゆる点でウラジーミル・ナボコフによく似た人物が、書斎の網戸に一羽の蛾がとまった音にふと顔をあげるという情景である。この創造者は観客に語りかけたりはしない。わが杖を折ろうとか、魔法は解けたなどと言いはしない。実際、読者のことなどまったく気にしていないように思える。自ら創造した、たった今苦しめ終えた主人公のことも。

幼少時の天敵にして、間接的に息子の死をもたらした男にクルークが躍りかかっていったそのとき、当の蟇蛙《トウド》は「ぼやけてゆく顔」と「透けるような腕」でクルークを近づけまいとしながら「溶解」し始める。一歩の、一文の途中で、場面は実体を失う。だがその先、テクストに引かれたダッシュ上で、いったい何が起こっているのだろう?　「別の狙いすました弾丸」は虚構の世界に属するのか、その彼方にある世界から放たれたものなのか?　パデュクの部下が撃った弾丸なのか、それとも、語り手が最後の狙いを定めてクルークの虚構の生を終わらせることの、クルークの「論理的運命」の終着点の、隠喩なのか?　そして彼の最後の言葉、「おまえ、おまえ」は誰に向けられたものなのか?　呪詛の言葉の出だしだろうか?　クルークは卑しくうずくまる蟇蛙《トウド》に向かって、脅しを実行に移すべく叫んでいるのか?　あるいは、その狂気の刹那、束の間とはいえ、彼は鏡の向こうにいる知性を目にすることを許され、自らの創造者に呼びかけているのか。鳥が窓に衝突する直前の、その恐ろしい一瞬、ガラスに映っていた世界が消えうせ、その先にあるものが自らの死を意味することを悟る、ちょうどそれと同じことがクルークにも起こっているのかもしれない。彼は創造者の名を知りえないから、その名付けえぬものに「おまえ」と呼びかけるしかないわけである。

以下ではなるべく簡潔明瞭に、この結末と、それがナボコフのフィクションのありかたを理解する上で重要な意味を持ちうる理由をめぐって、いくつかの疑問を提起したい。思いきり大きく捉えれば、そこにあるのは創造にまつわる問題——ナボコフ特有の創造観——である。ここで言う創造観とは、言葉としては簡潔だが、その本質は複雑なものである。ナボコフは自らの小説の中で創造行為をどのように特徴づけているか、そしてまた、芸術的創造と天地創造のあいだ、世界と作品のあいだになにがしかの関係を措定しているとすれば、それはどのようなものか。

『ベンドシニスター』が完成に向かっていた時期、およびその直後のナボコフは、この小説を重要な政治的要素を含む作品と位置づけていた。これがしかるべき信念に基づいていたことは、アメリカ政府が当初、ナボコフの許可を得て、第二次世界大戦後の再教育プログラムの一環として『ベンドシニスター』のドイツ語版を出版しようとしていたという経緯からもわかる。[1] ところが後年になって、ナボコフはこの作品をずいぶん異なる見地から語るようになる。小説出版から十六年後に書かれた序文では、芸術そのもの以外を目的とした創作を全面的に否定するのである。曰く、「わたしは『誠実』でもなければ、『挑発的』でもないし、『諷刺的』でもない。教訓作家でも寓意作家でもない。わたしは、政治学や経済学、原子爆弾、原始的な芸術様式や抽象的芸術様式、全オリエント、ソビエト・ロシアにおける『雪解け』の徴候、人類の未来といったことにもまったく無関心だ」(BS xii, 275)。これはナボコフのこの種の発言の中でも最も極端なものだが、おそらくは誤解の危険の大きさを意識してのことだろう。また、全体主義体制に加担している冷酷な人物たちについては、「いずれもばかげた幻影にすぎない。彼らは短い生涯のあいだクルークにとっては耐えがたい幻覚であるが、わたしが配役をとけば、無害に消えうせてしまう」と書き記している(BS xiv, 277)。かくして政治的な小説は、形而上学的、あるいはメタ詩学的な小説として、創造の物語、破壊をも含めた創造の物語として――ただし破壊といってもトリックにすぎず、「配役をとく」といった程度の穏やかなものだが――語られる。同じ序文にはこうもある。「『ベンドシニスター』の主要なテーマは、愛に満ちたクルークの心の鼓動、深いやさしさが蒙りやすい苦悩ということになる――そして、ダヴィットとその父親を描くページのためにこそ、この本は書かれたのであり、またそのためにこそ、この本も読まれるべきなのである」(BS xiv, 277)。そして実に整然と、この「主要なテーマ」の下に二つの小テーマが添えられる。「間抜けな残忍さというテーマ。および、クルークが不意に単純な事の真実を悟り、彼も、彼の息子も、妻も、ほかの全員も、作者たるわたしの気まぐれの産物にすぎないのだと気づきながらも、彼の世界の言葉によってはそれを表現できないときに訪れる、クルークの幸運な狂気というテーマである」(BS xiv, 277)。

政治的ディストピアとメタフィクション的実験というのは何やら不思議な取り合わせであり、政治的ディストピアと形而上学的・メタフィクション的創作を同時に描く小説となれば、これはごく控えめに言っても不思議議な企てである。ゆえにこれら二つのアイデアが、小説そのもののなかのみならず、その小説に関するナボコフのコメントの中でも優位を争っているように思えるとしても、驚くにはあたらない。一九四四年、ナボコフはダブルデイ社の編集者に宛てた手紙の中で、「ポーロックからの訪問者[2]」の内容をこう説明している。「この本の狙いは、悪夢的な弾圧と迫害の鈍い赤色を背景に、現代において人間の知性が成し遂げた、ある種の巧妙な達成を描くことなのです」（*SL* 48, I 48）。小説の中身を語るにあたり、これほど遠まわしでわかりにくい言い方もそうはないだろう。背景については明瞭だが、前景のほうははるかに不明瞭である。ここで言う、「現代において人間の知性が成し遂げた巧妙な達成」とはいったい何なのか？　クルークの哲学については、二元論に断固反対であるという皮肉な事実を除けば、ほとんど語られることはない。先の文句は、現代の革新のごときもの、それ以前の時代には知られていなかった何かを思わせるが、これは知性についても、現代についても、ナボコフが通常なら言いそうにないことである。そして、直後の一文でナボコフはこう書いている。「学者、詩人、科学者、子ども――これらの人びとこそ、学者や詩人や科学者や子どもたちという恵みがありながらもおかしくなってしまった世界の犠牲者であり、目撃者なのです」（*SL* 48, I 48）。この発言が想起させるのは、善人の住む世界でなぜ悪いことが起こるのかという問いを文学的に探求する小説の姿である。「人類の抱える問題の中でも一過性のものばかりを解決しようとする、よくある希望の書のメッセージなど、私は信じてはいませんが」とナボコフは続けている。「それでもこの本が持つ、ある種きわめて特別な性質は、それ自体、少なくとも私のような人間の場合、一種の正義であり救いなのです」（*SL* 49, I 48）。だが、誰に、もしくは何に対して正義がなされ、誰が、何が救われるのか?

ナボコフは同じ手紙の中で、小説終盤のクルークの状況、全体主義体制に協力しさえすれば友人たちをまだ救えるという状況について、こう語っている。「ここで読者はクルーク教授が……責任という問題に直面していると思うはずです」(*SL* 49, I 49)。ところがその瞬間、クルークに「実に驚異的な啓示」が訪れるのだという。それは「ある大いなる理解の兆しであり——ここがいちばんむずかしいところなのですが——平たく言ってしまえば、彼は突如、ものごとの作者、彼自身の、彼の生の、他のすべての生の作者、——この作者というのは私のこと、彼の生を本に書いた人物です——その存在に気づく。この奇妙な神的存在(これは文学においてかつてない試みですが)は、なんなら神の力の象徴のようなものと思ってもらってもかまいません。作者である私がクルークをわが懐に抱きとり、彼が経験していた人生のおぞましさも、作者による芸術的創作だったとわかるのです」(*SL* 49–50, I 49)。ここでいくつかの点が明らかになる。一つには、結末で蛾を探しにいく人物は、登場人物ではなく作者——ナボコフ自身——であるということ。この奇妙な神的存在は、それ以前に起こった政治的な出来事に不思議な光を——なんとも非現実的な光を——投げかける。このような苦しみがなぜ起こるのか、詩人、哲学者、子どもたちといった善なる存在にもかかわらず、なぜ悪がはびこるのか、という問いへの答えは、実に単純だが、同時に実に不可解なものとなる。作者がそれを望んだから、という。

ここで、ナボコフが序文において、自分は「人間の姿をとった神」に扮しているのだ、と面白おかしく宣言していたことを思い出してもいい。ならば、と読者は問いたくなるだろう。ナボコフの考える、世界のデザインとデザイナーの、創造と創造者のありかたとはどのようなものなのか。この問題を考える一つの方法として、こう問い直してみよう——すなわち、彼はなぜ創造するのか？　ナボコフは人間の姿をとった神を演じているのだとして、では伝統的に、神はなぜ創造を行うのかという問いにはどのような答えが与えられてきたか？　アリストテレスの第一動者が創造を行うのはその本性のゆえである。そこに選択の余地はない——その存在と営為は一つである。これとは異なる見方で、同じ問題をより明確に問うたのがアウグスティヌスであり、「神はなぜ天地を創造したのか？」という問いに対し、「そうしたかったからだ」、「それが神の意思であった」（"*quia voluit*"）と答えている（Augustine 52）。この意思は人間には測り知れないものだが、何より重要なのは、そこに選択の自由があること、その行為が神の意思が働いた結果だという点である。初期キリスト教思想において形成された創造観では、神は自由意志による行為として創造を行うのであり、のちにアクィナスも、神の行為は「本性の必然による」（"*per necessitatem naturae*"）のではなく、「自由意思による」（"*per arbitrium voluntatis*"）と強調することになる（II. 45.1225）。ナボコフはキリスト教思想家ではないが、その創造行為のモデルないし創造観が高度に自由意志的なものであるのは間違いない。ここにあるテーマは明らかに巨大であり、今はこれ以上詳しく論じる余裕はない。ただ、『ベンドシニスター』の結末と、その結末での自らの振る舞いを語るナボコフの説明に示された芸術的創造のモデルは、このあたりに求められるのではないかと思う。

『ベンドシニスター』の結末において、ナボコフはある意味で自分自身になっている。結末はいわゆる機械仕掛けの神《デウス・エクス・マキナ》によるそれであり、ナボコフこそがその神《デウス》である。ナボコフが行っているのは、彼が小説の中でいつも行っていることだ。人物たちを創造すること、それから、『青白い炎』のキンボートの表現を借りれば、彼らの死をデザインすること。だがその死の前に、彼は主人公を信じがたいほどの苦しみにさらす――実際、予型論的に見れば、『ベンドシニスター』は、クルークが諸々の苦悩を経験させせられるという点において『ヨブ記』に似ている。クルークにとっての問題は、そもそも信じていない神を棄てるか否かではなく、これほどの苦しみが存在しうる生を棄てるか否かなのである。この本が突きつける苦しみの問題に答えは与えられない。少なくとも、この世界になぜ苦しみが存在するのかという問いへの答えという形では。政治を座標軸として邪悪な人間の行いは図表化されているものの、それも結局、この世には、弱く、さもしく、サディスティックで無能な人間がいる――たくさんいる――という単純な事実を超えて、意味のあるパターンを描いてはいない。かくしてわれわれの手には、社会的つながりや政治組織を超えた苦しみの問題が残されることになる。それに対する答えは実に単純であり、それでいて困惑を禁じえないものだ。すなわち、そのような苦しみが存在するのは、作者がそれを望んだからなのだ。なぜ作者はそんなことを望んだのか？　手短な答えは、それは誰にもわからない、となるだろう。じっくり答えようとするなら、それがなぜなのか、様々な可能性を考えることになるだろう。そしてその可能性の一つは、人間の形をとった神を演じるため、というものになるだろう。自ら創造した世界に苦しみを見ながら、その苦しみに心を痛めることなく、それを実在しないものとして、根本的に重要でないものとして眺める、そんな神を演じるため、というものに。この考え方はヘラクレイトスのそれにきわめて近い。曰く、「神にとってすべては美しく、善であり、正しい。ところが人間はある種の物事を正しいとし、別の物事を誤りとする」(Heraclitus 169)。
この問題に関する最も洞察に富んだ見解の一つに、リチャード・ローティの「ナボコフは残酷さを内側から描いた」というものがある(Rorty 146)。『ベンドシニスター』において、ナボコフは残酷さを内側から描いているが、それはハンバートの場合のように、特定の登場人物、他の人物を苦しめる人物の視点からではなく、苦しみそのものの設計者の視点から描いているのである。『ベンドシニスター』の「作者」がクルークをあれほど残酷な目にあわせるのは、抑えがたい欲望のせいでも、道徳的近視眼のせいでもない。彼はそうすることを自ら選び取っているのであり、しかも明らかに、そうして想像世界に自らが生み出した状況にさほど心を痛めてはいない。残酷な人間を内側から想像することと、残酷な世界を内側から、創造者の視点から想像することとはまったく別物である。創造者は望みさえすれば、そのような苦しみを避けることもできるのだから。

注
1　Balestrini, 217参照。
2　このタイトルをはじめ、『ベンドシニスター』執筆時にナボコフが付していた仮題は、目下の問題に関してとりわけ多くを物語る。「ポーロックからの訪問者」(“The Person from Porlock”)への言及は、物語の豊かな情景も所詮はアヘンの作用による夢にすぎないという含みを持つ。ナボコフはコールリッジと訪問者の二役を演じて、その幻を生ぜしめた上で追い払うわけだ。同じく謎めいた「Game～Gunm」(“Game to Gunm”)、これは『ブリタニカ大百科事典』の第十巻からとったタイトルだが、こちらは遊戯と暴力(Gunmは Gunmetal = 砲金の初めの四字)のあいだを往復する。「孤独な王」(“Solus Rex”)の場合、作品がまるごと一つのゲームとなり、これは初期の小説『ディフェンス』に似ていなくもない。

引用文献

Aquinas, Saint Thomas. *Summa Contra Gentiles*. London: Burns, Oates, and Washbourne, 1923.

Augustine, Saint. *On Genesis against the Manichees, and on the Literal Interpretation of Genesis*. Trans. Roland J. Teske. New York: The Catholic U of America P, 1991.

Ballestrini, Nassim. "Nabokov Criticism in German-Speaking Countries: A Survey." *Nabokov Studies* 5 (1998–99): 184–234.

Heraclitus. *7 Greeks*. Trans. Guy Davenport. New York: New Directions, 1995.

Rorty, Richard. *Contingency, Irony, Solidarity*. Cambridge, UK: Cambridge UP, 1989.

心霊的サブテクストを透視する
――『透明な対象』

中田晶子

はじめに

ナボコフの作品では、文学的引喩、作家の伝記や作品からの引用、言葉遊び、そして繰り返し登場するイメージや小道具が多用されるが、とりわけ『透明な対象』ではそれらが小説の現実世界の下に複数の層をなしている。第二十六章に登場する「アミルカー」を例に挙げてみよう。小説の文脈では、アミルカーは大戦間に人気を博したフランスのスポーツカーである。アミルカーの後部座席に小犬を乗せて運転するレディは、チェーホフの「小犬を連れた貴婦人」（一八八九）、さらにはそのナボコフ版である「フィアルタの春」への引喩である。クラシックカーに興味のない読者にとってアミルカーは、フロベールの歴史小説『サランボー』（一八六二）に登場するカルタゴの将軍アミルカルであろう。フロベールはナボコフが高い評価を与えていた作家の一人である。アミルカルの名は息子ハンニバルに光を当てる役割も果たしている。ハンニバルのアルプス越えはこの小説の隠れたテーマの一つであり、複数のエピソードをつなぐ要となっている。ヒューのアルプス登山の苦労や岩の夢、ヒューの父親の悪夢に登場する大岩は、ハンニバルの軍隊がアルプス行軍時に体験した苦難や行く手を阻む大岩を焼き酸をかけて砕いた逸話につながる。第二十六章に唐突に登場する比喩「極寒の修道院にいるアフリカ人尼僧が初めて見つけたタンポポの綿毛に手をふれる」は、ハンニバルに率いられたアフリカ軍が厳寒の行軍に耐えたあと、山麓からローマの地を眺める場面を連想させる。第十九章でヒューとアルマンドの会話に出てくる地名サヴォワもハンニバルとの関わりを持つ。ハンニバルのアルプス越えを待ち伏せて上から岩を落とした山岳民族アロブロージュ族が現在のスイスのサヴォワから高地サヴォワに居住していた。ナボコフ読者であれば、ハンニバルのロシア語読みであるガンニバル、そしてロシアでその名を与えられたプーシキンのアフリカ人の曾祖父と彼についてナボコフが書いたエッセイを思い出すはずである。このように「アミルカー」の一語がこの小説の中でこれだけ多くの要素をつなぐ要となっているのである。

さらに多くの隠れたテーマがあり、それらを生み出し、つなぐ要がある。本稿では特に心霊的なサブテクストに注目したい。ナボコフはこの小説を、死、死者、亡霊、死後の生、別世界(彼岸)からのメッセージで満たしている。ブライアン・ボイドは、死者が語るこの小説のユニークな語りの技法を「物語の奥の物語」という言葉で述べている。[1] 彼に倣って言えば、心霊的サブテクスト群は「物語の奥の物語の奥の物語」として存在し、さらに他の心霊的な次元につながっている。本稿における関心は、霊の探求や心霊主義に対するナボコフの姿勢にはなく、それらのサブテクストがいかに選ばれ、他のサブテクストの陰に隠されているか、その独特な語りの技法にある。

シャーロック・ホームズ（サー・アーサー・コナン・ドイル）

第十章で編集者ヒュー・パースンがホテルのバーで担当の作家R氏、秘書タムワースと話をする場面に奇妙な光景が現れる。

この出来事の一部始終が帯びていた幻想性は、二人の登場人物の外見と言葉によって強められた。土色のドーランを塗ったような顔に見せかけの笑みを浮かべるばかりでかい男と、山賊みたいな顎髭のタムワース氏とは、ぎこちない脚本の芝居を目に見えない観客のために演じているようで、木偶のパースンは、時間は少ないが酒は多いその会見のあいだじゅう、どういう姿勢を取ろうがどこを向こうが、シャーロック・ホームズの下宿屋の女将に陰から椅子ごと動かされているみたいに、ずっと観客に背を向けていた。それはアルマンドという現実に比べればまったくの虚構であり蝋人形芝居にすぎず、彼女のイメージは心の眼に刻印され、さまざまなレベルでこの芝居から透けて輝き、あるときは倒立像を結び、あるときは視界の縁に微妙に浮かんだりしても、つねにそこに存在し、つねに真実で扇情的だった。彼女と交わしたありきたりの言葉が、舞台装置のバーでむりやりにたてる高笑いと対照的に並置されると、真実味を帯

びてまぶしく輝いた。[2]　(*TT* 30, 48–49)

コナン・ドイル（一八五九―一九三〇）の「ホームズもの」は少年時代のナボコフの愛読書であり、ホームズへの言及はナボコフの他の小説にも繰り返し現れる。長篇を見ただけでも、『ディフェンス』第二章、『絶望』第七章、『セバスチャン・ナイトの真実の生涯』第十章、第十六章、『ロリータ』第一部第十四章、『プニン』第七章、そして『青白い炎』では詩篇一の二十七行とその注釈に登場している。そのすべてが探偵や探偵小説としての意味合いで言及されており、この場面での登場の仕方は例外といえる。

引用の前半部の元となったのは、ホームズが在宅しているように見せかけるため、彼に似せて作らせた蝋人形を下宿屋の女将が時折ソファごと動かし、見張っている悪者の目を欺くことに見事成功したという挿話であり、短篇「空き家の冒険」（一九〇三）に出てくる。蝋人形のくだりを現実的なレベルで読めば、出会ったばかりの魅力的な若い女性のことを考えて「心ここにあらず」となったヒューの精神状態を表現するための比喩である。次に、小説の他の部分にも登場する「舞台の上で演じられているかのような場面」の表現でもある。後半部分の描写は心霊現象を思わせるもので、二重露出による贋の心霊写真、あるいは霊媒の空中移動やポルターガイストの場面のように描かれている。

これまで読者はこの小説のなかでいくつかの心霊的なイメージに出会っている。ホテルの受付係が「死んだ妻のいつもの抑揚で話し」（第二章）、今は亡きパースン夫人ならぬ「パアソン夫人あての電報」が届き（第四章）、父親の死んだ夜にヒューは父が死の世界に誘っているように感じる（第六章）。降霊会の夢を見てうなされたヒューは、会で使われるような三脚の小テーブルと格闘する（第七章）。ここで心霊術的に描写されるアルマンドのイメージもこのリストに加えられよう。

さらに『シャーロック・ホームズの生還』（一九〇五）第一話として収められたこの短篇で、宿敵モリアーティ教授とともに滝壺に落ちて死んだと思われていたホームズが、生きて戻って来たことを思い出すなら、この短篇が「よみがえる死者」についての物語であり、死者によって語られる『透明な対象』の主題に重なる作品だということがわかる。そもそも探偵として、人びとの考えや生活習慣まで読み取ることにかけて天才的な能力を発揮するホームズは、透視能力のある霊媒にきわめて近いと言える。

先に引用した場面と心霊術のつながりは、コナン・ドイル自身に目を向けてみることによって、より明瞭になるだろう。晩年の彼は霊界研究に打ち込んだ。以前より霊界に興味を抱き、心霊研究の拠点であった権威ある学術団体、心霊研究協会 The Society for Psychical Research（一八八二年設立）にも一八九四年から所属していたが、第一次世界大戦から戦後にかけて、母親、息子、最愛の弟を含む六人の家族を失ったことから、とりわけ死者の霊との交信を熱烈に支持するに至った。執筆活動は心霊に関するものが中心となり、大作『心霊学の歴史』（一九二六）を含めて、亡くなるまでに十冊を上梓する。霊媒や妖精に関する事件に巻き込まれながらも、霊の存在に対する信念を変えず、心霊主義の「啓蒙運動」に力を入れ、最晩年までオーストラリア、アメリカ合衆国、南アフリカ、北欧への講演旅行を行った。[3]

心霊研究協会の中心であったケンブリッジ大学トリニティ・カレッジにナボコフが在籍したのは、一九一九年秋から一九二二年春までであり、イギリスで霊界への関心が最も高まった時期と重なっている。[4] 未曾有の戦死者を出した第一次世界大戦終了後、戦死した夫や息子との交信を望む家族が降霊術に救いを求める一方で、科学的に心霊世界を探究しようとする心霊研究協会の活動も活発に行われていた。ナボコフが降霊会や心霊研究についてかなりの知識を持っていたことは、『目』『青白い炎』「ヴェイン姉妹」などの作品に明らかだが、自身の体験についてはほとんど触れていない。自伝『記憶よ、語れ』でトリニティの学生生活を描いた部分には心霊術やそれに類するものは登場しないが、おそらくイギリスの降霊会での体験と思われる記述が冒頭近くにさりげなく収められている。[5] ナボコフ作品において死後の世界や死後の生は若い頃からの中心的主題でありながら、長らく少数の研究者以外には重要視されないままだった。ナボコフ自身この主題を伝達不可能なものと考えて、作品の中で常に隠蔽していたからと考えられているが、[6] ここにもその一例を見ることができる。

ボストン絞殺魔（ペーテル・フルコス）

前項で見たように、『透明な対象』の世界では、一見心霊術とは何の関係もなさそうに思われる固有名詞に霊界との関連が隠されている。やはり一度だけ言及される「ボストン絞殺魔」もその例である。「学校に行っている子供なら、たとえボストン絞殺魔ほどの力があったとしても——君の両手を見せてごらん、ヒュー――同級生のみんながみんなして父親の悪口をしょっちゅう言っていれば、太刀打ちできないものだ」（*TT* 16, 26）。これは『透明な対象』における「絞殺」の主題の一部をなすものであり、のちにヒューが夢を見ながら妻を絞殺してしまうことへの明白な伏線となっている。

さらにボストン絞殺魔事件――十一人の犠牲者を生み、一九六〇年代前半にボストン一帯を恐怖に陥れた連続女性殺人事件――には、『透明な対象』とのあいだにもう一つの心霊的な接点が見出せる。この連続殺人事件の捜査に、透視・遠感能力（extrasensory perception）を持つ人物が招かれ、加わっていたのである。[7] 彼の名はペーテル・フルコス（一九一一―一九八八）、オランダに生まれ、三十二歳のときに落下事故で負傷するまで特別なところは何もない人物だったという。塗装工だった彼は仕事中に梯子から落ちて頭蓋骨を骨折し、意識不明となる。三日後に病院で意識を取り戻した彼は超能力者となっていた。自伝から引用する。

> 私が見知らぬ人と握手したときには、私には相手に関するすべてのことが、たちどころにわかります。性格や私生活や住居さえもわかります。というのは、たんに相手の手に触れただけで、映写機がスクリーンに映し出すのと同じような一連の映像を受け取るからです。それは、ときには、関連性のない映像だったりします。一つひとつの映像が前のものとはぜんぜん違って現われるのです。しかし、それでも私にはすべてがわかるのです。たった一回の握手で、私はその人に関して、古くからの友人同様、いやはるかにそれ以上に、多くのことを知ることができるのです。（中略）私の過去・現在・未来に関する透視は明確だといわれています。しかし

私の透視もいつでもかならず適中するというわけではありません。八七・五パーセント以上の正確度を持っているとは申しません。（中略）こうした小さな誤差はありますが、私は、会った人の身の上に何が起こったか、あるいは遠くにいる人に何ごとが起こっているか、さらに、将来彼らに何が起こるかを話すことができるのです。[8]（「はじめに」6–7 邦訳 4–6）

彼の遠感能力は、物に対しても機能した。

事実、私はほんの一瞬間、何か物質に触れるだけで、私が知り得る、その物に関したあらゆることを知るし、その物質の上につくられ、しみこまされた感情の痕跡を読み取ることができる。私が手に握った腕輪は、念入りに処理された銀ではなく、未加工の天然銀で造られていた。それは、殆ど二百年以前、ほぼ、一七六〇年か一七七〇年代にさかのぼる時代のものだった。この腕輪は黒人女性の所有物だった。その女性は縛りつけられて打たれ、虐待された。私は綿を見た。ノース・カロライナ州での綿つみを見た。その女性は綿つみ女だった。そうして、私は彼女が打たれるのを見、打たれて死ぬのを見た。これが、私が見ることができたすべてだった。（174 邦訳 190）

彼の遠感能力の記述と、『透明な対象』の語り手たちが登場人物や物に対して行う透視との類似には目を見張るものがある。たとえばヒューがホテルの机の引き出しに見つけた古い鉛筆（第三章）や街娼に連れて行かれた貸し部屋のベッドや机（第六章）について語り手が映画のフラッシュバックのように描くそれら過去からの複数の場面と、黒人女性奴隷の腕輪についてフルコスが見たものの記述の仕方は、異様なほど似かよっている。

フルコスは「落下」や「オランダ」といった『透明な対象』のテーマとも関わりを持っている。彼の名前ペーテルは、小説内の「ピーターのリスト」に含まれる。リストには「パースンの派生源とされるピータースン」、「アナスタシア・ペトロヴナ（「ピーターの娘」の意）・ポタポフ」、水中に沈む行者のイメージに反映している「聖ペテロ」（英語では聖ピーター）があるし、[9] さらに「ピーター」の語源はギリシア語の「ペトロス」（石）であり、これはまた小説の「石」のテーマにもつながっている。[10]

こうなるとナボコフが『透明な対象』を書く前にフルコスの自伝を読んだに違いないという仮説を立てたくなる。ボストン絞殺魔事件の解決をめざして警察に協力するフルコスに関する記事が一九六四年三月の『ライフ』に掲載されているので、[11] 同誌を購読していたナボコフはフルコスとその超能力について知っていたはずである。残念ながらそれ以上のことはわからない。

「ジャークがコロラド州シュートの雪の下六フィートに埋まっている」

これまで見てきた心霊的サブテクストは、ナボコフが意図的に隠しておいたものなのだろうか。「記号と象徴」の青年や読者のように私が「連想狂」の罠に落ちこんでいるのではないか。この問題を考える上でヒントになるのが「ヴェイン姉妹」（一九五五）の降霊会の場面である。

オスカー・ワイルドが登場して、いつもの英語風フランス語で早口でまくしたてたのは、どうやら私のメモによると「剽窃《プラジャチスム》」のかどでシンシアの死んだ両親を非難していたらしい。一人のはきはきした霊は、頼まれもしないのに、彼すなわちジョン・ムーアと弟のビルは、かつてコロラドで炭鉱夫をしていて、一八八三年の一月に「冠山《クレスティッド・ビューティ》」での雪崩で死亡したという情報を提供してくれた。[12]（*Stories* 627, II 456）

すでに指摘されているように、[13] おそらくナボコフはこの部分を二種類の記録に基づいて書いている。（一）一九二〇年代にワイルドの霊が自動筆記にしばしば登場したこと。（二）ウィリアムおよびジョン・ムーアを含む三十人の鉱夫が一八八三年一月十一日にコロラド州クレスティド・ビュット付近で雪崩のため生き埋めとなったこと。「コロラドの鉱夫ジョン・ムーアが雪崩で死亡」という情報は『透明な対象』の読者には見逃せないものだ。第二十五章で語り手は、アルマンドの昔の恋人「ジャークがコロラド州シュートで六フィートの雪の下に埋もれたままになっている」ことを告げる。英語でもフランス語でも「シュート」は落下や流下の意味を持つ。ジャークは英語のジャックであり、ジャックはジョンの愛称である。さらにこの箇所の二ページあとには、明らかにワイルドのパロディとしてスイス紳士ウィルド氏が登場する。「ヴェイン姉妹」とのつながりがかくも巧妙に作られ、同時に隠されていることに驚く。ナボコフ作品には自作からの引用や言及がしばしば見られるが、このようなねじれや間接性によって発見のハードルを上げている例は珍しい。他の心霊的サブテクストに関しても読者には同様の注意深さが要求されていると考えて間違いないだろう。

　別世界について隠しつつ示すというナボコフの態度はここにも見られるが、最終的にこの作品をどう考えればよいのだろうか。「ヴェイン姉妹」では、最後のパラグラフに仕掛けられた文字謎《アクロスティク》により死んだ姉妹が作品全体を支配していたことがわかる。心霊現象に否定的だった語り手は、最後に姉妹の言葉を伝える「霊媒」にされてしまうことになる。パラグラフは異様なまでに不気味な心霊的雰囲気に満ちている。しかし結局のところ、文字謎のトリックはすべてを作り出した作家ナボコフの存在を誇示し、読者を姉妹の霊の世界から現世に引き戻す。一方『透明な対象』では、心霊的なサブテクストが、地表や地下で他のサブテクストと関連しながら増殖し、読者が死者たち＝語り手のようにそれらを透視するのを待っているかのようだ。増殖するサブテクスト群が読者をどこへ導くのか、それはまだ解き明かされていない謎である。

※本稿は「物語の地下水脈―Transparent Things II」（『南山短期大学紀要』第三十四巻、二〇〇六年）の一部に新資料からの情報に基づいた加筆と修正を加えたものである。

注

1 Brian Boyd, "Nabokov as Storyteller," *The Cambridge Companion to Nabokov*, ed. Julian W. Connolly（Cambridge: Cambridge UP, 2005）, 40.

2 Vladimir Nabokov, *Transparent Things*（New York: Vintage, 1989）.

3 コナン・ドイルの伝記的事実は、河村幹夫『コナン・ドイル――ホームズ・SF・心霊主義』（講談社、一九九一年）、Daniel Stashower, *Teller of Tales: The Life of Arthur Conan Doyle*（New York: Henry Holt, 1999）, Julian Symons, *Conan Doyle: Portrait of an Artist*, 1979（New York: Mysterious Pr., 1987）によった。

4 D. Barton Johnson, "Vladimir Nabokov and Walter de la Mare's 'Otherworld'," ed., Jane Grayson, et al., *Nabokov's World vol. 1: The Shape of Nabokov's World*（Houndmills and New York: Palgrave, 2002）, 84.

5 「昔ながらの幽霊になりすまし、母の胎内に宿る前の世界に忍び込むため、私はアイデンティティを捨て去ったことがある。前世でローマの街道の伝令奴隷だったり、ラサの柳の下の賢人だったことを記憶しているヴィクトリア時代の女性作家たちや引退した大佐らのくだらない集まりを精神的に耐えたこともある。」*Speak, Memory*（New York: Vintage, 1989）, 20.

6 Vladimir E. Alexandrov, *Nabokov's Otherworld*（Princeton, NJ: Princeton UP, 1991）, esp. 4–5.

7 フルコスとこの事件との関わりは Gerold Frank, *The Boston Strangler*, 1960（New York: The New American Library, 1967）に詳しい。

8 Peter Hurkos, *Psychic: The Story of Peter Hurkos*（New York: Bobbs Merrill, 1961）. 引用は新町英之訳『未知の世界――遠感能力者の手記』（筑摩書房、一九六六年）により、一部に変更を加えた。

9 Keith McMullen, online posting, "*TT*-1: It's A Ghost!（fwd）," 10 July 2004, The Nabokv-L Archives, 28 January 2010 ⟨http://listserv.ucsb.edu/archives/nabokv-l.html⟩.

10　石のテーマについては拙稿「物語の地下水脈――*Transparent Things*」（『南山短期大学紀要』第三十三巻、二〇〇五年）九十二–一〇一頁参照。

11　P. Mandel, "Now a Seer Helps Stalk the Boston Strangler," *Life* 6 Mar. 1964, 56: 49–50.

12　Vladimir Nabokov, *The Stories of Vladimir Nabokov* (New York: Vintage, 1995).

13　David Eggenschwiler, "Nabokov's 'The Vane Sisters': Exuberant Pedantry and a Biter Bit," *Studies in Short Fiction*, 18: 1 (Winter 1981): 36.

セバスチャン・ナイトのその後

マイケル・ウッド
丸山美知代　訳

I

私が確認した限り、『セバスチャン・ナイトの真実の生涯』（一九四一）のどの版の最終ページにも「ジ・エンド」という言葉が三回登場する。小説の語り手の声で二回、あと一回は別の誰か、つまり印刷業者、出版者、編集者、作家、あるいは他の誰かが声にならない声で「ジ・エンド」と告げるのである。先の二回で終わろうとしているのは、語り手が自分の本の比喩として使っている劇のことである。「それから、仮面劇は終わりに近づく。照明が静かに消えて行くと、禿頭の小柄なプロンプターは台本を閉じる。終わりだ、終演だ。彼らはみなそれぞれの日常生活へ戻って行く（クレアは墓のなかへと）……」（*Novels 1941–1951* 160, 303）。「彼ら」とはセバスチャンの友人たち、「学者、詩人、画家」のことであり、セバスチャンの前の伝記作家（グッドマン）や（今は亡い）前の恋人（クレア）や、彼の苦悩の種で（まだ生きている）愛人（ニーナ）のことである。ではセバスチャンはどうだろう？　セバスチャンは語り手によって演じ続けられる。「私がセバスチャン・ナイトだ。照明に照らされた舞台で、私が彼に扮しているように感じる」。だが次の引用にあるように、この芝居は終わりそうにない。「主役は居残ったままだ。どんなに努力しても、私は自分の役から抜け出すことができない。セバスチャンの仮面がこの顔に貼り付いたまま離れない。彼にそっくりな仮面を洗い流すことはできないだろう。私がセバスチャンなのだ。いや、セバスチャンが私なのだ。あるいは、おそらく私たちは、二人ともが知らない何者かなのだろう」(*Novels 1941–1951* 160, 303)。それが誰であろうと、何であろうと、別の存在が現れて、手に負えなくなったフィクションをあからさまに終わらせるために「ジ・エンド」と書くのは、この時なのだ。だがそれは露骨だが無益な行為だ。なぜなら物としての本は出版者がそう言えば、終わらせることができるし、「ジ・エンド」などと断るまでもなく、続くページがなく、裏表紙があれば十分だ。あるいは作品集であれば、次の作品が始まるだけでよい。だが小説の場合は、作家や読者が作品を手放そうと決めたとき、それが私たちを魅了しなくなったとき、あるいは私たちを悩ませなくなった時点で終わる。その意味で『セバスチャン・ナイトの真実の生涯』が終われていないのは、セバスチャン・ナイトの「次の生」と言うべきものが始まっているからだ。本稿のタイトルは「セバスチャン・ナイトの真実の生涯のその後」とすべきところ、それでは不格好すぎるので「セバスチャン・ナイトのその後」としたが、実のところ、「次の生」の形が、この試論のトピックなのである。

私たちが確認したように、小説中の「次の生」の最後の形は、すでにとても込み入っている。生きている男が、死んだ腹違いの兄の仮面を、彼が言うところによれば、自分の顔からはぎとったり、洗い流すことができない。文字通りに解釈すれば、これがセバスチャン・ナイトの「次の生」ということになる。なぜならセバスチャンは死んでいるからだ。語り手Vが仮面を洗い流せないのは、それがもはや仮面ではなく、アイデンティティになってしまっているからだ。Vが初めて「私はセバスチャン・ナイトだ」と言うのは、ジェレミー・アイアンズがエイドリアン・ラインの映画でハンバート役を演じているとか、ただジェレミー・アイアンズがハンバートだと言うのと同じで、彼がセバスチャン役を演じているという意味である。仮面についての考え方もそれで説明がつくが、いったん、仮面が貼り付いてしまうと、「である」(to be)という動詞の意味が変容してしまう。「私はセバスチャンである」とは、もはや他の誰でもありえないということだ。しかしここからが本物の混乱がはじまる。それは、セバスチャンも「他の誰か」なのだから、二人ともセバスチャンでないのなら話は別だということだ。

さてその「他の誰か」にもっともふさわしい人物は小説家である。この場合、読者が出会ってきた「真実の生」が虚構となり、「to be」という動詞には三番目の意味が加わることになる。「存在する」こと、「役を演じる」こと、さらに小説中の登場人物としてどのような生でも生きられるということだ。つまり虚構として「セバスチャン・ナイトは私の祖国のもとの首都で一八九九年十二月三十一日に生まれた」(*Novels 1941–1951* 3, 7)というような陳述が可能だということだ。それは「小説の登場人物セバスチャン・ナイトは一九三八年にパリで誕生した」という文字通り事実に近い陳述とは一線を画している。つまり小説の登場人物たちは（小説としては真実の）生を生きるので、彼らと彼らを描いた小説では「次の生」も可能になるのだ。

だがナボコフは別の死後の生のことも読者に考えさせようとしている。だからこそ小説の最後から二ページ目で、語り手は「今後」（hereafter）という言葉を口にするのだ。ここで、語り手が、腹違いの兄がそういうことについて懐疑的であった事実を尊重したいが、できない人間であることを思い出してほしい。「あえて言えば、セバスチャンはありきたりの永遠性というようなものに非常に強い不信感を抱いていたので、現在でも、自分が亡霊だなんて、そんなことはたぶん信じることができないだろう」（*Novels 1941–1951* 40, 76）。「現在でも」というのは微妙な、英雄崇拝の気持ちの表れである。死後の生を信じていないセバスチャンが、その厳格な知的気質のおかげで、実際にそれを生きることができるとVは考えている。だが小説の二カ所では、そうあってほしいと願う気持ちに語り手は負けてしまう。彼は「セバスチャンの亡霊」（*Novels 1941–1951* 131, 248）が喜んでいると思う。また「私が元気づけられるのは、ある控えめなやり方で、セバスチャンの亡霊が私の手助けをしてくれているのを密かに知っているからだ」（*Novels 1941–1951* 78, 144–45）と述べている。「密かに」と「控えめな」という言葉から、彼が自分の言うことを信じきっているわけではないが、信じたいことが何かはわかっていると判断できる。最後に、彼は次のように奇妙な、興味ある推測をする。「死後の生とは、魂自体がみずから交換可能であるとは気づいていないにしても、選び取った魂の中で、またいかに多くの魂の中でも、意識的に生きるに十分な能力のことだろう」（*Novels 1941–1951* 159, 302）。なぜなら「魂は存在の様態に他ならない――しかも一定不変の様態ではない」、

「どんな魂も、その魂が描く波動を見いだして、それを追求していけば、自分のものになるのだ」(*Novels 1941–1951* 159, 302)。私が思うに、「十分な能力」を説明すれば、こうなるだろう。私たちは生きているうちにも、幾分その能力を持っているのだが、死によって十全な能力を持つに至る。だから私たちは亡霊となって、自分が選びとったどんな生者の中にも、どんなものの中にも、好きなだけ長く宿ることができる。したがって死とはいわば帰還途上の浮動状態のようなものにすぎない。

それにしても私たちは死について語っているのか、それとも……フィクションについて語っているのだろうか？　個人の魂と肉体に関する話だとすれば、とても奇想天外に聞こえるが、他の生物に宿る営みをするフィクションの作家や読者にとっては当たり前のことである。私は、ナボコフが一九三八年より以前にホルヘ・ルイス・ボルヘスを読んだことはないと確信しているのだが、それだけに両者の作法があまりに似通っているのに驚かされる。ボルヘスは、「『ドン・キホーテ』の著者、ピエール・メナール」のなかで、『ドン・キホーテ』を「読む」(逐語的に書きかえる) ことについての話なら、ごく日常的なことだが、『ドン・キホーテ』を書く (逐語的に書きかえる) ことについての信じられない話を展開している。そしてもしナボコフが一貫してテクストの命と人間の命を関連づけてきたとすれば、両者は (テクストは確実に、人の命はおそらく) 作家 (author) の目論み通りになるのだから、嘘のようなこの世の出来事も、読者の想像力の中に置くと、まったくほんとうらしくなると首尾一貫して提示している。『セバスチャン・ナイトの真実の生涯』の語り手は、この翻訳 (言い換え) を行っているのだが、不安に満ちた苦しい混乱状態を経験した結果、恐ろしい過ちをただの間違いとして受け入れることができなくなってしまったのだ。

実際に何が起こったか思い出してみよう。Vは会いに来るようにというセバスチャンの手紙を受け取る。セバスチャンの主治医からは「回復の見込みがない」（*Novels 1941–1951* 149, 285）という電報が届く。列車とタクシーでマルセイユからパリへ長い悪夢のような旅をし、パリからふたたび汽車に乗って、ドローツあるいはチェッカーゲーム（ダーメ）を想起させるサン・ダミエの病院に到着する。到着時刻は午後九時半と十時のあいだで、夜間受付係は面会時間を過ぎていると言う。部分的に、あるいは完璧に計算し尽くされた一連のエピソードが続く。Vは（腹違いのではなく）ただ兄に会いたいと言い、「ムシュー・セバスチャン・ナイト」は「Kで始まる」「イギリス人の名前」（*Novels 1941–1951* 156, 295）だと伝える。係の男は昨夜、患者が一人亡くなったが、「イギリス人の方は亡くなっていません」（*Novels 1941–1951* 156, 296）と告げる。彼は名前を言わず、K, n, K, g, nの文字を読み上げて、その患者は三十六号室だと言う。看護婦が現れてVを案内する。「イギリスの方は眠っておられます」（*Novels 1941–1951* 157, 297）と言う看護婦に、またVは自分が患者の弟だと告げる。Vは病室を覗き込むが、何も見えず、その人物の息づかいの音だけが聞こえる。Vは病室に隣接する小部屋に座って、聞き耳をたてながら思いを巡らす。彼は自分が手配して、最高の専門医たちを連れてくればセバスチャンを救うことができると信じている。「隣室の彼の存在を感じて」とVは言う。「安堵感と、安心感と、すばらしいくつろぎの気持ちに満たされた」（*Novels 1941–1951* 158, 299）。少しあとで、「穏やかな息づかいが、それまで私が知っていた以上に、セバスチャンについて多くのことを語っていた」（*Novels 1941–1951* 158, 300）と述べている。

ここで立ち止まって、起きていることについての基本的前提条件と、続いて起きることを理解するにあたっての基本的前提条件を思い出してみよう。腹違いの兄の「真実の生涯」について本を書くことに懸命なVは、自分をセバスチャンと同一視しており、類似の直感的理解力があると信じており、同じ女性を好きになりかける。だが読者には、セバスチャンがVに対してどれほど冷淡でぞんざいな態度を取り続けたか、Vがセバスチャンの生活からどれほど排除されていたかを語り続ける。彼は「生涯にわたる(兄への)愛情は……どういうわけか(強すぎる言葉だが)常に挫かれ、阻まれて来た」(*Novels 1941–1951* 12, 24)「自分の存在を」セバスチャンに気づかせようと、「おいてきぼりにされて落胆させられないよう」(*Novels 1941–1951* 25, 46) と言う。そして子ども時代のVは必死に努めた。セバスチャンの真実の、いや日常の生活にさえ加えてもらっていない不安感は、Vの作品の二ページ目で表明される。彼はグッドマンによるセバスチャンの伝記から自分が除外されていることについて「グッドマンの著書の読者には、この私は存在しないままなのだ」と嘆く。Vは兄の自伝的作品の中に、セバスチャンの継母でVの母への言及があるのを発見するが、たとえVへの言及があったとしても、兄は自分に触れていないと明かしている。(*Novels 1941–1951* 4, 9) Vはテクスト上の不在、いわば死よりも過酷な運命に脅かされているのだ。言い換えるなら、フランスの病院でVが実行に移すことには、大いなる埋め合わせ、思いやりのある報復の意味もあるのだ。

もう一つの前提条件はさらに込み入っている。イギリスとロシアというセバスチャンの二重国籍と、彼のアイデンティティ感覚について読者がどう意識するかだ。思い出してほしい。Vがイギリス人の名前だと言い、夜間受付係も看護婦もイギリスの方という言い方をする。セバスチャンは母親がイギリス人で、十九歳でロシアを離れ(三十七歳で死亡)、ケンブリッジで学び、ロンドンに住み、小説と自伝を英語で執筆している。だがVは兄をロシアの――偶発的な歴史的専政政治ごときが破壊することのできない故郷の、そして「心優しく、善意にあふれた、礼儀正しい人たちの」(*Novels 1941–1951* 20, 38) 文化の記憶へと連れ戻す決意をしている。彼は「われらの寛容で、威厳に満ちたロシア語」(*Novels 1941–1951* 135, 256) にも言及しているが、「寛容な」と「威厳のある」を事実上の同義語とみなして、「言語は……それほど簡単に捨て去ることなどできない生き物だ」(*Novels 1941–1951* 64, 122) と主張する。Vは、セバスチャンが英語で書くことを選んだのはほとんど気取りからきたものだと考え、セバスチャンの作品に敬意を抱きつつも、とても考えられないことだが、次のように主張している。彼宛の一通の私信の中のいくつかの文章が「彼のどんな作品の英語よりはるかに純粋で含蓄にとんだロシア語で書かれていた。」(*Novels 1941–1951* 65, 122) と。

この点に関して、Vは適切なことを適度に述べるというようなことができない。あるいは意図していたより以上のことを思わず口走ってしまう。故国への愛についてのセバスチャン自身の言葉を引用するとき、彼はその一節にあるイギリスへの言及を見落としている。それは「未公認のバラ」と「思い出の青い丘」(*Novels 1941–1951* 20, 38) のフレーズに潜んだケンブリッジのルパート・ブルックとA・E・ハウスマンの影である。「私の祖国のもとの首都」(*Novels 1941–1951* 3, 7) というVの言い方だと、変わったのが首都だけという意味にとれる、あるいは少なくともそういう仄めかしが可能になる。もっとわかりやすく明快な書き方をすれば、「もとの祖国の首都」というのが普通だろう。ロシアが専政国家であるという考えに異議を唱えるつもりで始めた「心優しい人々」で始まる文章を、その人たちが「存在するというだけの罪で、死に追いやられ、追放される」(*Novels*

1941–1951 20, 38）と締めくくっている。そしてドストエフスキー的ロシアの恐怖についてのグッドマンの描写に反駁を試みて、それは「いわばカルムック人が、イギリスを、幼い少年たちが赤い頬ひげの教師たちに鞭打たれたあげく殺される暗黒の国と認識するよりも、けっして本質をついているわけではない」（*Novels 1941–1951* 11, 22）と述べている。いやはや……少年たちが死ぬまで鞭打たれることなど、たぶん、ない。

重要なことだが、Vがロシアについての既成の単純化された見解に反論し、ロシア語の偉大さを主張するのは間違っていない。ナボコフ自身も一貫して、同じ主旨の説得力ある反論を試みてきた。しかしそういう単純化が「絶対に間違っている」と言いたがること自体が過ちであり、セバスチャンが二つの国に二重の感情を抱いている可能性を否定すること自体が単純化なのである。

病院を尋ねあてて、セバスチャンだと思い込んでいた人物の呼吸音に聞き耳を立てていたVは為すべきことをたくさん抱えていた。それは兄の自分への無関心を埋め合わせること、一人の作家を祖国に取り戻すことで、その両方ともが実現した。ただ、ナボコフが示しているように、そもそも実現しないことなどありえないのである。それらは小説家かもしれない誰かが思いつく限りの、最悪の障害さえ乗り越えるのだ。

というのもセバスチャンは死んでいるからである。Vは間に合わなかった。そしてイギリスとロシアを示す形容詞が飛び交う混乱のあと、「ロシアの紳士は昨日亡くなりました」（*Novels 1941–1951* 159, 302）という死亡報告によって決着をみることになる。Vはイギリス人の、あるいは名前からするとたぶんアイルランド人の五つのうち三つの子音**K, g, n**が合致している「ムッシュー・ケーガン

(Kegan)」を見舞っていたのだ。

次に、Ｖは大胆にも、必死に間違いを否定する。「こうして、結局私はセバスチャンに会えなかった。少なくとも、彼が生きているうちには会えなかった。だが、しかし、彼の息づかいだと思い込んで、それに耳を傾けて過ごした数分間が、私の人生をすっかり変えてしまったのである。もしセバスチャンが死ぬ前に私に話してくれていたら、当然そうなっていたように、すっかり変えてしまったのである」(*Novels 1941–1951* 159, 302)。いや、じつはもっと徹底的に変えてしまったと言える。私は、こんな風にスローモーションで再読して初めて理解したのだが、ここで進行している三つのことの本質を把握する必要がある。

Ｖは途方もなく喜劇的な、ほとんど宇宙的とも言うべき過ちを犯した。とりわけ、本の前半で(時間的にはあとになるのだが)Ｖは「どうしてこれほどの確信を抱いたのか分からない」(*Novels 1941–1951* 58, 111)と述べているが、彼はセバスチャンから生と死の秘密を聞き出したいと思っていた。Ｖは自らの無関心を償い、出会うべきセバスチャンに出会い、まだケーガン氏とは発覚していない、(Ｖにとって)人の姿をした実在の(死すべき運命にある、呼吸する)セバスチャンに出会うのである。いかに親切な心根のセバスチャンであったとしても、本物のセバスチャンはＶが聞きたがったことの半分も語ってくれなかっただろう。あるいは、セバスチャンが何を言おうと、Ｖはそれを自分が聞きたいことに変えてしまったかもしれない。そうなると睡眠中のケーガン氏の声を聞いても、認識論的には同じことであり、痛切でも滑稽でもないことになる。そしてＶは奇妙な、明らかに偶然の贈り物を受け取ることになる。セバスチャンは英語名を名乗りながら、ロシア人として死んだのだ。彼の国籍がロシアであることは、最後も最初と同じく、疑う余地などないのである。

こういうことが起こったからと言って、他の一方を否定することにはならない。むしろ私の考えでは、これらの出来事のどれかを優位に置きたいという誘惑に読者は抗わねばならないのだ。私たちが間違いに目をつぶって、Vが見事に兄の無関心を埋め合わせ、祖国に取りもどしたなどと結論づけたら、Vを現実否定の偏狭な人間にしてしまう。ケーガン氏の息づかいの音が、兄についてVが知っていた以上の多くを語っていたというのは馬鹿げている。ドン・キホーテ流の救いようのない現実否定である。そういう間違いに固執すれば、Vの本物の洞察と死後についての形而上的議論はすっかり無意味になってしまう。なぜならVが心に抱いている魂の輪廻（転生）観は偶然の間違いに依拠しているからだ。意図しない過ちについて理解すれば、私たちは死ぬときに、わざと間違いを犯すこともできる。セバスチャンは本物のロシア人で、これこそが彼の生涯であり、次の生であるとして、彼の帰郷をロシア人らしさと結びつけることに固執すれば、彼のイギリス人らしさのすべてを、真に遠ざけてきたものすべてを、さらに言えば、彼のもっともロシア人らしいところを見失うことになる。そしてセバスチャンをVの古くさい偏狭な愛国的夢想の虜にしてしまうことになるのだ。

II

私は小説の終わりについて、いやむしろ感動的なほどに終われていないことについて、そして次の生の始まりについて論じてきた。また首尾よく行っていてほしいものだが、ナボコフ版小説理論の解説もしてきたつもりである。この小説理論には長い歴史があり、今も説得力を持っている。その理論を初めて明快に唱えたのはヘンリー・フィールディングだが、少なくともセルバンテスにまで遡ることができる。そしてジョン・バンヴィル、フィリップ・ロス、J・M・クッツェー、ポール・オースターが現代の卓越した実践家に数えられよう。『ローラのオリジナル』から大した発見はないだろうが、少なくともナボコフ自身がその理論を手放さなかったことだけは証明している。もちろん『ニーナのオリジナル』といった作品をセバスチャンが書いていたら「頭を腋の下に抱え込んだ復讐の亡霊のように、その不完全さをこれ見よがしに誇示する無様な原稿」(*Novels 1941–1951* 27,51) を嫌悪して、確実に破棄していただろうが。

その理論は複雑すぎて、しかも変種が多すぎるので、短いエッセイで説明を尽くすことはできない。いや長くても無理だろう。だが間違いとしての小説、あるいは間違いの上に成り立つ小説という概念に関わるいくつかの要素について概観することはできる。

セバスチャン・ナイト自身が、『失われた財産』の中で、その理論を物語化している。のちの奇妙な啓示を予告するように、Vが適切な箇所で引用しているのだが、母親が亡くなった(モナコの)ロクブリュンヌのホテルを、セバスチャンが訪ねるくだりである。偶然、W・B・イェーツが『セバスチャン・ナイトの真実の生涯』執筆と出版のあいだにそこで亡くなっている。セバスチャンは自然を細々と丁寧に描写しているが、自分の感情にはほとんど触れていない。「興奮状態だったので」、たぶん涙とおぼしきものに遮られてよく見えなかったが、「まるで霧のヴェールを通して見るように、ピンクと緑がちらちらと輝き漂っているようだった。」だが実は、彼は別のロクブリュンヌにいる。母親は「ヴァール県のロクブリュンヌのほう」(*Novels 1941–1951* 14, 29) で亡くなっていたのである。

セバスチャンが以下のような原理を主張するわけではないが、彼の真実の生涯の読者は、間違いが彼の訪問を啓示につなげ、甘ったるいセンティメンタル・ジャーニーというよりも、辛辣な神学的アイロニーに変化させたことを理解する。突然の死から救い出されることはなかったが、永遠の無意味の闇から救い出されることになる形而上学と慰めを、ジョン・シェイドもミスプリントに見出している。[a] だが、セバスチャンの「不可解な流儀」と呼ぶものの働きを以下のように詳細に説明しているのは、批評家Vなのである。Vはこう述べている。

> 想像上のちらちらする光のなかで、個人的真実の光を感知するのは困難だが、それよりもっと理解しがたいのは、本当に感じたことを書いている人が、執筆の最中に、架空のしかも少し滑稽な人物を——彼の心を苦しめているそのものから——創造するだけの力を持っていたという驚くべき事実である。(*Novels 1941–1951* 88–89, 164–65)

架空のちらちらする光が個人的真実の光を表しているとどうしてわかるのだろうか? いや、私たちにはわからない。光がそんなものを表してなどいないことも多い。書店や図書館は、真実のかけらもないゆらめきであふれている。たぶんここには別に害と呼ぶほどのものはない。だが最重要なこともない。では私たちがテクストのなかに真実の光が見えたと信じるとき、その根拠はどこにあるのか？　まさにそのような目に見える光が存在しないことだ。作家が「執筆の最中に、本当に感じたこと」に触れたと読者が信じるのは、常にケーガン氏の例のようにとはいかないが、ものの見事にフィクションへの置換、方向転換が達成されているからだ。私のイギリスでの「実生活」を例にとると、私たちは長いあいだ『高慢と偏見』から抜け出たようなベネット夫妻の隣に住んでいた。もちろん名前はベネットではなく、違う場所、時代に生きていたものの、彼らは間違いなくベネット夫妻であった。

これは小説家の誤謬に関するフィールディングの理論に当てはまる。フィールディングは、歴史家というのは時と場所には正確で、その他の動機や結果や意味、人的犠牲などについては正確でないと言う。一方、フィールディングが歴史家の一派と呼ぶ小説家は、重要な道徳的、感情的事項を正確に書き込むが、出来事を場違いな所に設定してしまうことが多い。彼はル＝サージュの『ジル・ブラス』に出てくる医者を例に挙げている。その医者は患者の血を抜き取り、代わりに水を注射するのを生業にしているが、こんなことをする医者をスペインに置いたのはル＝サージュの誤りで、「医学史に精通していなくても、そんな医者がスペインにいたはずがない」[1]ことを誰でも知っている。ベネット夫妻はデヴォン州で一九八〇年代から九〇年代初めにかけて健在であり、一八三〇年頃に郷里の州で亡くなったと思っていたのにそうではなかった、というのと似たようなものである。

この理論の重要な点は、ナボコフの場合も同様に、フィクションに関する主張にあるのではなく、主張とそれを損なうもの、否定するものとの組み合わせに、むしろ主張のもろさ加減にある。あるレベルでは間違いは間違いではなく、『詩学』でアリストテレスが論じていることだが、(ここでは詩を小説と読み換えてもよかろう)詩は歴史というより哲学なのだ。なぜなら小説(詩)においては、事物があるがままにではなく、むしろ蓋然性や必然性の法則に従って表現されるからだ。あるがままの事物が蓋然性や必然性の法則に一致していないという意味で、アリストテレスの考えの底流には、ややナボコフ的なものがある。リアリズムとは実はそんなものなのだ。だがフィールディングもナボコフも、別のレベルでは間違いは間違いであり、それが大災厄とまで言わないにしても、少なくとも世界についての私たちの認識力を貧弱なものにすることを忘れてほしくないと思っている。ル＝サージュのスペイン人医者のような人物は確かに存在するが、他のどの国に住まわせたとしても、ル＝サージュの医者その人ではない。デヴォンの隣人もベネット夫妻に似ているので、連想することは妥当で有用なことであるが、セバスチャン・ナイトが単なるロシア人でも単なるイギリス人でもないように、隣人はベネット夫妻ではないし、ベネット夫妻が彼らというわけでもない。それぞれの家族はそれぞれの生と死を経験したはずだ。一概に間違いとは言えない間違いが、離ればなれの事実を結びつけるのである。間違いであると認識できれば、個々の事実間の差異も尊重できる。小説の読者として、私たちが間違いを犯すことはない。私たちが虚構でない世界の住人だと信じていれば、間違いが誤りへと導くものではないと知り、それを比喩として認識することができるのだ。

　ここで現代小説の詳細を論じるつもりはないが、前掲の作家たちに顕著な理論が存在することを確認したい。たとえば、ジョン・バンヴィルは『アンタッチャブル』(一九九七)の主要登場人物として実在のイギリス人スパイ、アンソニー・ブラントを、『屍衣(経かたびら)』(二〇〇二)ではベルギー人の文学批評家で理論家のポール・ド・マンをもとに書いている。問題はこれらの人物が実際にアンソニーやポールに似ているか、モデルに忠実かどうかだと思われるかもしれない。『セバスチャン・ナイトの真実の生涯』のVには歴史的に確実に存在したという証拠がないが、ブラントとド・マンにはある。つまりバンヴィルの二人は本や公的記録で取り上げられていて、彼らの知らない誰かによって、もちろんその誰かを作家というより神と考えない限りでのことだが、作り上げられたわけではない。だが似ているかどうかを問うのは誤りである。どのようにしてそのような類似の正確さを判断するのか？　たとえ実在のブラントやド・マンと個人的知り合いであったとしても、Vのセバスチャンについての知識と同様に、私たちの知識は彼らについての解釈の欠片にすぎない。つまり、私たちが彼らの真実の生活、現実の唯一の生活と呼ぶものを提供できるわけではない。そう、これは二重の問いにつながる。私たちは、期待されている通りに、登場人物たちを実在のモデルと取り違え、「誤りを犯す」だろうか？　またそれはどんな間違いなのだろうか？　もっと説得力のある小説や歴史的記録文書の変遷を通じて、私たちが犯す間違いの範囲について理解していたら、それで小説がより強力になるのか、それとも弱体化するのか？　私たちはこう言うのだろうか？　これはもう信じられない、こんな創作上のミスを犯すことはできないと。それともアリストテレスの高い基準に則って、たとえ実在のブラントやド・マンらしくなくとも、描かれているのは、彼らのあるべき姿であると言うのだろうか？　「現実」の彼らの生活が、惨めなくらい「真実」の生活に及ばなくても、それこそが彼らの「真実」の生であると言うのだろうか？　私たちはどちらも選択することができるが、選ばれたものが本に対する私たちの判断力を示し、間接的には私たち自身のリアリティ観を表すことになるのである。

フィリップ・ロスとJ・M・クッツェーは、わずかに異質の間違いに私たちを誘い込む。彼らも歴史的に実在する人物を取り上げるのだが、それが作家自身なのだ。ロスは数多の作品で、登場人物に自身の生の欠片、生誕地、背景、両親、兄弟、ジョークまでを分け与える。だが詳細に関わることには変更を加えたり、明かすのを控えて、まだ生きている親類を殺したり、したことのない出会いを自分がしたことにしたり、身のまわりの世界の歴史を書き換えてしまう。この場合、何が真実で何が嘘かをどうして知ることができよう？　繰り返すが、それはできない。文字通りの事実と虚構が密かに結ばれているらしいと勘づくだけで十分だ。確かにわかっているのは、私たちがいつでもVのように病院の違う部屋にいる可能性があることで、ロスが突然、ケーガン氏になることだってあるのだ。部屋が間違っていない可能性もあるのだから、それで十分ではないか。

クッツェーの『悪い年の日誌』（二〇〇七）には、作家に似たオーストラリア在住の南アフリカ人作家が登場する。もちろんクッツェーより六歳年上で、ノーベル賞を受賞したようでもないので、作家自身ではない。一方で、クッツェーの少なくとも二作品（検閲に関するエッセイ集と『夷狄を待ちながら』）を書いており、「私の小説『夷狄を待ちながら』」[2]と述べていることから、クッツェーに間違いない。この男はありとあらゆる嫌悪感を催させるような意見を持っているばかりか、それを人に分け与えて喜びを感じる。「イエバエをつくりだす方法さえ誰も知らない」（八三）からといって、ほんとうにインテリジェント・デザイン論の存在を信じるべきなのか？　「死は絶対である」（二〇八）とこの男や他の多くの人は言うが、では六百万人の死が一人の死よりもなお悪いと言うのは意味のないことなのだろうか？　誰がそう言おうとしているのか、その理由は？　これがクッツェー自身の意見なのか？　もう私の答えはおわかりだろう。答えは「わからない」だ。わからないことが問題なのだろうか？　問題なのは、歴史的に誰かがこういう意見を持っていなければならないだけでなく、実際に持っていることだ。この事実の重要性は、誰かとは誰なのかという私たちの疑問によって浮き彫りになる。誰かが誰でもありうるのだから、クッツェー自身の可能性もある。

　ポール・オースターの『闇の中の男』では、不眠症の主人公がフィクションと事実の入り交じった話を自分に語っている。彼は自分の名前ブリルに似たブリックという人物を創り出して、市民戦争が荒れ狂うもう一つのアメリカに置く。二〇〇三年以来、いくつもの北部州が独立アメリカ合衆国を創るためにアメリカ合衆国から脱退し、五つの中西部の州もこれに加わっている。カリフォルニア、オレゴン、ワシントン州はパシフィカという共和国を形作っている。合衆国政府の気に入るはずはなく、政府は懸命に反乱を鎮めようとしている。誰も勝利することなく、戦争は続く。だが解決法が見つかる。もう一つのアメリカの住人たちが、気味の悪いことだがまったく適切なことに、この戦争はオーガスト・ブリルが作り出したものではないかと疑い始める。自分たちがブリルに創られた者だという結論に達することはないが、彼らは興味深いことを思いつく。つまりブリルを暗殺すれば、戦争は終わると。まるでVが自分の知らない誰かの殺害を企むことになったかのように、物語中の男が、文字通り作者の死を企むことになるのだ。これは一体どういうことなのか？　ある箇所で、オースターは、いくつかの解釈が可能な、忘れられない言葉を述べている。「想像しうる最悪のものとはあなたが生きる国そのものなのだ」（八二）[3]。この文章には様々な解釈が可能だが、最有力なのは、想像の中でこそ最悪のことが起こりうるという解釈であろう。だが私たちが想像することは、私たち自身にではなくとも、どこかで誰かに起こりうるという意味にもとれる。これは他人の病室でVが過ごした時間についての悲観的解釈であり、想像することはけっして無害なことではなく、歴史の代替物でもなく、歴史の異説のひとつ、いわば最悪と最善の歴史の姿なのである。

明快さを期すため極端なケースを取り上げたが、これらの作品は、暗示的に、あるいは明快に、とても奇妙なことを語っている。セバスチャン・ナイトは死んだ、セバスチャン・ナイトよ、永遠に！　だが驚くには当たらない。作品は作家を剽窃して、「ボヴァリー夫人は私だ」[4]と言う。そして私たちは「そうだろうとも」と答える。またフロベールは別のところで「創りだされたものはすべて真実だ」[5]と言っている。私たちは、たぶんすべてとはいかないだろうと答える。しかし創り出された世界が、ナボコフの創造したアメリカのように、真実の世界であることに異論はない。ここで起こっているのは、不信の停止の停止に近いものだが、絶対にというわけではない。なぜなら私たちは最初から十分な不信を持っていなかったからだ。信じまいと思って本を手に取る読者などいない。しかし、ただひたすら信じているというわけでもない。小説の登場人物が「私はセバスチャン・ナイトだ」と言えば、私たちは、そうでないと知っていても、もちろんそうだろうと答える。そして私たちの頭の中では、たぶん言葉にならない呟きが始まる。「いや、いや、物語は終わりではない。」さらに呟く声はこう続ける。「セバスチャン・ナイト、それは君ではない。この私だ。私たちがセバスチャン・ナイトで、私たちが彼の真実の生涯であり、私たちが彼の次の生である」と。

注

1　Henry Fielding, *Joseph Andrews* (Boston: Houghton Mifflin, 1961) 158.

2　J.M. Coetzee, *Diary of a Bad Year* (London: Harville Secker, 2007) 171.

3　Paul Auster, *Man in the Dark* (New York: Henry Holt, 2008) 82.

4　この有名な言葉が本当にフロベールのものかどうかは定かでないが、伝記作家たちは一様にフロベールのものだとしている。

5　Gustave Flaubert, *Extraits de la correspondance ou Préface à la Vie d'un écrivain*『書簡抜粋あるいは作家伝序文』, ed. Geneviève Bollème, Paris: Seuil, 1963, 141.

訳注

a　ジョン・シェイドの詩“Pale Fire”「青白い炎」で、「白い噴水」(white fountain) のある死後の世界の存在を確かめようとする詩人が偶然、その証拠となる新聞記事をみつける件がある。しかしそれがミスプリントで、話題の主が見たのは「白い山」(white mountain) であったことが発覚する。

第3章　未踏の地

Terra Incognita

「マドモワゼル・O」をめぐって——アダム・サールウェル『ミス・ハーバート』

冨士川義之

一

一九三七年二月十一日、ウラジーミル・ナボコフはパリで講演の代役をつとめた。フランスで当時ベストセラーになったあるハンガリー女性作家が急病で講演不能となり、主催者に頼まれて、急遽、彼女の代役をつとめることになったのである。ちょうど『新フランス評論』に載せるプーシキン論を書き上げたところであったから、講演会が始まる数時間前であったにもかかわらず、講演を承諾する。プログラムの変更を知って、事情を知らぬハンガリーのサッカーチームを除く多くの観客は出ていったが、ナボコフの友人たちの事前の手配のおかげで幸いにもジェイムズ・ジョイスが出席していた。ナボコフはのちに「忘れがたい慰めは、ハンガリーのサッカーチームに囲まれたジョイスが、腕を組んで、眼鏡を光らせていたことだった」[1]と述べている。その急場凌ぎの講演のなかで、ナボコフは「理想の小説」についてこんなことを語っている。

さまざまの時代を通じて、ある思想の冒険を辿ってみることはなんと胸おどる経験であろう。冗談を言うつもりはないが、おそらくこれこそが理想の小説というものであろう。私たちは完全に透明で人間的なごたごたによって煩わされぬ抽象的なイメージを実際に目にし、北極光のような澄んだ流麗さを持つ、千倍に成長し、膨張し、誇示する強烈な存在を楽しむことだろう。[2]

これだけでは「理想の小説」とは何かがあまり判然としないだろう。そこで「さまざまの時代を通じて、ある思想の冒険を辿ってみる」というナボコフの定義を重要な手掛りにしつつ、自分なりに「理想の小説」を書いてみようとするきわめて大胆で実験的な企てがなされることとなる。それが二〇〇七年に出た英国の新進作家アダム・サールウェル（一九七八年生まれ）による、小説ならざる小説『ミス・ハーバート』である。[3]

この本には次のような長たらしい副題が付いている。「内容は十ヵ国語にわたり、舞台は四大陸におよび、地図、肖像画と写真、走り書き、イラスト、様々の有用な索引付きの、小説やロマンスとその翻訳者たちについての本」と。これはナボコフの「理想の小説」を実現する企てであると、作者サールウェルは明言するが、奇態なその副題からもある程度うかがえるように、これは、実際のところ、世界中のめぼしい前衛作家たちと彼らの小説をめぐる本なのだ。前衛的な小説家とその小説をめぐる本なのだから、当然ながら、そこでは小説の主題やモチーフや文体などが主として扱われる。だが、この本には「プロットもなければ、作りごと《フィクション》もないし、締めくくり《フィナーレ》もない」。いわば一種の締めくくりとして巻末に付録のように置かれているのは、ナボコフの短篇「マドモワゼル・O」

のフランス語版とその英語訳なのである。しかも本文と註と索引のあとに置かれた「マドモワゼル・O」は、それらとは完全に逆向きに印刷されており、ぐるりと一回転させて裏表紙を本表紙にして読むように非常に凝った工夫が施されている。事実、ここにはウラジーミル・ナボコフ作『マドモワゼル・O』(アダム・サールウェル訳)と印刷されている。つまりサールウェル自身による、「マドモワゼル・O」のフランス語版からの英語訳が載せられているのである。

「いったい、こりゃなんじゃ」というのが、この本を手に取った大方の読者の最初の正直な反応にちがいない。この本で言及されるのは、セルバンテスからディドロやスターン、フロベールやプルースト、ジョイスやカフカやズヴェヴォなどなどを経て、ナボコフに至る世界の前衛作家たちと彼らの小説なのである。ある意味でこれは、歴史に残る前衛作家と前衛小説を主要な題材として、それらに共通して認められるのは、何よりも文体への強い関心であることを立証してみせようとする一種風変わりな評論ではないかと言ってよいかもしれない。少なくとも表面的にそう見えるのは止むを得ないだろう。しかも作者は、そうした文体というものが、はたして外国語に翻訳可能であるかどうかを、全篇を通じて読者に絶えず問いかけてやまない。この本の最終巻である第十六巻は「シーリン」(むろんロシア語作家時代のナボコフのペンネーム)と題されているのだが、「一九五一年のアメリカ——国外生活についてのある短篇小説」という題を付されたその第十六巻第十章で、サールウェルは語る。ちなみにここに掲げられている「国外生活についてのある短篇小説」とはむろん「マドモワゼル・O」のことである。

この本全体を通じて、ぼくは文体こそが最も重要であり、たとえそれを骨抜きにする翻訳でも生き残るものであるということを――翻訳の歴史はつねに幻滅の歴史であるが、それでもどういうわけか何かが生き残るものだということを論じてきた。けれども、このことは、さまざまの美的偏見や嗜好を持つぼくには、いまなお、ショックを与えるのである。[4]

ナボコフとともに、文体こそが最も重要であると考えるサールウェルは、その文体の価値をほとんど損なうような翻訳もまた生き残り続けるという事実に、この長大な本をほとんど書き終えた現在でもある種のショックを受けざるを得ない、と言う。そして文学の歴史は翻訳の歴史であるということに改めて思い至らざるを得ない。「それゆえに、ナボコフに敬意を表して、ぼくは、そのフランス語版をわざわざ併置しながら、『マドモワゼル・O』の英訳という付録を執筆したのである。それはミス・ハーバートに対して忠実であるための、ミス・ハーバートになるための、ぼくなりの企てにほかならないのだ[5]」。

この本の表題ともなっているミス・ハーバートとは、一八五〇年代半ばのある時期に、フロベールの姪カロリーヌの家庭教師であった英国人女性ジュリエット・ハーバートのこと。当時彼女は二十代半ばであったという。正確にはよくわからないが、数年間クロワッセに住み込んで、カロリーヌだけでなく、フロベールにも英語を教えて、彼がバイロンの著名な詩「シヨン城の囚われ人」を翻訳するのを手伝ったり、作者自身からの援助を得ながら『ボヴァリー夫人』の英訳を手がけてもいたのである。『ボヴァリー夫人』が完成したのは一八五六年のことだが、その数ヵ月後、ミス・

ハーバートはロンドンに戻ってしまう。だが帰国後、二人の友情は途絶えてしまうわけではない。一八六四年に彼女はフロベールに会うためにクロワッセを再訪する。翌年夏には、今度はフロベールがロンドンに赴いてミス・ハーバートに会っている。そのとき二人は一緒に遊園地で花火を見物したり、観光名所を訪ねている。さらに一八六六年にもフロベールは休暇中に彼女に会いに出かけていることがわかっている。しかも彼は親友ルイ・ブイエに宛てて書いた手紙のなかであからさまにミス・ハーバートにこう言及しているほどである。

きみが女家庭教師によって(彼女に対して)大興奮の状態に陥ったのを拝見して以来、小生もまた同様の状態(すなわち大興奮の状態)に陥らざるをえなくなっておる。食卓を囲んでいるとき、僕の視線は自然の勢いをもって彼女の胸の曲線を撫でさする。彼女もどうやら意識しているものと思う。その証拠に、食事のたびごとに五回も六回も、ぽっと顔を赤らめますからな。あの胸のなだらかな斜面を城砦のお堀の斜堤になぞらえれば、さぞかし見事なる比喩ができあがることだろうて。愛の妖精たち、砦を強襲せんとして、斜堤をころげおちたり、(大将、曰く)『わしは、ちゃんと心得ておる、いかなる大砲を引いていくべきかをな』[6]

こうしてフロベールとミス・ハーバートのあいだには秘密の関係があったのではないかと推測する伝記作者が現代まで跡を絶たないことになる。ジュリアン・バーンズは小説『フロベールの鸚鵡』(一九八四)において、熱狂的なフロベール愛読者である英国人の語り手もまた「ギュスターヴとジュリエットの関係の秘められた部分が明らかになるかもしれないという期待に胸おどらせた」ありさまを軽妙な喜劇的タッチで描いてみせている。いま引いたフロベールの手紙について、その語り手は「はっきり言って、これは空威張りじみた仲間うちの軽口に類するもので、フロベールは同性の友人たちにいつもこんな調子の手紙を書いていたのである」と一応は突き放してみせながらも、しかし「人の生涯について云々する者はみな無意識のうちに、対象となる人物の性生活を自分流に取りこんで勝手な方向に解釈したくなるものだ」ということを認めずにはいられない。[7] 二人が一時愛人関係にあったとする低俗な推測に伝記作者たちがいまだにとらわれているのも、やはり、ミス・ハーバートに関する資料があまりにも少なすぎることに原因がある。フロベールからの手紙ばかりか、『ボヴァリー夫人』の訳稿もまた紛失したままであるのだから。

サールウェルはこの紛失を偶然ではないと考える。二人のあいだに何があったにもせよ、ミス・ハーバートはおそらくフロベールとの関係をあえて封印したのではあるまいか。彼女は、本当のところ、ボヴァリー夫人のようにロマンスに胸ときめかすようなタイプの女性ではなかった。体面を重んじる、中流階級出身の実際的なタイプの人間だったのではないのか。死後も自分のプライヴァシーを侵害されたくはなかったのだ。要するにそういうことなのではあるまいか。

この訳稿を入れたスーツケースも、この現実味ある情事も消失する。訳稿は燃やされるか、ひょっとするとそれはまだ無事であるのかもしれない。一九〇九年十一月十七日に、ジュリエット・ハーバートが「心臓病」で死去した、ロンドン西部郊外にある「シェファード・ブッシュ」

の屋根裏部屋に。
これは物語ではない。これは実人生なのだ。
彼女の遺産は、五、三二九ポンドの価値があった。[8]

フロベールとミス・ハーバートの関係をめぐるこのような逸話は、ことによると一篇の物語へと一気に発展させることが可能であるかもしれない。しかしながら、サールウェルは、これまでに知られた二人の生涯の事実関係のみを数ページにわたって淡々と記述するばかりで、いま引いたミス・ハーバートの最期についての簡潔な記述のあと、彼女はこの作品から姿を消してしまう。代わって登場するのは、ディドロであり、スターンであり、トルストイであり、ジョイスであり、ズヴェヴォであり、カフカであり、ボルヘスであり、ナボコフである、ということになる。つまり作者は、世界文学史上で新しい小説の開拓者の役割をつとめた偉大な作家たちを次々に取り上げては、その小説技法の展開や変わりゆく文体意識や翻訳観などを細かく吟味してゆくのである。『ミス・ハーバート』という作品の本体を占めるのは、分量的に言うと、じつは全篇の四分の三以上にもわたる、こうした批評的な記述の部分にあると言ってよい。言いかえれば、この作品は文学史上に名高い作家たちを作中人物とする、小説という芸術、さらには翻訳という芸術について書かれた小説ならざる小説、作者自身の言葉を使えば、「裏返しの小説」ということになろうか。しかもその「裏返しの小説」は、先に述べたナボコフの「理想の小説」を達成するための実験的な企てにほかならない、ということになる。サールウェルは言う。

この本はナボコフの理想の小説のサールウェル版であり――これは実のところ小説ではない。この本には、主題とその変奏を携える人物たちが繰り返し現れる。しかもこの主題には、モチーフが繰り返し現れる。この本には、プロットもなければ、作りごともないし、締めくくりもない。この本は天の川とか、北極光のようなものについての記述なのである。[9]

とすると、ナボコフの「理想の小説」の定義にある「さまざまの時代を通じて、ある思想の冒険を辿ってみる」とは何かということになるが、それはむろん文体と翻訳の歴史にほかならない。家庭教師ミス・ハーバートが『ボヴァリー夫人』の最初の英訳者であったという事実から、サールウェルはかなり強引にも「彼女の物語は文体と翻訳についての物語なのだ」というように持ってゆく。こうしてミス・ハーバートは全篇を通じて文体と翻訳のいわば守護神の役割を担わされることになるのである。そして最終章で彼女は女性家庭教師の物語である「マドモワゼル・O」と直接結びつけられてゆく。

ある研究者の調査によると、「マドモワゼル・O」は三ヵ国後(ロシア語・フランス語・英語)で書かれ、五つのヴァージョンを持っている。[10]第一は「復活祭の雨」という一九二五年に発表されたロシア語の短篇で、これは長いあいだ紛失したものと見なされていた。だが、一九九〇年代にある研究者によって発掘される(筆者はこの短篇は未読である)。第二はこのロシア語版の短篇をもとに一九三六年に自伝の一部として英語で執筆された断片。これまたいまも紛失したままである。第三はフランス語で書かれ、一九三九年にパリで文芸誌『メズュール』に掲載されたもの。このフランス語版が普通「マドモワゼル・O」の初出と見なされている。このフランス語版が渡米後にミス・ヒルダ・ウォードの協力を得て英訳され、『アトランティック・マンスリー』誌と短篇集『九つの物語』(一九四七)に収録される。この英語版はほんの少し手直しされて、一九五一年に回想録『確証』の第五章に収められる(これはまた同年に英国では『記憶よ、語れ』として出版される)。さらにこのロシア語版の『向こう岸』も一九五四年に刊行される。そして最後に大幅に増補改訂され、「自伝再訪」という副題を持つ英語版の『記憶よ、語れ』が一九六六年に出ることになる。さらに付言するなら、これは『ナボコフ短篇全集』(一九九五)にも収められて一つの短篇としての自立性、独自性を最終的に確保してもいるのである。

それはともかく、英語版の『記憶よ、語れ』に収録されるまでにおよそ四十年間を経るに至るこの短篇あるいはメモワールは、文体と翻訳の形式の歴史のなかへの、幅広い考察を主題とする『ミス・ハーバート』には格好の作品であると、サールウェルは言う。格好の作品である理由とは何か。その理由の解明こそがこの小説ならざる小説の締めくくり《フィナーレ》となるのである。

「マドモワゼル・O」が少年時代のナボコフにフランス語を教えたフランス人女性家庭教師をモデルにしていることは言うまでもなかろう。フランス語版のなかでナボコフは、Oというのはマドモワゼルの正式の名前であり、略称でも頭文字でもないと書いている(ちなみに彼女の本名はセシール・ミョートンであった)。どうやら彼はOを含んだ人名に惹かれるらしく、たとえば『セバスチャン・ナイトの真実の生涯』の冒頭部には、「オルガ・オレゴヴナ・オルロヴァ」という「卵型の頭韻を踏んでいる」女性名が何気なく言及されている。ついでに言うと、この英語による最初の小説の第二章には、遠い昔にセバスチャンと語り手Ｖの家庭教師をしていた老婦人を、ローザンヌの救貧院に訪ねる場面が描かれている。大層耳が不自由で、補聴器の使用を誤ってばかりいるこの老婦人が、マドモワゼル・Ｏのイメージをもとに造型されていることは明白である。[11] 言いかえると、マドモワゼル・Ｏという女性は、ナボコフの少年時代の家庭教師をモデルにして創造された虚構の人物である、ということだ。つまりＯという奇妙な名前を使うことを通じて、このメモワールが事実に基づく虚構作品《フィクション》であることを示しているとも受け取れよう。サールウェルは言う。「このＯという形状で、この物語における月や、空虚さや、不在や、マドモワゼル・Ｏがそのほとりで成長しナボコフが遙か後年になって戻ってくる湖のイメージを明瞭なものとしているのである[12]」と。

そもそも冒頭部からして、ナボコフは、マドモワゼル・Ｏをめぐるいわば回顧的想像にしばしば耽るのである。たとえば、雪の降り積もったロシアの田舎の小さな駅に初めて降り立ったとき、彼女が何を感じたかを想像する件り。フランス語版では「彼女がやってきたとき、何を見、何を感じたかをいま想像して辿ってみよう。これはこのマドモワゼルにとって初めての長旅であり、彼女のロシア語の語彙ときたらたった一語きりで、その短い単語を十年後に故郷スイスに帰国するときにも持ち帰ったのだった。それは『ギディエ』という単語で、その意味は『どこ？』であるが、迷子になった鳥の騒がしい叫び声のように発せられるこの単語は、強く問いただすような力があるものだから、それで彼女の要求はすべて足りた[13]」となっている。

この事例からも容易に知られる通り、このメモワールは一篇の物語でもある。ナボコフの母語ではないフランス語や英語で書かれた国外生活者についての物語でもあるのだ。フランス人を両親に持ち、スイスで生まれたマドモワゼル・O。ロシアに住んでいるときは、異国ロシアを悪しざまに罵り、故国を慕い続ける、ロシア語を覚えようとしないマドモワゼル。だが、帰国後はロシアをまるで「お伽噺の国」のように語るのである。一方、作者であるナボコフもまた、故国ロシアを追われて、いまはかつてロシアでフランス語を教わった女性についてフランス語で回想記風の物語を書いている。そのような環境で人が違和感を覚えるのは当然のことであろう。とりわけ言語的な違和感を。この物語の中心的モチーフが「ギディエ」であるゆえんである。しかもその中心的モチーフを支えるのは、人間も事物もすべて芸術的な形式を与えられることによって初めて生き残るのだとするナボコフ自身の強固な信念にほかならない。なぜなら、万物は移ろいやすく無常なものであるからだ。ここに文体を最も重視するこの作家の文学観の核心があると言ってもよかろう。「マドモワゼル・O」の結末は、フランス語版と英語版ではかなり異なるが、それははかない現実世界を超えて、永遠に生きるものを探し求めて文体を模索するこの作家の特性を端的に示すものともなっているのではなかろうか。

フランス語版も英語版もその結末は、マドモワゼルがロシアを立ち去ってから随分長い歳月が流れ、いまは国外生活者であるナボコフが、ローザンヌに彼女を訪ねる場面である。彼女はおそろしく耳が遠くなっているものだから、ナボコフは補聴器を彼女に持っていくが、間違ってこのややこしい道具をつけているせいもあって、彼女にはほとんど何も聞えていないことがわかる。だが、彼女はよく聞えるとにこやかに嘘をつく。彼女と別れたあと、旅立つ前に、彼は夜闇のなか湖のほとりを散歩する。そのとき彼は大きくて不格好な年老いた白鳥が、つながれたボートに身を乗り入れようとして空しい努力をしているのを見る。そして数年後マドモワゼルが亡くなったという知らせを受けて、すぐに思い浮かべたのは、この白鳥であったと、ナボコフは言う。それからほとんど単刀直入にこう結ぶ。

わたしは彼女について語ることは慰めになるだろうと思った。それを果たしたいま、わたしはこまごました点まですべて、彼女を創り上げたという奇妙な感じを味わっている。ちょうどわたしの本のなかに登場する人物たちと同じように完全に。彼女は本当に生きていたのだろうか？　いや、そのことについていま熱心に考えているが——彼女はけっして生きていなかったのだ。だが、わたしが彼女を創造したからには、いまからずっと、彼女は存在するのである。そしてわたしが彼女に与えているこの存在は、そもそも彼女が本当に存在するものだとすれば、極めて率直な感謝のしるしにほかならないであろう。[14]

このフランス語版に基づく英語版が、一九四三年一月に『アトランティック・マンスリー』誌に発表されて以来、「マドモワゼル・O」の定本として流布していることは言うまでもなかろう。だが、英語版の結末はフランス語版とは随分異なるものである。

大柄で気難しい私のマドモワゼルが地上で暮らしていくにはそれで充分だとしても、それだけでは永遠に生きることはできない。でも、私は本当に彼女をフィクションから救い出せたのだろうか？　耳に聞こえるリズムが戸惑い消えていく前に、こう問いかけたくなる気持ちをぐっと抑えよう。彼女を知っていたころ、顎や、ふるまいや、さらにはフランス語よりもはるかに彼女らしい何かを、私はすっかり見落としていたのではないかという問いかけを。その何かとはきっと、最後に見た彼女の姿や、親切を施したという満足感で帰ってほしいと思ってついたにこやかな嘘や、うなだれた踊り子の青白い腕よりもはるかに芸術的真実に近い白鳥の苦悶にも似た何かなのだろうし、結局、幼少年時代の幸せの中で一番愛していた人やものが灰になったり、心臓を撃ちぬかれたりした後になって、ようやく理解できる何かなのだろう。(*Stories* 493, II 260–61)

フランス語版に比べると、この結末はほとんどまったく面目を一新した新ヴァージョンと呼んでいいかもしれない。フランス語版では、マドモワゼル・Oについて語ること、つまり彼女を言葉で創造することによって初めて、彼女が本当に存在するということを、作者が確信するに至ったその結論のみを、ぽんと無造作に放り出しているような趣がある。これに対して英語版では、そのような確信を持ちながらも、それでもなお、彼女らしい何かを自分はすっかり見落としていたのではないかという問いかけを、自分自身に向かって発しないではいられぬ作者の微妙な心境を明示している。

しかしこれら二つのヴァージョンは、やはり、同じ問題と深く関わっているのである。すなわち移ろいやすい無常な人生を超えて、何か永続的なものを見出そうとする問題と。サールウェルは言う。「それはマドモワゼル・Oの独特の一面である〈にこやかな嘘〉のなかに存在するのだ。彼女が感じる現実の苦痛によってそれだけ一層胸を刺すような――瀕死の白鳥の姿のなかに。それはバレリーナの型通りのバレエ中の型通りの表現などよりも遥かに痛ましい苦痛にほかなるまい。ナボコフの理論によれば、死と変化に屈しようとはしない何かを、あのマドモワゼルに相当するような何かを創造するための何らかの方法がなければならない。――それこそがすべては移ろいやすく、最も愛する人たちや事物もやはり失われてしまうものだということをついにただ悟ったとき、ナボコフに明らかとなった意味なのだ[15]」

この英語版は一九五一年にアメリカで出版される回想録『確証』(このロシア語版が一九五四年に刊行される)という別のヴァージョンを持つことになる。サールウェルによると、ロシア語版では、マドモワゼルの死についての知らせを受けたとき、こう記されているという。「私にまず思い浮かんだのは彼女の顎でもなく、彼女の頑丈さでもなく、彼女の話すフランス語の音楽でさえもなく、まさしくあの哀れな、夜遅くの、三つのイメージ――ボートと白鳥と波のうねり――であった」というように[16]。ここでは、虚構《フィクション》についての記述が消失し、三つのイメージに変換されている。ところが、自分の言わんとする意味をさらに正確にしようとするためであろうか、一九六六年刊行の『記憶よ、語れ』では、その結末は、一九五一年版の最終パラグラフに、他の女性家庭教師について述べるパラグラフをさらに加筆しているのである。「六十年後、ジュネーヴで、私の妹エレナが、いまは百歳になるコンラッド夫人を発見した。この老婦人は、一世代を飛ばして、エレナを私たちの母と、次に十八歳の娘と無邪気に見間違えたのである。娘時代のエレナは、マドモワゼル・ゴレイと一緒によくヴィラからバトヴォまでドライヴしたものであった。その遠い時代の細長い光が数多い巧妙な道を見出して、私のもとへと届こうとしている[17]」

そして次のようにサールウェルは「マドモワゼル・O」論を締めくくっている。

主題はやはり同じである。過去は消失したが、それでもなお何かが残っている。その最終言語(英語)においても、この作品はやはり時代を超える別世界、新世界の探索についてなのだ。[18]

このような「時代を超える別世界、新世界の探索」という観点から、世界の前衛小説と前衛作家についての幅広い考察を主題とする『ミス・ハーバート』が書かれたのである。しかもこの長大な作品、小説ならざる小説のなかで、いわば規範作品としての役割を付与されているのが、ほかならぬ「マドモワゼル・O」である。単独で読まれ解釈されることの多いこの物語を、広大な前衛小説の歴史のなかに置いてみるというサールウェルの大胆きわまる企ては、様々の異論が予想されるにもせよ、とりわけナボコフの愛読者にとっては、きわめてユニークで興味深いものと言わなければならないだろう。そこでこの本邦未訳の作品を紹介かたがた論評したのである。

注

1　ブライアン・ボイド『ナボコフ伝　ロシア時代下』（諫原勇一訳、みすず書房　二〇〇三）五三八ページ。

2　Vladimir Nabokov, 'Pouchkine, ou le Vrai et le Vraisemblable,' Paris, *Nouvelle Revue Française*, 1 March 1937, translated by Dmitri Nabokov, 'Pushkin, or the Real and the Plausible,' *New York Review of Books*, 31 March 1988. 38–42.

3　Adam Thirlwell, *Miss Herbert: A Book of Novels, Romances & Their Unknown Translations, Containing Ten Languages, Set on Four Continents & Accompanied By Maps, Portraits, Squiggles, Illustrations, & A Variety of Helpful Indexes* (Jonathan Cape, 2007)

4　*Miss Herbert* 429

5　Ibid 430

6　ジュリアン・バーンズ『フロベールの鸚鵡』（斎藤昌三訳、白水社　一九八九）五四ページ。

7　『フロベールの鸚鵡』五四ページ。

8　*Miss Herbert* 88

9　Ibid 30

10　Neil Cornwell, "From Sirin to Nabokov: the Transition to English" in *The Cambridge Companion to Nabokov* (C.U.P., 2005) 153–156.

11　ナボコフ『セバスチャン・ナイトの真実の生涯』（富士川義之訳、講談社文芸文庫　一九九九）第二章。

12　*Miss Herbert* 408

13　Ibid 407

14　Ibid 409

15　*Miss Herbert* 410

16 Ibid 411

17 *Speak, Memory: An Autobiography Revisited* (Harmondswoth, 1969) 91–93

18 *Miss Herbert* 411

「ほとんど完成しているが、ほんの一部だけ手直しされている」
――ナボコフ作品における終わりなき改訂

スーザン・エリザベス・スウィーニー
後藤　篤　訳

数人の批評家たちは、『ローラのオリジナル』の出版によって、ナボコフがその生涯をかけて成し遂げた偉業に対する読者の評価が損なわれることになるだろうと厳しく予言した。『デイリー・テレグラフ』紙のジョナサン・ベイトは、ドミトリー・ナボコフが本書を公表することで「父親の名声にいくらか深刻なダメージを与えることになるかもしれない」と警告し、また『ガーディアン』紙のジョン・クレイスは、表紙に付された「断片的な小説」というフレーズにかけて、『ローラ』の出版が「断片的な名声」を導きかねないと推測した。ブライアン・ボイドを含む他の批評家たちは、『ローラ』が「天才の作業場を」（Boyd, "Review"）垣間見せてくれると論じることで、その出版を擁護した。両方の立場――草稿がナボコフの欠陥を公衆に晒すことになるという立場と、草稿が作家の技法を明らかにしてくれるという立場――は、どちらもナボコフの他の作品がまったくの完成品であるということを暗に示している。しかしながら、この前提は部分的にしか正しくはない。その著作が入念に構想され、優雅に表現され、かつ精緻に具現化されている一方で、ナボコフはたいていの場合、自作をその完成の瞬間においてさえなお改訂が進行しているものとして提示しているのだ。『ローラのオリジナル』によって生じた具体的な諸問題——小説を保存すべきか、その通読を許すべきか、そして、もしそれらを認めるとすれば、どのような状況においてなのか——はさておき、その未完成の状態は、ナボコフの他の著作に数多く見受けられる主題や戦略と一致したものとなっている。[1]

ナボコフの創作過程は、はなはだしい下書きや書き直し、写し直し、そして校正作業を伴ったものであった。[2]「私は、これまでに出版したあらゆる言葉を——たいていは何度も——書き直してきました」と、彼はかつて述べた（SO 4）。自らの文章が活字になったあとでさえ、ナボコフはそれらに手を入れ続けた。書物の形で改めて出版するために、彼は雑誌に発表した作品を書き直した。彼は他人の手による自作の翻訳を訂正し、可能な場合はいつでも自ら訳した。また、『暗闇の中の笑い』や『絶望』に見られるように、翻訳に際してテクストを大幅に書き換えた。フランス語で書かれた「マドモワゼル・O」の肖像《ポートレート》に始まり、アメリカの雑誌に発表された英語短篇作品を経て、『確証』、その増補版であるロシア語版、そして最終的に『記憶よ、語れ——自伝再訪』へと発展していった回想録にも、同様の変更がなされた。エッセイ「『ロリータ』と題する書物について」からロシア語小説の英語翻訳に付された警告的な序文に至る様々な補遺の中で、ナボコフはそれまでに出版された自作の内容を要約し、それに注釈を付け、自らの解釈を提示し、擁護することもあった。彼は小説を映画へと翻案し、それを原作に対する注釈に仕立て上げた。後期の作品では、偽った形で小説のタイトルやプロット、登場人物や話題を喚起することで、初期の作品を改訂した。ナボコフはまた、自作に対する他人の読みを取り上げもした。「ハリケーン・ロリータ」(*PF* 58 [II. 679–80], 122) が通過したあと、彼は自らの亡命者としての過去に通じていない批評家たちの評釈に対して、『青白い炎』の中でそうしたアプローチを裏返すことで応えてみせた。アルフレッド・アペルの『詳註ロリータ』に倣って、彼は自身の「『アーダ』への注釈」を小説に付け足し、アンドリュー・フィールドの『ウラジーミル・ナボコフ――部分的な生涯』を読み通したあとでは、『道化師をごらん!』において自らの評伝のパロディをやってみせた。このように、ナボコフは発表した作品を何度も練り直し、推敲を重ねてきた――この実践は、「自らが所有する自作のコピーに」(Boyd, "Note" 871) 彼が書き残した修正がライブラリー・オブ・アメリカ版の本文に組み込まれているように、その死後もなお存続していた。

下書き原稿

ナボコフは改訂のプロセスを作品の中で描いてもいる。『記憶よ、語れ』では、父親の間違い一つない政治声明文の原稿が、「私の冴えない筆跡やごちゃごちゃした原稿、父が二分で書き上げた欠陥のない手書き文章について語るために私が今二時間もかけている、まさにこの数行の血みどろの修正や書き直し、そしてまた新たな修正」(*SM* 178) と比較されている。つまり、父親の文章や筆跡を描き出すナボコフ自身の様子が、その描写それ自体につぶさに映し出されているのだ。「彼の原稿は、直感的な思考の清書であった」という父親の文体を要約した短い平叙文は、この一文の引き延ばされた改訂を再現する節や前置句の反復と対照をなしている。そうしたプロセスの「冴えない(mousy)」「ごちゃごちゃした(messy)」「血みどろの(massacrous)」段階に関するナボコフの記述は、彼が言いたいことを表現するために必要とする途方もない努力を強調する。事実、現在進行形(「私が……かけている(I am taking)」)と現在時における継続を示す時間指標(「今二時間(two hours now)」)は、そのプロセスが進行中であることを示唆している(*SM* 178)。

『記憶よ、語れ』からの先の一文は、ナボコフが小説の中でどのように改訂を表象しているのかということを、小規模ながらも例証している。創作の様々な段階——下書き、清書、口述、タイプ原稿、編集原稿、校正刷り——へのほのめかしは、彼の存在や作家としての癖、そしてそのテクストに頻出する複雑さを読者に絶えず思い起こさせる。もちろん、ナボコフの小説はいつもそれ自体の構成について言及しているのだが、そうした自意識的な身振りは、主人公が作家であるときにより一層頻繁に見受けられる。主人公が、ジェシー・ロクランツの用語で言う「作者兼語り手(narr-author)」——すなわち、『絶望』や『ロリータ』のような、自らが登場する物語を作り出す能力を有する語り手——であるならば、その物語は草稿の作成や再読、そして編集と一致するだろう。『断頭台への招待』や『ベンドシニスター』のような、主人公が自らの物語を語らない場合でも、彼らは自分が誰か他人のテクストの一部なのではないかと疑っている。

したがって、ナボコフの小説は、登場人物によって書かれた手紙や告白録、詩その他の文書の下書きを含んでいるということになる。『ローラのオリジナル』の読者は、この小説が「削除する」という語の同義語を並べ立てていることからも(*Laura* 275, 152)、『セバスチャン・ナイトの真実の生涯』の中のこれとよく似た草稿を思い出すであろう。

それには不意に途切れたたった一つの文章が綴ってあったが、それはセバスチャンの風変わりな書き方を観察する機会をぼくに与えてくれた——創作過程における——彼の書き方は、別な言葉に置き換えた言葉で書きはじめるということをしていないから、ぼくが出くわした言い回しは、例えば、次のようになっていた。「彼はひどいひどいねぼすけだったので、ロジャー・ロジャソン、老ロジャソンは買ったとき、老ロジャーズは買ったとき、ひどいねぼすけなのをとっても心配して、老ロジャソンは買ったとさ、老ロジャーズは翌日を見逃してしまうのがとっても心配だったのだ、彼はひどいねぼすけだったのだ、彼は翌日の名誉ある早朝列車を見逃してしまうのがひどく心配だったのだ、そこで彼がしたことは買い込み家へ持ち帰ることだったのさ、その日の晩買い込み家へ持ち帰ることだったのさ、一個ではなく八個の違ったサイズの目覚し時計を、力強くかちかち時を刻む十一個の、九、八、十一個のそれぞれ違ったサイズの目覚し時計を、猫には命が九つあるように九個のかちかち時を刻む目覚まし時計を、彼は寝室に置いたのだったのさ、すると彼の寝室の様子はいくぶん」(*RLSK* 39–40, 56)

内容(迂回する時間に対する戦略)だけでなく形式(初稿を示唆する余分な単語や断片的な語句)においても、この文章は他のナボコフの小説に見られる草稿と似通ったものとなっている。「残念ながらここで途切れていた」(*RLSK* 40, 56)という語り手の言葉にも、そうした草稿の未完成の状態が表されている。ナボコフはしばしば、下書きを偽りの開始点や誤り、あるいは「袋小路」(*EO* 1 15)と同一視する。彼はかつて、インタビュー中の発言における「口頭での削除や挿入」について断りながらも、「朝食のテーブルの向かいに座る妻に語り聞かせる夢の話さえも、初稿にすぎない」と述べていた(*SO* xv)。彼は「印刷された書物」と「その不完全さをこれ見よがしに誇示する無様な原稿」とを区別しており(*RLSK* 36, 51)、下書き原稿を見せることを「誰かの唾液のサンプルを回覧すること」にたとえている(*SO* 4)。実際のところ、ナボコフは「下書きの(rough)」という形容詞をあらゆる未完成の、あるいは不完全の状態に当てはめている。たとえば、『ロリータ』の映画脚本では、ジョン・レイがハンバートの告白録を「下手くそにタイプされた自伝の下書き」と言い表している(*L Screen* 678)。他のところでは、「下書き」が夜に子どもが眠る前の最初の儀式(*BS* 192, 215)や恋愛における最初の出会い(*LATH* 80, 84)といった、時間の経過とともに発展する行為のメタファーとして用いられている。

プーシキンの『エヴゲニー・オネーギン』の草稿を調べてからは、ナボコフは自作の主人公の原稿をより幅広く描き始めた。たとえば『青白い炎』においては、キンボートはシェイドの詩のはじめ三つの詩編の「下書き」と「清書」を区別しているものの、第四詩編の最後は「見かけもひどくぞんざいなままで、削除箇所や大がかりな挿入部分だらけ」の「修正原稿」としてしか現存していないと述べている(*PF* 14, 8)。他のいくつかの例と同じく、ここでナボコフは、際限なく増殖する修正をほのめかすために「……だらけ(teeming)」という形容詞を用いており、終末論的な言葉——「大変動(cataclysm)」「混沌(chaos)」「大虐殺(massacre)」、さらには「地獄(inferno)」——を引き合いに出すことで、結果として生じる無秩序を示唆している。『透明な対象』では、ヒュー・パースンの草稿がこれと類似した用語を使って、「手紙の下書き、黒い布装のロシア製の帳面に書いた未完の短篇、ジュネーヴで手に入れた青いノートに書いた哲学的な随筆の断片、それと『モスクワのファウスト』という仮題を付けてある発育不全な長篇小説のばらばらになった草稿」と特徴づけられている。「下書きの(rough)」「未完の(unfinished)」「発育不全の(rudimentary)」「仮の(provisional)」といった形容詞によって、この草稿がそうした状態にあるということが強調されているのだ。とりわけ、ここで言われる小説の一ページ目は、「染み」や「余白の走り書き」、「紫色や黒色や爬虫類のような緑色のインクで勢いよく抹消したり挿入を書きなぐった跡」のせいで不鮮明になっている(*TT* 18, 29–30)。様々な訂正の方法やインクの色が、草稿それ自体の激しい変化を反映しているのである。『道化師をごらん!』においてナボコフは、ヴァディムの書法の多様性よりも、「学校で使われている類の青いノートを何冊か埋め尽くした鉛筆書きの初稿で、汚れや染みの混沌が示す改訂の飽和点に達したもの」(*LATH* 67, 70)に始まる、鉛筆からインクへ、そしてタイプ原稿への進行を強調する。この草稿は、「分厚くて丈夫な練習帳に万年筆で小奇麗に書かれた」「清書」へと発展していくものだ——「新たな修正の乱痴気騒ぎがまことしやかな完璧さの喜びを徐々に汚し始める」までは(*LATH* 67, 70)。タイプされたあとでさえも、ヴァジームのテクストは「誤植と×印のついた抹消」で損なわれたままになっている(*LATH* 70, 73)。

ナボコフの小説において、テクストの完全さは常に見せかけのものである。彼は手書き原稿を抹消箇所やインクの染みと、印刷されたテクストを「燦めく誤り」(*Lo* 75, 136)、あるいは綴り間違いや語句の置き換えと結び付けている。彼は予期せぬ間違いを用いて、サスペンスを作り出したり引き下げたりする。たとえば、『ベンドシニスター』のペンのキャップを外す場面において、クルークは書類に署名せずにその句読法を直しており、また、『青白い炎』で幻視を裏づけようと努力するシェイドは、そのかわりに「誤植に基づいた――永遠の生!」(*PF* 62 [l. 803], 138) を見つけ出す。『ベンドシニスター』のパドグラフが持つインクの染みの形をしたキーから小説の最後の一語に関する校正係の明らかな間違い (*BS* 241, 271) に至るまで、ナボコフは誤りを模倣することを楽しんでもいる。

だが、ナボコフの小説は単に下書き原稿を描いているというわけではない。それらは実際には、隠しきれない間違いや時系列上の誤り、事実関係の齟齬、明らかな嘘やその他の不完全さに満ちた草稿として自らを提示しているのだ。『アーダ』においてヴァンがそれ以前に用いられた言葉の写しを訂正するように (*Ada* 578, II 266)、語り手が誤りを指し示し、それを修正することもある。このため、テクストを読む読者の経験は、その改訂と同義のものとなるだろう。『ロリータ』において、ドロレスの名前を「ページを埋め尽くすまで」繰り返すようにというハンバートの指示を「植字工」が見落としているように (*Lo* 109, 196)、あるいは『青白い炎』において、「校正前に挿入」という指示を「プロの校正担当者」が消し忘れているように (*PF* 18, 15)、語り手が草稿をコントロールする力を失うことによって、他の誤りは正されないままになってしまう。小説のテクストが構成される、あるいは書き写されたり編集されたりする瞬間――すなわち、暫定的なものとされながらも、今なお決定稿となっていない瞬間――を焦点化することによって、ナボコフはテクストの不確定性を強調する。小説それ自体が修正原稿となることで、語り手の創作過程のみならず、様々な言い訳や否定、そしてテクストをそれが表象するものから分離させる再考が暴き出されるのである。

未完成の草稿

ナボコフの小説が改訂を描いているということは、言い換えれば、小説が作品として完成することはけっしてないということでもある。セバスチャン・ナイトによって破棄された「不要な草稿」（*RLSK* 36, 50–51）から、エンバーによる『ハムレット』の「未完の翻訳」（*BS* 32, 38）や『アーダ』におけるヴァンの「ばらばらになった未完成の原稿」（*Ada* 507, II 191）に至るまで、ナボコフの小説は下書き原稿よりも中断あるいは放棄された文書を取り上げている。ナボコフがある詩に付けた題名「未完成の原稿」は、意味深長だ（*Poems* 66）。折に触れて彼は、文章の途中で先細りになり、「死」の一語で抹消が記された、『断頭台への招待』におけるシンシナトゥスの最後の言葉のような（*IB* 206, 369）、打ち捨てられた草稿の最後の言葉を引用している。[3] 実際のところ、ナボコフはたいてい自作のテクストそのものを不完全な原稿として提示する。『青白い炎』においておそらくシェイドは、彼がその中で「難解な未完成の詩への注釈としての生」（*PF* 67 [ll. 939–40], 156）、すなわち、キンボートが――彼もまた中断させられる前にその完成を急ぐ注釈において――「膨大で晦渋な未完の傑作に付された一連の脚注」（*PF* 272, 468）と説明する見解を想像する、まさにその詩を書き終える前に息絶える。こうした作品は不完全な原稿を装っているため、その結末は改訂の必要性とその無意味さを両方とも強調する傾向がある。たとえば『アーダ』では、ヴァンは――九十七歳の誕生日プレゼントとして――「理想的なまでに整った」草稿のコピーを受け取るが、それはナボコフの読者が読み終わりかけているものであり、そのあと「すぐに赤インクや青鉛筆を使ったいつもの修正地獄のせいで汚されてしまう」(*Ada* 587, II 276)。

一人称の語り手による草稿をその特徴に持つ小説は、たいていの場合同じような仕方で物語を締めくくる――あるいは、締めくくらない。多くの例において、ナボコフの語り手は、肉体的な生とそのテクスト表象が結末に近づくにつれて自身の原稿を読み直すために立ち止まり、それまでのページについて考えを巡らすよう読者を促す。だが、語り手は概して、草稿が予想していたものとはまったく異なるということに気がつく――その理由が、『絶望』の語り手の持ち前の「不注意」(*Des* 203, 273)や『ロリータ』の語り手がその性質として兼ね備えた根本的な信頼のなさ(*Lo* 308, 550)であれ、『道化師をごらん!』の語り手の論理に孕まれた「致命的な哲学的欠陥」であれ(*LATH* 214, 214)。『記憶よ、語れ』におけるナボコフのメタファー(*SM* 178)を用いて言えば、語り手の思考の清書としての草稿は、彼の意図を伝え損なっているのである(一方でまた、草稿は語り手の推論や回想が持つ誤りを痛ましいほどに明白なものとする)。ハンバートが最後の段落で登場人物の名前を省略するように、死が迫り来る前に自らの物語を大急ぎで完成させようとしながらも、語り手はそれを書き上げるどころか手直しをする時間すら自分には残されていないと思い知るのだ。

未完成の原稿や物語からの時宜を得ない退場は、『断頭台への招待』や『ベンドシニスター』といった小説にも見られるが、それらの三人称で語られる主人公たちは、自らの生が他者によって書かれたテクストだということにおぼろげながらも気づき始める。自分自身の存在を理解しようとする主人公の試みは、ナボコフが『ベンドシニスター』に仕掛けた「相対的な楽園」(*BS* 241, 270)、すなわち作家が住まう場所への示唆を導くものでもあるだろう。だが、作者もまた、その不備や不確かさ、そしてそれが閉じた状態にはないということを強調しながら小説を結んでいる。たとえば、『ベンドシニスター』の作者自身を思わせる語り手は、文章の途中でクルークの生を終わらせるやいなや、書斎で「何度も何度も書き直されたページの混沌」の最中で自らの物語を突然やめてしまう (*BS* 240, 270)。ナボコフのテクストを物語る者は誰であれ、『アーダ』の語り手が述べているように、「ほとんど完成しているが、ほんの一部だけ手直しされている書物」(*Ada* 587, II 257)を作り上げるのではないだろうか。

実際には、小説の語り手が誰であろうとも、構想された草稿と小説の架空の世界を作り上げないまま、主人公の意識は最後の一文で消え去っていく。この効果を得るために、ナボコフ作品の結末はしばしば、語りによって描かれる過去の出来事、語り手がその記述を読み返す現在の瞬間、そして現実の読者がそのテクストを丹念に読み込むであろう仮定的な未来といった具合に、いくつかの瞬間が一つに圧縮されるという複雑な時間構造を用いている。そしてまた、虚構世界が消え去りつつあったとしても、ナボコフはその神秘が別次元の現実において解明されるであろうと示唆する。たとえば、彼は「終」の語を超えて物語が続いていくこと、そしてまた、こうした主張さえも「行を終わらせはしない」ということを詩の形式でほのめかした期待で、『賜物』を締めくくっている

(*Gift* 366, 580)。

しかしながら、このような解消が起こりうるのは、読者がそれまでの物語によって暗示されたパターンを完成させたときに限られている。ある意味、それぞれの小説は「ほとんど完成している」原稿であり、それが読まれる中で一冊の書物となるのである。ナボコフはこうしたやり方で、自身の小説が『ヨーロッパ文学講義』の中で彼が言うように「再読」(*LL* 3, 6)されるようにだけでなく、書き直しもされるように意図している。これらのことからも、読者が『ローラのオリジナル』が読み手による再構成を必要としているという事実は、ナボコフの他の申し分ないほどに未完成のテクストを改訂し続けなければならないという、読者の終わりのない作業を明らかにしているにすぎないのだ。

注

1　スティーブン・ブラックウェルの「ナボコフの亡命者的感覚」と拙稿「ナボコフにおける不可能な物事についての考察」を参照。どちらも、ナボコフが知識を仮説的で予備の段階にある未完のものとならざるをえないプロセスとみなしていたと論じている。

2　マキシム・シュライアーのエッセイ「陶酔と回復の後で」は、改訂に対するナボコフの態度を概説しており、作家がどのように短篇作品を書き直したのかを明確に示している。ナボコフの主要作品に関する創作と改訂については、ブライアン・ボイドの二巻本の評伝を参照。

3　事実、ナボコフの小説は前置きなしに終わることが少なくない。たとえば、『プニン』は小話《アネクドート》の途中で、『道化師をごらん!』は文章の途中で物語を終える。

引用文献

Bate, Jonathan. "*The Original of Laura* by Vladimir Nabokov: Review." 15 November 2009. *The Daily Telegraph*. http://www.telegraph.co.uk/culture/books/6551091/The-Original-of-Laura-by-Vladimir-Nabokov-review.html. Accessed 12 December 2009.

Blackwell, Stephen H. "Nabokov's Fugitive Sense." Norman and White 15–29.

Boyd, Brian. "A Note on the Texts." Nabokov. *Novels* 869–72.

——. "*The Original of Laura*: Review." *Financial Times*. 23 November 2009. http://www.ft.com/cms/s/2/9014d314-d568-11de-81ee-00144feabdc0.html. Accessed 12 December 2009.

——. *Vladimir Nabokov: The American Years*. Princeton, NJ: Princeton UP, 1991.

——. *Vladimir Nabokov: The Russian Years*. Princeton, NJ: Princeton UP, 1990.

Crace, John. "*The Original of Laura: A Novel in Fragments* by Vladimir Nabokov." *The Guardian*. 17 November 2009. http://www. Guardian.co.uk/books/2009/nov/17/digested-read-nabokov. Accessed 12 December 2009.

Field, Andrew. *Nabokov: His Life in Part*. New York: Viking, 1977.

Lokrantz, Jessie Thomas. *The Underside of the Weave: Some Stylistic Devices Used by Vladimir Nabokov*. Uppsala, Sweden: Acta Universitatis Upsaliensis. 1973.

Nabokov, Vladimir. *Invitation to a Beheading*. [*Priglashenie na kazn'*, 1938.] Trans. Dmitri Nabokov and Vladimir Nabokov. New York: Putnam, 1959.

——. *Lolita: A Screenplay*. Nabokov, *Novels* 669–836.

——. *Look at the Harlequins!* New York: McGraw-Hill, 1974.

——. *Novels, 1955–1962*. Ed. Brian Boyd. New York: Library of America, 1996.

——. *The Real Life of Sebastian Knight*. Hamden, CT: New Directions, 1941.

Norman, Will and Duncan White, eds. *Transitional Nabokov*. London: Peter Lang, 2009.

Shrayer, Maxim D. "After Rapture and Recapture: Transformations in the Drafts of Nabokov's Stories." *Russian Review* 58.4 (1999): 548–64.

Sweeny, Susan Elizabeth. "Thinking about Impossible Things in Nabokov." Norman and White 67–78.

貼り込まれたテクスチャ

佐藤亜紀

ナボコフのロシア語時代の短篇「レオナルド」は、「作者」の記憶の中にあるポプラの木について——小説の中におけるその使い方について論じた後で、こう書き始められています。

ほらどうです、卵形のちっちゃなポプラが、点描のような四月の緑におおわれて早々と到着し、指示された通りの場所に落ち着いているじゃないですか。それは背の高い煉瓦塀のそばだけれど、そいつも他の町から根こそぎ持って来たものだ。その向かい側には、大きくて陰気で汚らしいアパートがにょきにょきと背を伸ばしていき、安っぽいバルコニーが抽斗みたいにつぎつぎに飛び出てくる。中庭のあっちこっちに小道具が並べられる。樽、おまけにもうひとつの樽、仄かな木陰、壺らしき物、それに壁裾に立てかけられた石の十字架。もちろん、これらはどれもみな大ざっぱにざっと置かれただけで、まだいろいろと補ったり仕上げたりしなければいけないのだけれど、それでもちっぽけなバルコニーのひとつにはもう、生きた人間たち――グスタフとアントンの兄弟――が顔をのぞかせようとしていたし、トランクや本の束を手押し車に乗せて転がしながら、新しい住人ロマントフスキが入ってこようとしている。(*Stories* 358, II 63)

小説を叙景から始めるのは必ずしも巧い手ではありません。一般に叙景は、特に動きのない光景に向けられた場合、小説の動きを止めてしまいかねない――と言えば、何故それがまずいのかはおわかりでしょう。書き出しとしては静的に過ぎるのです。叙景は、小説の語りが動き出すまでの時間をいたずらに引き伸ばしてしまいかねません。

ただ、この段落は少し違います。なるほど、ここに描き出されるのは、舞台となる集合住宅の光景です。ただ、ある種の奇妙な運動を錯覚させる、と言えばいいでしょうか。

描き出される光景は動いてはいません。むしろシュルレアリズムの絵にあるような不穏な不動の状態にあります。動きを錯覚させるのはその語り方です。まるでまっさらなカンバスに下絵が描き込まれ、彩色が施されていくのを見るように――或いは、フレームワークとして二次元の広がりの上に描き出された三次元の物体の上にテクスチャが貼り付けられるように、「作者」の記憶から引き出されたポプラの木が、煉瓦塀が、アパートが投影され、予め計算された奥行きと歪みに沿って無愛想な壁面に「抽斗みたいに」ベランダが飛び出し、登場人物が出現します。作中の風景が語りによって出現する過程が、この記述の動きを生み出し、と同時に、所謂写実的な叙景で表すには困難な不穏さを、不安な雰囲気を、全てが仮設であるかのような異様な非現実感を作り出すことになるのです。この投影された表面が飽くまで表面に過ぎず、構図の上に合成されたものであること、この表面を剝ぎ取ったところには剝き出しの抽象的な構造が存在すること、投影された表面とその下にある構造は偶々一致させられているだけであることを明示されると、両者の運動のずれが生じた時に感じるであろう眩暈に、読み手は身構えざるを得ません。その亀裂の予感の中に、登場人物たちが顔を覗かせます。結末を先取りするなら、加害者たち、と言うべきでしょう。そこに、哀れな被害者が入って行きます。

「レオナルド」が描き出す悪意と暴力と、それを上回る結末の酷薄さには、実に似つかわしい書き出しです。もしこの小説がもっと写実的な方法で書き起こされていたら、おそらくはその中で起こる出来事も、写実的な方法で捉え得るものに、ある意味凡庸な「危険な階級」の物語に飼い慣らされ、多くの識字階級にとってはエキゾチックなだけの貧困観光小説ともいうべきものになって、この小説が読み手に提示する極めて二〇世紀的な暴力の理不尽さは消えていたでしょう。

日常の中に全く無意味に噴出する暴力は、日常の論理では語ることも描き出すこともできないものです。日常の論理は、そうした暴力の可能性を予期していないからこその日常の論理であり、暴力はその論理を覆した帰結を導き出すために用いられるものですから、そうした論理を引き裂いて現れなければ暴力ではない、とさえ言えるでしょう。一方、日常の論理によって語られ得る暴力とは、飼い慣らされコントロールできるものであるかのように語られる暴力に過ぎません。そうした語りによって、読み手は暴力が日常の論理によって扱えるものであるかのように錯覚するのです――

それが自分に向けられる瞬間まで。

私は勿論、政治的な暴力について書いています。政治的な暴力についてこそ書いている、と言ってもいいでしょう。ナボコフのロシア語時代について語るとは、そのうちの大部分を占めるベルリン時代について語ることではないでしょうか。一九二二年から一九三六年までのベルリン、と言えば、私が何を言いたいのかはお判りでしょう。ところで、ナボコフ自身が『記憶よ、語れ』のベルリン時代は、その年代と場所から予想されるであろうものについては殆ど語っていません。ロシア人社会で暮らしていたから、と本人が言うにしても、これは妙ではないでしょうか。

奇妙な欠落。一考に値する欠落。ベルリン時代にナボコフが、直接間接に目にし耳にしたであろうものが作品にはきっちりと捉えられているだけに、これはあからさまに奇怪な欠落なのです。

＊　＊　＊

『ディフェンス』について考えてみましょうか。これもまたベルリン時代に書かれた作品です。そして、お読みになった方ならお分かりの通り、二重の世界について書かれた小説、と言っていいでしょう。

記述に沿って読んでいくなら、最初の三章に特異な点はありません。学校に上がることになった子供の目から見える両親と、彼らを内包する世界について語る語り口は、ある意味、小説の規範に忠実だと言えるでしょう。二重の世界は幾つも現れます。田舎の地所とペテルブルクの家、家族との生活と学校の生活、子供の生きる世界と親の生きる世界、特に、父親が婚外で持つ女性との関係、この女性との関りの中で主人公が密かに見出すチェスの魅惑。この、父親の女性関係とその露見が、主人公がチェスを発見し、その魅惑に取り憑かれる過程で見聞きしたものを介して語られる部分は、古典的な小説の書き方のお手本に挙げてもいいくらいです。

ただ指摘しておくべきだと思われるのは、この部分において、二重性はあくまで視点や場によって——特に大人の世界を子供の目で見ることによって生じるものであることです。描き出される世界そのものは分裂してもいなければ乖離してもおらず、ただ、子供がその目で見はしたが意味を解することがないものが読み手には一目瞭然、という不透明な書き方によって分離して見えるだけで、出来事としては確固たる同一性を保っています。

それから、特異な移行部が現れます。第四章の後半から始まり、第五章で終わる部分です。第四章の後半、「こうして全てが始まった」(*Def* 68, 67)から、記述は急ぎ足に対象を通り過ぎるようになり、僅か三頁で歳月を一気に跨ぎ越して十六年後のドイツの保養地を十六年前の同じ土地と二重写しにし、痩せて背の高い少年は不健康に太った三十男になり、同じ場所で不倫の関係を堪能していた父親が、妻の死を告げる電報を受け取ったことを暗示して終わります。第五章は、父親が息子を題材にした小説を構想する、という形式を取りますが、依然古典的な記述を背景に描き出される父親が、通俗的な筋書きに収めようとすればするほど、実際に起こった出来事も、当の息子の成長も、収まりの悪い異物となっていき、ついには、書くという行為諸共、古風なメロドラマとして、作品の世界から退場します。父親は結局書き上げられないまま死に、残るのは彼が作品にとっての異物として退けた世界の方です。

この移行部が一体何なのかをもう少し考えてみましょう。父親が構想中の小説では扱いかねると考えたものが何か、は明白です。全てが始まったのは、ナボコフの記述からするなら一九一二年であり、父親が死ぬのは一九二八年です。始まりの土地はペテルブルクであり、最期の土地はベルリンです。当然この間には、題材にすれば「作家としての自由の侵害」(*Def* 79, 79) にならざるを得ない第一次世界大戦と、「作家の自由意志の完全な侵害」(同) になるしかないロシア革命が挟まれます。「全く個人的な、悦ばしくない、取るに足りない回想」「貧困、逮捕などなど」「追放処分、嬉しい国外脱出、バルト海のそよ風、黄色い甲板、魂の不滅をめぐるヴァシレンコ教授との議論」(*Def* 80–81, 80)。特に最後のこの大通俗には注目して下さい——亡命の船の上での魂の不滅をめぐる議論。その後もまだ当分は生き残ることになるであろうこの種の紋切型を嬉々として書き綴る作家では、幸い、父ルージンはなかった訳ですが、同時に、ある種の人々なら、それこそまさに書くべき事柄だ、と言いかねない経験を描く筆も彼は持っていなかったことが、ここでは示されています。いやむしろ、これは本当には語ることが出来ない事柄なのだ、と言うべきかもしれません。戦争も、革命も、古き良き小説のスタイルで語れば必ず嘘になってしまう、あの暴力の突発的な出現です。暴力を行使する側に積極的に回らないからそういう目に遭う、と二〇世紀を通じて繰り返し教え諭してきたイデオロギーの側に与しなければ、父ルージンのように、どうにも作品化しがたい要素として困惑して眺めるか、或いはまるで別の書き方を考えるしかありません。その意味で、彼は彼なりに誠実で、かつそれゆえに滑稽でもあります——『悪霊』のステパン先生のように。彼は、この暴力的な世界を可視化するためのテクスチャを持っていなかった訳です。

一方で、息子のルージンが父親の直面した問題を無傷で通り過ぎたのは、「全てが始まった」瞬間から彼が、ある意味、動的な力だけが作用する剝き出しの世界に沈潜していたからです。

そうした世界を描き出すこともまた非常に難しいことは言うまでもありません。多くの人間は、世界がそうした相を具えていることには最後まで気が付きませんし、とすれば人間の言葉もまた、それを語る為に用いられたことは滅多になく、故にその為の語彙も、語法も、致命的に未発達なままです。もし言語で語るとするなら、それは比喩として、可視化するためのテクスチャを貼り込んで、語らざるを得ないでしょう。例えば――。

数手も進むとルージンの耳は真っ赤になり、前進できそうな場所はどこにもなく、叔母に教わったのとはまったく違うゲームをしているような気分になったものだ。盤は芳しい香りで満たされた。（*Def* 55, 54）

老人は壊れた機械のレバーを動かすみたいにクイーンを何度か前後に動かしてから……ルージンもうまくいくかどうかレバーを試してみて、ごそごそ、ごそごそとやってから……。（*Def* 56, 55）

それ以上に、ナボコフは音楽の比喩を多用します。

実を言うと、僕には指し手が聞、こ、え、るんです。（*Def* 43, 41）

義理の父親がどうしてあんなに何時間も楽譜を読み、音符に目を走らせ、時には笑みを浮かべ、時には眉を寄せ、そして時々小説の細部（名前とか、一年のうちのいつとか）を確認しようとする読者みたいに後戻りしながら、頭の中でその曲の旋律を全て聞き取れるのか自分にはわからないと言っていたものだが、あの時羨ましく思った才能が自分にもあることをルージンはすぐに知るようになった。(*Def* 56, 55–56)

第八章のトゥラーティとの対局も、概ねは音楽の比喩を用いて展開されます。序盤は弱音器を付けたヴァイオリンの音色に喩えられ、双方の指し手は旋律に喩えられ、アジタートというような指示で局面の様相が示されます。

ただナボコフは、ここで僅かに、そうした比喩の戦術の破綻を織り込んでみせます。盤面にある駒は音どころか駒でさえない「実体のない力」であり、盤面から外されると木製の重い駒になる、と書く部分がそうした意図的な破綻の一つであり、物理的なそれとは異なる光を放つ駒が取られることで照明を反射する物体に変貌する、と書くことによって、音楽の比喩が比喩にすぎないこと、現実にそこに出現しているのが、それとはまた別の、盤上の位置や駒相互の関係によって作り出され一手毎に様相を変えていく力の拮抗であることを露呈させ、対局が中断されるに至る部分では、記述はほぼチェスの用語によって行われることになります。と言うより、大半の読み手にとっては意味を為さない、この剝き出しのフレームワークにしかるべき値を持たせるために音楽の比喩は用いられ、そうやって付加された値を直接、テクスチャなしに、局面に載せるために剝ぎ取られたのです。

『ディフェンス』という作品自体が、この部分と同じ構造を持っている、ということは、お読みになったことがある方なら、おわかりになるでしょう。一見、全く古典的な小説であるかのように提示される第四章半ばまでの記述は、作中で繰り返し用いられた音楽の比喩とほぼ同じ機能を果たしており、移行部を経ることで、ハンドバッグから始まる奇形的なロマンスが、何らかの構造の上に貼り付けられてそれ自体を覆い隠しつつ可視化するものであることを明らかにしています。第十章以降の主人公ルージンの絶望的な努力は、その薄い表面を踏み破らないこと、その下にある実体のない力の交錯する場を目にしないこと、その中に再び落ち込まないことに傾注されますが、その表面自体がそうした動的な力の場が見えるようになったものであり、比喩であり、表面で起ることは全て、その下の、実体のない力が拮抗する言語化の困難な世界の出来事でもある訳です。

そしてその薄い表面に一箇所、微妙に感触の違う部分があります。第九章のはじめ、泥酔した若いドイツ人たちが路上で行き倒れたルージンを発見し、許嫁の家に送り届ける部分です。

スタイルの相違は歴然としています。ギュンター、クルト、カール、と名付けられた「幸福で、冷静で、精勤な男たち」は、外貌も定かではなく、自分たちが今何人なのかどころかお互いが誰なのかさえ定かには見極めが付かず、街路は表現主義の映画のように歪み、絶えず揺れ動き続けます。記述は彼らに世界がどう見えたか、お互いがどう見えたか、彼らが何をしたか、を語るだけで、その心理にまで踏み込むことは殆どありません。稀に踏み込むことがあったとしても、まるで漫画の吹き出しの中のような、或いは無声映画の字幕のような、心の中の台詞としてです。

なるほど、たしかにカールだ、でもこのカールは——全くうつろな顔で、目もどんよりしているではないか！（*Def* 145, 147）

従って、実のところ、このカールが果たしてカールであるのか、カールと呼ばれた男のことなのかさえ、はっきりとはしません。人数さえ時として曖昧になり、特に許嫁の家の中でははっきりと「何人いるかは不確か」（*Def* 149, 151）と書かれ、その行動は時間を追ったものではなく、ただ家中のあちこちで存在が観測されるだけのものになります。何より、この小説ではほぼ例外的に、彼らは名で呼ばれる男たちです。

短い幕間狂言——と考えることは可能です。この部分も第四章の後半から第五章までと同じく移行部と捉えれば、だから意図的に異なるスタイルを取っている、と考えることも可能でしょう。実際、この後、小説はその前の部分とは異なる方向を取ることになります。ただ、ここでこの部分を取り上げたのは作品における機能の為ではありません。作品をただ通過していくだけのドイツ人たちが、他者の強烈な感触を——彼らの論理に従って彼らの世界の中で生きて行動しており、読み手とも書き手とも登場人物の誰とも、一切、何も共有もしなければ分かち合うこともない存在の冷ややかな硬さを示しているからです。「幸福で、冷静で、精勤な男たち」という不思議な記述が、ある種の不吉さを帯びて感じられるくらいに。

＊　＊　＊

「マック」とリンダが言った。「ここにいるのがあたしの妹。火事になった寄宿学校から逃げて来たの。マリエット、こちら、あたしのフィアンセのいちばんのお友達。おたがい、気に入ると思うわ」

「絶対ですとも」と、がっしりしたマックは深く柔らかな声で言った。歯を見せて、五人前のステーキほどの掌を拡げている。

「ウスタフのお友達に会えて、本当に嬉しいわ」とマリエットがすまし顔で言った。

マックとリンダは一瞬、微笑を交わした。

「まあ、まだよく話していなかったわね。フィアンセっていうのはウスタフじゃないの。ウスタフだなんて、とんでもないわ。かわいそうなウスタフはもう、この世とはおさらばなの」

（クルークは「通しはしないぞ」と太い声で言いながら、二人の若者を喰い止めている）

「どうしたの？」マリエットが訊いた。

「ええ、連中は彼の首をひねらなきゃならなかったの。彼はschlapp［へま］だったのよ、あなた」

「短い生涯に、みごとな逮捕をずいぶんとやってのけたけど、へ、ま、だったんだな」（*BS* 199, 224）

クルーク教授の逮捕の経緯の、イヴリン・ウォーを遙かに超える冷酷な笑劇ぶりには、『ディフェンス』の泥酔した「幸福で、冷静で、精勤な男たち」の幕間狂言ぶりに、ごく近接したものがあります。魅力的な蓮っ葉娘たちと暴力を生業とする若者の薄っぺらな会話の話題は、彼らの仲間だったウスタフなる人物の悲惨な最期についてであり、彼らはそれを驚くべき無頓着ぶりで語ってのけます。そんなことは、この幸福な獣たちの、一年三百六十五日、週七日、一日二十四時間に引き延ばされた発情期のディスプレイにおいては、口実でしかありません。どこのらんちき騒ぎで交わされても、その特異な話題の特異さ以外は全くありふれた会話の後景で、クルークは逮捕され、幼い息子と引き離されます。

全体主義体制が恐ろしいのは愚か者の帝国だから、という意味のことを、ナボコフは語っていたと思いますが、このくだりは、そうした愚か者ぶりがどのくらい空恐ろしいものかを不快なくらいに誇張して見せてくれています。お馬鹿と言うよりは魂がない人間たちがどんなことをやってのけるか、という点において。彼らは別に残忍な訳でも何でもなく、ごくありふれた無頓着ぶりを十全に発揮することによって、あり得べからざる事態を齎すのです。

ナボコフのシャーデンフロイデ癖、と批評家エドマンド・ウィルソンは言う訳ですが、この小説に関しては、主人公や他の登場人物が突発的な暴力の餌食となる幾つかの短篇同様、それでは済まないものがあります。いかにもナボコフらしい卓越した技量に救われてはいるものの、微妙な一線を踏み外しかけている気配がある、と言うか、読み手を誘導しきったことを確認せず、やや性急に事を運んだきらいがある、と言うか、おそらくはナボコフ自身にとってこれはあまりにも自明な事柄なのだろうし、読んでいる私にも自明だと思えるが、他の読み手にとってどうなのかは疑わしいと感じる、と言うか――そうした微妙な躊躇いを覚えさせること自体、それも生身のナボコフという存在を想定してそう思わせること自体、ナボコフの作品においては例外的です。こう言ってよければ、『ベンドシニスター』におけるナボコフはナボコフらしくもなく、些か取り乱しているように見えるのです。

『ベンドシニスター』は、ナボコフには珍しい、国家の政治的変容を題材にした小説です。父ルージンの「昨日の世界」を描く事に特化したスタイルでは扱いかねた当の題材は、ナボコフの短篇にはしばしば影を落とし、「北の果ての国」「孤独な王」がその一部を形成する筈だった長篇の主題であり、『青白い炎』における注釈者の妄念という形に帰着するものですが、ここではおそらく、他の作品より直接にその姿を露出している、と言っていいでしょう。愚者の帝国の出現に翻弄される知識人の苦悩、と要約すれば、それがいかに大河ロマン的で、『ドクトル・ジバゴ』的で、つまりは非ナボコフ的か、は歴然とする筈です。

ナボコフはこのおよそナボコフ的には思えない主題を、極めてナボコフ的に展開します。例えば冒頭の、日が暮れて暗くなっていくガラス窓越しの風景の、光学的な正確さが齎す信じ難い美しさであり（特に、室内に灯が点って外が見えなくなる直前の部分は、主題に正確に呼応しています）、それを断片化して、誰なのか確定できない語り手の主観に織り込む的確さがそれです。二〇世紀の政治は――政治的暴力は十九世紀の筆では描けない、描いたら嘘になる、という厳然たる事実を、ナボコフは完全に把握した上で、書き進めていきます。当然のことながら、その書き方は、写実的では必ずしもありません。

それでいながら、描き出される光景は奇妙に生々しいのです。

広い並木路にあるベンチの、塗り立ての青いペンチの塗りたての青いペンキには、子供たちが指で「パドゥクに栄光あれ」と落書きしていた――警官に耳をつねられずにねばねばしたペンキの感触を楽しむ、確実な方法だ。警官がひきつった微笑を浮かべているのは、彼自身もいたずらをやりたいジレンマに陥っている印なのだ。ルビーのように赤いおもちゃの気球が、雲ひとつない空に漂っていた。開いているカフェでは、煤けた煙突掃除夫や粉まみれのパン屋の小僧たちが親交を結んでいる。林檎酒や柘榴の実(グレナディン)のシロップを飲みかわしながら、彼らはそこで昔の恨みを水に流すのだ。男もののゴムのオーヴァーシューズの片方と、血まみれのカフスの片方が歩道のまん中に落ちていた。通りかかる者たちはそれを除けて、けれど、足をゆるめるとか、そちらに目を向けるとか、実際、そんな気づいている素振りはつゆほども見せずに、ただ、縁石からはずれて泥のなかに踏み込み、また歩道に戻ってきたりしながら、そのわきを通っていた。安っぽい玩具屋のウィンドーが、弾丸で星をちりばめたようにひび割れている。クルークが近づいていくと、兵士がひとり、きれいな紙袋をもって出てきて、そのオーヴァーシューズとカフスとを袋に詰め始めた(*BS* 129–30, 149–50)

うらぶれた都市、夜の橋、寂れた寒々しい田舎――ナボコフは入念にそうした情景を貼り込んでいきます。ただしそこには、血に塗れたカフスやウィンドウに残るひび割れや橋の検問が、夜の街路を走る公用車や逮捕者を満載した護送のトラックが、文字通り血痕のように、染み付いています。そうした痕跡や気配を背景に馴染ませるには、背景の方を細心の注意を払って調整する必要があることは言うまでもありません。舞台は独裁政権の成立後であり、政治的暴力は既に世界の一部となっています。いわば、日々の光景としての暴力なのです。あり得ない筈なのに確かにある光景、と言うべきでしょうか

しかしそうした、暴力の染みを記された光景は、この小説においては、少々生々しすぎるのも確かです。『ベンドシニスター』は、勿論、架空の物語です。小説の中にしかない国の、実在したことのない体制下で展開する虚構です。ただ、そこに貼り込まれた光景の異様な生々しさには――ナボコフの小説においては例外に属する様々な物や事の、やはり例外的な生々しさには、小説を読むという行為とは別なところで、ある疑念を持たざるを得ません。

「レオナルド」の語り手が、記憶の中にあるポプラの木を作中に貼り込んだように、ここにある事物もまた、ナボコフの記憶の中にあったのではないか、と。『記憶よ、語れ』の中では語られなかった欠落が、裏返されて、『ベンドシニスター』の表面になっているのではないか、と。

この小説を高く評価している、と断言することを躊躇わせるものがあるとすれば、クルークが逮捕され息子から引き離されたところから急激に、まるで目覚めつつある瞬間の夢のように、その生々しさが薄れていくことでしょう。おそらくは意図的なものです。クルークが逮捕され、息子と引き離され、息子を取り戻すために当局との取引に応じるところから先は、愚者の帝国が愚者の帝国たる所以を明らかにする部分であり、いわば政治的恐怖と暴力の根源が――救い難い愚かしさが、或いは魂の根本的な欠落が露呈する部分です。弁明の代わりとして、実の息子が犠牲者として登場するスナッフ・フィルムを見せられる場面の、読んでいて頭がおかしくなりそうな、絶対に笑えない、

いかにナボコフとは言えあんまりだと思わざるを得ない、引きつった笑いを齎す滑稽さがその頂点に置かれます。表面に貼られた「経験された事柄」（そういう推測が正しいとして、ですが）が引き剝がされ、或いは迂闊にもその薄い表面を踏み抜いて、剝き出しの、正視することのできないものが、絶望的な何かとして投げ出されるのを見たとすれば、笑劇の形で語るか、或いは隠蔽し沈黙するしかないでしょう。それは最早、悲劇として語り得るものではないのです。

あの謎めいた「わたし」——作者に偽装したこの小説の語り手の一人、或いは誰でもない誰か——が、クルークから正気を奪った、という謎めいた一節も、そう解釈することは可能でしょう。その一節で、そこまで小説を成り立たせてきたテクスチャは、完全に、引き剝がされ、ルージンがチェス盤としてしか可視化できない世界に落ちていったように、クルークはナボコフがナボコフとしては語り得なかった剝き出しの世界に落ちていったのだ、と。

V・ナボコフのオルフェウス物語

杉本一直

1　収集家としてのオルフェウス

ウラジーミル・ナボコフの作品のなかには「オルフェウスもの」と名づけるべき一連の小説がある。ギリシア神話のオルフェウスが亡き妻エウリュディケを取り戻そうと冥界へ向かうのと同様に、主人公が最愛の女性を亡くし（あるいは何らかの形で失い）、その女性を取り戻すべく、取りつかれたように何らかの行為に熱中する姿をナボコフはしばしば描く。本稿では、ナボコフのこうした「オルフェウスもの」を何作品か取り上げ、それらの作品に共通して現れるテーマや、繰り返し使われる付随的イメージについて検討する。

ナボコフの初期の作品にも、「オルフェウスもの」と呼ぶべきものをいくつか見出すことができるが、その中でも短篇小説「チョールブの帰還」(一九二五年)の主人公チョールブはとりわけオルフェウスを彷彿とさせる。[1] 語り手はこの作品中で一度、ベルリンの街角に立つオルフェウスの石像にあえて言及し、この物語が「オルフェウスもの」であることをほのめかしてさえいる。

新婚旅行中に事故によって妻を亡くした主人公チョールブは、それまでの新婚旅行の道のりをすべて逆にたどり、妻と二人で見たり感じたりしたものをもう一度すべて確認し、収集し、そうすることで、二人が共有した時間を再創造しようとする。その、いわば逆向きの収集は次のように描かれる。

> 二人が最後の散策に出かける前夜に妻が何気なく彼に見せてくれた、細い白い筋がまっすぐに入ったあの黒くて丸い不思議な感じの小石をもう一度その南国の浜辺で見つけ出そうとしたのとまったく同じように、今の彼は、彼女が感嘆符を刻印したあらゆるアイテムを道端に捜し出そうと躍起になっていた。〈中略〉もし、二人で一緒に気に留めたどんな小さなこともすべて収集することができたなら――もしそのようにして、ついこのあいだ過ごしたばかりの過去を再創造できたなら――妻のイメージは不滅のものとなり、永遠に彼女の代わりになるだろうと彼は考えた。(*Stories* 148–49, I 226)

時間の不可逆性にさからってフィルムを逆回しし、妻のイメージの数々を取り戻しに行こうとするチョールブの第二の旅は、オルフェウスがエウリュディケを取り戻しにハデスの支配する冥界へ降りてゆく旅を思い起こさせる。また、時間とイメージの収集家としてのチョールブは、蝶の収集家であるナボコフ自身を思い起こさせ、さらには、『アーダ』（一九六九年）において時間についての哲学的考察を刊行した主人公ヴァン・ヴィーンとも重なる。ヴァンは著書のなかで次のように書いている。

　時間が不可逆だというのは(いや、そもそも時間はどの方向にも向かっていないのだが)、非常に限られた場合にのみ言えることである。(*Novels 1969–1974* 430, II 225)

「純粋な時間」、「知覚できる時間」、「触れることのできる時間」、「内容（content）からも、文脈（context）からも実況解説（running commentary）からも解放された時間」——これこそが私の時間であり、テーマである。(*Novels 1969–1974* 430, II 225–26)

　しかるに過去とは、イメージの一定不変なる集積である。過去は、思いつくままにたやすく観察でき、試すことができ、味わうことのできるものなのだ。(*Novels 1969–1974* 436, II 232)

　年代順（chronological）に並んだ一方通行の直線運動として過去を捉えるのではなく、どの出来事にも簡単にアクセスできる集積回路(たとえばＰＣ用のメモリーに似たもの)として過去を捉えることによって過去全体を所有できるのだという認識をチョールブとヴァンは共有している。そして、もっとも洗練された「オルフェウスもの」である『ロリータ』（一九五五年）の語り手ハンバート・ハンバートも、やはりそうした認識を共有する一人である。

ハンバートは、初恋の相手アナベルを若き日に亡くし、のちにアナベルの生まれ変わりであるロリータをも失ったあと、最後は監獄で手記をつづることによって、言葉の力で、言葉のなかにロリータをよみがえらせ、取り戻そうとする。ハンバートの語りは一見、年代順の原理に支配されているかに見えるが、精読してみれば、連想の作用が記憶の集積から自在に任意のイメージを取り出し、異なる時間に属する様々なシーンを重ねあわせていることがわかる。そのようにしてハンバートとロリータとのあいだのもともとの物語は語りを通して共時的に（synchronically）再構成されていくのだと言えよう。つまり通時態（the diachronic）から共時態（the synchronic）への転換がハンバートの語りの原理のひとつとなっているわけだが、この種の転換こそ様々な分野でのコレクション全般が共有する原理とは言えないだろうか。ハンバートはコレクションを完成させることで、つまり手記を書き終えることで、最終的にロリータという名のコレクションを所有することができ、チョールブの言葉を借りるなら、「彼女のイメージは不滅なものとなり、永遠に彼女の代わりとなる」。こうして、ハンバートとチョールブは同じ志向を持ったオルフェウスであることが理解されるであろう。

2　小石と浜辺、そして彼岸

さて、チョールブとハンバートのちょうど中間点で生まれたもう一人のオルフェウスが「北の果ての国」（一九四〇年）の主人公シネウーソフだ。シネウーソフは妊娠中の妻を亡くし、しばらくのあいだ放心状態で海辺に座り続ける日々が続く。この海辺でもやはり収集と再創造のモチーフが現れるが、ここではそれは苦しみ（torment）、あるいは罰（punishment）として提示される。以下の引用は主人公が浜辺で空想にふける場面だが、時間の不可逆性に抗したいという願望が無意識のうちにこのような空想を生んだにちがいない。

　かつてはきみの金色の両脚がすらっと横たわっていたあの浜辺の小石たちの上にぼくはひとり座り込み……〈中略〉そこには、カッコウの卵に似た小石たち、ピストルのカートリッジ・クリップ形のタイル、トパーズ色のガラス片……〈中略〉そして陶器のかけら（その陶器のほかのかけらたちもどこかに存在するにちがいない）――永遠の苦しみとも言えるひとつの強制労働をぼくは想像した、ぼくみたいに、生きているうちからあまりに遠い彼方へ思いをはせている連中への罰としては最適だろう、つまり、そうした陶器のかけらをすべて見つけ出し、寄せ集め、元の肉汁入れなりスープ皿なりをもう一度作り上げさせるのだ。（*Stories* 502, II 274–75）

　このシネウーソフの独白においては、壊れてばらばらになった陶器をもし完全に復元することができたなら、そんな奇跡が起こりうるならば、もう一つの奇跡、つまり亡き妻を取り戻すという奇跡だって起こりうるかもしれないという思いが、かなり自虐的に、かつ比喩的に現れている。
　ところで、上のシネウーソフの言葉のなかの「小石（pebbles）」という単語に着目した研究者がいる。ロウは「シネウーソフが座っている小石を通して、彼の妻の霊が作用している」と指摘し、さらに、「小石は彼岸と結びついている」と論じている（*Nabokov's Spectral Dimension*）。この論にただちに賛同することはできないが、ロウが小石という目立たない細部に注目したのは興味深い。というのも、ナボコフの他の「オルフェウスもの」にも小石のイメージがしばしば現れ、なんらかの象徴の役目を果たしているからだ。そこで、この小石というイメージとナボコフの「オルフェウスもの」との関係について考えてみたい。

たとえば、さきほど引用した「チョールブの帰還」の一節にも「細い白い筋がまっすぐにはいったあの黒くて丸い不思議な感じの小石」が登場しているが、ここでの小石のイメージは主人公の心を支配する喪失の悲しみを象徴しているように思われる。というのも、小石だらけの浜辺で特定の一つの小石を探し出すことは事実上不可能であり、それは、亡くした妻を取り戻すことの不可能性のメタファーとして機能しているからだ。その文に先行する段落においても、「彼は一日中、小石だらけの浜に座り、色鮮やかな小石をすくっては右手から左手へ、左手から右手へとこぼした」という描写があるが、これも妻の死後間もない日の場面であり、ここではチョールブの悲しみと、狂気に近い茫然自失状態が小石という形象に託されている。

「チョールブの帰還」も「北の果ての国」もロシア語で書かれた作品であり、英訳版においてpebbleと訳されているのは、ロシア語の原文では、「石」を意味するкаменьか、その指小形で「小石」を意味するкамешекである。ロシア語のкаменьには「墓石」という意味もあり、さらには「心に重くのしかかる悲しみ」という意味もあることから、これらの作品のロシア語原典においては、каменьやкамешекは主人公の心情を換喩的に（metonymically）提示する小道具として作用するが、それが英訳された時点で、そうした作用は薄れてしまうのだと言える。

ここで興味深いのは、ナボコフが英語で作品を書き始めて以降の「オルフェウスもの」にも、やはり小石（pebble）という小道具が幾度か採用されるという事実だ。たとえば、「かつてアレッポで……」（一九四三）の主人公は、亡命する途中で妻とはぐれてしまい、その後奇跡的に再会を果たして妻を取り戻すが、ほどなくして妻の浮気の発覚によって再び妻を「失う」。詩作と酒によって悲しみから逃避したあと、主人公はまるで吸い寄せられるように妻を連れて浜辺へ向かい、小石の上に横たわるのである。

いくつか詩を書いた。手に入る限りのワインを飲んだ。ある日のこと、うめき苦しむこの胸に彼女を抱き寄せたあと、ぼくは彼女を連れてカブールへ一週間ほど出かけ、奥行きのない浜辺を埋め尽くすピンク色の丸い小石の上にふたりで横たわった。不思議なことに、ふたりの新たな絆が幸福の様相を帯びていくにつれて、ぼくは刺すような悲しみが底流に存在するのをより強く感じるようになっていった。だが、これはあらゆる至福に本来備わっている特徴なのだと自分に言い聞かせ続けた。（*Stories* 566, II 372）

主人公は「小石の上に」横たわりながら「底流に存在する刺すような悲しみ」を感じているわけなので、この構図においては「小石」と「悲しみ」が同義語として主人公と妻の身体の下方に重ね置かれる。このようにナボコフは英語で執筆を始めてからも、最愛の人を失った悲しみを象徴する小道具として小石を使用し続けたが、その際には補足的に、小石と悲しみをかなり明示的に結びつける表現を用いていることがわかる。

さて、小石と関連して「浜辺」という場もナボコフの「オルフェウスもの」には欠かせない空間である。ハンバートとシネウーソフにとってのリビエラの海岸も、チョールブにとってのニースの海岸も、亡き恋人や妻の記憶が朽ちずに残されている場としての役割を果たしている。たとえば、シネウーソフは「浜辺の君の足跡、小石、忌まわしいほどに太陽に満ちた砂浜に残る君の青い影、すべてがぼくを苦しめた」(*Stories* 511, II 288) と言っているし、他の場面では、浜辺に座り、打ち寄せる波を眺めながら、その波の動きや表情に、亡き妻からのメッセージを読み取ろうとしたりもする。ナボコフ版オルフェウスたちにとって浜辺という場は、亡き妻や恋人の記憶が刻印され保存されている場所であり、さらには、彼岸につながる場所にもなりうる。そういう意味では、小石と彼岸を結びつけるロウの論点は理解できなくはない。

そうした文脈に沿って考えると、『ロリータ』において、ヘイズ家のポーチの向こうに広がる偽物の海辺で、まるで映画のセットのような海辺で、アナベルがロリータの姿となってよみがえるのは興味深い。初めてその庭でロリータを目にしたとき、ハンバートには海の波のうねる音が聞こえてくるのである。

　青い海の波が、ぼくの胸の下でうねった。そして、太陽の光に浮かぶマットレスから、半裸で、ひざまずき、膝を支点にして振り返りながらサングラス越しにぼくを見つめたのは、ぼく

のリビエラの恋人だった。（*Novels 1955–1962* 35, 69）

こうして偽物の浜辺から、偽物の恋が始まるのである。いずれにせよ、小石と浜辺はナボコフの「オルフェウスもの」には欠かせない小道具と大道具であることに間違いない。

3　「創作者」への嫉妬

さて、最後にもう一つ、ナボコフの「オルフェウスもの」にしばしば付随するモチーフを挙げたい。それは嫉妬のモチーフである。

『ロリータ』においても、特に第二章では、ロリータに接近し彼女を奪い去ろうとする何者かへのハンバートの嫉妬がもっとも大きなモチーフとなり、嫉妬の力が物語を結末へと導く原動力となっている。ハンバートを究極まで嫉妬に駆り立てるクレア・キルティの人物造形の巧妙さは『ロリータ』の魅力の一つだが、キルティ的人物はそれ以前の「オルフェウスもの」にも見出すことができる。

たとえば、かなり変則的ではあるが魅力的な「オルフェウスもの」の一つである「フィアルタの春」（一九三六）に登場するフェルディナンドもその一人だ。主人公ヴィクトルの人生は、コケティッシュなニーナを失っては取り戻し、また失っては取り戻し、という不断の喪失によって成り立っているが、ニーナの死が最終的に彼女をヴィクトルから奪う前に、フェルディナンドはニーナと結婚することによってヴィクトルからニーナをほぼ決定的に奪い去る。

フェルディナンドとキルティは、その毒々しさと放蕩さを共有すると同時に、二人とも才能ある作家であり、ナイーブで傷つきやすいヴィクトルとハンバートをたやすく征服してしまう存在である。フェルディナンド対ヴィクトルの対峙と、キルティ対ハンバートの対峙は、ともにプロフェッショナルとアマチュアとの戦いであり、あるいはアマチュアの二人が勝手に挑んだ架空の戦いにすぎない。これはあくまで印象にすぎないが、ニーナとロリータが二人とも若くして死ぬ運命にあるのは、フェルディナンドやキルティの毒のある魅力に身をさらしてしまったからではないだろうか。同様に、ヴィクトルもハンバートも、やはり彼らの毒に対してはなすすべもないのである。その毒とは、「創作者」の有する圧倒的な、そして超越的な力が派生的に生むものであり、逆に言えば、そうした毒こそが、創作者の所在を知らせる指標となる。

「北の果ての国」の場合はもっと暗示的な形で嫉妬のモチーフが提示される。シネウーソフのかつての家庭教師であり、きわめて特異な発作のあとに宇宙の真理を悟ったというファルテル氏に、シネウーソフは面会を申し込み、「真理」について、あるいは死後の世界について聞き出そうとする。シネウーソフにとってのファルテルとは、いわば全知の神であり、死後の世界についても熟知し、亡き妻の居所をも知る存在であり、それゆえ、シネウーソフとファルテルとの対話は、オルフェウスが冥界の王ハデスに対してエウリュディケの返還を交渉する場面を思い起こさせる。つまり、冥界に通じたファルテルに妻を奪われたという被害妄想をシネウーソフは少なからず抱いていて、死後の世界についても、真理についても、何も明かしてくれないファルテルに対してシネウーソフは嫉妬と苛立ちを感じてしまう。ファルテルもやはり、フェルディナンドやキルティと、毒々しさと超越性を共有するが、シネウーソフは何気ない言葉のなかでファルテルのそうした属性について言及している。たとえば次のようなくだりだ。「ファルテルはといえば、ぼくらの世界の外側にいるんだ、ほんとうの現実のなかにいるんだ。現実とは、ほら、ぼくを魅了するヘビの、やわらかく膨らんだ喉さ。」(*Stories* 500, II 272)

もともとシネウーソフ（Синеусов）という名は、ロシア語で「青髭」を意味するが、「北の果ての国」がシャルル・ペローの『青ひげ』から何らかのモチーフを借りているとすれば、妻の不貞に起因する嫉妬心であろう。多くの研究者が指摘しているシネウーソフの妻の言葉「詩、野の花、そして外国のお金」(*Stories* 510, II 287) とファルテルの言葉「野の花についての詩、あるいはお金の力」(*Stories* 515, II 296) との奇妙な符号は、テクスト上での言語的な姦通であり、読者はこの二人のあいだにラインを引くようにあらかじめ仕向けられているのである。

考察は以上である。ナボコフの作品のいくつかを「オルフェウスもの」としてグループ化することで、注意をむけるべき細部やモチーフが明らかになったのではないかと考える。今回取り上げた作品以外にも、処女長篇小説『マーシェンカ』をはじめとしてナボコフの小説には「オルフェウスもの」に数え入れるべきものが多数存在する。いったいなぜ、ナボコフはこうしたオルフェウス的な物語づくりに執着したのか。おそらくそれは、もっとも大切なもの（すなわち母国）と決別せざるを得なかった一人の亡命者のどうしようもない苦しみと悲しみが、オルフェウスのそれと酷似していたからではないだろうか。

注

1 「チョールブの帰還」を論じる上でオルフェウスのモチーフに言及している研究者は少なくない。たとえば以下を参照。Julian W. Connolly, *Nabokov's Early Fiction* (14) および Maxim D. Shrayer, *The World of Nabokov's Stories* (91).

引用文献

Connolly, Julian W. *Nabokov's Early Fiction: Patterns of Self and Other.* Cambridge: Cambridge UP, 1992.

Shrayer, Maxim D. *The World of Nabokov's Stories.* Austin: U of Texas P, 1999.

Rowe, William Wooden. *Nabokov's Spectral Dimension.* Ann Arbor: Ardis, 1981.

心理学者としてのナボコフ——研究の進め方

ブライアン・ボイド
板倉厳一郎　訳

ウラジーミル・ナボコフはかつて、自分の作品から心理学を排除したというアラン・ロブ＝グリエの主張を「荒唐無稽」と切り捨てたことがある。「レベルの移行が起こったり、連続する印象が相互に貫入し合ったりするのは、心理学——それも最良の心理学だ」（*SO* 80）。のちに「あなたは心理学的な作家ですか？」という問いに、ナボコフは「少しでも価値のある作家は、みな心理学的な小説家だ」と答えている（*SO* 174）。

ナボコフが行動主義心理学とフロイト派精神分析という岩礁が立ちはだかる海峡に船出するのを避けた二〇世紀半ばと異なり、現在の心理学はずっと広い航路を提供している。心理学の対象には、記憶と想像力、感情と思考、感情移入など、作家や読者にも重要な問題が含まれる。今やナボコフが想像し得た以上に、広い時間と緊密な空間を扱えるようになったのだ。ナボコフを真剣な（もちろんそれと同時に、ふざけた）心理学者と考えることで従来のナボコフ観を刷新し、文学と心理学が互いにどう貢献できるか考え直すべき時期が来たと言えよう。

本稿は最終的な図式を示すものではない。さらなる研究のための叩き台である。われわれはそこから様々な方向に研究を発展できる。そして、その事実が、ナボコフの心理学者としての射程の広さや力量の証しでもある。ナボコフを他の作家や自作の読者、観察者や内省者として検討することもできよう。彼が小説(ドストエフスキー、トルストイ、プルースト、ジョイス)やノンフィクション作品、心理学者の著述(ウィリアム・ジェイムズ、フロイト、ハヴロック・エリス)などから知っていた心理学との関係を考えてもよいだろう。彼自身の小説やノンフィクション作品から、心理学理論家としてナボコフを捉えることもできる。彼が作品内で登場人物に与えた実験、そして読者に与える実験から心理学的な「実験者」という側面を研究することもできる。ナボコフを、彼の時代から現在までの心理学諸派——異常心理学、臨床心理学、比較心理学、認知心理学、発達心理学、進化心理学、アドラー心理学、人格心理学、ポジティヴ心理学、社会心理学——との関連性で読み解いてもいいだろう。彼がその限界を試した精神の諸機能(注意、知覚、感情、記憶、想像力、「知る」「理解する」「推察する」「発見する」「解決する」「発明する」といった純粋認知)、あるいは意識の諸状態(覚醒状態、睡眠状態、夢、錯乱状態、白昼夢、霊感、臨死体験、死体験)との関わりで読み解くこともできよう。また、ナボコフが予期していたり、まず説明できないだろうと考えていた近年の心理学の発見を検討してもいい。

ナボコフは学生によく、「小説の歴史を進化の過程として見れば、幾重にも重なる人生の層をゆっくりと深く探っていく動きだと言えよう。……芸術家は科学者と同じように、芸術と科学の進化の過程にあって常に周囲を嗅ぎ回り、先達より少しでも多くのことを理解し、より鋭敏で優れた目でさらに深く進むものだ」と語ったという（*LRL* 164–65, 209–210）。少年の頃、彼は蝶の新種を発見しようと躍起になっていた。それに劣らぬ渇望をもって、作家としても文学史に名を残す発見を追い求めた。その探求は言葉や細部やイメージ、構造や戦略に留まらず、心理学にまでおよんだ。

ナボコフは「創造する権利を除けば、批評する権利は思想と言論の自由が与え得る最大の賜物である」と言った（*LRL* ii, 2）が、彼自身作家の名声に臆することなく批評することを好んだ。特に好んだのはライバルの非を取り上げることである。自身の作品に現れているように、ナボコフは心理的極限状態に強い関心を抱いていたが、ドストエフスキーの「前フロイト的コンプレックスに苦しむ人物の単調な描写」には苦言を呈していた（*LRL* 104, 133）。ナボコフはトルストイの心理への洞察や登場人物の体験を表現する天賦の才を賞賛し、状況に人物を溶け込ませるその手法を利用していた。だがその一方で、人間の精神には自分の今いる状況を超越できる能力があることをいつも強調していた。ナボコフはプルーストの時間を飛び越えられる能力、とりわけ自由闊達な記憶の動きに敬意を表していたが、現在進行中の出来事によって与えられる制約に力点を置いてもいた。『賜物』でフョードルはプルーストさながら現在という時間の制約への不満を抱いているものの、ナボコフは注意深い読者にわかるよう、今ここという瞬間も豊かで充実したものであることを示している。プルーストが過去との結びつきを復活させる自発的で無意識的な記憶の働きを強調したのに対し、ナボコフは意識的な探索によって思い出される記憶を重視した。ナボコフはジョイスの正確で、直裁で、陰影に富む言葉遣いに賛辞を惜しまなかったが、その意識の流れの手法が「あまりに多くの言語的要素を思考に与えてしまった」とも考えている（*SO* 30）。ナボコフにとって思考の媒体は言語だけではない。「私たちは言葉ではなく、言葉の陰影で思考するのだ」（*SO* 30）。彼にとって思考とは多感覚的なもので、理想的には多層的なものだ。現在の認知心理学者ならナボコフの知らないコンピュータ用語を駆使して、「意識は直列《シリアル》というより並列《パラレル》（まさしく「超並列」）なので、純粋に言語的な意識の流れという単一チャンネルが提供し得る極端なシリアル・モードに容易に変換できるものではない」と言うかもしれない。

ナボコフがフロイトをいつも嘲弄していたことは有名である。もちろん、それなりの理由があった。フロイトの思想は、特にナボコフがアメリカにいた時期には絶大な影響力を持っていたものの、その主張は空疎であったからだ。ノーベル生理学・医学賞を受賞した動物学者であり、稀代の科学エッセイストでもあるピーター・メダウォーは、ナボコフと同じような口調でフロイト心理学は「二〇世紀最大の知的詐欺」と公言している（Medawar）。ナボコフは、フロイト理論がこけおどしでありながら大衆や研究者に浸透する様子を目の当たりにした。ナボコフによるとフロイト理論は知的水準を下げ（*SO* 47）、個人の自由を侵害し（Nabokov 1961）、自己責任の倫理をむしばみ（*SO* 116）、文学的感性を傷つけ（Nabokov 1961）、子の親に対する愛着の真実の姿を歪曲してしまう。すべて現在の発達心理学が十分に証明してきたことである。

ナボコフは批評家の自立を重視してきたが、単に他者を拒んでいたわけではない。トルストイの芸術やウィリアム・ジェイムズの科学から、心理学についてできるだけ多くのことを積極的に吸収した。もちろん自分でも研究した。ナボコフは視覚世界や自然界だけでなく、人間の本性についても優れた観察者であった。彼の人間観察力の鋭さは書簡や手記にも現れているし、他者の回想――何年もあとに書かれた回想にも、ナボコフの彼らへの洞察が垣間見える――にも、そして彼自身の作品にも明らかである。

ここで視点を変えてみよう。ナボコフの小説、それも原文でたった六十七語からなる短い文章を読むことにする。作中で観察や実験に用いたナボコフ独自の心理学と、その可能性についてナボコフ自身が疑問視していた現代の心理学を混ぜ合わせてみよう。また、小説にどれほどの心理学的分析が入っているものなのか、あるいはナボコフのすばやい移行がどれほどの心理学的分析を採り入れているかを示してみよう。

『アーダ』第四章で、最初に通った進学校リヴァーレイン校在学中のヴァン・ヴィーンは、売店の若い女性店員――別の男子生徒によれば「緑色のロシア・ドル紙幣」を出せばセックスさせてくれる「ふくよかな尻軽女」――と初めての性行為をする。最初の行為では、ヴァンは「彼女が自らの室内で受け入れたかったものを玄関マットに」こぼしてしまう。しかし「次のまぐわいの夕べ」でヴァンは「彼女の……心地よい締め付けと激しい揺れを楽しめるように」なり、学期を終わる頃には彼女と「四〇回の痙攣」を経験した。この章の末尾で、ヴァンはアーディスで「おば」のマリーナと夏を過ごすために旅路につく。

瀟洒な一等車に座り、手袋をした手でベルベットの取手をつかみ、有能な風景が有能に過ぎ去っていくのを眺めていると、自分が一人前の男になったような気分になる。時どきこの乗客のさまよう目は動きを止め、体の奥の痒みに耳を澄ませたが、それはありがたいことに、皮膚組織の軽い刺激反応にすぎなかった。(*Ada* 33, I 39)

ナボコフが書いているのは小説であって、心理学論文ではない。だがこのナボコフらしい非凡な文章は心理学に負うところが大きいばかりか、心理描写も秀逸で、心理学者にとって魅力的である。この一節と心理学は互いに益するところが大きいのだ。

「瀟洒な一等車」と「手袋をした手」は、対比効果と呼ばれる認知バイアスをうまく活かしている。つまり、対比された事物に脳が強く反応するという性質だ。語り手のヴァンと作者ナボコフはここで突然話題を切り替え、「店の倉庫に積まれた木箱や袋の間で」関係を持った「ふくよかな尻軽女」の低俗性と車両やヴァンの衣装の高級感を対比させている。

「自分が一人前の男になったような気分になる。」誰しもが子供時代や思春期から一歩成長したときによく起こる突然の自己充足感に満ちた瞬間を思い出したり、想像したりすることができるだろう。これをいくつかの方法で分析してみる。

最近の進化生物学における生活史理論では、生物の種に特徴的な発達パターンや、異なる種にまたがる発達の影響が注目されている。もっとも、生活史理論がヒトの生活パターンを比較生物学的に示す前から、ヒトの性行動の開始時期が重要な意味を持つことや、性行動の開始時期が遅いことは知られていた。心理学は長らく感情を研究の対象外としてきたが、現在では地位のような社会生活に絡む感情をも研究するようになった。人生の階段を一歩上がることは地位の向上を意味し、その向上を認識することで脳内の神経伝達物質セロトニン濃度が上昇する。思春期以降であれば、ちょうどアーディス邸に向かうヴァンに起こったように、このセロトニン濃度上昇が性衝動の増進につながる。到着した翌朝早くに目覚めたヴァンは、「今しかないという野性的な感覚」に駆られ、バスローブのみの半裸で一九歳の使用人ブランシュを捕まえる。

「手袋をした手（*one's* gloved hand）……自分が一人前の男になったような気分になる（*one* feels very much a man of the world）」という箇所で、ヴァンは一般人称代名詞“one”を使用することで、様々な人びとに共通する感情を喚起させる。共有体験に訴えかけるのは常套手段であり、共有体験を見出す行為、共有体験を見出したいという願望は、小説の、そして小説の題材となっている社会生活の根底にある。だが、心理学はこういった事実を前提としているだけでなく、解き明かしてくれもするのだ。

一九九〇年代に発見されたミラー・ニューロンは、たとえば単に誰かが物をつかむのを見ただけでも、自分自身がその物をつかんだときと同じ運動部位で活性化する。偶然発見されたこの神経構造はとりわけヒトにおいて発達しており、他の個体を理解したり、彼らから学んだり、そしておそらくは協力したり競争したりする手助けをしている（Iacoboni）。われわれは他の動物、チンパンジーと比べてさえも、共有体験を持ちたいという強い衝動を幼少期から持っている。思い返せばわかるように、幼児はちょっと面白いと思っただけの物を他の人に見てほしくてひっきりなしに指さす。この共有体験への強い衝動は、ヒトの卓越した社会性の基盤となっていると考えられている（Tomasello）。

他人の行動を見て理解するとき、われわれは自分自身が同様の行動をしたときの記憶を再活性化しているとも言われる(Barsalou)。だが、われわれはそこに留まってはいない。それが自分に不利益をもたらすものでない限り、他者の行動を追体験し、共感する。この十五年というもの、われわれが他者に見出したものを迅速に――そしてたいていは無意識に――追体験してしまうというこの驚異的なほど素早く精密なメカニズムを、心理学は研究している(Goleman)。先程の一節で、ヴァンとナボコフは共有体験に働きかけ、われわれが人生の新たなステージに進んだとき――歩けるようになったり、学校に行くようになったりすることだが、この場面ではセックスの初歩を覚えたこと――の充足感を思い出させている。

近年の神経科学における認知の「接地」性の研究によると、思考は(定説に反して)必ずしも言語に基づくものではなく、多感覚的で、過去の多感覚的体験から関連のある部分を再活性化し、多様な感覚、感情、連想を生み出すようだ(Barsalou)。他人が物をつかむのを見ただけでミラー・ニューロンが活性化されるように、「つかむ」という言葉を聞いただけでもその動作にかかわる大脳運動皮質の領野が活性化される(Aziz-Zadeh et al.)。われわれの脳は事物や行動の多感覚的な記憶を符号化している。だが、知覚内容や概念内容が意識化されると、その多感覚的な記憶の関連のある部分が再活性化される。

ナボコフは慧眼にも、想像力が記憶に根ざすものだと強調していた。その考えこそ、自伝に『記憶よ、語れ』という題を与えた理由でもあった。われわれがエピソード記憶(体験の記憶)をありとあらゆる表面的細部ではなく主意(状況の中心的な意味や感情を単純化した要約)として保持するということは、一九三〇年代初頭から知られてきた（Bartlett）。過去の状況や刺激が知識として保管されていることで、われわれはあとで記憶の圧縮ファイルのようなものを解凍し、オリジナルの画像を再構築できるということだ。近年明らかにされた証拠によれば、記憶が主意へと圧縮されるよう進化したのは、脳のハードディスクに空きスペースを作るためだけではなく、関連する記憶を活性化し、それを現在の知覚、または未来や未体験の状況に対する想像と結びつけるのを容易にするためである（Schacter and Addis）。記憶が細部として保存されていて、その細部で完全に一致するものを探す必要があるのなら、脳の検索作業は緩慢で不正確になるだろう。だが、記憶が主意に圧縮されれば、多くの記憶は新しい現実や仮想の状況に十分結びつけやすいものとなり、脳に検索キーワードが入ると、適切な記憶が再活性化される。

脳は直接体験を扱うために進化してきたので、現在でこそ抽象的思考や自由闊達な想像に従事できるものの、それでも最も強く、最も多感覚的に反応するのは直接体験に対してである。このため、多感覚的な記憶の活性化は、抽象的、客観的、非連続的なテクストよりも、小説のように体験の再構築を促す言語によって促進される（Tooby and Cosmides）。ナボコフが想像力を刺激する細部の力を強調したのは正しかった。先程の一節で、ナボコフとヴァンは、ベルベットの取手や手袋をした手といった細部によって「接地」された認知を促し、手袋、ベルベット、列車や車の取手の見かけや手触りといった多感覚的な記憶を活性化している。

これまで、引用した一節の冒頭の数語がわれわれの共有体験にどのように働きかけているかを見てきた。だが、共有体験に働きかけるだけでなく、この一節は様々な距離感も生み出している。まず、成人した語り手ヴァン——若き日のヴァンを三人称で提示しているものの、この時点で読者はすでに語り手がヴァンであることを知っている——と、十四歳にして自分が「一人前の男になった」と感じているヴァンとの距離である。ここで用いられている“one”という一般人称代名詞は、ヴァンの体験から一般論が導き出されることを示している。まるで思春期のヴァンが経験知に裏打ちされた高みから、自らが到達した新たな真実の概略を披瀝することができるかのようである。しかし、たかだか売り子と隠れて何回か「痙攣」した程度ではなく、遙かに多くの女性遍歴を経た後年のヴァンにとって、この一般化は浅はかにしか映らない。語り手としてのヴァンの目には、十四歳の少年が自分の経験を誇らしげに思っていることこそ、彼の未熟さの証しと映る。この登場人物ヴァンと語り手ヴァンの距離もまた、読者が語り手ヴァンと共有できる経験でもある。初体験の際にはこの上ない充足感と思えたものを、後年になって苦々しく振り返ることは、誰しもが体験しているからだ。記憶が主意へと圧縮されていることで、似通った自分の体験や他人の体験を検索するのに役立っていることが、ここでもわかるだろう。

共有体験への多方面からの働きかけは別にしても、ヴァンと、とりわけその背後にいるナボコフは、回想録の言葉を操作することでヴァンと読者に異なる距離感が生まれることも知っている。多くの読者は一等車で旅行したことがないだろうし、どんなに「エレガント」でも夏に手袋をはめる男性はそう多くない。「瀟洒《エレガント》な一等車」で手袋をはめた手をベルベットの取手にかけるヴァンには、「一人前の男になった」という自惚れの入り交じった、洒落た有閑階級の階級意識が色濃く表れている。一般人称の代名詞“one”は読者と同じ経験を共有する手助けにもなるが、別のレベルでは自分が普遍的真理に達したと思いこむヴァンの思いあがりや、自分が洒落者だという優越感をあらわにもする。イギリスの上流階級の英語で“one”は自分自身を指すが、この用法は話者が上流階級であることを示す指標となっている。このことで、ヴァンの自己満足を増幅させる俗物性が強調され、(時としてわれわれも他人に優越感を覚えることはあるものの)読者のヴァンに対する感情移入は困難になる。

われわれはまだ引用の第一文の最初の句に留まっている。次の節に進もう。「有能な風景が有能に過ぎ去っていくのを眺めていると、自分が一人前の男になったような気分になる」。ここでヴァンとナボコフは、世界を自分の感情で色づけされた色眼鏡で見る、あるいは感情を自分が見た事物に投影しさえする人間の習性をコミカルに思い出させてくれる。「有能な」(capable)という形容詞は、能力を持つ動作主のみ修飾できる。しかし、ヴァンとナボコフはこれをふざけて風景に使うばかりか、副詞「有能に」(capably)として風景がヴァンの乗っている汽車の窓を過ぎ去る様子にまで使っている。語り手も作者も、思春期のヴァンの自負にのみふさわしい語を二度も風景に誤用することで起こるコミカルな効果を知っている。ナボコフは唐突に、自分の感情を外界に投影してしまう人間の習性を示す一例を、斬新かつ平易に、アイロニーと遊び心に満ちた方法で読者に突きつける。心理学者は、このようなプライミングを通して起こる投影について研究してきた。たとえば、ポジティヴないしネガティヴな画像を見せて先行事例《プライミング》付けされた場合に何を最初に考え、知覚するかを調べるような研究である。ヴァンの感情的な「プライミング」がもたらすコミカルな効果にもかかわらず、ナボコフとヴァンはわれわれの記憶に訴えかけ、「過ぎ去っていく」景色を想像させてくれる。

われわれはなんとか駆け足で引用の末尾に辿り着いた。「時どきこの乗客のさまよう目は動きを止め、体の奥の痒みに耳を澄ませた」。ここでもヴァンとナボコフは多感覚的な記憶や意識を活性化させている。われわれが眼球運動をしつつ、身体内部の不快や痛みを知覚しているような固有受容性感覚(体の奥から起こる体の位置や刺激を感知する感覚)、それに他人が思いに耽ったり痛みをこらえたりして顔をそむけているのを見た記憶である。「体の奥の痒みに耳を澄ませた」という隠喩は新鮮であると同時に自然で、体の奥の刺激を察知したときの多感覚的な記憶を多感覚的(動く目、内なる耳、感触)に活性化している。

しかし、体の奥の痒みを意識したヴァンは、「それはありがたいことに、皮膚組織の軽い刺激反応にすぎなかった」と考える。ここで読者は、以下のように推測するよう促されている――ヴァンは学校の近所の店で働く「ぽっちゃりした豚のピンク色の肌をした小娼婦」に性病をうつされたかもしれないと心配しているが、のちに掻みが起こらなくなって、やっと大丈夫だと確信が持てるようになったのだろう、と。近代小説の発展の過程で、作家は読者の推理能力を信頼するようになった。このことをナボコフは重視している。読者は積極的に想像すること、そしてページに明確に書かれている以上のことを心の目で見ることを好むものだからだ。われわれはヴァンの状況に詳しくなっているので、彼の心配事を直感的に知ることができる。すでに読者は彼と共通の基盤を持っているので、全状況を推測するためにすべてを明示する必要はない。それに、その推理がうまくいけば、読者がヴァンと共通基盤を持っているという感覚をより強固なものにするだろう。

ヴァンの性病に対する根拠のない恐れは新たなコメディの要素を付け加えているかもしれないが、

同時に以下の二つの展開についての伏線ともなっている。(1)ヴァンの汽車が向かっているアーディスにおけるアーダとの恋愛とセックス――学生が売り子に金銭を支払って行なう行為と対照的なロマンス、そして(2)性的楽園としてのアーディスの悲劇的な側面、とりわけ、ブランシュを通じてアーディスにおけるヴァンとアーダのロマンチックな神話に入り込む性病。すぐに理解でき、すぐに多くの感覚や感情や記憶を喚起するこの短い一節は、多面的な意識をうまく具現している。汽車に乗った十四歳のヴァン、同じ夏だがいくぶん時間が経過して自分が性病にかかっていないことを知ったヴァン、年を取って若かりし日を思い出し、読者に共通の経験を理解してもらうだけでなく、自分が特権的で他の連中とは違うという青臭く横柄な意識をも読み取ってほしいと思っている語り手のヴァン。語り手ヴァンは経験を喚起し、再活性化するだけでなく、外側から自分を眺めてもいる。「時どきこの乗客のさまよう目は動きを止め」た。心理学者は体験や記憶について当事者と観察者が持つ関係を区別する。体験の場にいるかのような内側からの視点と、外から観察しているかのような外側の視点。通例、われわれは人生を「当事者」の状態で体験する。だが、記憶が「主意」に圧縮されるため、のちにわれわれは夢の中で思い出がとんでもない順序に並べ替えられて登場するのを見るときのように、体験を観察者さながらの視点で再構成することができる。読み進めていくにつれ、読者は自分たちが視点人物の経験の内側にいるかのように想像する状態――ヴァンが、風景が過ぎゆくのを見たり、体の奥からの痒みに耳を傾けたりするとき――と、観察者として想像する状態――ヴァンが手袋をはめてベルベットの取手をつかんでいるとき――とのあいだを行き来する。

偶発的で些細な印象が大きな変化の「前触れ」だと結びつけられた途端、急に固定記憶にしっかり保管されるという個人的な心理学的観察を、ナボコフは自作で何度も明示している。この場面で「前触れ」にはっきりと触れられているわけではないが、ここで描かれているのはまさにそれである。ヴァンは、たいして期待もしていなかった「いとこ」の家への訪問が人生を変える――もちろん、ぽっちゃりした小娼婦に金を払ってオーガスムを経験しただけで一人前の男になったと驕る彼を恥じ入らせる――ことに、まだ気づいていないのだ。

再読すると、この場面の構造的役割に気づく。ここでは、様々な対比が見られる。豚のピンク色の肌をした尻軽女と一緒に売店にいるヴァンと、アーディスでアーダと熱い抱擁を交わすヴァン。粗悪な小娼婦と、アーダの不在中や彼女の浮気に愕然としてアーディスを去ったヴァンが相手とした高級娼婦たち。あるいは、小娼婦との関係を持ったことでヴァンが苛まれる性病への不安の喜劇性と、アーディスでのヴィーン家のロマンスに花を添えたブランシュが子供に遺伝させてしまう病の悲劇性。

『アーダ』の複雑さと魅力は読者に再読を促すが、再読すると場面を取り巻く複数の文脈に気づくことができる。読者は説明のないすべての物事を、直近の文脈で、あるいはもっと広い文脈で説明しようと模索する。私は「有能な風景が有能に過ぎ去っていく」という一節を読んで笑いはしたが、特に問題だとは思わずにいた。ところが、京都『アーダ』読書会が、一八世紀のイギリス造園法を知る者には広く知られた「有能《ケイパブル》」と「風景」という語の関連性を見出した。ヴァンとナボコフはここでイギリス式風景庭園造園家の最高峰ランスロット・〝ケイパビリティ〟・ブラウン(一七一六―一七八三)に言及しているのだ。ヴァンが向かっているアーディスが一八世紀の邸宅で、その敷地にはブラウンが導入した繊細な自然さ――それ以前にイギリスで主流だった形式庭園と、それ以降の野放図さと崇高さを好むロマン派庭園との中間に位置する――が現れていることを考えると、この言及はぴったりである。ヴァンとナボコフがこの造園法にこっそりと言及していて、私が気づかずにいて、しかも誰にでも発見できるよう目の前に置かれていたということを知り、私はとても愉快な気持ちになった。ナボコフは注意喚起や記憶や発見の心理を愛したが、ユーモアの心理も愛していたのだ。

再読する際に読者が意識するのは、これまでの物語だけではない。初めて読んだときにどういう展開を予期するよう仕向けられていたか、どういう展開に心や感情の準備をさせられてきたか、あるいは作者が初読者に効果的であるばかりか再読者により豊かな効果をもたらすためにどんなからくりを用意していたのかも意識する。この場面で、読者はすぐに十四歳の登場人物としてのヴァンを意識する。それほど明確ではなくても確かに意識することはたくさんある。若き日の自分を心地よく楽しげに振り返る成熟した語り手のヴァンの存在にも、読者の共有体験を喚起しながら、自分の非凡さを信じてやまないヴァンの高慢さもあらわにするという複雑な駆け引きにも気づくだろう。「有能な」という語に込められた誰にでもわかるジョークだけでなく、わかる人にしかわからないジョークに気づいてから読み直すと、造園家への言及を見つけたことだけでなく、その発見前の無知な自分をも思い出す。ここでわれわれは複数の時系列と階層の存在を意識している。(1)一八八四年六月のヴァン、(2)数週間後に売り子から性病をうつされなかったことに気づいたヴァン、(3)

これらの出来事を回想している後世のヴァン、⑷いま目にしている文章を執筆中のヴァン、⑸ヴァン・ヴィーンの背後にいるナボコフ、⑹旅行の記憶や人生の次のステージに進んだときの達成感を想起する初読者、⑺アーディスでの出来事との関連でこの場面を読もうとする再読者、⑻この情景に隠されている造園家に気づくほどの専門的読者、といった具合である。

この一節を読む体験が、汽車で旅をするトルストイの登場人物を読む体験とどれほど異なっているか考えてみよう。トルストイの『アンナ・カレーニナ』を読んでいると、読者はすぐに視点人物の精神に入り込み、同じ体験をしているような感覚になる。というのも、作者が登場人物の状況、存在感、人格、人間関係、過去の人間関係についての情報など、必要な要素をすべて読者の中に呼び起こしてくれるからだ。読者は登場人物と同じ空間にいるように感じられるため、その場にいるかのように想像できるだろう。しかし、ナボコフは読者を意識の多面性に気づくよう仕向けることを好む。様々なヴァン——登場人物として物語上の現在にいるヴァン、少し未来にいる登場人物ヴァン、さらにその後に語り手となったヴァン——が内面からも外側からも感じられるだろう。読者にヴァンとの体験の共有を促したり、ヴァンと距離を置かせたりする駆け引きにも気づくだろう。再読すると、初読の際にも目につく事柄だけでなく再読の際に小説の後半部の知識をもって理解できる事柄をも、あるいは通読したことで解答を知ってしまったからこそパズルだったとわかるようなパズルをも意識させられる。トルストイはまた、登場人物に絶妙のタイミングである行動をさせたり、あることに気づかせたりすることで、場面をゆっくりと展開させていく。ナボコフはいきなり汽車の場面に入る。前もって予告するわけでもなく（状況の特定に役立つのは「一等車」「過ぎ去っていく」「乗客」という語しかない)、ゆっくりその場面に留まるわけでもなく(引用箇所でこの場面は終わる)、いつ、どこの話なのかを言うこともない。だから、読者は次の章の冒頭で推測するしかない。ナボコフは、読者が想像力、推理力、見当識を駆使して楽しんでくれることを確信しているのだ。

臨床心理学、比較心理学、発達心理学、進化心理学、社会心理学はこの三十年というもの、心の理論仮説やメタ表象理論に多大な関心を寄せてきた (Saxe and Baron-Cohen; Sperber)。心の理論仮説によると、ヒトには欲望、意図、信条、メタ表象といった観点から他者の心を、そして自分の心を理解する能力や、他者の想像した場面を含め、表象を表象として理解する能力がある。ヒト以外の社会性のある知的生物にも欲望や意図という観点から他者を理解できると思われるが、相手が何をいかに信じているかという観点から他者を明確に理解でき、信条という要素を難なく推理系統に入れることができるのはヒトだけである。思春期までに、われわれは四段階の志向性——Dさんの考えについてのCさんの考えについてのBさんの考えについてのAさんの考え——を理解できるようになる。成人になると、間違うことはあっても五段階か六段階の志向性——たとえば、アーディスに向かう汽車にいたヴァンの考えについてアーディスに着いたヴァンが持つ考えについて語り手ヴァンが持つ考えについてナボコフが持つ考えについて初読者が持つ考えについて再読者が持つ考え——を思考できるようになる。

『賜物』のフョードルを介して明確に述べているように、ナボコフは多層化した意識に魅了され、それを自分自身、読者、再読者の中に作り出そうとした。フョードルは意図的に他者の目で観察し、変身し、回想し、想像する練習をする。外国語教師として生計を立てることに忸怩たる思いでいた彼は、「彼が本当に教えるべきなのは、何万人、何十万人、ひょっとしたら何百万人の中で彼ただ一人が教授法を知っているもの、たとえば多層的思考である」と考え、その多層的思考を定義する (*Gift* 176, 256)。多層的思考で脳をトレーニングすることは、フョードルが自ら実践し、他人に教えようと考え、自分の読者のために体得し、ナボコフが何年もかけて自分の読者のために体得したものだ。この発想は、脳の可塑性――脳が再教育され、微調整され、配置転換されうる度合い――についての最近の神経科学の考え方と一致する (Doidge)。

遊びは脳の可塑性を最大限に活かす自然な方法である。それによって動物は、飛ぶ、戦うといった重要な行動について微調整ができる。だから、動物は追いかけたり、跳ね回ったり、組み合って戦ったりすることに楽しみを感じられるようになったのであり、自然は動物がそれらの遊びを何度も行なうようにしている。拙著『物語の起源』において、私は芸術を遊びの発展形と考えた。というのも、芸術は、重要な特定のタイプの認知――小説の場合、社会認知、心の理論、視点取得、複数の視点の同時取得といった認知――のような精神活動を微調整できるからだ (Boyd)。私はこの仮説を証明するにあたってナボコフの作品を念頭に置いていたわけではなかったが、彼はこのような脳――知覚、認知、感情、記憶、想像力――のトレーニングを他のどの作家より真剣に捉え、そしてふざけて思いを巡らせている。

これまで、『アーダ』から非常に短い、そして一見したところ工夫のない一節を例に取り、われわれが小説を読む際、とりわけナボコフの作品を読む際にどれほどの心理的操作を自然に行なっているか、そしてわれわれが自然に行なっていることについて心理学がどれほど明らかにしてくれるかを見てきた。文学は心理学と目的が大きく異なっている。とはいえ、文学は人間の心理学的直感（それ自体も近年の心理学の研究課題である）に依拠し、心理学的な諸能力を実際に使わせる。文学は、人間の精神を揺さぶるという程度には人間の精神を理解することを目指している。文学は、登場人物や語り手の精神活動を斬新かつ正確ないし鮮明に、あるいは新鮮な細部をもって示すことで――また、適切な刺激を受けた読者の自由な精神活動を新しい方法で示すことで――読者の精神を動かすかもしれない。単に知的好奇心を満たすためであれ、精神を最良の状態にする――心理的なダメージを最小限に留め、恩恵を最大にする――ためであれ、心理学もまた精神を理解しようとする。心理学は実験を用いる。小説もまた思考の実験である。登場人物がどのように感じ、考え、行動するか、そして読者がどのように感じ、考え、行動するか、さらに読者がどれほどまで大きな想像力をもって考え、深い共感をもって感じ、慎重に行動できるように学習できるかを調べる実験なのだ。小説の実験結果は体系的に集積されることも、同業者に査読されることも――ひょっとしたら多くの心理学者に読まれることも――ないかもしれないが、広範な読者層にたしかに感じ取られているだろう。

ナボコフは、芸術と科学がその頂点で出会うと信じている。心理学はフロイトの滝や行動心理学の荒地をさまよったあとで高みに出た。ナボコフは心理学がこの頂点に達することができるとは考えなかったかもしれないが、彼の作品はここで科学と出会ったのだ。

参考文献

Aziz-Zadeh, Lisa, Stephen M. Wilson, Giacomo Rizzolatti, and Marco Iacoboni. 2006. Congruent embodied representations for visually presented actions and linguistic phrases describing actions. *Current Biology* 16 (19): 1818–23.

Barsalou, Lawrence W. 2008. Grounded cognition. *Annual Review of Psychology* 59: 617–645.

Bartlett, Frederic C. 1932. *Remembering: A Study in Experimental and Social Psychology*. Cambridge: Cambridge University Press.

Boyd, Brian. *On the Origin of Stories: Evolution, Cognition, and Fiction*. 2009. Cambridge, MA: Belknap Press of Harvard University Press.

Doidge, Norman. 2007. *The Brain That Changes Itself: Stories of Personal Triumph from the Frontiers of Brain Science*. New York: Penguin.

Goleman, Daniel. 2006. *Social Intelligence: The New Science of Human Relationships*. New York: Bantam.

Iacoboni, Marco. 2008. *Mirroring People: The New Science of How We Connect with Others*. New York: Farrar, Straus and Giroux.

Kyoto Reading Circle. 2000. "Annotations to *Ada* (1), *Krug* (O.S.), 1: 2, 16–24.

Medawar, Sir Peter. 1982. *Pluto's Republic*. Oxford: Oxford University Press.

Nabokov, Vladimir. 1961. Interview with Anne Guérin, *L'Expres*, 26 January 1961.

——. 1963. *The Gift*. Trans. Michael Scammell with the author. New York: Putnam.

——. 1969. *Ada or Ardor: A Family Chronicle*. New York: McGraw-Hill.

——. 1973. *Strong Opinions*. New York: McGraw-Hill.

——. 1981. *Lectures on Russian Literature*. Ed. Fredson Bowers. New York: Harcourt Brace Jovanovich / Bruccoli Clark.

Saxe, Rebecca, and Simon Baron-Cohen. 2007. *Theory of Mind*. Special issue of *Social Neuroscience*. 2006. Hove: Psychology Press.

Schacter, Daniel L., and Donna Rose Addis. 2007a. The cognitive neuroscience of constructive memory: Remembering the past and imagining the future. *Philosophical Transactions of the Royal Society B* 362: 773–786.

Sperber, Dan. 2000. Metarepresentations in an evolutionary perspective. In *Metarepresentations: A Multidisciplinary Perspective*, ed. D. Sperber. Oxford: Oxford University Press, 117–138.

Tomasello, Michael. 2008. *Origins of Human Communication*. Cambridge, MA: Bradford / MIT.

Tooby, John and Leda Cosmides. 2001. Does beauty build adapted minds? Toward an evolutionary theory of aesthetics, fiction and the arts. *Substance* 30(1–2): 6–27.

第4章　ロシアへの鍵

Keys to Russia

ナボコフとロシア文学史

川端香男里

「定評化された」ロシア文学史の枠組みへの異論

世界的に「ロシア生まれのアメリカの小説家」として理解されているウラジーミル・ナボコフは、ロシア革命後一九一九年に亡命を余儀なくされ、それ以後ふたたび祖国の土を踏むことはなかった。ソビエト体制下ではナボコフの名は完全に無視されたが、ただ一度シーリンというペンネームで書かれた「切符」という詩がソ連共産党機関紙『プラウダ(真理)』【一九二七年七月二十五日付】に転載されたことがある。いつの日か秘密の箱から取り出された祖国への切符が私に渡されるだろうという内容に激怒した「プロレタリア詩人」デミヤン・ベードヌイは、一篇の詩をかかげ「貧しい詩人シーリンよ」と切り返し、ソビエト国家の締め付けの力を緩めることは、死ぬまでお前にはできないぞと予言してみせた。（ついでに言えば、ロシア語で「貧しい」はベードヌイと言うので、このベードヌイの「反歌」は滑稽きわまるものになった。）

それから三〇年間シーリンの名もナボコフの名もソビエトの出版物に現れることはなかった。「エロティックなベストセラー」『ロリータ』に浴びせられた罵声を唯一の例外として。状況が大きく変わったのは、ソビエト体制末期の地下出版（サミズダート）時代からで、ゴルバチョフのグラースノスチ（情報の自由な公開）政策のもとでロシア作家として復権し、人気と名声を獲得することになる。当然のことながら、ロシアではナボコフの肩書きは、「ロシアそしてアメリカの（русский и американский）作家」と表記される。この表現では、単にロシア生まれというだけではなく、ロシア語作家としてすでに完成されていて、英語を介することによって世界的な名声を勝ち得たという思いがこもっている点を重視しておこう。

ナボコフには支配的な思潮にまず逆らうという点で、トルストイと似通ったところがあるように思われる。文学における定評、流行の美学的規範などに対しては敵意を持ちこそすれ、敬意を払ったことなどない。コーネル大学で行われた公開講演「ロシアの作家、検閲官、読者」（一九五八年四月十日、『ロシア文学講義』所収）でナボコフは、芸術的見地や芸術性を強調し、作家・作品そのものを直視しようという正論を展開し、紋切り型化、定評化したいわゆるロシア精神など捜し求めるなと忠告する。同時に芸術としての文学を破壊するものとしてロシア文学に悪をなして来た二つの勢力、政府と革命、皇帝（ツァーリ）と急進的批評家を糾弾する。

たしかに帝政時代に急進主義者は、専制政治に抵抗したが、ジャーナリズムの世界では専制君主として君臨し、ドストエフスキー、レスコーフ、チェーホフなどを迫害したことで知られている。チェルヌイシェフスキー、ピーサレフなど「生真面目な」批評家たちにとって、人間の遊戯本能や遊びの衝動、美的欲求、その他人間の本性と、深くかつ非合理的に、説明しがたく結びついている要素はすべて忌まわしいものとなり、抑圧ないし抹殺すべきものとなる。彼らが作家に要求したものは社会的メッセージ、社会的効用であり、この考え方はのちにソビエト文学の本質とされることになったものと寸分違わない。このことは帝政時代に皇帝と戦っていた批評家たちが、十月革命後にはソビエト権力と一体になったということを意味する。文学に対する未曾有の危機が、訪れたということである。共産党幹部自身がスターリンによる大粛清の洗礼を浴びる時代だったから、相手が文学者であるからといってレーニンもスターリンも強圧的手段をとることに躊躇することはなかった。

ところがこのナボコフの急進派批判はすんなりと受け入れられなかった。ロシア・インテリゲンツィアのあいだには、帝政の犠牲者としての急進派評価、「ヴ・ナロード（人民の中へ）」信仰が根深く浸透していた。『賜物』のチェルヌイシェフスキーの章がなぜ拒否されたかという理由もここにある。このヴ・ナロード幻想は、外国の知露派知識人のあいだにも、レーニン神話・トロツキー神話と並んで根強く共有されていた。ソビエト権力が「平和の砦」とみなされ、反ファシズム体制の先頭に位置するとされていた時代には、ナボコフの声を共感を持って受け止める者は数少なかった。

ロシア文学史をどう考えるかということでも、一般的意見とナボコフのあいだには大きな溝があった。伝統的なロシアの民族性、「スラヴ魂」（ナボコフの言うロシア精神）についての教説、ロシア文学

における リアリズム優越の信仰は、知らず知らずのうちに教科書、案内書で定評化されてしまっていた。一方ペテルブルク勤務のフランス外交官メルキオル・ド・ヴォギュエによる『ロシア小説』(一八八六)の出版は、ロシア文学の世界的ブームを巻き起こすと同時に、ロシア文学に対するあらたな「定評」を確立した。ヴォギュエはフランスで自然主義が行き詰まり出口のない状態であったところに、タイミングよくキリスト教的ヒューマニズムに溢れた理想主義的文学としてトルストイを中心とするロシア文学作品を紹介し、それが大きな反響を呼んだのである。日本では明治十年代に当たる出来事であったが、日本でも人道主義的に理解されたロシア文学のイメージが根付くことになる。

ナボコフの考えでは、ロシアで文学が栄えたのは十九世紀を中心とする百年間である。翻訳不可能な詩を考えに入れれば、範囲は多少広がることになる。十九世紀初頭、プーシキンを中心とするいわゆる「金の時代」に始まり、大小説家の時代をあいだに挟み、世紀末に展開する「銀の時代」で締めくくられる時代に、ロシアは西欧の文化的収穫に匹敵するものを創造することができたというのである。私見では、重要なのは一八八〇年代に、ナボコフの父たちの世代が担った「理想主義的反動」と呼ばれる潮流で、功利主義、実証主義に抗して芸術的感情を蘇えらせ、精神的価値を再認識しようという動きが生まれてきた。これが「銀の時代」「ロシア・ルネサンス」と呼ばれることになる巨大な文化復興運動につながり、一八九九年生まれのナボコフはやがてその最大の担い手の一人となったのである。

ロシア文化の全一性の危機

ロシア文学の「銀の時代」の継承者であったナボコフが、「金の時代」の代表者プーシキンに多大の関心を寄せたのは当然のことと思われる。銀の時代には「あらゆる分野にわたって、この時期ほど才能に恵まれたものが数多く輩出し、しかも幅広い、文化的水準の高い読者公衆をもった時代は他になかった」とナボコフの周辺で活躍していた亡命批評家ウラジーミル・ウエイドレは語っている(『ロシア文化の運命』)。ロシアの読者のレベルの高さについてはナボコフも繰り返し述べているところであるが、ウエイドレはまた、続けて語る、「ロシアの教養階級が、これほど自然に自分がヨーロッパ人であること、つまりヨーロッパ諸国民のあいだにごく自然に仲間入りをしている国民の一人であることを感じたことはなかった。ロシア人はまさにヨーロッパ人として、ロシアの民族伝統や、自国に固有な精神生活の形式や、ヨーロッパ共同社会に対するロシア独自の役割などを意識したのである」。

一種の知的鎖国状態にあったアレクサンドル三世治下の一八八〇~九〇年代に、「理想主義的反動」のうねりのなかで、西欧文化の過去の遺産、現代の生々しい刺激に対して大きく窓が開かれ、鎖国後の明治日本がヨーロッパ文化全体を一種の「同時代」として知覚したのと相似た雰囲気が生まれた。プーシキンの時代にも似たような広範な文化摂取が行われ、そのことがまさに金の時代を招来させたことが思い起こされる。「同時代感覚」ということは、ある意味でのアナクロニズムないし歴史認識の欠如でしかないという非難を受けそうであるが、歴史という枠組みから開放された、文化そのものの人間そのものへの関心の優越ということでもある。すべての「ルネサンス」現象は過去に対する同時代感覚の表現に他ならないとも言えよう。

西欧を親しく知るということは、自国を認識する有力な手段を手に入れるということでもある。だからウエイドレは次のように語る、「西ヨーロッパ中世の研究は、ロシア中世の風俗や制度を新しい光のもとに照らし出した。イタリアへの愛はノヴゴロドやウラジーミルやモスクワを理解する助けとなった。近代フランス絵画の「発見」によってイコンを見直すことが出来た」。

ナボコフは『ロシア文学講義』の「結び」の章で、私の（ナボコフの）時代【一九〇〇年〜一九五〇年】におけるロシア文学について簡単に要約している。一九〇〇〜一九一七年にはあらゆる芸術ジャンルの決定的な開花現象があった、と。この時代こそナボコフを養い育てたのであるけれど、この時代の重要性に眼を向ける人は少ない。傑作のほとんどが詩であるということも理解を困難にしていると考えられる。

世紀末以降の文学史を巨視的に見てみると、ロシアでも一八九五年から一九二〇年代半ばまではモダニズム・反リアリズムが主流となった。モダニズム文学が変転する激動の時代の表現者としてより適していたということであろう。しかしそのモダニズムもきわめて多様性に富んでいた。象徴派内部でも初期デカダン派と後期象徴派は対立関係にあり、アクメイストや未来派や象徴派と一線を画していた。その一方ではっきりとした共通点があった。詩的言語への関心と言語上の革新・実験を常に目指していたということである。一八八〇年生まれのブローク、ベールイに始まり、フレーブニコフ、アンナ・アフマートヴァ、パステルナーク、マンデリシュタ－ム、ツヴェターエヴァ、マヤコフスキー、一八九五年生まれのエセーニンと続く。この時代は革命によって中断され、十九世紀の大小説家に匹敵する天才を生む時間的余裕がなかったと評する人もいるが、オールラウンドの教養を持った才能豊かな厚い層の芸術家たちが現れ、彼ら芸術家は彼らを評価する能力を持った公衆に恵まれていた。学問領域でも自然科学、人文科学、社会科学を問わずすぐれた百科全書的才能が輩出した。この多くの才能を生かす考えは新政権にはなかった。ソビエト政府が意図的に行った大量の国外追放処分も引き金になって、一九二〇～一九二五年に集中したロシア亡命者の数は一九二六年の国際連盟統計によると百十六万人に達した。二〇世紀初頭のロシアに開花した文化的ルネサンスの成果はかなりの部分がこのように国外に移されたのである。

二月革命は一般的に十九世紀以来のナロードニキ運動をはじめとする社会解放運動の結実であるとされ、ヴ・ナロード信仰の立場からはロシアの民衆の「自然力《スチヒーヤ》」（стихия）の現われとみなされたが、ボリシェヴィキによる「十月」は全民衆的全国民的成果の簒奪であると感ずる人が多かった。初期亡命者の中に左派の『知識（ズナーニエ）』グループが多数いたということは重要である。ロシアの伝統が左派の伝統を含めて危機に瀕しているという意識があったということである。グループの御大ゴーリキー、それにクプリーン、ブーニンという大物もいた。意外なことに、初期亡命者にはリアリズム派が目立ち、アレクセイ・トルストイ、ザイツェフ、レーミゾフなどが挙げられる。これに反してモダニスト系の作家、詩人には、革命に協力ないし同伴する傾向があったと言えるだろう。モダニストのなかには文学上の革命と政治上の革命の一致を信ずるものが多かったからである。

ナボコフはそれが体制側のプロパガンダにすぎないと批判していて、事実そのような期待は一九二四年頃から一九三〇年にかけて一つひとつ裏切られていき、最後まで踏みとどまったザミャーチンの出国以降は粛清による抹殺と自殺の時代が始まり、二〇世紀初頭のロシア・ルネサンスは「亡命ロシア」によってしか継続しえない状況となった。

大量亡命以後、亡命の動きは国内政治の動向と微妙に相応して、国内政治の動きを記録する一種の「震度計」的性格を持つようになった。ベルリンのロシア亡命者コロニーには政府要人が派遣されて亡命者の動向を探ったり、ソビエト政府のために働かないかという勧誘をしたりする一幕があったりしたが、やがてソビエト国家のレーニン＝スターリン・イデオロギー（そこには社会主義リアリズムという教義も含まれている）を受け入れなければ、作家は非ソビエト的、ないしは反ソビエト的とされ、「ソビエト文学」から排除されることになった。

ソビエト体制にあっては、国家の全一性、統一性を保とうとすれば、文化の全一性を斥けるしかなくなってくることになる。逆に言えば、ロシア文化の全一性を補完するものとして「亡命ロシア」は存在しなければならないということになる。

亡命ロシア研究の必要性

社会主義的ユートピアを目指しているというプロパガンダに卓越した腕を振るったソビエトの言い分に、日本を含めた多くの国の知露派が無抵抗に引っかかってしまった事例に事欠くことはない。

ソビエト国家の全一性確保のために用いられた言語トリックに「ロシア＝ソビエト」ないし「ロシア・ソビエト」という表現がある。この表現の背後には、理想国家を目指すソビエトは古きロシアの良質の部分だけを引き継いだという主張がある。継承しない良くない部分があるということも含意にある。良くないものの典型的なのは反革命亡命者集団が名指されることがあるかもしれない。この表現が実際に日本の出版界を席捲したことがある。百科事典の項目のほとんどが一律に「ロシア・ソビエト文学」とか「ロシア・ソビエト美術」に変わったときには本当に驚いてしまった。もともとソビエト、つまりソ連邦は連邦国家であり、ロシア共和国はそのうちの一国にすぎない。ソビエト期に入って突如諸民族共和国の文学がロシア文学の中に入り込んで来るというおかしなことになってくる。

専制国家が国家の全一性を保持するために文化の一部を排除するという文化破壊があったときに、それに抵抗する亡命という道を選び、文化の全一性を補完するという行動は古くから見られることであるが、その規模の大きさ、作品世界の豊富さということにかけては比類のないのがロシア亡命文学である。現実には「ソビエト文学」側との回路はあり、作家同士の理解・交流もあったが、ロシア亡命文学はそれ自体が全体としてソビエト期ロシア文学を補完する豊穣な研究領域であることは確かである。

研究を推進する際にはナボコフが主張しているように作品本位で読み進む必要がある。主要な発表媒体であった『現代雑記』や『ロシア思想』は比較的図書館などで利用できるし、作品の出版点数も相当数ある。数多くの記録、回想録の多くのページが亡命者たちの動静について触れている。

エレンブルクの回想録『人間、歳月、生活』は、ソルジェニーツィンの『収容所群島』など、一連の収容所記録と並んで亡命者たちの運命の精細な記載ゆえに今でも資料的価値を持っている。ナボコフに関して言えばブライアン・ボイドの『ナボコフ伝　ロシア時代』が傑出しているが、ジナイーダ・シャホフスカヤやニーナ・ベルベーロヴァなどの回想録も魅力あるナボコフ像を描き出してくれる。(Зинаида Шаховская, В поисках Набокова, Paris: La Presse Libre, 1979; Нина Берберова, Курсив иой: автобиография, München: W. Fink, 1972)

亡霊ロシア詩人
――一九三〇年代末から一九五〇年代初頭におけるウラジーミル・ナボコフの詩学と地位

マリヤ・マリコヴァ
寒河江光徳　訳

ナボコフがロシア語で詩を書いていた時期は、二つの段階、二つの筆名に区分される――ウラジーミル・シーリンとヴァシーリー・シシコフである。前者は、二〇世紀前半のロシア詩の歴史から見れば前時代的な存在で、「取るに足りない」、「貴族的な」、素人詩人だったが、亡命ロシア文学の歴史から見れば「ベルリン」的な詩人、つまり地理的にもスタイル的にも「首都」(パリ)的ではない詩人であり、後者はその地位を変えようとしたのである。シシコフの詩篇および、ナボコフがロシア語で書いていた時期の最後の一、二年に発表された、他の亡霊テクスト(ドリーニンの定義による)は、アメリカ作家に変身したせいで実現しなかった、ロシア作家として大成したナボコフの詩学の遺物となっている。この文学的事実はパリンプセストの構造を成す。すなわち、第二次大戦勃発当初の亡命ロシア文学という、歴史的かつ文学史的状況の文脈に根を下ろした元のテクストに、後年の自己注釈を重ね合わせたものであり、その実践はアメリカという別の文脈における作者の地位と結びついている。

シシコフ作品群、すなわちヴァシーリー・シシコフ名で発表された詩「詩人たち」と短篇小説「ヴァシーリー・シシコフ」が、アダモヴィチに仕掛けたいたずらであったというのは、一九四九年にニューヨークで朗読した詩に付けた注釈と、自伝『確証』の未発表に終わった第十六章、そしてさらに後になって、より簡略化した形で、『詩とチェスプロブレム』(一九七〇)、『詩集』(一九七九)、「ヴァシーリー・シシコフ」の英訳版(一九七五)に付けた注釈の中で、ナボコフが明かしている。批評家ゲオルギー・アダモヴィチは、党派的偏見からつねにシーリンの詩を侮蔑していたくせに、同じタイプの詩が偽名で発表されると、新しい詩人の登場を熱烈に歓迎した。ナボコフは短篇小説でこれがいたずらであったことを明かし、アダモヴィチは憤慨したが、ナボコフが「天才を模倣できるほどに熟達したパロディ作家である」と釈明したと述べている(*Stories* 657, II 488)。

しかしながら、一九七〇年代の半ば、作家人生の晩年にあって、ナボコフは皮肉をまじえつつもかなり執拗に、架空の未来の専門家的読者に対して、このいたずらの出典に疑問を持ち、亡命ロシア人向けの定期刊行物に当たって再点検してみるようにうながしている。『独裁者殺し、およびその他の短篇』(一九七五)に収録された短篇「ヴァシーリー・シシコフ」の英訳版に付した長い注釈で、ナボコフは事実や日付に信憑性がないことをしきりに強調し、「詩人たち」は「私の記憶が確かなら、一九三九年の十月か十一月に、『ロシア雑記』に」掲載された(実際には、一九三九年七月、『現代雑記』)と言い、「とうとうわれわれのなかに偉大な詩人が誕生した」というアダモヴィチの反応を引用してから、こう付け加える。「私は記憶をもとに引用したが、伝記作者が今ごろ正確な情報を突きとめようとしてくれているはずだ」(実際にはアダモヴィチの書評にはこういう言葉はない)。そして「ヴァシーリー・シシコフ」を『新報』に発表したのは「(一九三九年の十二月だったか？ またもや正確な日付が思い出せない)」と述べている(実際には一九三九年九月十二日)。同時代的文脈に目を向けたときに読者がまず発見するのは、一九三九年の夏にはすでに、ナボコフの仕掛けたいたずらに意味を与える枠組みとなる、ナボコフと「パリ調」派およびその主唱者アダモヴィチとの対立関係が、まったく実効性を失っていたという事実である。ホダセヴィチは亡くなり、雑誌『数』も廃刊になって、亡命社会の「党内」抗争にとってかわったのは、亡命生活の悲劇、とりわけ若い世代の作家たちがたどった運命についてのほぼ一致した認識であり、第二次大戦というさらに大規模な破局を前にして、かつての論争は忘れ去られるようになった。ナボコフは一九四九年に行った詩の朗読に付した注釈で、いたずらが不適切なものであったことを認めながら、こう述べている。「これはドイツ軍侵攻の直前であり、私が記憶しているところでは、この時期によくこんな馬鹿げたことをしていられるものだとマルク・アレクサンドロヴィチ・アルダーノフが不思議がっていた」。——だが、のちにこの一節は削除されてしまった。事実、一九三九年九月にはすでにフランス義勇軍に入隊していたアダモヴィチには、ナボコフの文学ゲームなど時宜を得ない「馬鹿げたこと」と映ったに違いない。倫理的に見れば、戦後、ヨーロッパにとどまったロシア系移民たちがどのような悲劇的で英雄的な運命をたどったかをすでに知ったナボコフが、このいたずらをどう見るようになったかは、一九五二年にロシア語で書いたある書簡で、才能がありながら姿を消した亡命作家シーリンのくだりを自伝の英語原文からロシア語へと翻訳することが不可能だと説明しながら、持ち出した言葉がぴったり当てはまるように思われる。それは「奇異で礼儀をわきまえない気取り」であり、「がらんとしたホールではかすかな靴音すら平手打ちのように聞こえ、黙りこくった老人たちを蹴飛ばしながら歩く気にはなれなかった」というものだ。[1] しかしながら、短篇小説「ヴァシーリー・シシコフ」の英訳版への序文の最後でナボコフがやっていることは、まさしくそれだ。ナボコフはアダモヴィチとの対話が本当はどのようなものだったか、思いがけないことを言っている。アダモヴィチが近年に亡くなったことを述べた直後に、彼がホモセクシュアルであったことを無礼千万にほのめかしているのだ。「彼が生涯において本当に愛情を傾けていたのは、ふたつのことだけだった。ロシアの詩とフランスの水兵たちである」(*Stories* 657, II 488)と。しかし、ロシア亡命文学の文脈では、この不躾な「フランス水兵たち」とは、アダモヴィチとカントルが編集し、第二次大戦以前の亡命ロシア詩と、アダモヴィチがそこで果たした絶大な役割の記念碑となった、亡命詩アンソロジー『錨』(一九三六)を指している。さらに正確に言えば、それはアダモヴィチが『錨』の序文で、アンソロジーの題名を説明するために引用した、バラティンスキーの詩句「マルセイユの水兵たちの手が／希望のシンボルたる錨を持ち上げる前に！」への引喩だ。それゆえ、「フランス」(「マルセイユ」)の水兵たちに対するアダモヴィチの愛情は、ロシア詩、ロシアの亡命詩に対する彼の愛情と同義語として解釈できる。ナボコフは批評家に対する侮蔑的な公的発言の裏に、文学をめぐる真剣な対話がひそんでいるのを暗に示しているのだ。ナボコフはいったい何についてアダモヴィチと語ろうとしたのか、その対話をどうしていたずらという形で公表することを選んだのか？

「詩人たち」が実際にヴァシーリー・シシコフ名で『現代雑記』に発表されたのは一九三九年七月のことだった。アダモヴィチは「素晴らしい」とシシコフの詩を絶賛し、しきりに何度も同じ質問を繰り返した。「ヴァシーリー・シシコフとはいったい誰なのか？　彼の名前で出されている詩がどこかにあるのか？……彼はどこからやってきたのか？」(Адамович 1)。こうして、アダモヴィチは「『謎めいた新しい詩人』の出現」を歓迎することはなく(Стихи)、持ち前の洞察力で、シシコフが新人であることを疑った。しかしながらアダモヴィチは、後年述懐したように、それがシーリンの作品だとは考えもしなかった(Классик 622–23)。ただ、アダモヴィチにしても、どれほどシーリンを支持している批評家たちにしても、シシコフの仮面の下にまさかあのナボコフが隠れているとは想像できなかっただろう。その理由は、「詩人たち」がシーリンらしくない韻律で書かれていたというだけではなく、シーリンが一九三〇年以降に詩を発表しておらず、最後に二つの詩を発表したのが一九三四年だったからである。一九三九年には、詩人シーリンはパリの文壇では話題の人物ではなく、アダモヴィチにとってお気に入りの詩を思い出せるほどの存在ではなかったのだ。

アダモヴィチの批評から一ヵ月後、『新報』(一九三九年九月十二日)にナボコフの短篇小説「ヴァシーリー・シシコフ」が掲載された。ナボコフによれば、彼は「さらに冗談を続けたいという誘惑に抗しきれなくなって、架空の人物シシコフと出会ったという話を短篇に書いたが、その中には、詩やアダモヴィチによる賛辞に対する評価といった、おいしい話の種を盛り込んでおいた」(Стихи)。実際のところ、アダモヴィチによる賞賛に対する「評価」とは、「詩を愛する連中はその〔＝シシコフの詩の〕独自性に注目した」というごく一般的な文句一つだけで、詩に対する評価は「文体に不安定な個所がいくつかある……たとえば『軍服を着て』」(*Stories* 494, II 266)という語り手の指摘しかなく、ましてや、ヴァシーリー・シシコフの物語もけっして「冗談」ではない。この短篇がアダモヴィチの管轄区域である『新報』に発表されたという意味は、これが仕返しであり、自慢気にいたずらを明かしたということに帰されてはならない。それはむしろ、アダモヴィチとさらなる対話を繰りひろげようとする試みであり、そのためにナボコフは、語り手やヴァシーリー・シシコフの役を演じることによって、自身の態度を表明しているのだ。シシコフはナボコフより十歳も若く(一九三九年に「もうすぐ三十歳」)、言語的にも精神的にもロシア詩人でありながら、伝記的にはロシアからすっかり切り離され、「バルカン半島、それからオーストリアで、まったく不毛な青春時代を過ごし」てから、パリにやってきた。つまり、彼はもとから亡命者であったという若い世代に属している。この文脈において、アダモヴィチが「ロシアのランボー」(Адамович 2)と呼んだシシコフの消滅というモチーフは、ボリス・ポプラフスキーの運命と関連付けて解釈することができる。ポプラフスキーは亡命社会でよく「ロシアのランボー」と呼ばれていたのだ(ポプラフスキーは何度もランボーのイメージに立ち戻りながら、一個人が全面的に敗北した場合にどんな可能性が残されているかを考えた。その場合彼は、ヴァシーリー・シシコフのように、亡命やロシアを捨てたことに原因があるのではなく、しかし「私より前にランボーが生み出した、謎めいて呪われた生の在り様」という一般的で実存的なレベルの悲劇に原因があるとした)。[2] シシコフの消滅というモチーフと彼の正確な年齢を結びつけると、彼はニコライ・グロンスキー(一九〇九―一九三四)と同世代になる。グロンスキーはポプラフスキーと同じようにあまりにも不合理で不可解な死を遂げた若い詩人であり、この象徴的な二つの悲劇をホダセヴィチは「二人の詩人」(一九三六)というエッセイで結び合わせた。ナボコフがこの若い亡命詩人二人に導かれてシシコフのイメージを作り上げたという証拠は、英訳版に見出せる。そこでナボコフは、シシコフが最初に語り手に見せる「ひどい」詩で、ロシア語原文とは別の押韻を引用している(CCP 5 408, *Stories* 495, II 263)*。まず「театр(劇場)―гладиатор(剣闘士)」は、シーリンがポプラフスキーを評した際に述べた不満を思い起こさせる。「оркестр(楽団《オルケストル》、本来はоркестр)、пюпитр(譜面台《ピュピーティル》、本来はпюпитр)のように、ぞんざいでだらしない耳は、二つの子音の連続で終わる語末の最終音節を倍に増やし、そこに韻律上二拍分を確保してしまう」[3]。次に「Мадонна(マドンナ)―белладонна(ベラドンナ)」という韻は、ニコライ・グロンスキーの最も有名な作品「ベラドンナ」と関連していて、その長詩ではこの一対が頭韻として用いられており、「ベラドンナ」の登山のモチーフと結びついた他の詩においても、しばしば脚韻として使われている。

ナボコフの「ホダセヴィチについて」という追悼記事とともに『現代雑記』の同じ号に掲載された「詩人たち」が、亡き詩人ホダセヴィチへの言及にあふれた作品であり、ナボコフの「ヴァシーリー・シシコフ」も、一九三六年のホダセヴィチの秀逸な小品「ヴァシーリー・トラヴニコフの生涯」ときわめて似通っているのは、これまでに何度も指摘されてきた事柄である。(ホダセヴィチがこの文学的いたずらを公表したのは、パリで行われた詩の朗読会の席上で、そこにナボコフもアダモヴィチも出席していた。しかも、後年のヴァシーリー・シシコフ事件と同じように、アダモヴィチはヴァシーリー・トラヴニコフを生きている詩人だと思い込み、彼の詩を新聞紙上で絶賛したのだった。)しかしながら、二つのいたずらが似ていて、二人の架空の詩人の名前が似ているのは、アダモヴィチを二重に騙すことがナボコフの目的だったのではなく、シシコフとトラヴニコフにはある共通の詩学があり、それはホダセヴィチとアダモヴィチの詩というものに対する考え方を双方とも満たすようなものだったという事実を示している。アダモヴィチのシシコフへの絶賛はトラヴニコフへの絶賛をほとんど一語一語繰り返したものだった。ヴァシーリー・トラヴニコフが書いた詩は「明快で、からっとして、感傷性や文体的装飾はまったくない」（『新報』一九三六年二月八日）、そしてシシコフの詩は「内的レベルでは、装飾が不要で、全体と溶け合っている」（Адамович 2）。アダモヴィチとホダセヴィチの立場を、亡命文学界に強く望まれていた「緊張」を生み出すためのやむをえない二極化だったととらえるならば、亡命という実存的状況下で詩の不可能性を乗り越える手段として、悲劇的なまでに明快で簡明な詩を理想とした点はどちらもきわめて似通っている。アダモヴィチの無造作な言い切り口調はけっしてホダセヴィチの新古典主義詩学の否定ではなく、その「引き下げ」であり、アダモヴィチこそが若いアクメイストの世代に属し、そのグループ「詩人組合」の一員であったことを想起させるに充分である。「障壁を乗り越え」ようとする彼らの立場の類似性は否が応でも目につくものであり、対話者の一人ホダセヴィチが亡くなったときの、単に亡命社会のみならず第二次大戦前夜の状況は、まさしくポプラフスキーがすでに一九三二年に書いていたとおり、「歴史ではなく、終末だった」[4]。シシコフの「詩人たち」という詩は、形式的には「貧相」で悲劇的かつ明快な詩学という、ホダセヴィチとアダモヴィチに共通した要求に応えるものであった。それゆえに、簡素で正確な脚韻「переходит（移行する）—находит（見出す）、видеть（見る）—обидеть（侮辱する）」や、同意語反復韻「малолетних（数年の）—летних（一年の）」、一見無造作な会話口調「мы ведь, поди, вдохновение знали（ぼくたちはほら、霊感を知っていたんだから）、нам жить бы, казалось, и книгам расти（ぼくたちが生きれば、本も育つんじゃないかな）」、意味的反復「красы, укоризны; детей малолетних（美しさ、非難する目つき、幼い子供たちの）/…/ красы, укоризны вечерней зари（夕陽の美しさ、その非難する目つきの）」を、アダモヴィチが気に入ったのである。「反復にはただちに我々を魅了する思いがけない驚きがあり、それはどんな経験にも代えがたいものだ」（Адамович 1）。かくして「詩人たち」は、ナボコフに偏見を持っていたアダモヴィチが、「もし自分の作品だと知らなくても、やはり私の詩に対して気のない反応を示すのかどうか」（Комментарии）試してみようとしたものだったという、後年のナボコフの発言は怪しくなる。実際のところ、「詩人たち」はまったくシーリンらしい詩ではない。架空の詩人ヴァシーリー・トラヴニコフとヴァシーリー・シシコフは、彼らに対するアダモヴィチの反応と同様、仮面という手法を使っているものの、若い亡命詩について語ろうとする真剣な試みであり、たとえ想像上の折衷的なものであったにせよ、それに何らかの見本、文学的で実存的な道標を与えようとするものであった。もし亡命詩についての会話という文脈で「詩人たち」を考えると、「沈黙する祖国——絶望的な愛——／沈黙する稲光、沈黙する穀粒」という結びの「沈黙する穀粒」[5]という個所は、よくある聖書からの引用やホダセヴィチの詩集の題名『穀粒の道を』（一九二〇）を使っただけではなく、若い亡命詩についてのアダモヴィチとホダセヴィチによる一九三五年の有名な論争を特に指し示したものである。アダモヴィチは、ホダセヴィチの論文に答えながら、若い詩人たちにモンパルナス風の絶望感を乗り越え、詩の技法にもっと注意を払うよう呼びかけるとともに、「かつてホダセヴィチは生けるものすべてが『穀粒の道を』行くと歌った」ことを想起させている。ホダセヴィチはアダモヴィチが若い詩人たちに求めたことに反対し、現状では創造的になれないが、作家は後続世代のために役に立つ、悲劇的な「人間という史料」を作ることができるのであり、それは「穀粒の道ではなく、最良の黒土か沃土となる運命」だと述べた。[6] ホダセヴィチの死に際し、先達が去るだけではなく、若い詩人も去っていくというモチーフを「詩人たち」のテクストに加え(「もう時間だ、ぼくたちは去っていこう——まだ若さにあふれて／いまだ夢見ぬ夢のリストを持ちながら」)、短篇小説ではシシコフが若い亡命世代に属することを特定しながら、ナボコフは「沈黙する穀粒」、すなわち大戦の始まりとロシア人亡命時代の終わりという新しい悲劇の状況下で、この論争が終焉したことを語っている。ここでは、シシコフの詩には、この悲劇にふさわしい、新しい詩の形が提示されているように思える。それは、率直できわめて個人的かつ劇的な言明を許容する仮面の使用や、わざと未完成のままの崩れたテクストの性格、障壁を乗り越えて対話しようという現実的で開かれた文学的姿勢といった、折衷的詩学を基礎にしているのである。

一九三九年九月二十二日、アダモヴィチは「ヴァシーリー・シシコフ」に反応した。ナボコフの言葉によると、「真実が明らかになったとき」、アダモヴィチは「私に対してひどく腹をたてた」(Комментарии)が、「ナボコフは『天才を模倣できるほどに熟達したパロディ作家である』と釈明した」(*Stories* 657, II 488)。おそらく、実際に腹をたてたのはナボコフの方だったのだろう。覚書によれば、アダモヴィチは意外な態度を取った。彼はシーリンがいたずらの種を明かしたのを意味のあることだと認めようともせず(ただし、それがどういう仕掛けかはよくよくわかっていて、「文学での前例はいくらでもある。つい最近も、故ホダセヴィチがトラヴニコフとやらを『発明』した」と述べている)、シシコフとシーリンをはっきりと区別して、前者は素晴らしい詩を書くが、後者はパロディや模倣を書く才能があるとした。「シシコフの詩は、内的レベルでは、装飾が不要で、全体と溶け合っている。……シーリン自身の詩はまったく別種のものである。ただ、他人が直感的に見つけたテーマをシーリンに与えてやれば、才能と技巧はあるから、二重に読めるものになるだろう」。シーリンにはパロディと他人の模倣の才能しかなく、真に新たな詩学を生み出せないとアダモヴィチは確信していた。ずっと後になってからでも、彼はその見解を繰り返し、ナボコフの作品には「たしかにいい行がある――だが、作品そのものを乗り越えて行くことができるのは、そういう数行しかない」(Классик 622)とした。[7]

アメリカに移住したばかりの頃、ナボコフは過去を振り返って、自分のことをパリの亡命詩人としてとらえていた。「パリの詩」(一九四四)や、「パリ調」派に関係した詩人たちの作品を中心に出版していた、「リフマ(脚韻)」という名の小さなパリの出版社から出た『詩集一九二九―五一年』(一九五二)、さらには、アダモヴィチをまんまと罠にはめたいたずら事件の小説版が、その目的を遂げるために書かれた。シシコフ作品群の手法を用いて、ナボコフは個人的な架空の詩人の系譜を作ろうとした。一九四四年にアメリカで出た短篇小説「忘れられた詩人」で、シシコフ同様に「消え失せた」コンスタンチン・ペローフは、ナボコフとの「類縁」を示すしるしを持ち(ルーガあたりに生まれ、オレデジ川で溺れ死に、ナボコフの生誕年である一八九九年に「復活」した)、シシコフ作品群と血筋がつながっている(ペローフは小説のいきなり最初で「ロシアのランボー」と呼ばれている[*Stories* 569, II 376])。この系譜は、コンスタンチン・コンスタンチノヴィチという架空の詩人の名前や、その頭文字 K.P.

（名字ペローフの最初の文字をロシア風に読めば）が示す、皮肉な字面性に見られる「純粋詩」の美学と、社会の苦悩、「哀れみ」（亡命生活で「疲弊している」「パリ調」派）といった、ネクラーソフ的モチーフを統合したものであり、ロシア詩の歴史には存在しなかったものだ。**

反発を通して「架空の」詩を創作し、妥協的に喜劇的要素を混ぜ、他人の詩学の個別的要素をパロディ化すること（ユーリー・トゥイニャーノフが言うところの、文学が進化するための最も効果的な方法の一つ）。アメリカ時代のナボコフは、まったく異なる枠組みにおいて、バロック的で秘儀的な、そして反歴史的かつ芸術的な語りぶりでこうした手法を用いたのであった。

注

1　一九五二年一月十四日、ナボコフがロマン・グリンベルグに宛てた手紙からの引用。「私の錆びたロシアの弦が鳴らす音……」。Из переписки Владимира и Веры Набоковых и Романа Гринберга (1940–1967) / Публикация, предисловие и комментарии Рашита Янгирова // In memoriam: Исторический сборник памяти А.И.Добкина. СПб.- Париж: Феникс-Atheneum, 2000: 375.

2　Б.Ю.Поплавский. Из неопубликованного дневника 1934 года, цит. по: http://www.krotov.info/spravki/persons/20person/1935_poplavsky.htm.

3　*В. Сирин*. Борис Поплавский. «Флаги» // Руль (Берлин), 11 марта 1931.

4　*Б. Поплавский*. Среди сомнений и очевидностей // Утверждения. Париж. 1932. вып.2, с. 105.

ホダセヴィチ自身も、アダモヴィチが結局のところ正しかったことを一九三八年に認めている。一九三〇年代半ばだと、詩の不可能性についての彼の発言はまだ「あまりにも絶望的で厳しすぎる」ように思えたが、一九三八年十月に、ホダセヴィチはこう書いている。「私はアダモヴィチが正しかったとよく思うようになり、われわれにはどうにも反論できない。」(*В. Ходасевич*. Круг, книга 3-я // Возрождение. 1938, 14 октября).

5 *Г. Адамович*. Жизнь и «жизнь» // Последние новости. 1935, 4 апреля.

6 *В. Ходасевич*. Жалость и «жалость» // Возрождение. 1935, 11 апреля.

7 ここでアダモヴィチは、他者の声で作者の態度を表明するというパロディの役割を鋭く見抜いていた。一九三〇年代末のナボコフの詩学においては、そうした声は作者の声とパロディ化された対象の声との複雑な融合になっている。(ナボコフのこうした手法がよく表れているのが、一九三八年の戯曲への回帰や、他者の声をモザイク状に配置し「パロディのぎりぎりの際」で新たな詩学を生み出そうとする『賜物』における試み、あるいは「パリの詩」における亡命ロシア人のさまざまな発話のパスティーシュである。)

訳注

＊作品社から出ている邦訳では、短篇「ヴァシーリー・シシコフ」はロシア語版を底本としているため、本論文の著者が指摘しているような、英訳版で書き換えた「ひどい」押韻の例 (*teatr – gladiator, mustang – tank, Madonna – belladonna*) に対応する個所はない。

＊＊ペローフ Perov は「純粋詩」(La poésie pure) と対応している。

引用文献（略称）

Комментарии – [Комментарии Набокова к поэтическому вечеру в Нью-Йорке, май 1949], цит. по: *Максим Д. Шраер*. Набоков: темы и вариации. Спб.: Академический проект, 2000, С. 220.

Адамович 1 – *Георгий Адамович*. «Современные записки» – книга 69-ая. Часть литературная // Последние новости (Париж), № 6716. 1939, 17 августа, С. 3

Адамович 2 – *Георгий Адамович*. Литературные заметки: О «вечных спутниках» – Россия и советская литература – Василий Шишков // Последние новости (Париж), № 6752, 1939, 22 сентября, С. 3

Долинин – *А.Долинин*. Загадка недописанного романа // А. Долинин. Истинная жизнь писателя Сирина: Работы о Набокова. СПб.: Академический проект, 2004

Классик – Классик без ретуши: Литературный мир о творчестве Владимира Набокова / Под общ. ред. Н.Г.Мельникова. М.: Новое литературное обозрение, 2000

Ронен – *Омри Ронен*. Подражательность, антипародия, интертекстуальность и автокомментарий // Новое литературное обозрение (Москва). № 42, 2000

ナボコフと大脱出《エクソダス》
——脚色から虚構へ

諫早勇一

1　ナボコフと一九一九年の脱出劇

ナボコフの自伝が必ずしも事実の記録とは言えないことは、今さら繰り返すまでもないだろう。ただ、そうした事実との食い違いが、単なる記憶違いなのか、それともナボコフ独特の意図的な脚色なのかは、マリコヴァも指摘するように、自伝を読み解く上で重要な意味を持っている。[1] 本稿ではナボコフの亡命、具体的には祖国ロシアからの脱出をめぐる自伝やフィクションの記述を取り上げて、そこに見られる誤謬や脚色について再検討するとともに、そこから生まれた新たな虚構世界についても考察を加えたい。

ナボコフ一家は一九一九年四月二日(新暦十五日)クリミアのセヴァストーポリ港からギリシアの貨

物船「ナデージダ」号に乗ってロシアを離れる。一九五四年に著わされたロシア語版の自伝『向こう岸』によれば、「港はすでにボリシェヴィキ軍によって占拠され、無差別な銃撃が行われていた」(CCP V-299, 204)、というから危機一髪の脱出だった(?)にちがいない。さらに英語版の自伝『記憶よ、語れ』(一九六七)には、「一九一九年三月赤軍は北クリミアに侵入し、様々な港から反ボリシェヴィキ・グループの騒々しい撤退が始まった」(*SM* 196, 204)とあるから、この時期、ボリシェヴィキ軍(赤軍)は白軍の防衛線を突破してクリミア半島に侵入し、クリミアの様々な港から難民たちが一斉に逃げ出したように読める。また、フィクションから引くなら、最初の小説『マーシェンカ』(一九二六)では、一九一九年初めに「ペレコープがぐらついて陥落し」(CCP II-116, 170)、白軍の側で戦って負傷した主人公ガーニンは、「避難する市民たちの眠たげで無分別な流れ」(CCP II-117, 170)に否応なしに身を置くことになるが、ペレコープはクリミア半島の付け根にある地峡で、ここを突破されることは、軍がいわば雪隠詰めになることにも等しい。革命期のロシア史の知識などほとんどなかった時分、こうした記述を読んだ私は、一九一九年四月にクリミアにいた白軍は壊滅し、ナボコフ一家を含めた多数のロシア人は亡命を余儀なくされたのだと無邪気に信じていた。

さらに、『記憶よ、語れ』には(ウクライナにいるかつての恋人タマーラに会いに行くために)白軍に参加したいという夢をめぐって、「私はあまりにも長いことデニーキン軍に加わりたいと計画を練っていたので」「決心したときには、軍がなくなっていた」(*SM* 196, 204)［ロシア語版には後者の記述はない］と書かれているが、ロシア南部に勢力を広げていたデニーキン率いる白軍が(いったんクリミアを占拠した)赤軍をクリミアから追い払うのは(ナボコフ一家が脱出してから三ヵ月近く経った)一九一九年六月末、さらにモスクワに最も接近するのは同年十月半ばのことだから、自伝の記述は明らかに間違っている。ナボコフが本気で白軍に入隊する意志があったのなら、白軍に加わるチャンスはまだ十分あったはずだ（なお、一九一九年四月の脱出の中心は実際にはオデッサだったが、まだ戦おうという兵士たちはオデッサから船で、クリミア半島の東に位置するノヴォロシイスクに本拠を置いていたデニーキンの下に向かったという）[2]。ロシアからの脱出をめぐって、ナボコフはいくつかの「言い訳」をしている。一つは赤軍が攻めてきて止むを得なかったのだという「言い訳」、もう一つは、ボリシェヴィキと戦いたくとももう戦うすべはなかったのだという「言い訳」だ。だが、事実はナボコフが描こうとしているものとはかなり異なっている。それではまず、ナボコフのプリズムを通さずに、当時の状況を追ってみよう。

2　一九一九年の脱出と一九二〇年の大脱出

ペレコープ地峡を越えて赤軍がクリミア半島に押し寄せてくる事態は、じつは一九二〇年十一月にも繰り返されている。ただ、一年半前には白軍の本隊はクリミア半島を逃れており、赤軍を迎え撃つ勢力は実質的にフランス軍など外国軍だったのに対して、今回は白軍との正面からの戦争であり、退却を余儀なくされた（一九一九年初めにデニーキンから指揮を引き継いだ）ウランゲリ率いる白軍は逃げ場を失い、協商国の指揮の下、一二六隻とも言われる大量の船で、およそ十五万の難民があちこちの港（セヴァストーポリのほか、ケルチ、フェオドーシア、ヤルタ、エフパトーリアなど）から、あたふたと国外に脱出する。[3] 自伝で描かれた一九一九年春の脱出は、この大脱出をなぞろうとしているが、実際には両者はかなり異なっていた。

まず、いちばん大きな違いは一九二〇年十一月の大脱出の中心は軍人(十五万人の難民のうち約一〇万人が軍人だったという)[4]だったのに対し、一九一九年四月の脱出の中心は(デニーキン軍はまだ交戦中だったのだから)軍人ではなく、一般人だったことだろう。ウラジーミル・ナボコフがセヴァストーポリ港で船の出航を待っていた頃、のちに音楽家になるいとこのニコライ・ナボコフもここで出航を待っていたが、彼が残した回想記『手荷物』(一九七五)によれば、セヴァストーポリのホテルに溢れていたのは、「相場師、商人、家族を連れた大小の工場主、映画俳優や映画女優たち」[5]だったと言うから、まさに「亡命者」然とした連中だった。そして、この他にナボコフの父のような政治家(クリミア地方政府の閣僚たち)もいたが、全体として国家の危機を前に、(内戦に干渉した諸外国同様に)早めにロシアに見切りをつけた人びとという印象は拭えない。

さらに、十五万とも言われる難民たちが立錐の余地もないほど船に詰め込まれて、あたふたと脱出していく一九二〇年の大脱出と、フランスやギリシアなど外国籍の船に船室を得て乗り込んでいく一九一九年の脱出とはその危機感に大きな違いがある。自伝ではロシアを去る船の上で、ナボコフは父とチェスを楽しんでいる(ただ、場所は甲板か船室か、伝記作家によって違いがある)[6]が、このような状況はすし詰めだった一九二〇年十一月の船上では想像もできない。自伝に描かれる、岸からのボリシェヴィキ軍の銃撃も、「ロシアの最後の音」(CCP V-299)としての象徴的な意味はあっても、自分たちの脱出の妨げとしては捉えられていないはずだ(グレイソンは「ナデージダ(希望)」号でのこの脱出を「物静かな勇敢さと、敵対者に対する希望の勝利の、最後の視覚的なメタファー」[7]だとして、その劇的な構図を指摘している)。ともあれ、ナボコフ一家は地方政府の財政のことで、フランス軍に数日間港に止めおかれるが、そのこと自体が脱出の切迫性を否定するものだろう。なお、一九一九年四月の脱出はクリミア半島ではなく、オデッサが中心だったが、オデッサを出た船はおよそ二十隻だったと言うし[8]、ニコライ・ナボコフの一家がセヴァストーポリで乗り込もうとしていたギリシア船はたった二隻しか停泊していなかった[9]。自伝の記述は、一九一九年四月の脱出を一九二〇年十一月の大脱出とことさら重ねて、その切迫性・危機意識を強調するものだが、そこには様々な誤謬や脚色があると言わざるを得ない。

3　小説の主人公たちと一九一九年

ナボコフ自身が一九一九年四月にロシアを離れたのに呼応するように、小説の主人公たちの多くもこの年にロシアを離れる。

たとえば、先に引いた『マーシェンカ』では、主人公ガーニンの出国は一九一九年の春のことで、セヴァストーポリの港からギリシア船に乗り込んでの出国だから、ナボコフ一家の出国とも重なり合う(なお、途中エフパトーリアに寄港してきた船の甲板には、「顔の浅黒い、貧しい難民たちが雑魚寝していた」が、ガーニン自身はなぜか「士官用船室」(CCP II-117, 171)に身を落ち着けることができた)。さらに、『偉業』(一九三二)でも主人公のマルティンは、一九一九年の春[英語版では四月と明記されている]に母と一緒にカナダの貨物船に乗ってクリミアを離れているから、ここにも自身の体験が一部反映されている。

一方、ナボコフの英語小説にも似たような経歴を持つ主人公がいる。『プニン』（一九五七）の主人公ティモフェイ・プニンだ。彼は一九一八年にキエフに移って、五ヵ月間白軍と行動をともにしたのち、「一九一九年に、赤軍が侵攻してきたクリミアからコンスタンティノープルに脱出した」（*Pnin* 33, 34）と言うから、前述の二人の主人公やナボコフ自身とも共通点を持つ。

このほか短篇で見ても、「偶然」（一九二四）の主人公ルージンは「五年前の一九一九年」（*Stories* 51, I-88）［ロシア語版には一九一九年の記述はない］にロシアを出ているし、「ロシア美人」（一九三四）の主人公オリガも「一九一九年の春」（*Stories* 385, II-104）にロシアを離れている（「呼び鈴」［一九二七］の主人公ガラトフは、珍しく一九二〇年にヤルタを経て船で国外に出ているが、面白いことに、ロシア語版には一九二〇年という記述はない）。ロシアを離れた時点が明記されている多くの主人公たち（とりわけナボコフ同様、黒海経由の南回りでロシアを離れた主人公たち）にとって、一九一九年春が一つの区切りになっていることは容易に確認できるだろう。

もちろん、一九一九年春にロシアを離れる主人公が多いことは、ナボコフ自身の体験を踏まえれば当然のことだが、現実にはこれから内戦が熱を帯びて、白軍の攻勢が始まることを思うと、内戦に参加していたガーニンやプニンまでも、この時点であっさり国外に脱出させていることには物足りなさを感じないわけにはいかない（ガーニンの場合、内戦の途中で国外に出た埋め合わせのように、亡命後もポーランドで反ボリシェヴィキのパルチザン部隊に参加しているが、このことは作品全体の流れから見れば、たんなるエピソードに止まっている)。亡命後のナボコフは、もちろんデニーキンのあとをウランゲリが引き継いで一九二〇年にも内戦が続いていたことは知っていただろう。実際、『偉業』の主人公マルティンがイギリスで世話になるジラーノフ家の姉娘ネリーの夫は、ユデーニチ軍からウランゲリ軍に移ってクリミアで戦死しているのだから。しかしながら、ここでも戦死という事実だけが伝えられ、ネリーの夫についても、その戦いについてもそれ以上触れられてはいない。ナボコフにとって一九一九年四月以降の内戦の実態はほとんど関心のかなたにある。

4　南回りと北回り——脚色から虚構へ

このようにナボコフ小説の主人公たちの多くは、一九一九年春に南回りの経路でロシアを離れるが、この経路を通るとき、作品はどうしても「内戦」という歴史的事実に触れざるを得ない。そして、その「内戦」と「脱出」をめぐって、ナボコフの記述は、伝記でもフィクションでも、事実を改変・脚色して切迫感と危機意識を劇化していた。だが、ナボコフはやがて歴史的事実の脚色を避けて、「脱出」に関する新たなフィクションを構築する道を選び始める。

ロシア語小説の代表作『賜物』(一九三七—三八、一九五二)では、主人公フョードルの出国は曖昧にされている。音信不通になった鱗翅類学者の父を待ちながら、彼の一家は「オレーグ叔父さんがほとんど力づくで」「国外に連れ出すまで」(CCP IV-318, 213)、ペテルブルグとフィンランドを往復する日々を過ごしていたから、一家の出国は(一九一八年初めに父からの最後の手紙を受け取り、それからふた夏過ごして冬を迎え、さらに半年と考えると）一九二〇年頃、おそらくフィンランド経由の北回りでと推測できるが、その曖昧さは、（歴史の具体的な状況をあえて避けた）意図的なものだろう。

『賜物』と同じ頃英語で書かれた最初の英語小説『セバスチャン・ナイトの真実の生涯』（一九四一）でも、状況は似通っている。一九一八年十一月、二人の子どもを連れて危険なロシアを去ることを決心した語り手の母は、非合法の取引でフィンランドに出国させてもらう手筈を整え、（最後までセバスチャンが間に合うかどうかハラハラしながらも）列車と徒歩でロシアを離れるが、これも（北回りのルートに）舞台を変えた危機一髪の脱出劇と言えるだろう。脱出の危機を演出する場は、必ずしも自らの体験と繋がる場である必要はなく、むしろ実体験から離れた場ほど想像力が羽ばたく余地は広がるにちがいない。

そして、最も奇想天外なのは、『道化師をごらん！』（一九七四）の主人公ヴァジームの出国だ。一九一八年七月、ポーランドの遠い親戚の館にいた主人公は、秋のある日、森の道を抜けて国境を越えたと思った瞬間、赤軍兵士に呼び止められ、これを射殺して国外に脱出する。これも陸地伝いの北回りの脱出だが、ここではもはや内戦という当時の歴史状況はほとんど切り捨てられており、『偉業』の主人公マルティンが、ベッドの上にかかる絵に描かれた森の小道に入り込んだように、ワジームの森も日常的な時空間とは異なる世界、いわばフィクションの世界へ誘い込む入口なのかもしれない。

このように「脱出」のテーマを追っていくと、自伝や初期の小説の中で、赤軍に追われる南回りの脱出を描いて、危機感・切迫感とそれと対照的な静穏な世界を劇化したナボコフは、やがて歴史的事実の脚色を捨て、革命や内戦の喧騒を後景に退かせながら、新たなフィクションの世界を構築し始めていることがわかる。内戦下の緊迫した出来事の記憶は、ナボコフの意識の中で屈折して、事実とは異なる独自の世界を創り出し、やがて顧みられなくなる。そして、代わりに出現したのは、歴史の断片を再構成したかのようなフィクションの世界だった。

注

1 *Мария Маликова*. В. Набоков. Авто-био-графия. СПб.: Академический проект, 2002, C. 6.

2 Русский исход. СПб.: Алетейя, 2004, C. 167.

3 cf. John Glad. *Russia Abroad: Writers, History, Politics*. Washington, D.C. & Tenafly: Hermitage & Birchbark, 1999. 150–51.

4 Ibid. 151.

5 *Николай Набоков*. Багаж: Мемуары русского космополита. (Перевод с английского Е. Большелаповой и М. Шерешевской) СПб.: Звезда, 2003, C. 113.

6 たとえば、ボイドは「甲板で」(Brian Boyd. *Vladimir Nabokov: The Russian Years*. Princeton UP: Princeton, 1999. 160) としているが、ズヴェレフは「船室で」(*Зверев*, А. Набоков. М.: Молодая гвардия, 2001, C. 63) と述べている。

7 Jane Grayson. *Vladimir Nabokov*. London: Penguin Books, 2001, p. 44.

8 см. *Андрей Корляков*. Великий русский исход: Европа. Paris: YMCA-Press, 2009, C. 31.

9 Багаж, C. 114.

＊本稿では、『記憶よ、語れ』については、*Speak Memory: An Autobiography Revisited*. With an Introduction by Brian Boyd (New York: Everyman's Library, Knopf, 1999) を参照し、そのページ数を記した。

パラドックスと無限

小西昌隆

1 パラドックスとナボコフ

ここではナボコフにおけるパラドックスの問題を取り上げる。とりわけ自己言及のパラドックスはメタフィクションを支える重要な装置であり、それはナボコフにおいても同様である。しかし一九三〇年代後半から一九四〇年代にかけての作品を見ると、ナボコフはパラドックスを数学的、論理学的なものとして考えていたように思われる。ただしナボコフによるその扱いには、数学批判、論理学批判的な意味合いが強いことは言っておかなければならない。ラッセルのパラドックス(一九〇二)以降「数学の危機」が言われ、数学者たちは「危機」の回避に努めていたが、ナボコフが注目したのはむしろ「危機」の持つ可能性だったのだ。

二〇世紀初頭に発見されたパラドックスの一つにグレリンクのパラドックス（一九〇八）がある。これは短篇「北の果ての国」（一九四二）で言及されている。「『ヘテロロジカル』という語はそれ自体ヘテロロジカルなのか」(CCP 5 138, II 306)というのがそれだ。このパラドックスにおいて性質を表す言葉は自らを表現するものとそうでないものに分けられる。たとえば「日本語の」という言葉はそれ自体日本語であり、他方、「英語の」という言葉は英語ではない。前者のように自らを表現する言葉をオートロジカル、後者のようにそうでないものをヘテロロジカルと呼ぶとき、では「ヘテロロジカル」という言葉はオートロジカルなのか、ヘテロロジカルなのか。「ヘテロロジカル」がオートロジカルだと仮定すると、ヘテロロジカルだということになり、仮定に矛盾する。ヘテロロジカルだとすると自らを形容することになり、これも仮定に矛盾する。このように「ヘテロロジカル」はオートロジカルなのかヘテロロジカルなのか決定できない。これがグレリンクのパラドックスである。嘘つきのパラドックスと同様、自己言及のパラドックスの一種であると言っていいだろう。「北の果ての国」では登場人物のファルテルが主人公の元数学の家庭教師と設定されているが、この作品ではこうした様々なパラドックスがナボコフによってきわめて自覚的に導入されている。

『賜物』（一九三八）のアレクサンドル・ヤコヴレヴィチは死後の世界を数によって考えようとし、「他のあらゆる数がなにかを意味し、どこかへよじ上っていけるように最大にして最大の数をみつけること」(CCP 5 485, 494)を望んでいる。この「最大の数」はカントルの言う超限数を思わせる。たとえば自然数は自らに1を加えてゆくことで無限に大きくなっていく。しかし最大の自然数を無限集合として考えるとき、どれだけ1を加えてもその濃度は変わらない。そうした無限集合を超限数という。このとき最大の自然数と最大の偶数や最大の奇数は（大きさは異なるが）濃度的に等しい。最大の実数はそれよりも濃度の高い無限である。つまり無限にも序列がある。ただし「この道は綿のような行き止まりに突き当たる」（CCP 5 485, 494）。この「行き止まり」はおそらくすべての集合の集合（「最大にして最大の数」）を考えたときに陥るカントルのパラドックスと同様のものだろう。どんな集合にもそれより濃度の大きな冪集合（部分集合の集合）が考えられるが、それはあらゆる集合の集合を考えた場合にもそう言える。つまり最大の濃度を持つはずのあらゆる集合の集合が、自分よりも濃度の大きな集合を要素として抱え込んでしまうことになるのだ。このカントルのパラドックスは、二〇世紀に入って様々なパラドックスが発見されるきっかけとなっている。ナボコフを読む上で重要なのは、無限についてはパラドックスなしに語ることはできないという点にある。逆に言えばナボコフはパラドックスを通じて無限を肯定するだろう。

2　生と死のパラドックス

ではなぜナボコフはこうしたパラドックスに関心を持ったのか。第一には、すでに触れたように、パラドックスがいわゆる数学的、論理学的な思考を危機にさらすからだ。ナボコフはそのような一般的な思考法をつねに批判的に捉えていた。もう一つ重要なのは、ナボコフがパラドックスによって思考するとき、そこにはつねに死、不死、彼岸の問題がかかわっているということだ。実際、グレリンクのパラドックスも彼岸をめぐる問答のなかで言及される。ナボコフにとって彼岸はたんに生の延長上にあるのでも生を否定したところにあるのでもない。ナボコフにとって両者は連続しているが、ねじれた関係を結んでいる。

パラドックスに戻って考えてみよう。たとえば「私は本当のことを言っている」と言った場合、そこに矛盾はない。しかし「私は嘘をついている」と言ったとたん、パラドックスが生じる。「私は本当のことを言っている」という文を、一本の帯の両端をそのままつなげた輪にたとえるとすると、「私は嘘をついている」という文は一本の帯をねじって両端をつないだメビウスの輪だと言えよう。そこでは表と裏といった観念が成立しない。ナボコフにとって生と死の関係はそのようなものである。つまり両者は矛盾しつつ同一のものなのだ。『ベンドシニスター』(一九四七)でクルークがストッキングの隠喩を用いて行う思考実験はこのことを示している。

今われわれがやろうとして(失敗して)いるのは、無事に渡りきった深淵を、前方にひかえる深淵から借りてきた恐怖でいっぱいにすることだ、前方の深淵というのがそもそも無限の過去からの借り物だが。われわれはそんなふうに、われわれの意識の瞬間がその過程のどの局面に一致しているのかけっしてはっきりとわからぬまま、裏返しにされる過程にあるストッキングのなかで暮らしている。(CCA 1 358–59, 216)

ここでナボコフは生と彼岸の関係をストッキングの内部か外部かにたとえている。つまりナボコフはここではクラインの壺のような構造を考えようとしていると言っていいだろう。クルークがそうしているように死後の世界（「前方の深淵」）と誕生以前の世界（「無事に渡りきった深淵」、「無限の過去」）をつなぎ合わせるとき、そこでできあがるのは、たんにチューブ（ストッキング）の両端をつないだ円環ではなく、内部がいつのまにか外部になり、外部がいつのまにか内部になっているような構造である。時間にからめるなら、無限の時間が現在の瞬間的な意識の内部にあるのか外部にあるのか問えない構造だと言える。「永遠」と「今」とは互いに矛盾しつつ同一であるというパラドキシカルな関係に置かれている。

ナボコフの言う彼岸をそれ自体でどのように考えるべきなのか、思想史的にどう位置づけるべきなのか、ここではその点について検証することはない。われわれに関心があるのは生が彼岸といかなる関係を構築するのかという形式的な側面である。その意味で興味深いのは、『賜物』にある次のような一節だ。ここでは生と彼岸のねじれた関係が表現されている。

> 家にこもっているわれわれの感覚が身体の崩壊にともない開けてくるはずの戸外を将来把握するときのもっともわかりやすいイメージはこうだ——精神が肉体の眼窩から解放され、われわれが一個の自由で全面的な目となり、世界の四方を一挙に見る、あるいは言い方をかえれば、われわれの内的な参与にともない世界が超感覚的に開眼する。（CCP 5 484, 492–93）

現世においてわれわれは一個の目によって、あるいは一個の目として世界を見る。逆に神の視点から見ればわれわれは世界のなかの一つにすぎない。しかし生がねじれをともなってパラドキシカルに彼岸とつながろうとするとき、われわれは一個の目でありかつ世界の全体そのものになる。パスカルは「無限であって分割不可能なもの」の例として「無限の速さであらゆるところを運動している一つの点」を挙げている。「それはあらゆる場所において一つであり、おのおのの場所において全体である」[1]。ナボコフは無限について考える際、パスカルを一つの手がかりにしており、『賜物』でも『パンセ』の他の箇所に言及しているが[2]、先に引用した一節にある「一個の自由で全面的な目」もまたこのパスカル的な「点」だと言えるだろう。

ナボコフの「目」は死の瞬間に生じるようなものとして描かれているが、パスカルによる無限の空間的表象を踏まえれば、それはいたるところに存在しうることになるだろう。ただしそうした無限とパラドキシカルにつながる一点は、同じ一つのものとして、同時に複数の場所を占めているというパラドックスを生む。あらゆる場所に「ここ」が現れ、あるいは同じ一つの「今」が異なる時間に存在することになる。これは彼岸（無限）の視点からすれば矛盾してはいないのかもしれない。「今、ここ」に閉ざされている有限な生の立場からすればこれは矛盾以外の何ものでもないのだが、しかしナボコフの登場人物たちはしばしばこうしたパラドキシカルな状況を生きている。典型的なのは『賜物』における次のようなたとえ話である。

ある物理学者が〝万物〟を構成する原子の想像もつかないような絶対量から、われわれの議論している宿命の原子を発見したとする。われわれの予想では、彼がまさにその原子を最小の本質にまで分解させた瞬間、〝一本の手の影〟(物理学者の手の！)がわれわれの宇宙に舞い降りてきて破滅的な結果をもたらすことになる、なぜなら私の考えでは、宇宙は原子で構成されているると同時に、そのうちのある中心的な一原子の究極の一部でもあるからだ。[3]（CCP 5 389–90, 331）

この「原子」は明白にパスカルの「点」のヴァリエーションだと言える。さらにここでナボコフの提示しているイメージがクラインの壺と同じ自己言及的な構造を持っているのは明白だろう。有限の存在の立場から無限の速度を表象しえない以上、ナボコフはパスカル的な「点」を「宿命の原子」として、つまり外部と内部の同一化という矛盾が集中している場所として表象することになる。この「点」、「宿命的な原子」は、内部は外部であるといった矛盾した文が成立することを可能にするような特殊な場所なのだ。

ナボコフの見る彼岸が死後に到来する世界であるのは言うまでもない。しかし注意しておきたいのはナボコフにおいて彼岸はたんに死によって開示されるだけではないということだ。彼岸的なものは生の場面においても立ち現れる。奇跡や運命のような、超越的な力を想定することでしか理解しえないものに人はまれに出会うことがあるだろう。すでに述べたような、同じ一つのものの異なる場所での同時存在、あるいは同じ一つのものを通じた異なる時間の重ね合わせというパラドックスは彼岸を指し示すものの一つである。

3 メタフィクションとパラドックス

ナボコフの作品のなかでこのパラドックスは一連の細部の反復というかたちで実現されている。ナボコフによる描写のなかの諸細部は、それが置かれている固有の文脈を離れて相互に結びつくという性質を持っており、諸細部は意味づけを欠いた断片となって漂い、テクスト上の思いもかけない場所にふたたび現れる。こうした細部の存在によってナボコフの作品がメタフィクションの様相を呈してくるのは周知のとおりだ。ナボコフの小説はしばしば推理小説にたとえられる。探偵は偽装された犯行現場から諸細部を際立たせながらそれらの本来の相互関係を再構築することで偽りの表面を反転させる。推理小説はメタフィクションと同様の振る舞い方をするのだ。だがわれわれの観点からすれば、こうしたナボコフ的細部はたんにパズルや推理小説のような知的ゲームのためだけにあるのではない。それはパスカル的な「点」、形而上学的な問題をはらんだ数学的な点だと言うべきだろう。つまりそれは彼岸を前にしたときに立ち現れるパラドックスとしても考えられるべきだ。

面白いことに、『賜物』の主人公は自分の意識につなぎとめられないまま頭のなかに漂っていく言葉を「織物の裏側」にたとえている。「この気まぐれな思考の混乱は〈……〉彼には見えない模様が表側で徐々にできあがり生命を宿しつつある華麗な織物の裏側に他ならない」(CCP 5 489, 499. 強調は原文による)。この「織物」が『ベンドシニスター』の「ストッキング」と同じものであるのは言うまでもない。人間の意識に占めるはずの場を失い、断片と化してさまよう言葉は、彼岸の論理に貫かれているのだ。こうした言葉は、ナボコフの小説のなかで主に言い間違いや勘違いとして立ち現れる。言い間違いや勘違いは文脈を途絶させ、言葉や出来事の意味づけを奪い、宙づりにする。その振る舞いは、やはり断片としてあるナボコフ的諸細部と類似してくる。ナボコフにとって言い間違いや勘違いは重要である。ナボコフにとって超自然的な世界は瞑想にふけり、意識の奥深くに沈潜することで得られるのではなく、むしろ言葉や出来事の表面に隠れている。

たとえば『賜物』の主人公フョードル・ゴドゥノフ＝チェルディンツェフは「水色がかった紗のドレス」の所有者について勘違いすることで恋人ジーナとめぐりあうのだし、そのフョードルが作中で執筆する伝記小説『チェルヌイシェフスキーの生涯』では、書き間違えること自体の反復が構造化され、また『断頭台への招待』（一九三八）もやはり様々な間違い（登場人物の身ぶり、監獄の内部と外部の関係など）をその反復によって構造化することで不条理な世界を構築している。この小説の不条理は、パラドックスの近傍にある。

あるいは細部の反復を取り込んだ作品のなかでももっとも初期の作品である『ディフェンス』（一九三〇）。この小説の最後で、かつての名チェスプレイヤー、ルージンは発狂し、街をさまよいながら妄想のなかで見えない敵とチェスのゲームを戦っている。この特異なゲームのルールはルージンの生涯のなかにかつて場を占めたことのあるモチーフが再出現するのを避けていく、というものである。しかしルージンは次々に敵の考えを予想しそこない、モチーフの反復を招くのである。むろんこれをチェスのゲームと呼べるかどうかは疑わしい。しかし少なくともルージンの意識にはチェスのゲームとして与えられている。さらに重要なのは、チェスという枠組みのなかでこのモチーフの反復を追い続けていくとき、作品の構造上(つまりモチーフの反復の仕方を見ると)ルージンはチェスプレイヤーというよりもチェスプロブレムのなかのコマにすぎなくなるところにある。つまりここでもルージンは間違っており、間違いのなかからチェスのコマとしてのルージンという「真実」が明らかになる。この「真実」はルージンの意識や思考をどれだけ深く掘り下げても見出すことはできない。むしろこの「真実」は、ルージンの間違いを通じて彼の思考を裏返すことから明らかになるような彼岸の論理に貫かれている。そこで反復するモチーフは、ルージンの意識を貫きながらその外部へ飛び出し、彼の存在のあり方を反転させてしまうのである。

超越的な外部や彼岸の探求それ自体は、すでに古くから行われている。われわれにとって興味深いのは、そうした外部をテクスト上で実現しようとするナボコフの試みがパラドックスの問題という同時代の数学的、論理学的問題と——あくまでベクトルは逆だが——呼応しているところにある。ナボコフにとって彼岸はそれ自体で探求されるものではなく、パラドックスという地上的な論理の限界を通じて垣間見られるものだったのである。

注

1 パスカル『パンセ』前田陽一、由木康訳(中公文庫、一九七三年)、一五五頁。

2 CPP5 389, 330を参照。そこでは「私は〈……〉単に目に見える宇宙だけではなく、自然について考えられるかぎりの広大無辺なものを、この原子の縮図の枠内に描き出してやろうと思う」(パスカル『パンセ』四三頁）という一節が参照されている。

3　このたとえ話を物語るのは主要登場人物とは言いがたいラトヴィア人で、とくに訳文に反映させることはなかったが、原文ではほとんど片言のロシア語でしゃべっている。ナボコフにとって核心的な問題をとりあげるこの怪しげなロシア語は、のちに触れる言い間違いの問題ともからんで興味深い。

過剰な文体的豊穣さ
——『賜物』はどのようなロシア語で書かれているのか

沼野充義

『賜物』に関する研究文献はすでに膨大な量にのぼり、ここで画期的に新たな解釈を付け加えようなどという野心は毛頭ないし、ナボコフのロシア語時代の集大成とも言うべきこの作品に関する圧倒的に高い評価をここで再確認する必要もないだろう。筆者の課題はここではもっとささやかなもので、日本で初めてこの小説をロシア語の原文から翻訳[1]した経験の中で浮かびあがってきた顕著な文体的特徴についていくつか具体的に紹介し、この小説がどのようなロシア語によって書かれているか、紹介しようということだけだ。というのも、『賜物』は主題に関しては、若きフョードルの詩と恋を描いた「芸術家小説」であるとか、プーシキンから二〇世紀初頭に至るロシア文学の歴史と運命を扱った一種の批評の書としても読めるとか、急進的思想家チェルヌイシェフスキーを「出し」に使ったモダニズム的伝記パロディの試みであるとか、様々な局面がすでによく知られ、分析もされているけれども、この小説がどんなロシア語で書かれているのかという、肝心の文体的側面については、いまだに十分な理解が共有されていないように見受けられるからである。以下で試みるのは、ロシア小説としての『賜物』を読み解いていくために、ごく基本的な材料をいくつか提供することにすぎない。

特に翻訳者の立場から処理しにくく、厄介であった文体的特徴を整理すると、主として以下の四つのカテゴリーに分類できるように思う。

(1) きわめて長い文と複雑なシンタックス。関係代名詞や分詞が多用される。

(2) 音声的効果。アリタレーション（頭韻）や様々な言葉遊びが頻用されるので、時に悪趣味に思えることとさえある。意味よりも音を重視して文章を組み立てているのではないかと思われる箇所もある。

(3) 難解なメタファー。細部を注意して読まない読者には理解不能な場合がある。

(4) 細部におけるいくつかの矛盾。時間の設定や、登場人物の名前にもそれが現れる。これは意図的な文体的手法というよりは、単にナボコフの不注意による意図せざる不一致である可能性も排除できないが、いずれにせよ謎めいた点が残る。

紙幅の関係で、(4)についてはここでは割愛するが、以下、(1)から(3)について、実例を挙げながら検討していきたい。

長い文

『賜物』の文はしばしば非常に長い。ナボコフが複雑で込み入ったシンタックスを用いるのはもちろん『賜物』に限ったことではないが、その傾向は『賜物』において特に顕著である。追加、挿入、関係代名詞や分詞を使った修飾句、逸脱などによって、文は時に異様なほど長く複雑になる。一般的に言って文(センテンス)の長さはもっとも重要な文体的特徴の一つだが、この点についてはこれまで作家の文体研究や翻訳の領域において十分な注意が払われてこなかったのではないだろうか。文の標準的な長さ、あるいは美的に許容しうる長さは、明らかに、言語によって異なり(同じヨーロッパの言語のあいだでさえも)、それが時に翻訳者に深刻な困難をもたらすことになる。

この問題を考える際、特に興味深いのは、ヴァルター・ベンヤミンがホフマンスタール宛の手紙(一九二六年二月二十七日付け)で述べていることだろう。彼はプルーストの『ソドムとゴモラ』(『失われた時を求めて』第四部)を自らドイツ語に訳した経験に基づいて、プルーストの息の長い複雑な文は、フランス語の精神そのものに対する緊張関係を孕んでいるのに、それが「ドイツ語では、同じように多面的な関係性をもち、同じように意外性を秘めたものとして作用することができない」[2]と指摘しているのである。もっと最近ではミラン・クンデラがほぼ同様の点を問題にしている。彼はカフカのドイツ語について、段落や明確な休止や、コロンやセミコロンなどによる区切りをできるだけ少なくするのがその文体にとって本質的なものであると指摘したうえで、カフカの長い文を多くのコロンやセミコロンの挿入によってずたずたにしてしまった仏訳者たちを強く批判している。[3]
こういったことを念頭において、『賜物』の長い文を見てみよう。第二章から一つだけ例を挙げる。

> その先からは、クリスマス・ツリーを思わせる古い木造の家——全体が淡い緑色に塗られているだけでなく、排水管も緑色、屋根の下には模様が彫られ、高い石の土台に載った（土台の灰色のパテの中には、まるで埋め込まれた馬の丸く薔薇色の尻のように見えるところがあった）、大きくて、頑丈で、ボダイジュの枝の高さにバルコニーを張り出し、高価なガラスで装飾されたベランダを備えた、とびきり表情豊かな家が、周りを飛び交うツバメたちを従え、すべての日よけのひさし《マルキーズ》を帆のように張り、抱擁の腕を限りなく広げた白雲と青空に避雷針で一筋の線を刻み込みながら、彼を出迎えるように漂い出てきたのだった。（CCP 4 268–69, *Gift* 83, 135）[4]

長い一文によってフョードルの郷里の家の様子を浮かび上がらせた見事な描写である。家を修飾する様々な要素が付け加えられ、添えられていく様子は、ちょうど、木が枝や葉を四方八方に伸ばして生い茂っていくかのようだ。しかし、そうした名人芸の文章であるだけに、日本語に訳すのは容易ではなかった。個人的な感慨をここにそっと付け加えておくと、筆者は二〇〇九年の暑い夏の日、一日中机に向かってこの一文をどんな日本語にするか、格闘したことを覚えている。原文と同じ息の長さを保ち、なおかつ日本語として意味が（ロシア語の原文と同様に）明晰であることを追求したからだが、その際翻訳者が直面する困難はある意味では単純な、語順に関わる文法的性格のものである。日本語の本来の語順では、名詞を修飾する修飾句や関係代名詞節は必ず名詞の前に来るし、文の述語動詞は必ず文の最後の位置に来る。その結果、普通に訳してしまうと、こういった文章の場合、名詞「家」を修飾する語句や動詞「漂い出てきた」を修飾する副詞句があまりにも長く被修飾語の前に出てしまい、日本語の読者はこれらの修飾語が何を修飾しているのか、なかなかわからずに長い文を読み進めなければならなくなる。そのため、長い文によってもたらされる緊張感と読者に対する「負荷」は、ロシア語や英語の場合よりも大きくなる危険が高く、訳者は明晰で論理的な語順と句読法を心がける必要に迫られる。

音の効果

ナボコフの愛読者にはよく知られたことだが、彼は言葉遊びをことのほか好んだ。その嗜好は生涯を通じて認められたが、『賜物』に見られるいくつかの言葉遊びは彼のこういった好みの頂点を極めているのではないかと思われる。特に目立つのは、時にこれ見よがしで悪趣味とすれすれの頭韻（アリタレーション）や音声的効果を狙った表現である。こういった要素は日本語訳の際に大部分は失われてしまうため、日本語でナボコフを読む読者にはあまりよく知られていないのではないだろうか。いくつか顕著な例を挙げてみよう。

плоть поэзии и призрак прозрачной прозы（CCP 4, 197）

the flesh of poetry and the spectre of translucent prose（*Gift* 16）

このロシア語原文は直訳すれば「詩の肉体と透明な散文の幽霊」くらいのところだが、一見してわかるように、pl-po-pri-pro-pro というふうに執拗に子音の p（特に pr- という子音連続）で始まる語が繰り返されている。さすがにこれは英訳の際にも保持できなかった。英訳では意味が優先され、ほぼ字義通りの訳になっているが、その結果、音が犠牲になってしまった。拙訳では、なんとか少しでも音の繰り返しという効果を出せないかと考えた末に、「詩の身体と散文の透き通った精」（16）というサ行音の連続（シ—シ—サ—ス—セ）を試みてみた。

лакированным лакомкам реклам, объедающимся желатином（CCP 4, 201）
the glamorous glutton of the advertisement, gorging himself on gelatin（*Gift* 20）

ロシア語原文は直訳すれば「ゼラチンをたらふく食う、広告のぴかぴか光沢のある（ラッカーを塗られた）美食家たちに」となるが、最初の三つの単語の連続が「ラキローヴァンヌィム・ラーカムカム・レクラーム」となり、音声的にかなり強烈な印象を与える語呂合わせになっている。英訳ではかなりがんばって、gla-glu-gor-gel といった頭韻を使っている。最後の gelatin の g は発音が他の g とは違うが、発音だけでなく、同じ文字を繰り返すこともナボコフにとっては言葉遊びの一環だったと考えられる。この箇所は拙訳では、「広告看板でゼラチンを貪り喰う、ぴっかぴかのグルメたち」(22–23)。

том томных стихотворений (CCP 4, 329)

(the) volume of languorous poems (*Gift* 138)

「物憂げな詩を集めたこの本」(232)くらいの意味だが、ロシア語原文では、冒頭二単語が「トーム・トームヌィフ」と発音され、まったく同じ「トーム」という音が二度繰り返される。この言葉遊びは英訳では完全に失われている。日本語にも訳すことは不可能なので、せめて原文の音に仕掛けがあることを示すため、ルビを用いた。

こういった箇所を日本語に訳そうとしても翻訳者はほとんどの場合、失敗をあらかじめ宿命づけられていると言うしかない。言葉遊びの翻訳は常に勝ち目のない戦いだからである。しかし、まさかとは思いつつ、たまさかの恩寵のような幸福な結果に導かれることもある。たとえば、

мордой модернизма (CCP 4, 330)

the mug of modernism (*Gift* 139)

おモダンの面立《おもだ》ち(232)

ロシア語の原文は「モダニズムの面《つら》」の意味だが、発音は「モルダイ・モデルニズマ」で、かなり派手に音遊びをしている感じである。

場合によっては、ナボコフは意味よりも音を重視して文を作っているのではないかと思われることさえある。たとえば、

страстной и скобрной старухи（CCP 4, 246）

passionate and doleful old woman（*Gift* 62）

情熱と悲哀の塊のような老婆（96）

じつはこの文脈では、この女性は必ずしも「老婆」と呼ばれるほど高齢ではないように理解できる。むしろナボコフには「ストラースナイ・イ・スコールブナイ・スタルーヒ」（str-skor-star）という音の繰り返しが魅力的だったため、「老婆」（スタルーヒ）という単語をわざわざ選んだのではないかとも思える。

В силу превращения ударений в удаления（CCP 4, 420）

transforming stresses into scuds（*Gift* 222）

ここで話題になっているのは、ロシア詩の韻律であり、少々説明が必要だろう。英訳に現れる

scud という単語はナボコフが考案した詩学用語で、弱強格（ヤンプ）などで、本来アクセントを持つべき音節なのにアクセントが脱落しているものを指し、ナボコフはこれを「半強勢」とも言っている。この半強勢の分布に初めて着目して独自の詩学を築いたのが象徴主義詩人のアンドレイ・ベールイであり、ナボコフはそれを受け継いだ。この箇所は弱強格のロシア詩において、本来アクセント（強勢）を持つべき音節が、アクセントを脱落させることによって「半強勢」に変容するということを言ったものだが、ロシア語からはそうとはなかなか読み取れない、これ見よがしの言葉遊び（ウダレーニエ・ヴ・ウダレーニヤ）になっている。英訳の scud に対応するロシア語原文の「ウダレーニヤ udaleniia」は元来、「遠ざけること」という意味であり、これが「半強勢」を暗示しているとはなかなか解釈できないだろう。これはむしろ、アクセントを意味するその直前の「ウダレーニエ udar-enie」との語呂合わせのために呼び出されてきた単語のように見える。拙訳ではこの言葉遊びは訳しようがないので、英訳に従って、「強勢を半強勢に変容させることによって」(382)としておいた。

в ад аллигаторских аллитераций (CCP 4, 527)
into a hell of alligator alliterations (*Gift* 320)
鰐《アリガートル》のような頭韻《アリテラーツィイ》の地獄《アート》の中へ (558)

これはフョードルが眠りに落ちる直前の夢幻的な状態での言葉なので、合理的な意味がなくてもいいとは言えるが、それにしても「鰐（アリガートル）のような頭韻（アリテラーツィイ）の地獄（アート）」

というのは訳がわからない。頭韻を追い求めた結果生まれる不条理な文章を暗示しているのかも知れないが、いずれにせよ、この表現は意味よりも明らかに音を優先して作られている。

難解なメタファー

三番目に、『賜物』に時折現れる、意外性が強くショッキングとさえ言えるメタファーの例を見てみよう。日本語のレトリックにはこういったメタファーはあまり馴染まないため、直訳しても日本の読者には理解されない可能性が大きい。たとえば、人間の死体のイメージを使った二つの意表をつくメタファーが『賜物』では使われている。

建物を何層にもわたって小さなバルコニーが取り巻いていて、そのどれを見ても緑の葉や花があったが、シチョーゴレフの住まいのバルコニーだけがむさくるしくがらんとしていて、見捨てられた植木鉢が一つ船べりに掛かり、首を吊って死んだ人間が一人、紙魚に食われた毛皮のコートを着て、虫干しのため風に当てられているだけだった。(CCP 4 355, *Gift* 162, 274)

これは言うまでもなく、風に当てるためバルコニーに吊るされた毛皮のコートを「死んだ人間」(ロシア語で висельник、英訳で a corpse) にたとえているのだが、これがそういう隠喩であることを判断するには、読者はこの小説の平和な環境において昼日中死体が一般市民の住居のバルコニーに吊るされているはずがない、という「常識」に頼らなければならない。しかし、日本語ではこの種のレトリカルな仕掛けはあまり使われないため、メタファーに慣れていない読者はこれを文字通り、本物の死体と受け取る恐れがある。

死体のイメージを使ったもう一つのメタファーの例は、第四章に見られる。三人の人たちが湖畔の草の上に寝て、日光浴をしている場面である。

> 下を見ると、草が細長く生えた一帯に三つの裸体が死体のように横たわっていた。白、ピンク、茶色——太陽の作用を示す三色の色見本のようだ。（CCP 4 519, *Gift* 313, 545)

この箇所では、ロシア語原文も英訳も単に「三つの裸の死体」と書いているのだが、筆者は長い躊躇の末、それを直喩に変え、右のように「三つの裸体が死体のように」と訳すことにした。この場合は、読者が隠喩を隠喩として理解しない危険のほうが大きいのではないか、と判断したためである。[5]

最後に、もう一つ、筆者のお気に入りの例を挙げておこう（これは一種の錯覚の遊びで、厳密に言えばメタファーとは分類できないものではないかと思うのだが）。

> он ограничился сияющей улыбкой и чуть не упал на тигровые полоски, не поспевшие за отскочившим котом.（CCP 4 196)

he limited himself to a beaming smile and nearly tripped over the tiger stripes which had not kept up with the cat as it jumped aside; (*Gift* 16)

これは、「彼は晴れ晴れとした微笑みを浮かべるだけにとどめ、脇に跳びのいた猫について行きそこねた虎縞模様につまずきそうになった」と訳すべき箇所であり、ロシア語原文と英訳の違いはない。しかし、そう訳した場合、日本の読者はここには猫が二匹いて、一匹はすでに脇に跳びのいた猫、もう一匹はそれについていき損ねた「虎縞」模様の猫だと誤解する危険があるのではないだろうか。「虎縞」を「虎縞の猫」のメトニミーであると解釈すれば、実際、そう読めないこともないが、それではこの文章の面白みがまったくなくなってしまう。ここでナボコフが悪戯っぽく描き出しているのは、虎縞模様の一種の残像であり、その猫(もちろん一匹しかいない)が跳びのいたにもかかわらず、床にその虎縞模様が残っているように見えて、「彼」がそれにつまずくような気がした、ということなのである。そこで筆者は結局、「脇に跳びのいた猫」に、原文にはない「の体」を付け加え、「脇に跳びのいた猫の体について行きそこねた虎縞」(15)としてみた。ナボコフの遊び心を生かしながら、なおかつ読者に誤解されないための妥協案といったところである。[6]

＊　＊　＊

『賜物』は縦横に走るいくつもの大きな主題が絡みあって織り成す豊かな物語世界になっている。

そういった主題の面についてはこれまでもしばしば語られてきたし、筆者自身も拙訳『賜物』の解説で整理を試みている。しかし、ここでそのすべてをいったん取り消し、プーシキンの『エヴゲニー・オネーギン』という作品は「まず第一に、何よりも、文体《スタイル》の現象である」（*EO* 1 7）と断じたナボコフ自身に倣って、『賜物』という作品はどのようなテーマや思想的内容にも先立って、まず文体の現象である、と言ってみたい気がする。この作品に取り組んでいたとき、ナボコフは三十代半ばだった。すでにロシア語作家としての修練を積んでいたが、頭脳はまだ若々しく明晰で、ロシア語を使う能力のおそらく絶頂にあったのではないだろうか。『賜物』の文体的仕掛けには、そんなことを思わせるだけのものがある。その結果、この作品は、ロシア文学の言葉の技に関して一つの頂点を極めるものになった。

注

1　『賜物』沼野充義訳、河出書房新社。この翻訳に際しては、ロシア語原文は、（1）雑誌『同時代雑記』の連載（パリ、一九三七—三八）、（2）チェーホフ・パブリッシング・ハウス版（ニューヨーク、一九五二）、（3）アーディス社版（アナーバー、一九七五）、（4）シンポジウム社版ロシア時代著作集第四巻（サンクトペテルブルク、二〇〇〇）の四種類を常に対照したほか、三種類の英語版（パトナム 一九六三、ヴィンテージ 一九九一、ペンギン 二〇〇一）も参照した。またドイツ語訳、フランス語訳、ポーランド語訳も随時参照した。

2　『ベンヤミン・コレクション2　エッセイの思想』筑摩書房、ちくま学芸文庫、一九九六、六六〇ページ（この箇所は浅井健二郎訳）。

3　Milan Kundera, *Testaments Betrayed*. Trans. Linda Asher (Faber and Faber: London and Boston, 1995). カフカのフランス語訳を論じているのは、その第四章「一つの文」。邦訳はミラン・クンデラ『裏切られた遺言』西永良成訳、集英社、一九九四。

4　本論文では英語版からの引用は Penguin 版による。

5　日光浴する人びとの体を死体に見立てるのは、ナボコフのお気に入りの比喩だったらしく、すでに短篇「完璧」（一九三二）において「太陽によって打ち倒された思い思いの恰好で横たわる一千もの褐色の死体」という砂浜の描写がある(CCP 3 596, *Stories* 343, II-40)。

6　この箇所についての議論を含む口頭報告を二〇一〇年三月の京都における国際シンポジウムで行なったところ、ブライアン・ボイド氏から、ナボコフは『不思議の国のアリス』のチェシャ猫からヒントを得ているのではないか、という指摘をいただいた。確かに、チェシャ猫も、にやにや笑いの一種の残像だけ残して姿を消すので、虎縞だけ残して体は脇に跳びのいている『賜物』の猫によく似ている。

対談　沼野充義・若島 正

A Dialogue between
Mitsuyoshi Numano and Tadashi Wakashima

本対談は、二〇一〇年度日本ナボコフ協会大会(二〇一〇年五月十五日、駒澤大学)で行われた対談「読みなおすナボコフ——『賜物』を中心に」(沼野充義×若島正)に加筆・修正したものである。

ロシア語作家としてのナボコフ——『賜物』のベルリンから『ロリータ』のアメリカへ

若島　最初に私のほうから少しだけ、今回の『賜物』出版の意義についてお話しさせていただきます。ナボコフがロシア語で書いた作品群のなかで『賜物』が最高傑作であるという評価は、ナボコフ研究者の間ではほとんど定着しています。その『賜物』を、沼野さんがロシア語の原書から翻訳されました。これは一見当たり前のようなことですが、じつはまったく当たり前ではないんですね。昔の話になりますが、一九七一年八月号の『ユリイカ』でナボコフ特集がありました。今この四十年前の本を読み返してみますと、川端香男里先生が「ナボコフとロシア」というタイトルで、ナボコフのなかにあるロシア的なもの、ヨーロッパ的なものについてお書きになっています。その最後のところで、川端先生は次のようにおっしゃっています。「なおナボコフの邦訳について一言。いずれもすぐれた訳業であるが、ロシア語表記のところに来ると、ヴァイオリンのすぐれた音色が突然のこぎりの目立てになるというような冷たい感じを得ることを告白せざるを得ない」と。じつはこれ以後四十年間、ナボコフがロシア語で書いた長篇小説群がロシア語から訳されたということはなかったんですね。今回がおそらく初めてなのではないでしょうか。その意味でもこの邦訳は大変意義のあることです。沼野さんの『賜物』を見ていますと、この本にロシア語の知識、ロシア文学の知識がいかに詰まっているか、ということを思い知らされます。おそらく日本の読者は、初めてナボコフのそういう部分に触れる機会を持てたと思います。私のような英語関係者にとっても大変ありがたい本でした。

ということで、今日は沼野さんに思う存分『賜物』について語っていただこうと思います。では沼野さん、よろしくお願いいたします。

沼野　どうもありがとうございます。この小説はかなり分厚いんですが、それだけではなくてあちこちに仕掛けがあって中身がすごく濃い。ですから正直なところ、訳してみて、一人の人間の頭脳ではなかなか把握しきれないという感じもしました。ナボコフは、たとえば描写の際に色の使い分けの細かいところを綿密に考えていて、一度使った色を表す形容詞を意図的にあとで繰り返し、それが意味を持ってくる。訳者は細部まで気を配って読解するわけですが、それでも人並みの記憶力ではなかなか覚えきれないので、細部の微妙な対応関係を見逃してしまう恐れがあります。細部を全部覚えこみ、その対応関係を瞬時に計算できる巨大なコンピューターのような頭脳でもないかぎり、全体をコントロールできないような小説だな、と訳していてつくづく思いました。でも、一般読者にこんなことを言うと、途方もなくむずかしく取っ付きにくい小説だと思われて敬遠されてしまうでしょうね。そのうえ私の翻訳には訳注がいっぱい付いていて、しかもその大部分は日本の読者が見たことも聞いたこともないようなロシアの作家についてのことであったりして、ますます手に取りにくくなってしまう。そこで今日は、この小説がいかに難解で、それを訳すのがいかにむずかしかったか、といった苦労話などをしてもしかたないので、小説としての、そして文章としての面白さについて語ろうと思います。これは若島さんと愉しみを共有できる部分ですが、ナボコフの文章には読んでいて実に面白い細部の仕掛けがいっぱいある。そういう部分はじっくり時間をかけて読まないとわからない。筋だけ追いかけて飛ばし読みをすると、ほとんど気がつかない。そういう飛ばし読み読者には、わけがわからない変な文章だと思えるところがかなりあるので、「この訳者はよっぽど日本語が下手なんじゃないか」と、非難がまずは訳者に向けられる恐れがある。ひょっとしたら、その次に「原文がヘンなんじゃないか」となりかねない。しかし、一見変なところがじつはとても面白いんですね。それは過剰と言えるほどの豊かさではないかと思います。

この小説は散文なんですが、じつは詩が至るところに埋め込まれているうえに、ロシア詩に関するかなり専門的な議論も展開されている。ですから、ロシア詩の規則についてある程度知識がないと、本当はそういうところはわからないはずなんですね。英語へ訳される際には、さすがにあまりにもロシア語固有の問題と思われる部分に関してはかなりカットされたり、わかりやすく言い換えられたりしています。ただ、今回はロシア語の原文から新たに訳すというところがミソなので、そういう箇所は意地でも省略しないで訳しました。しかし、どう訳したところで、ロシア語とロシア詩の決まりごとを知らない読者には意味がわからないわけで、巻末にはロシア詩作法についての説明も載せておきました。そういうわけで解説も長くなってしまった。ここまで注や解説をつけるべきかについては迷うところですが、前例がないわけではなくて、私が持っているドイツ語訳『賜物』

のペーパーバックなどは、本文が四〇〇ページ強、訳注が巻末に一七〇ページくらいある。さすがドイツ人がやることはすごいな、と感心します。一方、ロシア語版はどうかというと、いま普通底本とされるのはペテルブルクのシンポジウム社によるロシア語時代著作集ですが、ここに収められた『賜物』にはアレクサンドル・ドリーニンという研究者が詳細な一〇〇ページを越える注を付けている。じつは私の訳注はかなりこれらの先行研究に負っておりまして、特にドリーニン氏には断ったうえで、彼の調査結果の多くを私の訳注で使わせていただいています。しかし、私の独自の観察や調査に基づいた注や、日本の読者のために必要な背景の情報もいろいろ盛り込まれています。いずれにしても、この小説のテクストをほんとうに読むためには、こんなふうに膨大な注が必要になってくるわけです。ロシア人読者がロシア語の原書を読む際にも、注で説明してもらわないとわからないところがいっぱいあるんですね。とはいえ、自己矛盾するようなんですが、これ、ほんとうは訳注を飛ばしても読めるはずで、そうじゃなかったら小説じゃない。ですから、両方の楽しみ方がある。私の『賜物』の訳注にはいろいろと面白い事実や情報を盛り込んでありますから、それを読むのが楽しいという奇特な読者は、訳注を追いながら読めばいい。小説を読むために訳注なんかいるもんかと考える人は、訳注を全部飛ばして本文だけを読めばいい。まあ、どちらの読み方でも楽しめるというふうに考えていただけたら、と思います。

『賜物』は全五章からなっていて、いろいろな要素が詰め込まれているので、全体を見通すことがむずかしい。いったい何についての小説なのか一口で言うことができない。あらすじだけを追って、極限的に単純化してしまえば「一九二〇年代のベルリンに暮らしている駆け出し詩人の亡命ロシア人青年フョードルが、そこでジーナという女性と出会って恋をして、紆余曲折の末結ばれる」と、ただそれだけの話です。ところが、そこに簡単には説明できないような様々な要素が惜しげもなく盛り込まれている。ここで、文体というよりテーマに関することですが、どんな主題系列があるのか、項目だけでも私なりの整理の仕方によって、少し述べておきましょう。

まず主人公フョードルが文学者志望の青年であって、彼がどのように作家、詩人として自己形成していくか、という点に着目すれば、これは一種の「芸術家小説」です。これはいちばんオーソドックスな視点で、小説がかなり凝ったモダニズム的な手法で書かれていることを考えれば、ジョイスの『若い芸術家の肖像』などの系譜に連なるものと言える。それ以外に、「失われた父を求めて」という主題が強く現れていることも見逃せない。フョードルの父親は蝶の研究に関して世界的な権威の学者なのですが、中央アジアに蝶の採集旅行に出かけたきり行方不明になり、どうやら死んでしまったらしい。その「失われた父」のことを思い描き、伝記によって父の人生を再構成しようとする息子、という物語の軸が出てくるんですね。そして、その父親像と関連して、蝶、正確には鱗翅類という華やかな主題もある。これはもちろん、ナボコフ自身の関心でもあり、情熱でもあった。鱗翅類に関しては、この小説では相当な蘊蓄が傾けられていまして、専門的な知識がないと正確に理解できない箇所も沢山あります。それからもう一つ、ナボコフ自身の興味に関わる主題としては、チェスのモチーフも重要です。チェスのモチーフは『ディフェンス』で全面的に展開されていますが、『賜物』の場合、チェスが出てくるきっかけは一九世紀の思想家チェルヌィシェフスキーなんですね。チェスを呼び出すにはちょっと奇妙なきっかけですが、いずれにせよ主人公フョードルはこのチェルヌィシェフスキーという、今ふうに言えば左翼の急進的思想家の伝記を書くという作業に乗り出す。ナボコフのように美的な価値を優先する人からすれば、こういう社会的コミットメントの塊みたいなチェルヌィシェフスキーという人物は正反対のタイプで、まったく受け入れられないはずなんですが、なぜそんな人物を敢えて主人公に据えた伝記を、作中作としてフョードルに書かせているのか、という点が興味深い。『賜物』のなかでは第四章がそっくりそのまま、主人公フョードルが書いたチェルヌィシェフスキー伝に当てられています。つまり、第四章は「小説内小説」です。

さらに、ロシア文学の立場から見て『賜物』が非常に興味深いのは、これがロシア文学の運命そのものを扱った小説のようにも読めるからです。一九世紀から二〇世紀にかけての無数の作家、詩人たちの名前が言及され、ロシア文学史の流れが批評的に語られる。その意味では、小説全体がロシア文学批評の書であると言っても過言ではない。そしてプーシキンから現代に至るロシア文学の歴史的スパン全体を見渡す視野がある一方で、一九二〇年代（ナボコフが『賜物』を執筆していたのは一九三〇年代ですが）ロシア革命で母国を追われて西側に逃れてきた亡命ロシア人たちの直面している同時代のロシア文学の運命も取り上げられ、いわば現場での文学的実践や文学者たちのいざこざといった局所的な事象が生々しく、時に辛辣に描かれている。ここに登場する亡命ロシア人文学者のかなりの部分は、モデルが特定できるんですね。

それから最後に、詩です。『賜物』は基本的には散文で書かれた小説なんですが、本文のなかにあちこち詩が登場する。第一章では、フョードルの処女詩集に収められた詩の引用と批評がふんだんに出てきますし、さらに先へ行くと、詩であることを形式的には表示しないで、本文のなかに詩が埋め込まれるということが起こり、小説のいちばん最後のフィナーレも行分けしてないので、詩のよう見えませんけれども、これはプーシキンの『オネーギン』と同じ形式による詩になっているんです。

こんなふうに主要なテーマを数え上げていくと、すぐ気がつくのは、この長篇にはナボコフが心から愛したものがほとんど全員集合しているということです。恋人、父、蝶、チェス、ロシア文学、そして何よりも詩。難解でありながら、晴れやかな印象が強いのは、おそらくそのためではないでしょうか。

さて、それでは今日お配りしました資料(三二四から三二一ページに横組みで印刷)に基づいて、これから文体の問題、面白さについて少しだけお話しします。ナボコフの伝記を著わしたブライアン・ボイドという研究者が「おいしそうな鼠をたくさん呑み込みすぎて、動きが緩慢になった巨大なウワバミみたいな文体だ」と、褒めているんだか貶しているんだかよくわからない形で『賜物』を評しています。「巨大なウワバミ」みたいだというのは、小説の構造についても言えるような気がしますが、とりあえずボイドがここで言っているのは、文体のレベルのことです。非常に複雑で長い文章だったり、それに追加的に補足が入ったり、括弧が割り込んだり、そういったものを指してのことです。テーマの面だけでなく、そもそも文体からして、過剰なほどの豊かさを抱え込んでいる。ですから、洗練されてすっきりしたいわゆる「名文」からはほど遠いもので、訳していても、その過剰さに驚嘆させられるとともに、あまりに翻訳が進まないので——ほんとうは自分の能力の低さのせいなので、八つ当たりしちゃバチがあたりますけれども――何でこんな複雑な文章を書くんだって、ナボコフに腹が立ったりもしたほどです。

最初にですね、今日配った資料にはない箇所についてなんですが、『賜物』の冒頭部分（邦訳では九―十ページ）について話します。フョードルは非常に繊細な青年なんでしょうね、日常生活のなかで自分の気分を害するような、不安を呼び起こすような恐れのある嫌な細部が街のあちこちにあるんじゃないかと警戒します。そこで挙げられる町の風景のディテールの中に、「青いイヌ」というのが出てくる。私の邦訳では「あるいは、とっくに用済みになっているのに完全にははぎとられていない手書きのビラ。錆びた画鋲で木の幹に留められ、無意味に永遠に取り残されているその切れ端は告げていた――インクがにじみ、青いイヌがにげた、と」というところです。ここで「インクがにじみ青いイヌがにげた」とビラの切れ端が告げていた、いうのはどういうことなんだって読者の皆さんは疑問に思うのではないでしょうか。日本語の文章がちょっと変ではないか、と。それじゃあ原文はどうかと言うと、じつは原文はもっとわからない。ロシア語の原文は直訳すると「青みを帯びたイヌの滲みについての手書きの小さなビラ……」となる。「青みを帯びたイヌの滲み」ですよ。その「滲みについてのビラ」。私は最初にこのロシア語を読んだときわけがわからなかったし、ロシア人に聞いてみても途方に暮れるばかりでした。英訳を見るとさすがにもっとわかりやすく、“runny ink, blue runaway dog.” となっている。“runny” というのは「走る」run から派生した形容詞で、液体について「流れやすい」「垂れやすい」という意味だと辞書にあります。runny nose というと「鼻水の出ている鼻」ということになる。ですからこの部分の英訳は、「ぽたぽた垂れた（滲んだ）インクと、逃げだした青いイヌ」という感じでしょうか。ここでは“runny”と“runaway”というふうに、run「走る」という動詞を語根に持つ言葉を重ねて一種の言葉遊びをしています。要するに、日本でも近所の電柱などによく張ってある、「飼い犬が逃げました。こういう犬です。見つけてくれた人には……」といった告知のビラのことを指しているんですね。一方、ロシア語では「青みを帯びたイヌの滲みについてのお知らせ」となっていますが、青い犬が現実にいるわけはない。おそらく、青インクで犬のスケッチが書いてあって、それが雨水に晒されてインクが滲んでしまっているという状態を、そんなふうに言っているわけでしょう。ですからちょっと理屈っぽいことを言うと、この文章では書いているもの(青いインクとその滲み)と書かれている内容(逃げたイヌ)という、二つの次元が意図的に交差させられているわけです。いわば、シニフィアンとシニフィエが意図的に混同されている文章だと言える。ナボコフの文章では、こんなふうにごく普通の細部を現実として描いているようで、そこに別次元が混入してくるという不思議な感覚をかもし出すものがしばしばあります。原文がこういう不思議な文章なので、翻訳でも不思議なところを残したい。あまりわかりやすくしたくない。この箇所をわかりやすく解釈して「逃げたイヌについてのチラシが貼ってあったのだが、そのチラシは青いインクが滲んで全体に青みを帯びていた」と説明的に訳すことは可能ですし、ものによってはそう翻訳しないとこなれた翻訳だとは言われないわけですが、ナボコフの場合は絶対にそうはしたくない。そんなことをしたら、やはりナボコフがナボコフじゃなくなってしまうからです。

今日お配りした資料を見ていただくと、いくつかの項目に分けて日本語、ロシア語、時には英語を併記してあるのがわかると思います。最初に、「分詞構文を駆使し、曲芸的に長く続いていく文章」の例として引用した一節があります（三二四ページ参照）。これは有名な箇所で、主人公が小さい頃病気に罹って、一種の千里眼のようなものを経験して自分が居合わせないところのものが見えてくるという場面です。長いということだけでなく、特に文法的に面白いのは、日本語訳の真ん中あたり（三二三ページ参照。邦訳は三十九ページ）。「茶色い紙にくるんでワシーリイに渡すと、今度はワシーリイが母の後についてそれを馬橇まで運んでいき、気がつくと馬橇はもうあれこれの通りを次々と駆け抜けてわが家を目指し、やがてわが家が馬橇の前に近づいてくる」という文章です。対応するロシア語を見ると、下から七行目、《Васильо》という固有名「ワシーリイ」の与格があって、それを《несущему》「運びつつある」という現在分詞（ロシア語文法では能動形動詞と言う）が後ろから修飾している。つまり「運んでいくところの」という意味になります。ですから、《Васильо, вот уже несущему его за моей матерью в сани》はとりあえず、「私の母の後についてそれを橇の中に運び込んでいるところのワシーリイ」という具合に、後ろにくっ付いた分詞を先にして、後ろから前に戻るように訳すことができます。次に、いま出てきた「橇の中に」――ロシア語では《в сани》ですが――というフレーズのあとに《вот уже мчащиеся по таким-то и таким-то улицам》と続き、今度は《мчащиеся》という現在分詞がやはり後ろから、その「橇」を修飾している。これは「疾駆していく」という意味ですから、「疾駆していく橇」となるわけです。そしてこのあと、その橇が《назад к нашему дому》つまり「私たちのわが家へ戻りつつあった」という文章へと続くのですが、その先で《приближающемуся》「近づいてくる」という意味の現在分詞が《нашему дому》「私たちの家」という語を、またまた後ろから修飾する。英語訳もロシア語の原文にかなり近い感じの構文を採用しています。要するに、ある名詞を後ろから修飾する一つ目の分詞句があって、その一つ目の分詞句の最後に来た名詞を修飾する二つ目の分詞句がまた後ろにつながって、その二つ目の分詞句の最後に来た名詞を、さらに三つ目の分詞句が修飾するという形になっている。分詞がどんどん鎖状につながっていくという構造になっているんです。この場合、分詞は形容詞みたいな役割を果たしているのですが、形容詞というのは普通、後ろから前へ戻して訳さないと日本語にならない。ところが、いま引用している箇所では分詞がどんどん鎖状につなげられて、物語の時系列は明らかに前から後ろのほうへ文章の流れに沿って進んでいる。ですから、この箇所を普通やるように後ろから前へ訳したのでは、物語の流れの正反対になってしまう。こういう文章は、単語の流れに従って前から後ろに向かって訳していかなければならない。文章の流れが、時の流れ、物語の流れそのものでもある――そんな構造の文章なんですね。

次に取り上げたいのは三ページ、「現実のディテールから『別世界』へ」(三二二ページ参照)です。これは『賜物』の冒頭の場面で、ここに描かれているのは、家具運搬用のトラックです。しかしトラックとはいっても、今でいうコンテナあるいはトレーラーのように箱だけの部分が後ろにあって、それとは別に牽引車が前に付いているタイプですね。資料の日本語訳の五行目からを見ていただくと(邦訳七―八ページ)、「そのわき腹全体には運送会社の名前が、高さ一アルシンもありそうなばかでかい青い文字で書かれていた。そして、それらの文字の一つ一つに(四角いピリオドも含めて)黒いペンキで左側から影がつけられていたのだが、これは一階級上の次元にもぐりこもうとする不正直な試みというべきものだろう」となっています。これは原文通りのほぼ直訳になっています。こんな訳文ではどう思い描いたらいいのかわからない、と読者は思うかもしれませんね。訳者の私だって、最初は、具体的にものが思い浮かべられなくて困るということはしばしばでした。ところがあれこれ調べてみると、ナボコフはけっして非現実的な夢想によって事物の描写をしているわけでなく、現実に存在した事物を非常に正確に観察したうえで、こういうディテールを書き込んでいるのだということが段々わかってくる。このトラックの描写に対応する実物の写真を、資料に載せておきました(三二二ページ参照)。それは私が見つけたものではなくて、ドイツのディーター・ツィマーという、これまた非常にマニアックなナボコフ研究者が『ナボコフのベルリン』という著書のなかで披露している写真です。この写真は、当時亡命ロシア人向けに出されていた雑誌に掲載された、運送会社の広告なんですね。これを見ればわかるように、トレーラーの横腹にA. SCHÄFERという会社の文字がでかでかと書かれてあって、しかもよく見るとそれぞれの文字の左側に影が付けられていますね。それからAのあとのピリオドの形が四角形になっています。これはまさにどんぴしゃり、『賜物』冒頭のトレーラーの描写そのものでしょう。一見奇妙に見える描写も、ナボコフの場合、じつは実在したものを念頭において、しかも非常に正確に行なっているのだということがわかってきます。ただ、小説の舞台は八十年以上前のベルリンですからね、当時のベルリンで引っ越し業者のトラックが実際にどんなものだったか、なんてわれわれにはすでにわからなくなっているわけで、そうなると、ナボコフがリアルな描写をしているのか、それとも奇想に基づいた非現実的な描写をしているのか、判別しがたくなってしまう。二〇世紀初頭というのは、われわれから見ると微妙な距離にあるんです。これが中世とか、そんなに遡らなくても一九世紀だったら、そこに描かれている事物が今とは違うんだろうなと最初から身構えてテクストに取りかかりますから、一生懸命調べたりもする。また、当時の文化や生活を理解するための、しかるべき本もあるわけです。ところが、一九二〇年代くらいというのは、現代からそれほど離れていないのですが、かといって、すべて同じというわけでもない。『賜物』第一章には、フョードルが靴屋でレントゲン装置を使って足の骨を見るという件も出てきます。いま聞くとびっくりするんですが、これも当時の流行で、実際に行なわれていたことのようです。トラックにしても、当時の実物を知らないことには、どう思い描くべきかわからずとまどいもするのですが、幸い、こうして写真が出てきたので、ナボコフがディテールに関しては厳密な「リアリスト」であることがはっきりしました。

じつは、ここではトラック自体を問題にしたいのではなくて、「一階級上の次元にもぐりこもうとする不正直な試み」という表現について考えたい。これじゃ何のことか、さっぱりわかんないっていう読者もかなりいると思います。説明するとちょっと興ざめかもしれませんが、普通、文字は二次元的に書かれますね。しかしその文字に影を付けることによって、立体的に見えてくる。つまりそれは、二次元のものを一階級上、すなわち三次元に見せかけようとする試みなわけですから、見る人を言わば騙してほんとうの自分じゃないものに見せかけようとする点で、「不正直な試み」だというわけです。また、ロシア語の言葉の使い方の観点から言えば、「一階級上の(隣の)次元 следующее по классу измерение」という表現には、わざわざ「等級 класс」という、この文脈ではなくてもいい言葉が入っていますが、この単語は鉄道の座席の「一等」「二等」などにも使われますから、こういう書き方をすると、二等車の切符しか持っていない乗客が一等級上の一等車両に潜り込んでしまう――これはまさに不正直な試みと言えますが――といったことも連想させます。ただ、これは単に奇抜な凝った表現ではなくて、さきほどの「青いイヌ」の場合と同様に、現実の取るに足らない卑俗なディテールを見つめているうちに、ふうっと別次元に入り込んでいきそうな、ナボコフらしい感覚が表れている点が面白い。ナボコフのそういった傾向を、「別世界性」とか、「彼岸性」などと呼ぶ人もいます。

もう一つだけ、「ことばと現実のパズル」という項目についてです。ガソリンスタンドの描写の抜粋です（三二一ページ参照、邦訳は二七三ページ）。まず私の翻訳から見てみましょう。「ガソリン飲み場《ガソリンスタンド》の色鮮やかにペンキを塗られた給油ポンプの向こうでは、ラジオが歌っていた。そしてスタンドの建物の屋根には縦に並んだ黄色い文字がくっきりと空の青を背景に浮かび上がっていた。その文字は自動車会社の名前で、二番目の文字の「A」の上に生きている黒歌鳥《ドロースト》が止まっていた（最初の文字の「D」の上でないのが残念だ。頭文字の飾り模様になっていただろうに）。真っ黒なのに嘴だけが――経費節減のためか――黄色いその鳥は、ラジオよりも大きな声で歌っていた。」ここで言及されている自動車会社が具体的に何かわからないとこのパズルは解けないわけなんですが、当時ドイツで大手の自動車会社と言えばダイムラー Daimler だったんですね。一方、黒歌鳥はロシア語で「ドロースト дрозд」と言い、頭文字は英語のアルファベットで「d」に当たります。ですから、仮にダイムラーという文字が縦に書かれた看板の「D」の文字の上にこの鳥が止まっていたならば、その鳥がダイムラーっていう会社の名前の綺麗な飾り文字、生きた飾り模様になっていただろう、ということをこの箇所では言っているわけです。ドイツの自動車会社って言われて誰もがパッとダイムラーを思い浮かべられる、当時のドイツにいれば、この「パズル」はそんなにむずかしくないんですが、今はそうはいかないでしょう。こういう言葉遊びは言語の固有性に結びついていますから、大部分の場合翻訳できないのですが、この場合英訳はほぼ同じような効果を再現しています。英語で黒歌鳥は「ブラックバード」(blackbird)、まさに「黒い鳥」と言うのですが、そのため英訳に出てくる自動車会社の頭文字はBでなければならない。しかし、都合のいいことにBで始まるドイツの自動車会社といえばベンツBenzがある(正確には、一九二六年の合併の結果、ダイムラー・ベンツ社となりますが)。そこで英訳の場合、blackbirdがBenzという看板の二番目の文字Eの上に止まっていたので残念だ、最初の文字に止まっていたら飾り文字になっていたのに、となった。ロシア語と英語とのあいだでこんなふうに言葉遊びがうまく置き換えられる例は、ナボコフの著作全体を見てもじつはあまりなくて、これは奇跡的にうまくいったケースでしょう。

ということで、『賜物』にはこんな仕掛けがいろいろあるのですが、こういう仕掛けにゆっくり立ち止まりながら、ときにはパズルを解きながら味わい面白がって読むというタイプの人には、この小説は面白くてしかたないんじゃないかなと思います。その面白さの一部は翻訳でなんとか伝える努力をしましたが、力及ばずして大部分はうまくいかないんですね。言葉遊びなんて基本的には翻訳できないわけですいから。でも、原文はこんなに面白いんですよ、こんな仕掛けがあるんですよ、って訳注で説明するのは、やはり翻訳の本道ではないのではないか。小説の翻訳はやはり本文だけでできたら勝負したい。そう考えて、原文の仕掛けに見合ったものを日本語の訳文でも再現しようなんて無謀な試みをしていると、一日かけても数行しか翻訳が進まなくなってしまう。若島さんもそういうことをやられると思いますが、一つの言葉遊びを訳すのに数時間かかったりするんですね。しかも、それでうまくいくとも限らない。それで、訳せないものはしょうがないと開き直って、訳注で説明をし始めた。最初のうちは原文に対応する言葉の仕掛けを日本語で再現できず、訳注に頼る自分に対して罪悪感があってなかなか仕事が捗らないんですが、そのうちだんだん罪悪感が麻痺してきて、結果的に訳注が非常に多くなってしまった。その結果が今回の訳書です。

若島　沼野さん、ありがとうございました。今回の話は、配られている資料のはタイトルが「『賜物』の文体の過剰な豊かさ」ということで、「過剰」というのもキーワードなんですよね。この『賜物』という小説は、たしかにいろんな意味で過剰すぎるほど過剰。そこで、沼野さんが取り上げたところについて、過剰でマニアックな注釈を少し加えたいと思います。トラクターの箇所は書き出しの場面なので印象的なんですが、最初に気になるのはこのトラクター自体の描写です。「……その後輪は肥大し、内部をあられもなく剝き出しにしていた。トラックの額には星形の換気扇が見え、そのわき腹全体には……」と書いてあって、すぐ気がつくのは、ここで何か動物をイメージしているということです。非常に胴体の長い動物のようなイメージ。それで、お尻の部分が出っ張っている、って感じの動物です。この描写を、たまたま沼野さんが最初に引用された、青いイヌが逃げたという箇所と抱き合わせにすると面白い。なぜかというと、トラクターのわき腹のところに運送会社の名前が、これまた「青い文字」で書かれている。トラクター自体は黄色いんですが、文字は青い。ですから、このトラクターを非常に胴体の長いイヌに見立てて、それが張り紙に書かれている尋ね犬だというふうに読んでやりたい。なぜかというと、このモチーフには変奏があって、これも第一章にあるんですが、主人公フョードルが下宿屋のなかで女将と鉢合わせする場面で、フョードルはすれ違うときに猫に当たりそうになって避ける(邦訳十五ページ)。その猫が虎猫で、飛びのいたときにその縞模様だけ残っているっていう非常に面白い描き方をされている。この猫の「本体と縞模様が分離する」というモチーフを、先ほどのトラクター＝イヌと重ね合わせてみたいわけです。

それから、黒歌鳥の話。英語で全く同じ言葉遊びを表現できるっていうのは奇跡的だと私も思うんですが、せっかく「ことばと現実のパズル」と配布資料に書いてあるので、私もここで一つパズルを振ろうと思います。このガソリンスタンドの場面では、給油ポンプの向こうで、ラジオから歌が流れています(ちなみに、「ガソリン飲み場」っていうのは面白い表現で、当時の給油ポンプって本当に鳥が水を飲んでいるときのような形状をしていたから、こういう言い方になっているのではないでしょうか)。そこでパズルですが、ここで流れている歌は何という曲でしょう? それからこれを歌っているのは誰でしょう? もちろん、正解があるわけではないんですが、遊びとして答えを考えてみることはできます。

沼野　一九二〇年代に流行った曲ですか。まったく考えたことがないので……。

若島　実は、もし自分がＤＪなら、この場面で背景にどんな曲を流したいかと考えます。それで出てきた答えが、ジャズの名曲“Bye Bye Blackbird”です。もちろんマイルズ・デーヴィスのヴァージョンが有名ですが、調べてみたところ、意外なことに“Bye Bye Blackbird”は一九二六年のヒット・ソングだったという事実が判明しました。そして私が特にここで流したいのは、“Bye Bye

Blackbird”を歌った歌手のなかでいちばん有名なジョゼフィン・ベーカーのヴァージョンなんです。それがちょうど一九二七年。ここで描かれている場面も一九二七年。さらに言えば、『アーダ』にはジョゼフィン・ベーカーが言及されている箇所があって、たぶんナボコフは彼女のことを知っていたと思う。偶然が重なっているだけですけど、わたしはそういう偶然が好きなんです。

沼野　それはすばらしい大発見ですね！　今まで『賜物』の注釈でそんなことを指摘した人は誰もいないと思うので、ぜひドリーニンにも教えましょう。

若島　いえいえ、これはお遊びにすぎませんので。話は変わりますが、この『賜物』を読んでいて思うのは、作家活動の初期にロシア語で詩を書いていた、つまり詩人として出発したというのが、やはりナボコフにとって非常に大きな部分を占めているということです。逆に考えると、その詩を書くという話を非常に大きな小説の形にしてしまったというのは面白い。だから、ナボコフにとって作家としての芽生えっていうのがどういうものだったのか、と考えてみたくなります。ただ、『賜物』の最初のほうで、主人公フョードルがこういう出だしで小説を書いたらいいだろうなって考える場面では、彼は比較的分厚い古風な小説をいつか書いてみようか、とふと考えている。そこからすると、ナボコフは『賜物』を書いたとき何か相当大きなことを考えていたんじゃないかなって気がするんですね。自分がロシア語で書くものの総決算っていう意気込みが相当感じ取れる。例えば「詩と小説」という話ならば、つまり自分が詩を書き始めるという主題の小説ならば、ジョイスの『若い芸術家の肖像』を思い出すんですけれど、感じとしては『ユリシーズ』のほうがずっと近い。たとえば『ユリシーズ』がダブリン小説になっているのとある意味では同じで、『賜物』はベルリン小説になっている。非常に局所的な特定の土地に縛られた「場所の小説」として。それを文学の力でいかに変容させるか、みたいな非常に大掛かりなことをやっているような気がします。このへんどうなんでしょう。ナボコフはどのくらいドデカイことをやってやろうっていう気があったのか。

沼野　やっぱり野心はすごくあったと思います。ナボコフは一方ではロシア文学に造詣が深いのですが、もう一方ではいま若島さんの言われた通り、ヨーロッパ文学の最先端、ジョイスやプルーストもよく知っていたわけです。ロシア文学の専門家は、この小説をロシア文学の枠のなかで考えて、ジョイスやプルーストと無関係なところで完結させてしまうことが多いんですけど、彼自身やはり二〇世紀前半のヨーロッパ・モダニズムの中に自分を位置づけたうえで、ジョイスやプルーストに対抗できるものをロシア文学の土壌から作り出そうとしたのではないかと思いますね。

一方、『賜物』の筋を見てみると、主人公フョードルは詩人として出発するわけで、第一章には彼の詩がたくさん引用されています。それは幼年時代を謳ったいい詩なんですけれど、やっぱりこのレベルの詩ではダメなんだよって、ナボコフ自身言いたかったのではないかと思います。ただ興味深いのは、幼年時代の思い出に依拠した、可愛らしいけれど小さな詩の世界から、どうやって大きくなって本格的な文学者になるのか、という文学者としての成長の物語がけっして個人だけの「教養小説」の次元に留まっていないということです。それと並行して、プーシキンに始まる一九世紀のロシア詩から、一九世紀半ばのリアリズム、世紀末の象徴主義を経て、二〇世紀的なモダニズム小説へという、ロシア文学史そのものが辿ってきた道がここには書き込まれている。ですから、『賜物』は詩も小説も融合させ、ロシア文学史の流れ全体を踏まえ、なおかつ自分をヨーロッパ・モダニズムの中に位置づけようという野心的な試みであって、明らかにナボコフのこの時点での総決算だったと思います。それだけに、ちょっとやりすぎのところもあるかもしれませんが。

若島　ロシア文学に関する言及は当然のこと、モダニズム文学に関する言及もいっぱいありますが、非常に巧みな用い方をしていますね。たとえば「鍵」の使い方がそうで、『ユリシーズ』では鍵が重要な役割を果たしていて、それこそ作品の「キー」になっていますが、同じく『賜物』でも鍵がたびたび登場していて、最終章ではちょっとした謎解きみたいなものにも関係してくる。また、『賜物』ではフョードルがアーモンド形の石鹸を買う場面がありますが、『ユリシーズ』でもブルームが石鹸を買う場面がある。こういった細部で両者は妙に繋がるところがある。

沼野　もっとわかりやすいところでは、『賜物』にはボールを題材にした詩が出てきますが、これは失われたボールが最後には見出されるというストーリーになっていて、プルーストの「失われた時」「見出された時」を意識しているのは明らかでしょう。ナボコフはもちろん、プルーストの作品をよく知っていた。つまり『賜物』は、『ユリシーズ』にも似た、都会を舞台にフラヌール（遊歩者）を描いたアーバニズム小説でもあるし、プルーストの向こうを張って時間を主題とした現代小説という側面も持っている。

若島　ナボコフがロシア語時代に書いた最高傑作『賜物』対、英語で書いた時期では最高傑作と言われている『ロリータ』という比較の話をしてみましょうか。ナボコフは『賜物』英語版に附した序文で、こんなふうに言っています。「この本に取り組んでいたころ、私はまだしかるべきコツを身につけていなかったので、後に英語で書いた小説である種の環境の人々に対して行ったほど過激かつ無慈悲には、ベルリンとそこに住みついた亡命者たちを再現することができなかった」（邦訳五八二ページ）。ここでナボコフはベルリンとアメリカを比較していると思います。『ロリータ』で描いたアメリカとの比較です。ベルリンを描いたときには、『賜物』英語版の序文で「芸術から歴史が透けて見えてしまっている」という言い方をしているように、縛られた部分で歴史が見えてしまっている。それに対して、『ロリータ』で描いたアメリカと、一九四〇年代終わりから五〇年代の頭にかけての現実のアメリカという問題を考えると、たしかに『ロリータ』で描いたアメリカでは歴史が透けて見えていない。見えていないというのは、要するに変形されているので直接には出てこないということです。一方『賜物』では、正確な場所と時間というグリッドが非常に強力に働いていて、例えば先ほど沼野さんがおっしゃったディーター・ツィマーの『ナボコフのベルリン』という本を見ますと、主人公がこのときここで見ている教会は、実際にはベルリンのこの教会だ、というふうに場所が全部正確にわかってしまう。言ってみれば、そういう現実の素材を全然違うものに変容させるコツというものを、ベルリンを描いたときには持っていなかったと、ナボコフ自身は述べているわけです。しかし、どちらの手法もやはりそれぞれに面白い部分があるわけで。たとえば『ユリシーズ』だと、今これをちゃんと読もうと思うと、当時ジョイスが使った住所録とかを調べて、この通りにはどんな店があって、というふうに全部調べなくてはわからないということになるわけですが、しかしこれは逆に言えば、失われてしまったものが小説のなかに永遠に生き残っているということになる。今回『賜物』に沼野さんが非常に精密な注釈をつけましたが、やはりこうでもしないとなかなか再現されないというような部分があるのではないでしょうか。

沼野　それだけ調べれば出てくるってことでしょうね。でも、ここまでやらなきゃ小説が読めないのかって疑問もあって。だって普通の読者はそこまでやりませんから。たしかに一九二〇年代のベルリンの現実は、ナボコフ自身が「ここかしこで芸術的虚構の奥から歴史が透けて見える」と言う通り、作中のいろいろなところでうかがうことができるんですが、その見え方がまだらなので、一様でないところがかえって面白いとも言えるんですね。まあ、これはアメリカ文学の立場からナボコフに接している人間と、ロシア文学の立場からナボコフに接している人間との基本的なスタンスの違いかもしれませんが。やはり亡命ロシア人としてベルリンに生き、ロシア人として蓄えてきた歴史観や文学の素養に裏打ちされて書かれたもの、その根を探っていくと面白いものが見えてくるというのが、私などには興味深いところですね。

若島　いずれにせよ一九二〇年代から三〇年代にかけてのベルリンというのは、いろんな意味で面白い場所ですね。

沼野　最後に、私のほうから逆に若島さんに質問して未来につなぐという形にしましょうか。というのは、ちょっと『アーダ』の話をうかがいたいんです。さきほど若島さんはロシア語時代の最高傑作が『賜物』であるとすれば、英語時代のそれに匹敵する作品は『ロリータ』であると言われました。たしかに『ロリータ』は、作品として非常にすぐれているという点、しかも規模が大きいという点では、『賜物』と比較しうると思うんですが、ナボコフの作品群における位置づけから考えると、むしろ『アーダ』と比較したほうがいいと思うんですよ。『アーダ』が『賜物』に似ているという意味ではないんですけれど。『賜物』がロシア語時代の集大成だとすれば、『アーダ』は英語時代の最後の小説というわけではないけれども、英語で長篇を五、六冊書いたあとに、その経験の蓄積の上に出てきた作品ですね。しかも、ロシア語時代のナボコフは多かれ少なかれロシアの歴史や現実に根を置きながら書いていたのに対して、いま若島さんがおっしゃったように、英語時代のナボコフはアメリカを描くとき、ある種のデタッチメントが可能になって、現実そのものを描いているようでいてそこから離れた虚構世界を作れるようになっていた。その虚構性を極めたのが『アーダ』なのではないかと思うんです。私はマニアックな詮索はあんまりしないタイプなんですが、翻訳をしているうちにいろいろ考えるようになって、そのなかで気づいたことを一つ申し上げますと、『賜物』はロシア語で Дар と言うんですが、ローマ字で書けば Dar という三文字なんですね。一方『アーダ』は、正式のタイトルは Ada だけでなくてその後に or Ardor「あるいは情熱」と続きますが、主要部分の Ada だけを取ると、これも三文字で、子音が二つの母音に挟まれているという形になっています。これは母音が二つの子音に挟まれているという Дар (Dar) の形と相似的な感じがするんですね。それから、Дар (Dar) という単語自体でいろいろ言葉遊びができるんです。ロシア語で「地獄」を意味する単語はアート ад (ad) というんですが、「賜物」Дар (Dar) という語を逆にすれば、その中に「地獄」ад (ad) が含まれることになる。一方、「アーダ」Ada はロシア語で表記するとАдa ですが、これは「地獄の」（詳しく言うと、「地獄」ад という語の生格形）という意味になるんですね。ですから、『賜物』『アーダ』という二つの長篇は、それぞれロシア語時代、英語時代のナボコフの集大成であると同時に、タイトルだけとっても二つを比較してみたいという気にさせるものがあります。しかし、『アーダ』またじつに複雑な作品ですから、英語の原文できちんと読解している人は日本ではまだ少ないんじゃないでしょうか。かく言う私からして全然読めていない。ですから、この次は若島さんの『アーダ』新訳が近いうちに出て、ナボコフ読解の未来がさらに拓かれていくことを期待したいと思います。

若島　沼野さんが『賜物』の翻訳について、「人間ではできない」みたいなことを最初おっしゃっていましたが、『アーダ』はもっとありえないくらいに、生身の人間では翻訳不可能ではないかと思うことがよくあります。そうは言っても、『アーダ』の翻訳をやることが自分の務めですので、沼野さんの『賜物』がこうやって実現したその次は、いよいよ『アーダ』の番がまわってきたと覚悟して頑張ってみます。沼野さんの今回の翻訳は本当に意義深い翻訳で、これからも、ナボコフのロシア語時代の作品をロシア語の原書から訳した新訳がどんどん出ればいいなと思います。沼野さん、今日はどうもありがとうございました。

■ことばと現実のパズル

ガソリン飲み場《ガソリンスタンド》[2]の色鮮やかにペンキを塗られた給油ポンプの向こうでは、ラジオが歌っていた。そしてスタンドの建物の屋根には縦に並んだ黄色い文字がくっきりと空の青を背景に浮かび上がっていた。その文字は自動車会社の名前で、二番目の文字の「A」の上に生きている黒歌鳥《ドロースト》が止まっていた(最初の文字の「D」の上でないのが残念だ。頭文字の飾り模様になっていただろうに[3])。真っ黒なのに嘴だけが——経費節減のためか——黄色いその鳥は、ラジオよりも大きな声で歌っていた。(J273)

За ярко раскрашенными насосами, на бензинопое пело радио, а над крышей его павильона выделялись на голубизне неба желтые буквы стойком — название автомобильной фирмы, — причем на второй букве, на “А” (а жаль, что не на первой, на “Д”, — получилась бы заставка) сидел живой дрозд, черный, с желтым — из экономии — клювом, и пел громче, чем радио. (R355)

Behind the brightly painted pumps a radio was singing in a gas station, while above its pavilion vertical yellow letters stood against the light blue of the sky — the name of a car firm — and on the second letter, on the “*E*” (a pity that it was not on the first, on the “*B*” — would have made an alphabetic vignette) sat a live blackbird, with a yellow — for economy’s sake — beak, singing louder than the radio. (E174)

---

2. бензинопой は明らかにナボコフの新造語。водопой「水飲み場」にならって作られているので、「ガソリン飲み場」である。Google を検索しても数件出てくるだけで、ナボコフ以前の用例はない。かなり奇抜な造語。英訳ではおとなしく gas station となっている。
3. 自動車会社名は DAIMLER(ダイムラー)であろう。ただし、1926 年ベンツと合併しているので、ダイムラー＝ベンツになっている(Daimler-Benz)。クロウタドリ(ツグミの一種)はロシア語で「ドロースト」дрозд といい、その頭文字は Д (D)なので、もしもこの鳥が最初の文字の上に止まっていたら、D という最初の文字の飾りになっていただろう、ということ。面白いのは、英訳ではダイムラーをベンツ Benz に、ドローストをクロウタドリの英語名 blackbird に切り替えて、まったく同じ遊びを実現させているということだ。偶然とはいえ、言葉遊びが奇跡的にうまく翻訳されたケース。

■現実のディテールから「別世界」へ

(……)ベルリンの西部、タンネンベルク通り七番地にある家の前に家具運搬用のトレーラーが止まった。とても長く、とても黄色いトレーラーで、それにつながれていたのもやはり黄色い牽引車《トラクター》で、その後輪は肥大し、内部をあられもなくむき出しにしていた。トレーラーの額には星の形の換気口が見え、そのわき腹全体には運送会社の名前が、高さ一アルシン(割注約 71 センチ)もありそうなばかでかい青い文字で書かれていた。そして、それらの文字の一つ一つに(四角いピリオドも含めて)黒いペンキで左側から影がつけられていたのだが、これは一階級上の次元にもぐりこうとする不正直な試みというべきものだろう。(第 1 章冒頭、J7–8)

…у дома номер семь по Танненбергской улице, в западной части Берлина, остановился мебельный фургон, очень длинный и очень желтый, запряженный желтым же трактором с гипертрофией задних колес и более чем откровенной анатомией. На лбу у фургона виднелась звезда вентилятора, а по всему его боку шло название перевозчичьей фирмы синими аршинными литерами, каждая из коих (включая и квадратную точку) была слева оттенена черной краской: недобросовестная попытка пролезть в следующее по классу измерение. (R191. 英訳の対応箇所は E3)

図版 2　Dieter Zimmer, *Nabokovs Berlin*, Berlin: Nicolaische Verlagsbuchhandlung, 2001 より

る紳士の顔を覗き込もうとするのですが、ふと我に返って踵を返し、まるで流れ込むように急いで店に入っていくと、母はまったく変哲もないファーバー社の緑色の鉛筆一本に対して十ルーブリも支払ったところで、その買い物を店員が二人がかりで大事そうに茶色い紙にくるんでワシーリイに渡すと、今度はワシーリイが母の後についてそれを馬橇まで運んでいき、気がつくと馬橇はもうあれこれの通りを次々と駆け抜けてわが家を目指し、やがてわが家が馬橇の前に近づいてくる。でもここでぼくの透視の水晶のように透き通った流れは断ち切られてしまった——イヴォナ・イワーノヴナがクルトン入りのブイヨンをカップに入れて持ってきてくれたからだ。ぼくはとても衰弱していて、ベッドで身を起こすのにも彼女に助けてもらわなければならない。彼女は枕を拳骨でどんと叩くと、生き物のような毛布を横切るように、小人のような足のついたベッド用の小さなテーブルをぼくの前に置いた（その南西の角にある郡は、大昔からべとべとしていた）。（第１章より、J38–39）

Выездной Василий соскальзывает с запяток, одновременно отстегивая медвежью полость, и моя мать быстро идет к магазину, название и выставку которого я не успеваю рассмотреть, так как в это мгновение проходит и окликает ее (но она уже скрылась) мой дядя, а ее брат, и на протяжении нескольких шагов я невольно сопутствую ему, стараясь вглядеться в лицо господина, с которым он удаляясь беседует, но спохватившись, я поворачиваю обратно и поспешно втекаю в магазин, где мать уже платит десять рублей за совершенно обыкновеннный, зеленый фаберовский карандаш, который бережно заворачивается в коричневую бумагу двумя приказчиками и передается Василью, вот уже несущему его за моей матерью в сани, вот уже мчащиеся по таким-то и таким-то улицам назад к нашему дому, вот уже приближающемуся к ним; но тут хрустальное течение моего ясновидения прервалось тем, что Ивонна Ивановна принесла мне чашку бульона с гренками: я так был слаб, что мне понадобилась ее помощь, чтобы присесть на постели, она дала тумака подушке и установила передо мной поперек живого одеяла постельный столик на карликовых ножках (с извечно липким уездом у юго-западного угла). （R209–210. 英訳の対応箇所は、E23）

『賜物』の文体の過剰な豊かさについて
2010 年 5 月 15 日　日本ナボコフ協会大会　トーク用資料

※『賜物』からの引用の出典
R：ロシア語版 シンポジウム社版ロシア語時代著作集、第 4 巻、2000 年。
E：英訳 Vintage 版、1991 年。
J：日本語訳 河出書房新社(池澤夏樹編世界文学全集)、沼野充義訳、2010 年。

沼野充義

■分詞構文を駆使し、曲芸的に長く続いていく文章

図版 1　ロシアの馬車、左端が「従者台」(zapiatki)

さあ、橇が止まりました。お供のワシーリイが従者台[1]から滑りおりると同時に、熊皮の膝掛けを母の膝からはずすと、母は足早に店に向かいます。店の名前も陳列してある小品も私は見分けることができません、というのもこの瞬間に私の伯父さん、つまり母の兄が通りかかって母に声をかけたからで(しかし母はこのときもう店に入って姿を消していました)、私は何歩か思わずついて行き、伯父さんが遠ざかりながらいっしょに話をしてい

1. 「従者台」は、貴賓用の馬車の後背部に設けられた立ち席。従者や身分の低いものがここに乗った。御者台ではない(ワシーリイは御者ではない)ことに注意。

編者あとがき

若島　正
沼野充義

本書は、三浦笙子の序文にもあるように、二〇一〇年三月に京都で行われた国際ナボコフ学会での研究発表二十八篇（英語およびロシア語）を集めた報告集、*Revising Nabokov Revising: The Proceedings of the International Nabokov Conference in Kyoto* をもとにして、再編集したものである。海外研究者の論文二十篇からは、七篇を精選して翻訳した。国内研究者の論文八篇はすべて収録した（ただし、新しく書き直された論文もある）。さらに、川端香男里、富士川義之、加藤光也、諫早勇一、佐藤亜紀の五氏には、この論集のために新たに論考をご寄稿いただいた。以上の二十篇に加えて、編者二人による対談を付した。つまり本論集は、*Revising Nabokov Revising* をわたしたちなりに「改訂」した結果の産物であり、終わりのないナボコフの読みなおしに貢献できるものになることを願っている。

ここで、各章の内容を簡単にまとめておこう。第1章は、「魅惑された狩人たち」というタイトルが示すように、『ロリータ』を扱った論文を集めた。冒頭を飾るのは、フランスのプレイヤード版ナボコフ集を監修し、『ロリータ』に膨大な注釈を付けたモーリス・クチュリエによる論文で、

『ロリータ』の創作カードの調査をもとにして、この代表作がどのように書かれたのか、その舞台裏をのぞかせてくれる。秋草俊一郎は、リチャード・ローティの名論考「カスビームの床屋」を出発点にして、そのエピソードの意外な再読を試みている。ある意味でローティの論考と軌を一にするエレン・パイファーの論文は、『記憶よ、語れ』が『ロリータ』につながる秘密の通路を持っていることを論証して興味が尽きない。メドロック皆尾麻弥は、『ロリータ』における水のテーマ、さらには涙のテーマを扱って意表を衝く。そして若島正は、『ロリータ』が出版当時にスキャンダルを巻き起こした、その背景を英国大衆小説史とからめて考察する。

短篇「ヴェイン姉妹」には、世界という眼窩の中で転がる「巨大な一個の眼球」という忘れがたい一節がある。また、エッセイ「良き読者と良き作家」で述べている有名な再読論で、ナボコフは目で全体をつかみながら細部を楽しむという絵画の鑑賞に再読という体験を喩えている。そこで、「巨大な眼球」と題した第2章では、『ロリータ』以外の作品を再読する論文を集めた。加藤光也は、短篇「クリスマス」を翻訳し、さらに改訳した経験を通して、この短篇を読みなおす。柿沼伸明は、ナボコフが『エヴゲニー・オネーギン』の翻訳・注釈を試みた過程で、注釈小説『青白い炎』を構想する手がかりをどのようにつかんだのか推理する。若手ナボコフ研究者として注目を集めているリーランド・ド・ラ・デュランタイは、『ベンドシニスター』の結末の再考察を通じて、作品世界の中に不意に出現する創造主としての作者が、作品世界に対していかなる姿勢を取っているかという問題を考える。かねてから『透明な対象』に強い関心を寄せている中田晶子は、この小説の隠れたサブテクストを掘り起こす。この章の最後に置かれた、大御所マイケル・

ウッドの論文は、『セバスチャン・ナイトの真実の生涯』がなぜわたしたち読者を巻き込むだけの力を持っているのかを説いて、余韻にあふれている。

短篇の題名から章題を取った第3章「未踏の地」には、将来のナボコフ研究の新領域を開拓する論文が集まった。富士川義之が紹介するアダム・サールウェルの奇作『ミス・ハーバート』は、「書きなおし」の問題に直結する「翻訳」というテーマを果てしなく繰り返した書物であり、この論集で取り上げられたことは意義深い。スーザン・エリザベス・スウィーニーの論文は、終わりのない改訂という、国際学会のテーマに真正面から取り組んだ本格的なものであり、ナボコフ作品における未完成と完成という興味深い問題へとわたしたちを誘う。佐藤亜紀は、いかにも実作者らしい感性と鍛えた論理で、ナボコフ作品の表層の下からふとした瞬間に姿を見せる、暴力的なもの、不穏なもの、生々しいものに目を向ける。杉本一直は、ナボコフの初期作品から見られる、「オルフェウス物語」と著者が名付けた物語パターンに属する作品群の系譜をたどり、それを『ロリータ』まで延長してみせる。世界のナボコフ研究を先導する一人ブライアン・ボイドは、『アーダ』を実例として分析しながら、心理学の最新成果を取り込んだナボコフ研究という、従来にはない領域へ大胆に踏み込んでいく。

最終章「ロシアへの鍵」は、川端香男里による、ロシア文学史から見たナボコフの位置づけで幕を開ける。ここで全体の見取り図を得ておくことは、もしナボコフがロシア詩人として大成していたら、という幻のナボコフ詩学を探るマリヤ・マリコヴァの論文を読むのに有益だろう。諫早勇一は、ナボコフのロシアからの脱出がどうであったか、そしてナボコフはそれを作品の中でどのように脚色し、虚構化していったかを、手堅く論証する。小西昌隆の論考は、ナボコフの作品が無限やパラドックスといった同時代の数学的・論理学的関心といかに共振しているかを示す、意欲的な論考である。そして最後に沼野充義は、『賜物』の翻訳体験で実感したナボコフの文体の豊穣さを、ロシア語・英語・日本語が交わる場での実践として提示する。

多言語にまたがり、終わりのない改訂を繰り返したナボコフという対象を反映してか、本書の編集作業は錯綜をきわめた。たとえば、どの版を底本にするかということだけでも、各執筆者によって姿勢はさまざまである。そこで、本書では呼称一覧表のところで基本となる底本を明示しつつ、それぞれの論文でそれ以外の底本を用いている場合には、それを論文の末尾に付けた引用文献のところに挙げるという方針にした。また、邦訳の引用についても、各執筆者および翻訳者の判断に従って、過去に出版された邦訳を参照しつつ、それをそのまま引用した場合もあれば、手を加えたり訳しなおした場合もあることをお断りしておく。文献の記載法一つにしたところで、英語とロシア語では習慣が違い、これを日本語の書物の中で統一することは至難の技だろう。英語の部分では若島が、そしてロシア語の部分では沼野が責任を持って全体を監修したが、それでもまだ細部に不統一が残っていることは、ナボコフに取り込む困難さの証しであるとご容赦いただきたい。そもそも、日本ナボコフ協会では常に、英語とロシア語の専門家が自由に議論し、互いに刺激を与え合ってきたので、その種の不統一は多言語的実践の場にとってむしろ歓迎すべき多様性ではないかとも思われる。

言うまでもなく、こうした作業は編者の手に余るものであり、大勢の方々の協力なしには不可能だった。とりわけ、三浦笙子、中田晶子のお二人には、国際学会の開催に始まり、報告書の刊行、さらには本書の準備段階から完成にいたるまで、フルに稼動していただいた。ここに特に記して感謝したい。また、小西昌隆、メドロック皆尾麻弥、秋草俊一郎、後藤篤の四氏には、付録の作成や、気の遠くなるような細かい調整をお手伝いいただいた。どうもありがとう。そして、最後になってしまったが、本書の編集作業が最終段階に入ったときに、『ベンドシニスター』の結末さながらに、猛然たるダッシュでわたしたちを追い込んでくれた、研究社の金子靖氏にも深く感謝。それがなければ、本書はいつまでも改訂を繰り返したまま、ひとまずの完成にたどりつくことはなかったはずだ。

「ウラジーミル・ナボコフ　年譜」(343ページ)、「ウラジーミル・ナボコフ　主要著作リスト」(336ページ)は、ナボコフ『賜物』(沼野充義訳、河出書房新社)に収録のものを基に編纂した。

編者・執筆者・翻訳者一覧

編　者

若島　正（わかしま　ただし）

1952年生まれ。京都大学大学院文学研究科教授。著書に『乱視読者の英米短篇講義』『乱視読者の新冒険』（研究社）、『乱視読者の帰還』（みすず書房、2001年）、『ロリータ、ロリータ、ロリータ』（作品社）、『殺しの時間　乱視読者のミステリ散歩』（バジリコ）など、訳書にウラジーミル・ナボコフ『ロリータ』（新潮文庫）、『ローラのオリジナル』（作品社）、『ディフェンス』（河出書房新社）、『透明な対象』（共訳、国書刊行会）『ナボコフ短篇全集Ｉ・II』（共訳、作品社）など。

沼野　充義（ぬまの　みつよし）

1954年生まれ。東京大学大学院人文社会系研究科教授。著書に『徹夜の塊　亡命文学論』『徹夜の塊　ユートピア文学論』（作品社）、『屋根の上のバイリンガル』（白水社）、『W文学の世紀へ』（五柳書院）、『ユートピアへの手紙』（河出書房新社）など、編著に『東欧怪談集』（河出文庫）など、訳書にナボコフ『賜物』（河出書房新社）、『ナボコフ短篇全集Ｉ・II』（共訳、作品社）、『新訳チェーホフ短篇集』（集英社）、レム『ソラリス』（国書刊行会）、シンボルスカ『終りと始まり』（未知谷）など。

執筆者・翻訳者

ブライアン・ボイド（Brian Boyd）

オークランド大学特別教授。著書に *Nabokov's Ada: The Place of Consciousness*（1985, 2001）, *Vladimir Nabokov: The Russian Years*（1990）[邦訳『ナボコフ伝――ロシア時代』上・下（みすず書房）], *Vladimir Nabokov: The American Years*（1991）, *Nabokov's Pale Fire: The Magic of Artistic Discovery*（1999）

板倉　厳一郎（いたくら　げんいちろう）

1971年生まれ。中京大学国際教養学部准教授。著書に『魔術師の遍歴――

ジョン・ファウルズを読む』(松柏社)、『映画でわかるイギリス文化入門』(松柏社、共著)、『Sea for Encounters』(Rodopi、共著) など、訳書に『ベータ2のバラッド』(共訳、国書刊行会)、『ウィルキー・コリンズ傑作選2巻』(共訳、臨川書店) など。

モーリス・クチュリエ (Maurice Couturier)

ニース大学名誉教授。著書に *Textual Communication: A Print-Based Theory of the Novel* (1991), *La figure de l'auteur* (1998), *Nabokov ou la tyrannie de l'auteur* (1999), *Nabokov ou la cruauté du désir* (2004). ナボコフとデヴィッド・ロッジのフランス語訳多数。ガリマール出版社プレイヤード叢書から刊行されているナボコフ全集の編者を務める。

樋口　友乃 (ひぐち　ともの)

徳島大学大学院ソシオ・アーツ・アンド・サイエンス研究部准教授。共著に『アメリカ文学における階級―格差社会の本質を問う―』(英宝社)、主要論文に「ヴラジーミル・ナボコフの『フィアルタの春』―母語と翻訳―」(『中国四国英文学研究』2号) など。

リーランド・ド・ラ・デュランタイ (Leland de la Durantaye)

ハーヴァード大学准教授。著書に *Style Is Matter: The Moral Art of Vladimir Nabokov* (2007), *Giorgio Agamben: A Critical Introduction* (2009)。

森　慎一郎 (もり　しんいちろう)

1972年生まれ。京都大学大学院文学研究科准教授。訳書にフィッツジェラルド『夜はやさし』(ホーム社)、アラスター・グレイ『ラナーク―四巻からなる伝記』(国書刊行会)。

マリア・エマヌイーロヴナ・マリコヴァ (Марикова Мария Эммануиловна)

ロシア科学アカデミー付属ロシア文学研究所上級研究員。著書に Набоков: Авто-био-графия (2002). シンポジウム版『ロシア時代著作集』(1999-2000)、新ビブリオテーカ・ポエータ版のナボコフ詩集の編纂者。近年ではNEP時代のソヴィエト文学を研究している。

寒河江　光徳 (さがえ　みつのり)

1969年生まれ。創価大学文学部専任講師。主要論文に「『構成の原理』

（ポー）から読むバリモントの『雨』」（『ロシア語ロシア文学研究』37号）、「V. シーリンの詩編における回転と移動のモチーフ . 2種類の視覚的記憶の問題」（『Krug』（New Series）3号）など。

エレン・パイファー　(Ellen Pifer)
デラウェア大学教授。著書に *Nabokov and the Novel*（1980）, *Saul Bellow Against the Grain*（1990）, *Demon or Doll: Images of the Child in Contemporary Writing and Culture*（2000）がある。1998年から2000年まで国際ナボコフ学会の会長を務める。

的場　いづみ　（まとば　いづみ）
広島大学大学院総合科学研究科准教授。共著『知の根源を問う』（培風館）、『楽しく読めるアメリカ文学』（ミネルヴァ書房）。ナボコフに関する論文に「ノイズとしてのアメリカ―『ロリータ』と『プニン』」（『英語青年』145巻8号）など。

スーザン・エリザベス・スウィーニー（Susan Elizabeth Sweeney）
ホーリー・クロス大学准教授。共著に *Anxious Power: Reading, Writing, and Ambivalence in Narrative by Women*（1993）, *Detecting Texts: The Metaphysical Detective Story from Poe to Postmodernism*（1999）など。NABOKV-Lの共編者であり、国際ナボコフ学会現会長。

後藤　篤（ごとう　あつし）
1985年生まれ。大阪大学大学院言語文化研究科博士後期課程在学中。論文に「反響する声と監視者の亡霊――Nabokov作品における『良き読者のジレンマ』をめぐって」（『Krug』（New Series）3号）など。

マイケル・ウッド（Michael Wood）
プリンストン大学英文学・比較文学教授。著書に *The Magician's Doubts: Nabokov & the Risks of Fiction*（1994）, *Children of Silence: on Contemporary Fiction*（1998）, *The Road to Delphi: the Life and Afterlife of Oracles*（2003）, *Literature and the Taste of Knowledge*（2005）など。

丸山　美知代（まるやま　みちよ）
立命館大学文学部教授。論文は「凸面鏡の中の自画像―― Nabokovの *Pnin*

における語りのメタファーとしての絵画」（『立命館文学』602号）、「*Invitation to a Beheading* におけるインターテクスチュアル『アリス』」（『立命館文学』620号）など、訳書に『ルーダンの悪魔』（人文書院）、『知られざるオリーヴ・シュライナー』（晶文社）など。

秋草　俊一郎（あきくさ　しゅんいちろう）

1979年生まれ。日本学術振興会特別研究員（PD）。著書に『ナボコフ　訳すのは「私」――自己翻訳がひらくテクスト』（東京大学出版会）、共著に『21世紀ドストエフスキーがやってくる』（集英社）、共訳書にデイヴィッド・ダムロッシュ『世界文学とは何か？』（国書刊行会）がある。

諫早　勇一（いさはや　ゆういち）

1948年生まれ。同志社大学言語文化教育研究センター教授。主な論文には「都市の見取り図　ナボコフのベルリン」（『言語文化』6巻4号）など、訳書にブライアン・ボイド『ナボコフ伝　ロシア時代』上・下（みすず書房）、共訳書には『ウラジーミル・ナボコフ短篇全集I・II』（作品社）など。

柿沼　伸明（かきぬま・のぶあき）

1967年生まれ。神戸松蔭女子学院大学准教授。主要論文に「ナボコフの『来世観』」（露語『ロシア文芸学誌』11号）、「A. ベールイの『コーチク・レターエフ』、世界認識法への言語の影響」（露語『アンドレイ・ベールイ。刊行物。研究』）。共訳書に中村健之介監修『宣教師ニコライの全日記』（教文館、4–5巻）。

加藤　光也（かとう　みつや）

1948年生まれ。駒澤大学文学部教授。編著に『世界の文学』（放送大学教育振興会）、論文に「イェイツの二つの詩」（『栴檀の光』金星堂、所有）など、訳書にウラジーミル・ナボコフ『ベンドシニスター』（みすず書房）、『ロシアに届かなかった手紙』（集英社）、アンジェラ・カーター『夜ごとのサーカス』（国書刊行会）など。日本ナボコフ協会会長。

川端　香男里（かわばた　かおり）

1933年生まれ。東京大学名誉教授。著書に『ユートピアの幻想』（講談社）、『ロシア――その民族と心』（講談社）、『薔薇と十字架――ロシア文学

の世界』（青土社）、『ロシア文学史』（岩波書店）など、訳書にザミャーチン『われら』（岩波文庫）、ベールイ『ペテルブルグ』（講談社文芸文庫）、バフチーン『フランソワ・ラブレーの作品と中世・ルネサンスの民衆文化』（せりか書房）など。日本ナボコフ協会元会長。

小西　昌隆（こにし　まさたか）

1972年生まれ。東京学芸大非常勤講師。著書に柳冨子編『ロシア文化の森へ　第二集』（ナダ出版センター）、伊東一郎・宮澤淳一編『文化の透視法』（南雲堂フェニックス）。

佐藤　亜紀（さとう　あき）

1962年生まれ。作家。著書に『バルタザールの遍歴』（文芸春秋社）、『天使』（文藝春秋社）、『小説のストラテジー』（青土社）など。

杉本　一直（すぎもと　かずなお）

1960年生まれ。愛知淑徳大学交流文化学部教授。著書に『はじめて学ぶロシア文学史』（共著、ミネルヴァ書房）、『文化の透視法』（共著、南雲堂）など、訳書にウラジーミル・ナボコフ『ナボコフ短編全集 II』（共訳、作品社）、ナボコフに関する論文に「創作する語り手—— V. ナボコフの『バッハマン』をめぐって」（『ロシア語ロシア文学研究』22号）など。

中田　晶子（なかた　あきこ）

南山大学短期大学部教授。共著書に *Ivy Never Sere* (Otowa-Shobo Tsurumi-Shoten)、『「ナボコフ訳注『エヴゲーニイ・オネーギン』」注解』（京都大学大学院文学研究科）、論文に「死と隠蔽—*Transparent Things* を中心に」（『英語青年』145巻8号）、“A Failed Reader Redeemed: ‘Spring in Fialta’ and *The Real Life of Sebastian Knight*” (*Nabokov Studies* 11) など、共訳書にウラジーミル・ナボコフ『透明な対象』（国書刊行会）。

富士川　義之（ふじかわ　よしゆき）

1938年生まれ。東京大学名誉教授。著書に『風景の詩学』（白水社）、『英国の世紀末』（新書館）。訳書にナボコフ『セバスチャン・ナイトの真実の生涯』（講談社文芸文庫）、『青白い炎』（ちくま文庫）、ペイター『ルネサンス』（白水社）、『ブラウニング詩集』（岩波文庫）など。日本ナボコフ協会元会長。

三浦 笙子（みうら しょうこ）

1946年生まれ。東京海洋大学名誉教授。著書に *The Rise of the Trickster in Melville and Ellison*（秋田出版）。共著書に『エドガー・アラン・ポーの世紀』（研究社）、『「ナボコフ訳注『エヴゲーニイ・オネーギン』」注解』（京都大学大学院文学研究科）など、論文に“A Door into the Otherworld: Nabokov's Self-recovery in 'The Assistant Producer'”（『アメリカ文学研究』38号）など。日本ナボコフ協会前会長。

メドロック皆尾麻弥（Medlock みなお まや）

1977年生まれ。山口大学人文学部講師。著書に『「ナボコフ訳注『エヴゲーニイ・オネーギン』」注解』（共著）。主要な論文に、「ナボコフのベンチを訪ねて」（『英文学研究』82巻）、“In Search of a Mail Box — Letters in *The Gift*”（Nabokov Online Journal 2007）などがある。

日本ナボコフ協会（The Nabokov Society of Japan）
http://vnjapan.org/main/index.html

索引入力・作成　大浦早苗
調査・照合　杉山まどか・高見沢紀子
対談原稿作成　宮島龍祐

ウラジーミル・ナボコフ作品　索引

※ウラジーミル・ナボコフの作品をアイウエオ順に記した。
※ナボコフ作品の邦題は、原題の日本語訳／訳題の日本語訳の順に記した。
※それに応じて、英語の原つづりと、ロシア語（キリル文字）の原つづりを、必要に応じて併記した。
※ほかの人名や作品などについては、「人名・作品　索引」（355ページ）を参照。

▶ア行
『アーダ』 *Ada or Ardor: A Family Chronicle*　25–26, 109, 174, 179–82, 204, 218, 227, 231, 314, 318–20, 327
『青白い炎』 *Pale Fire*　93–94, 96, 104–105, 110, 117, 123, 125, 174, 177, 179–80, 198, 326
「ある日没の細部」→「惨劇」
『暗箱』／『暗闇の中の笑い』 Камера Обскура / *Laughter in the Dark*　173
『偉業』／『栄光』 Подвиг / *Glory*　265, 267–68
「ヴァシーリー・シシコフ」 Василий Шишков / "Vasilij Shishkov"　248–51, 253, 256
「ヴェイン姉妹」 "The Vane Sisters"　125, 129–30, 326
『エヴゲニー・オネーギン』翻訳と注釈→「人名・作品索引」のプーシキンの項目の『エヴゲニー・オネーギン』参照
「王様」／「レオナルド」 Королек / "The Leonardo"　186, 188, 200
『オネーギン』→『エヴゲニー・オネーギン』

▶カ行
『確証──回想記』 *Conclusive Evidence: A Memoir*　i, 52, 163, 168, 172, 248
「かつてアレッポで……」 "That in Aleppo Once…"　85, 208
『記憶よ、語れ──回想記』→『確証──回想記』
『記憶よ、語れ──自伝再訪』 *Speak, Memory: An Autobiography Revisited*　42–44, 46, 125, 163, 168, 173–75, 181, 189, 221, 262, 326
「記号と象徴」 "Signs and Symbols"　128
「北の果ての国」 Ultima thule / "Ultima Thule"　198, 205, 207, 211–12, 271
『強硬な意見』 *Strong Opinions*　6
「偶然」／「偶然の問題」 Случайность / "A Matter of Chance"　266
「クリスマス」 Рождество / "Christmas"　85–86, 92, 326
『九つの物語』 *Nine Stories*　163
「孤独な王」 Solus Rex / "Solus Rex"　198

▶サ行
「惨劇」／「ある日没の細部」 Катастрофа / "Details of a Sunset"　85
『詩集』 Стихи　248

『詩集一九二九－五一年』 Стихотворения 1929–1951　257
「詩人たち」 Поэты / “The Poets” 248, 250–51, 253–56
『詩とチェスプロブレム』 *Poems and Problems*　248
『処刑への招待』／『断頭台への招待』 Приглашение на казнь / *Invitation to a Beheading*　175, 180, 182, 278
『絶望』 Отчаяние / *Despair*　123, 173, 174, 180
『セバスチャン・ナイトの真実の生涯』 *The Real Life of Sebastian Knight* 109, 123, 133–34, 137, 144, 148, 163, 176, 268, 326

▶タ行
『賜物』 Дар / *The Gift*　54, 183, 216, 230, 239, 267–68, 271, 274–75, 277–78, 281–85, 290, 292–93, 297–304, 307–09, 311–12, 314–20
『断頭台への招待』→『処刑への招待』
「チョールブの帰還」 Возвращение Чорба / “The Return of Chorb”　203, 207
『ディフェンス』→『ルージン・ディフェンス』
『道化師をごらん！』 *Look at the Harlequins!*　174, 178, 181, 268
『透明な対象』 *Transparent Things*　16, 120, 124–30, 178, 326
『独裁者殺し、およびその他の短篇』 *Tyrants Destroyed and Other Stories* 248

▶ナ行
『ナボコフ短篇全集』 *The Stories of Vladimir Nabokov*　163

▶ハ行
「パリの詩」 Парижская поэма / “The Paris Poem”　257
「美人」／「ロシア美人」 Красавица / “A Russian Beauty”　266
「フィアルタの春」 Весна в Фиальте / “Spring in Fialta”　120, 210
「復活祭の雨」 Пасхальный дождь / “Easter Rain”　162
『プニン』 *Pnin*　123, 266
『ベンドシニスター』 *Bend Sinister* 86, 91–92, 110–13, 116–18, 175, 179, 182, 198, 200, 273, 277, 326, 329
「ホダセヴィチについて」 О Ходасевиче / “On Hodasevich”　253

▶マ行
『マーシェンカ』／『メアリー』 Машенька / *Mary*　103, 212, 262, 265
「マドモワゼル・O」 “Mademoiselle O”　155–58, 162–63, 165–66, 169, 172
『魔法使い』／『魅惑者』 Волшебник / *The Enchanter*　25
『向こう岸』 Другие берега　163, 262
『密偵』／『目』 Соглядатай / *The Eye* 125
『目』→『密偵』

▶ヤ行
『ヨーロッパ文学講義』 *Lectures on Literature*　183
「良き読者と良き作家」 “Good Readers and Good Writers”　326
「呼び鈴」 Звонок / “The Doorbell” 266

▶ラ行
「リーク」 Лик / “Lik”　85
『ルージン・ディフェンス』／『ディフェンス』 Защита Лужина / *The Defense*　123, 189, 194, 196, 278, 301
「レオナルド」→「王様」
『ローラのオリジナル』 *The Original of Laura*　144, 172–73, 175, 183
「ロシアの作家、検閲官、読者」 “Russain Writers, Censors, and Readers”　238
「ロシア美人」→「美人」
『ロシア文学講義』 *Lectures on Russian Literature*　238, 242
『ロリータ』 *Lolita* / Лолита　ii, 5–6, 10–11, 14–15, 17–18, 20–21, 23, 25, 29–30, 33–35, 38–39, 42–45, 49, 51, 54, 56, 65–67, 70–73, 78, 80, 109, 123, 173, 175, 177, 179, 181, 204, 209–10, 238, 297, 316–18, 325–27
「『ロリータ』と題する書物について」 “On a Book Entitled *Lolita*”　10, 30, 173

▶ワ行
「忘れられた詩人」 “A Forgotten Poet”　257

人名・作品　索引

※英語の原つづりだけでなく、フランス語、ドイツ語、スペイン語、そしてロシア語（キリル文字）の原つづりを、必要に応じて併記した。
※ウラジーミル・ナボコフの作品については、「ウラジーミル・ナボコフ作品索引」（358 ページ）を参照。

▶ア行

アイアンズ、ジェレミー　Jeremy Irons　135
アウグスティヌス　Augustine　116
アクィナス、トマス　Thomas Aquinas　116
アダモヴィチ、ゲオルギー　Георгий Адамович　248–57
　『錨』　Якорь　250
『アトランティック・マンスリー』誌　*Atlantic Monthly*　163, 166
アフマートヴァ、アンナ　Анна Ахматова　243
アペル・ジュニア、アルフレッド　Alfred Appel Jr.　5–6, 14, 22, 24, 29, 66–67, 174
　『詳註ロリータ』　*The Annotated Lolita*　29, 173
　『ナボコフの暗黒映画』　*Nabokov's Dark Cinema*　66–67
アポリネール、ギヨーム　Guillaume Apollinaire　18
『アメリカン・ガール』誌　*American Girl*　9
アリストテレス　Aristotle　116, 146–48
　『詩学』　*Peri Poetica*　146
アルダーノフ、マルク　Марк Алданов　249
アレクサンドル三世　Александр III　241
アレクサンドロフ、ウラジーミル　Vladimir E. Alexandrov　29
　『ナボコフの異界』　*Nabokov's Otherworld*　29
イェーツ、W・B　W. B. Yeats　144
ウィルソン、エドマンド　Edmund Wilson　197
ヴェイン、ローランド　Roland Vane　72
　『ニューオーリンズの白人奴隷』　*White Slaves of New Orleans*　72
　『白人奴隷の闇市』　*White Slave Racket*　72
ウエイドレ、ウラジーミル　Владимир Вейдле　241–42
　『ロシア文化の運命』*La Russie absente et présente*　241
ウェスト、W・J　W. J. West　74–76
　『グレアム・グリーン探求』　*The Quest for Graham Greene*　74–76
ウェルギリウス　Virgil　14
ウォー、イヴリン　Evelyn Waugh　196
ウォード、ヒルダ　Hilda Ward　163
ヴォルテール　Voltaire　22
ウッセー、アンリ　Henry Houssaye

15–16
『プランタン』 *Printemps*　17
『ロランス』 *Laurence*　16
『ロリータ』 *Lolita*　15
ヴランゲリ、ピョートル　Петр Врангель　263, 267
エセーニン、セルゲイ　Сергей Есенин　243
エリオット、T・S　T. S. Eliot　14, 63
「嘆く少女」(涙にくれる娘) “La Figlia che Piange”　63
エリス、ハヴロック　Henry Havelock Ellis　215
エレンブルグ、イリヤ　Илья Эренбург　246
『人間、歳月、生活』 Люди, годы, жизнь　246
オースター、ポール　Paul Auster　144, 150
『闇の中の男』 *Man in the Dark*　150

▶カ行
カーター、J・L・J　J. L. J. Carter　21
『ニンフェット』 *Nymphet*　21
カウフマン、スタンレー　Stanley Kauffmann　67–68
『女たらし』 *The Philanderer*　67–68
カサノヴァ　Casanova　18
『回顧録』 *Memoirs*　18
『数』誌　Число　249
カフカ、フランツ　Franz Kafka　157, 161, 283
カントル、ゲオルク　Georg Cantor　250, 271–72
カントル、M・L　M. Л. Кантор　250
『錨』 Якорь　250
キーツ、ジョン　John Keats　14
クッツェー、J・M　J. M. Coetzee　144, 149–50
『夷狄を待ちながら』 *Waiting for the Barbarians*　149
『悪い年の日誌』 *Diary of a Bad Year*　149
クプリーン、アレクサンドル　Александр Куприн　243
グラント、アンブローズ　Ambrose Grant　74, 76
『女の武器』 *More Deadly Than the Male*　74, 76
グリーン、グレアム　Graham Greene　65–66, 73–80
「アイ・スパイ」 “I Spy”　77
『第三の男』 *The Third Man*　78
『ブライトン・ロック』 *Brighton Rock*　78
グリボエードフ、アレクサンドル　Александр Грибоедов　98
『知恵の悲しみ』 Горе от ума　98
クレイス、ジョン　John Crace　172
グレイソン、ジェーン　Jane Grayson　264
グレリンク、クルト　Kurt Grelling　271–72
グロンスキー、ニコライ　Николай Гронский　252–53
「ベラドンナ」 Белладонна　253
クンデラ、ミラン　Milan Kundera　283
ケイン、ジェイムズ・M　James M. Cain　69, 75
ゲーテ、ヨハン・ヴォルフガング・フォン　Johann Wolfgang von Goethe　18
『若きウェルテルの悩み』 *Die Leiden des jungen Werthers*　18
ゲコスキー、リック　Rick Gekoski　66
『トールキンのガウン』 *Tolkien’s Gown*　66

『現代雑記』誌　Современные записки 245, 248, 250, 253
『源氏物語』　105
『高慢と偏見』（ジェーン・オースティン）　*Pride and Prejudice* (Jane Austen)　146
コーツ、ジェニファー　Jennifer Coates 18
ゴードン、ジョン　John Gordon　65, 67
ゴーリキー、マクシム　Максим Горький　243
コールリッジ、サミュエル・テイラー Samuel Taylor Coleridge　118
コナン・ドイル、アーサー　Arthur Conan Doyle　122–24
　「空き家の冒険」　"The Adventure of the Empty House"　123
　『シャーロック・ホームズの生還』 *The Return of Sherlock Holmes* 124
　『心霊学の歴史』　*The History of Spiritualism*　124
ゴルバチョフ、ミハイル　Михаил Горбачев　238
『今昔物語』　105
コンネル、ヴィヴィアン　Vivian Connell　67–68
　『クインズの九月』　*September in Quinze*　67–68

▶サ行
『サーチライト・ホームメイキング・ガイド』　*Searchlight Homemaking Guide*　7
サーバー、ジェイムズ　James Thurber 75
サールウェル、アダム　Adam Thirlwell 155–58, 160–64, 167–69, 327
　『ミス・ハーバート』　*Miss Herbert* 155–56, 161, 163, 169, 327
ザイツェフ、ボリス　Борис Зайцев 243
ザミャーチン、エヴゲニー　Евгений Замятин　244
シェイクスピア、ウィリアム　William Shakespeare　14
　『ハムレット』　*Hamlet*　180
ジェイムズ、ウィリアム　William James　215, 217
ジェイムズ、ヘンリー　Henry James 25
シェリー、ノーマン　Norman Sherry 75
シャトーブリアン、フランソワ＝ルネ・ド　François-Auguste-René de Chateaubriand　14
シャホフスカヤ、ジナイーダ　Зинаида Шаховская　246
シュライアー、マクシム　Maxim D. Shrayer　91, 183
　「陶酔と回復の後で」　"After Rapture and Recapture: Transformations in the Drafts of Nabokov's Stories" 183
ジョイス、ジェイムズ　James Joyce 155, 157, 161, 215–16, 301, 314–15, 317
　『ユリシーズ』　*Ulysses*　17, 314, 316–17
　『若い芸術家の肖像』　*A Portrait of the Artist As a Young Man*　301, 314
シングルトン　Singleton　20
　『ウェルギリウス』（翻訳）　*Virgil*　20
『新フランス評論』誌　*La Nouvelle Revue Française*　155
『新報』誌　Последние новости　249, 251–52, 254

ズヴェヴォ、イタロ　Italo Svevo　157, 161
『スクリーンランド』誌　*Screenland*　10
スターリン、ヨシフ　Иосиф Сталин　239
スターン、ローレンス　Laurence Sterne　157, 161
スペルベル、ダン　Dan Sperber　230
聖ペテロ　Saint Peter　128
セルバンテス、ミゲル・デ　Miguel de Cervantes　144, 157
ソルジェニーツィン、アレクサンドル　Александр Солженицын　246
　『収容所群島』　Архипелаг ГУЛАГ　246

▶タ行
ダイベック、スチュアート　Stuart Dybek　33
　「右翼手の死」　"Death of the Right Fielder"　33
谷崎潤一郎　105
　『春琴抄』　105
　『少将滋幹の母』　105
ダンテ　Dante Alighieri　14
チェイス、ジェイムズ・ハドリー　James Hadley Chase　73–76, 78
　『ミス・ブランディッシの蘭』　*No Orchids for Miss Blandish*　73
チェーホフ、アントン　Антон Чехов　120, 239
　「小犬を連れた貴婦人」　Дама с собачкой　120
チェルヌイシェフスキー、ニコライ　Николай Чернышевский　54, 239, 278, 281, 301–02
チャンドラー、レイモンド　Raymond Chandler　69, 75
チョムスキー、ノーム　Noam Chomsky　22
ツィマー、ディーター・E　Dieter E. Zimmer　5–6, 308, 317
　『ナボコフのベルリン』　*Nabokovs Berlin*　308, 317
ツヴェターエヴァ、マリーナ　Марина Цветаева　243
ディズレーリ、ベンジャミン　Benjamin Disraeli　14
ディドロ、ドゥニ　Denis Diderot　157, 161
ディマート、ブライアン　Brian Diemert　78
デニーキン、アントン　Антон Деникин　262–64, 267
デュ・カン、マクシム　Maxime Du Camp　23
デリンジャー、ジョン　John Dillinger　74
テンプル、シャーリー　Shirley Temple　79
　『テンプルの軍使』(映画)　*Wee Willie Winkie*　79
トゥイニャーノフ、ユーリー　Юрий Тынянов　258
ド・ヴォギュエ、メルキオル　Melchior de Vogüé　240
　『ロシア小説』　*Le Roman russe*　240
『トゥルー・コンフェッションズ』誌　*True Confessions*　75
ドストエフスキー、フョードル　Федор Достоевский　140, 215–16, 239
　『悪霊』　Бесы　191
ド・ネルヴァル、ジェラール　Gérard de Nerval　21
ド・ベルジュ、ジャン・ルメール　Jean Lemaire de Belges　21
ド・マン、ポール　Paul de Man　148

「トラヴェラーズ・コンパニオン」シリーズ　Traveller's Companion Series　72
ドリーニン、アレクサンドル　Александр Долинин　ii, 5, 35, 71, 85, 247, 300, 314
トルスタヤ、タチヤーナ　Татьяна Толстая　87
トルストイ、アレクセイ　Алексей Толстой　243
トルストイ、レフ　Лев Толстой　161, 215–17, 229, 238, 240
　『アンナ・カレーニナ』　Анна Каренина　229
ドレイトン、マイケル　Michael Drayton　20
　『多幸の国』　*Poly-Olbion*　20
トロツキー、レフ　Лев Троцкий　239

▶ナ行
『ナイト・アンド・デイ』誌　*Night and Day*　79
ナボコヴァ、エレーナ　Елена Набокова　168
ナボコフ、ドミトリー　Дмитрий Набоков　i, 86, 171
ナボコフ、ニコライ　Николай Набоков　264–65
　『手荷物』　Багаж. Мемуары русского космополита　264
『ナボコフ、あるいは欲望の残酷さ』（クチュリエ）　*Nabokov ou la cruauté du désir* (Couturier)　25
『ナボコフ伝――ロシア時代』（ボイド）　*Vladimir Nabokov: The Russian Years* (Boyd)　246
「ナボコフとロシア」（川端）　297
ニコライ一世　Николай I　104–05
ネクラーソフ、ニコライ　Николай Некрасов　257

▶ハ行
ハーバート、ジュリエット　Juliet Herbert　158–62
バーンズ、ジュリアン　Julian Barnes　159
　『フロベールの鸚鵡』　*Flaubert's Parrot*　159
バイロン、ジョージ・ゴードン　George Gordon Byron　14, 158
　「シヨン城の囚われ人」　"The Prisoner of Chillon"　158
ハウスマン、A・E　A. E. Housman　140
パスカル、ブレーズ　Blaise Pascal　275–77
　『パンセ』　*Pensées*　275
パステルナーク、ボリス　Борис Пастернак　243
　『ドクトル・ジバゴ』　Доктор Живаго　198
バタイユ、ジョルジュ　Georges Bataille　26
ハメット、ダシール　Dashiell Hammett　69
バラティンスキー、エヴゲニー　Евгений Баратынский　250
バンヴィル、ジョン　John Banville　143, 147
　『アンタッチャブル』　*The Untouchable*　147
　『屍衣（経かたびら）』　*Shroud*　147
ハンニバル　Hannibal　121
ピーサレフ、ドミトリー　Дмитрий Писарев　239
ビーチ、フランク　Frank A. Beach　13
　『性行動の様式』（『人間と動物の性行動――比較心理学的研究』）　*Pat-*

terns of Sexual Behaviour　13
ヒード、レジナルド　Reginald Heade　70
『ファニー・ヒル』(ジョン・クレランド)　*Fanny Hill* (John Cleland)　18
フィールド、アンドリュー　Andrew Field　174
『ウラジーミル・ナボコフ——部分的な生涯』　*Vladimir Nabokov: His Life in Part*　174
フィールディング、ヘンリー　Henry Fielding　144, 146
ブイエ、ルイ　Louis Bouilhet　159
プーシキン、アレクサンドル　Александр Пушкин　94–95, 98–100, 103–104, 121, 155, 177, 240–241, 281, 293, 302–303, 315
『エヴゲニー・オネーギン』　Евгений Онегин　94–96, 104, 177, 293, 303, 326
『青銅の騎士』　Медный всадник　104
ブーニン、イヴァン　Иван Бунин　243
フォード、クレラン　Clellan S. Ford　13
『性行動の様式』(『人間と動物の性行動——比較心理学的研究』)　*Patterns of Sexual Behaviour*　13
プライアー、ヘレン・ブレントン　Helen Brenton Pryor　12
『子どもの成長』　*As the Child Grows*　12
ブラウニング、ロバート　Robert Browning　14
ブラウン、トーマス　Thomas Browne　14
ブラウン、ランスロット・"ケイパビリティ"　Lancelot "Capability" Brown　227
ブラックウェル、スティーブン　Stephen H. Blackwell　182
「ナボコフの亡命者的感覚」　"Nabokov's Fugitive Sense"　182
フランシス、スティーヴン　Stephen Frances　70–71, 73
ブラント、アンソニー　Anthony Blunt　147–148
ブランド、マーゴット　Margot Bland　67–68
『ジュリア』　*Julia*　67–68
ブリューソフ、ヴァレーリー　Валерий Брюсов　105
『炎の天使』　Огненный ангел　105
プルースト、マルセル　Marcel Proust　14, 157, 215–16, 283, 315
『失われた時を求めて』　*À la recherche du temps perdu*　283
『ソドムとゴモラ』　*Sodome et Gomorrhe*　283
フルコス、ペーテル　Peter Hurkos　125–26, 128
ブルック、ルパート　Rupert Brooke　140
フレーブニコフ、ヴェリミール　Велимир Хлебников　242
フロイト、ジークムント　Sigmund Freud　214–17, 232
フロイント、カール　Karl Freund　79
『狂恋』(映画)　*Mad Love* または *The Hands of Orlac*　79
ブローク、アレクサンドル　Александр Блок　242
プロッファー、カール　Carl Proffer　5, 14
フロベール、ギュスターヴ　Gustave Flaubert　14, 23–24, 120–21, 151, 157–61
『感情教育』　*L'Éducation*

sentimentale　24
『サランボー』　*Salammbô*　120
『書簡抜粋あるいは作家伝序文』　*Extraits de la correspondance ou Préface à la vie d'écrivain*　152
『ボヴァリー夫人』　*Madame Bovary*　23–24, 158, 160, 162
『フロント・ページ・ディテクティヴ』誌　*Front Page Detective*　75
ベイト、ジョナサン　Jonathan Bate　171
ベーカー、ジョゼフィン　Josephine Baker　314
ベードヌイ、デミヤン　Демьян Бедный　237–38
ベールイ、アンドレイ　Андрей Белый　104, 242, 289
『弁証法としてのリズムと『青銅の騎士』』　Ритм как диалектика и Медный всадник　104
ペトラルカ　Petrarch　14
ヘラクレイトス　Heraclitus　117
ベルベーロヴァ、ニーナ　Нина Берберова　246
ペロー、シャルル　Charles Perrault　212
『青ひげ』　*La Barbe bleue*　212
ベロー、ソール　Saul Bellow　14
ベンヤミン、ヴァルター　Walter Benjamin　283
ポー、エドガー・アラン　Edgar Allan Poe　14
ホーナー、サリー　Sally Horner　8–9, 35, 39, 71
ホダセヴィチ、ヴラジスラフ　Владислав Ходасевич　249, 252–56
「ヴァシーリー・トラヴニコフの生涯」　Жизнь Василия Травникова　253
『穀粒の道を』　Пуем зерна　255
「二人の詩人」　Два Поэта　252
ボッティチェリ、サンドロ　Sandro Botticelli　58
ホフマンスタール、フーゴ・フォン　Hugo von Hofmannsthal　283
ポプラフスキー、ボリス　Борис Поплавский　252–54
ホランド、スティーヴ　Steve Holland　68–69
『マッシュルーム・ジャングル――戦後ペーパーバック出版史』　*The Mushroom Jungle: A History of Postwar Paperback Publishing*　68–69
ボルヘス、ホルヘ・ルイス　Jorge Luis Borges　137, 161
「『ドン・キホーテ』の著者、ピエール・メナール」　"Pierre menard, autor del *Quijote*"　137

▶マ行
マール、ミヒャエル　Michael Maar　15
マチューリン、ロバート　Robert Maturin　100
『放浪者メルモス』　*Melmoth the Wanderer*　100
『真昼の暴動』（映画）（ジュールズ・ダッシン）　*Brute Force*（Jules Dassin）　11
マヤコフスキー、ウラジーミル　Владимир Маяковский　243
マラルメ、ステファヌ　Stéphane Mallarmé　22
マンデリシュターム、オシップ　Осип Мандельштам　243
『ミス・アメリカ』誌　*Miss America*　10
ミョートン、セシール　Cécile Miauton

163
ミリアリオ、イーダ　Ida Migliario　7
『ムーヴィー・ティーン』誌　*Movie Teen*　10
『ムーヴィー・ラブ』誌　*Movie Love*　10
『メズュール』誌　*Mesure*　162
メダウォー、ピーター　Peter Medawar　217
メリメ、プロスペル　Prosper Mérimée　14
『物語の起源』（ボイド）　*On the Origin of Stories: Evolution, Cognition, and Fiction*（Boyd）　231

▶ヤ行
ヤンソン、ハンク　Hank Janson　70
　『拷問』　*Torment*　70
『ヨブ記』　*The Book of Job*　117
『夜の酒宴、あるいはキングズプレイスとその他の現代の尼寺の歴史』　*Nocturnal Revels or the History of King's Place and Other Modern Nunneries*　18

▶ラ行
ライン、エイドリアン　Adrian Lyne　135
ラサール、フランク　Frank La Salle　9, 35, 71
ラッセル、バートランド　Bertrand Russell　270
ラティマー、ジョナサン　Jonathan Latimer　75
　『モルグの女』　*The Lady in the Morgue*　81
ラルボー、ヴァレリー　Valéry-Nicolas Larbaud　17
ラング、フリッツ　Fritz Lang　79
　『M』（映画）　*M*　79
ランボー、アルチュール　Arthur Rimbaud　252, 257
リッヒベルク、ハインツ・フォン　Heinz von Lichberg　15
ルース、ベーブ　Babe Ruth　32
ルサージュ、アラン・ルネ　Alain-René Lesage　146–47
　『ジル・ブラス』　*L'Histoire de Gil Blas de Santillane*　146
ルソー、ジャン・ジャック　Jean-Jacques Rousseau　22–23
　『エミール』　*Emile ou de l'éducation*　22–23
　『告白』　*Les Confessions*　22
レイモン、ルネ　René Raymond　74
レーニン、ウラジーミル　Владимир Ленин　239
レーミゾフ、アレクセイ　Алексей Ремизов　243
レスコーフ、ニコライ　Николай Лесков　239
ロウ、ウィリアム　William Woodin Rowe　206–07, 209
ローティ、リチャード　Richard Rorty　30, 33, 118, 326
　「カスビームの床屋――残酷さを論じるナボコフ」　"The Barber of Kasbeam: Nabokov on Cruelty"　30, 326
　『偶然性・アイロニー・連帯――リベラル・ユートピアの可能性』　*Contingency, Irony, and Solidarity*　40
ローレ、ピーター　Peter Lorre　78–79
ロクランツ、ジェシー　Jessie Lokrantz　175
『ロシア雑記』誌　Русские записки　248
『ロシア思想』誌　Русская мысль　245

ロス、フィリップ　Philip Roth　144, 149
ロトマン、ユーリー　Юрий Лотман　93, 96, 98–99, 103–04
ロブ＝グリエ、アラン　Alain Robbe-Grillet　214
「『ロリータ』におけるナルシシズムと要求」（クチュリエ）“Narcissism and Demand in *Lolita*”（Couturier）　25
ロンサール、ピエール・ド　Pierre de Ronsard　14, 20–21

▶ワ行
ワーズワス、ウィリアム　William Wordsworth　90
　「ティンターン寺院」“Tintern Abbey”　90
ワイルド、オスカー　Oscar Wilde　129

ナボコフ関連作品　呼称表

呼　称	原　題	邦　訳　題	原書底本	翻訳書底本
Ada	*Ada, or Ardor: A Family Chronicle*	『アーダ』上・下		早川書房、1977年
AnL	*The Annotated Lolita*	『詳註ロリータ』		新潮文庫『ロリータ』を使用（本文のみ）
BS	*Bend Sinister*	『ベンドシニスター』		みすず書房、2001年
Def	*The Defense*	『ディフェンス』（ロシア語版『ルージン・ディフェンス』）		河出書房新社、2008年
Des	*Despair*	『絶望』		白水社、1969年
EO（加えてアラビア数字で巻号を表わす）	*Eugene Onegin*	『エヴゲニー・オネーギン』翻訳と注釈1～4	Princeton University Press , 1975	なし
IB	*Invitation to a Beheading*	『断頭台への招待』（ロシア語版『処刑への招待』）		集英社、1977年
Gift	*The Gift*	『賜物』		河出書房新社、2010年
KQK	*King, Queen, Knave*	『キング、クィーン、そしてジャック』		集英社、1977年
Laugh	*Laughter in the Dark*	『暗闇の中の笑い』（ロシア語版『暗箱』。邦訳は『マルゴ』）		河出書房新社、1980年

Laura	*The Original of Laura*	『ローラのオリジナル』	Knopf, 2009	作品社、2011年
LATH	*Look at the Harlequins!*	『道化師をごらん！』		立風書房、1980年
LL	*Lectures on Literature*	『ヨーロッパ文学講義』	Harcourt Brace Jovanovich / Bruccoli Clark, 1980	TBSブリタニカ、1982年
LRL	*Lectures on Russian Literature*	『ロシア文学講義』	Harcourt Brace Jovanovich / Bruccoli Clark, 1981	TBSブリタニカ、1982年
Lo	*Lolita*	『ロリータ』		新潮文庫、2006年
Novels（加えて年号で該当する番号を表わす）	*Novels and Memoirs 1941–1951; Novels 1955–1962; Novels 1969–1974*	『小説と回想記集』、『小説集』	Library of America, 1996	適宜既訳を参照した
NWL	*Dear Bunny, Dear Volodya: The Nabokov-Wilson Letters, 1940–1971*	『ナボコフ＝ウィルソン往復書簡集　1940―1971』	University of California Press, 2001	作品社、2004年
PF	*Pale Fire*	『青白い炎』		ちくま文庫、2003年
Pnin	*Pnin*	『プニン』		新潮社、1971年
Poems	*Poems and Problems*	『詩とチェスプロブレム』	McGraw-Hill, 1970	なし
RLSK	*The Real Life of Sebastian Knight*	『セバスチャン・ナイトの真実の生涯』		講談社文芸文庫、1999年
SL	*Selected Letters*	『ナボコフ書簡集』1,2	Harcourt Brace Jovanovich / Bruccoli Clark, 1989	みすず書房、2000年

SM	*Speak, Memory: An Autobiography Revisited*	『記憶よ、語れ―自伝再訪』		なし
SO	*Strong Opinions*	『強硬な意見』		なし
Stories	*The Stories of Vladimir Nabokov*	『ナボコフ短篇全集』I, II		作品社、2000、2001年
TT	*Transparent Things*	『透明な対象』		国書刊行会、2002年
Стихи	Стихи	『詩集』	Ардис, 1979	なし
CCA（加えてアラビア数字で番号を表わす）	Собрание сочинений американского периода в 5 томах	『アメリカ時代著作集』1～5	Симпозиум, 1997–1999	適宜既訳を参照した
CCP（加えてアラビア数字で番号を表わす）	Собрание сочинений русского периода в 5 томах	『ロシア時代著作集』1～5	Симпозиум, 1999–2000	適宜既訳を参照した

※本文中でナボコフ関連の作品を引用した場合、本表の呼称で示した。
※基本的に本文中の引用箇所の近くに、（呼称、原書のページ数、翻訳書のページ数）の形で示した。たとえば、『ロリータ』からの引用の場合は、（*Lo* 74, 86）あるいは（*Lo* 128, 130-34,）といった表記になる。
※翻訳書が2冊に分かれている場合は、ローマ数字のI, IIを各巻にあてた。例　（*Stories* 566, II 372）
※翻訳書がない場合、原書のページのみ示した。例　（*SO* 128）
※原書底本は記入がない場合、Vintage版を元にした。
※本表に示した原書と翻訳書を底本としたが、異なる版を参照した場合もある。その場合は、注などに記した。

（秋草　俊一郎）

ウラジーミル・ナボコフ　年譜

1899年　4月10日(新暦4月22日、20世紀では4月23日)、ウラジーミル・ウラジーミロヴィチ・ナボコフ、サンクト・ペテルブルグの貴族の家庭に第一子として生まれる。父ウラジーミル・ドミトリエヴィチ・ナボコフは当時帝国法学校で教鞭をとっており、侍従補として宮廷とも近かった。母エレーナ・イヴァノヴナは鉱山を所有する富裕な地主の娘。

1902年　(3歳)　弟のセルゲイとともにイギリス人の女性家庭教師から英語を学び始める。

1905年　(6歳)　10月、モスクワで立憲民主党(カデット)が結成され、父ウラジーミルは創立メンバーとして参加する。

1906年　(7歳)　フランス人女性家庭教師セシル・ミヨトン(短篇「マドモワゼル・O」のモデル)が住み込むようになり、彼女からフランス語を習う。3月、カデットから第一ドゥーマ(国会)に立候補していた父ウラジーミルが当選。

1907年　(8歳)　この頃蝶への関心が本格化する。またロシア人の男性家庭教師がつくようになる。

1909年　(10歳)　この頃から15歳くらいまでにトルストイ、フローベールをはじめ英語、ロシア語、フランス語で大量の詩、小説を読む。

1910年　(11歳)　美術研究者で画家のヤレーミチから絵を習う。

1911年　(12歳)　1月、テニシェフ実業学校の2年生に編入。

1912年　(13歳)　1914年まで「芸術世界」派の画家ドブジンスキーに絵を習う。

1914年　(15歳)　この頃詩作への関心が本格化する。

1915年　(16歳)　夏、ヴァレンチナ・シュリギナと恋に落ちる。11月、テニシェフ校の雑誌『若き思想』に詩「秋」が掲載される。

1916年　(17歳)　6月、『詩集』を自費出版する。秋、伯父のヴァシーリー・ルカヴィシニコフが亡くなり、ロジジェストヴェノの領地を相続する。

1917年　(18歳)　3月、父ウラジーミルが第一次臨時政府で官房長官補佐を務める。秋、テニシェフ校の同級生アンドレイ・バラショフと共同出版する第二詩集『二つの道』(1918年ペテルグラードで刊行)のための詩を選ぶ。10月、予定より一か月早く卒業。11月、弟のセルゲイとともにクリミアに逃れる。まもなく母と他の弟妹が、さらに11月末、赤軍に逮捕されて5日間の拘留を受けていた父も12月に合流する。この頃最初のチェスプロブレムを作る。

1918年　(19歳)　2月、ウクライナに逃れていたヴァレンチナ・シュリギナから手紙が届き、文通が始まる。ドイツ軍に占領されていた夏のヤルタで蝶を採集する。11月、ドイツ軍の撤退を受け樹立されたクリミア地方政府で、父ウラジーミルが司法大臣となる。

1919年　(20歳)　赤軍の侵攻を受け、4月、一家でセヴァストーポリを発ってアテネに向かい、さらに5月ギリシアを発ち、フランスを経てロンドンに着く。10月、ケンブリッジ大学トリニティ・カレッジに入学。当初は動物学とロシア語・フランス語を専攻するが、まもなく動物学は放棄する。

1920年　(21歳)　2月、英語で書かれた鱗翅学論文「クリミアの鱗翅類に関する若干の覚書」が『昆虫学者』誌に掲載される。8月、一家はベルリンに移住。父ウラジーミルはベルリンでロシア系のスローヴォ出版社の設立、『舵』紙の創刊に携わる。

1921年　(22歳)　1月、『舵』紙に「シーリン」のペンネームで三篇の詩と短篇「森の精」を発表する。

1922年　(23歳)　3月28日、カデット党首ミリュコーフがベルリンでの講演会で二人のロシア人極右に襲われ、狙撃者を取り押さえようとした父が撃たれ死亡する。6月、大学を卒業し、ベルリンへ移住。スヴェトラーナ・ジーヴェルトと婚約する。12月、詩集『房』刊行。

1923年　(24歳)　1月、詩集『天上の道』刊行。スヴェトラーナ・ジーヴェルトとの婚約を解消される。4月、チェスプロブレムを『舵』紙に発表。5月、ヴェラ・スローニムと出会い、恋に落ちる。母エレーナと妹エレーナがプラハに移住する。

1924年　(25歳)　多くの短篇のほか、映画台本や寸劇を書く。9月、生活費を稼ぐために英語、ロシア語、テニス、ボクシングを教え始める。

1925年　(26歳)　1月、初の長篇『マーシェンカ』に着手。4月15日、ヴェ

ラと結婚。10月末、『マーシェンカ』脱稿。『舵』紙のタターリノフ夫妻が発足させた文芸批評家アイヘンヴァリトを中心とする文学サークルに参加。

1926年　(27歳)　3月、『マーシェンカ』刊行。秋、戯曲『ソ連から来た男』執筆。『舵』紙に詩集の書評を載せるようになる。

1927年　(28歳)　4月、『ソ連から来た男』上演。

1928年　(29歳)　1-6月、『キング、クィーン、そしてジャック』を執筆、9月刊行。

1929年　(30歳)　2-8月、『ルージン・ディフェンス』(邦題『ディフェンス』)を執筆。10月から翌年4月にかけてパリの『現代雑記』に連載される。12月、短篇と詩を合わせた作品集『チョールブの帰還』が刊行される。

1930年　(31歳)　2月、中篇『密偵』(邦題『目』)を執筆。4月ロシア作家同盟の監査委員になる。5月、長篇『偉業』(邦題『青春』)の執筆を開始し、11月に完成させる。9月、『ルージン・ディフェンス』刊行。

1931年　(32歳)　1-5月、長篇『暗箱』(邦題『マルゴ』)を執筆。2-12月『偉業』が『現代雑記』に連載される。4月、ロシア作家・ジャーナリスト同盟の理事になり、2年間務める。『ユリシーズ』を読む。

1932年　(33歳)　5月から翌年5月にかけて『現代雑記』に『暗箱』が連載される。6月、長篇『絶望』の執筆を開始。10月から11月にかけてパリに行き、朗読会を行いながら多くの編集者、文学者、芸術家らと交わる。11月、『偉業』刊行。

1933年　(34歳)　1月、長篇『賜物』執筆にむけてチェルヌイシェフスキーの調査を開始する。12月『暗箱』刊行。

1934年　(35歳)　1-10月、『絶望』が『現代雑記』に連載される。5月10日息子ドミトリー誕生。6月、『賜物』に組み込まれるチェルヌイシェフスキーの伝記小説の執筆を一時中断し、長篇『処刑への招待』(邦題『断頭台への招待』)を執筆。

1935年　(36歳)　6月から翌年3月にかけて『処刑への招待』が『現代雑記』に連載。12月、『絶望』の英訳を脱稿。

1936年　(37歳)　1月、フランス語の短篇「マドモワゼル・O」を執筆。1-2月、ブリュッセル、アントワープ、パリで朗読会を行う。2月『絶望』刊行。4月、短篇「フィアルタの春」を執筆。アメリカ移住や英語圏での職探しを本格的に考え始める。

1937年　(38歳)　1月、ブリュッセル、パリ、ロンドンでの朗読会のためにベルリンをあとにする。パリでイリーナ・グアダニーニと不倫関係に陥る。4月、『絶望』英語版刊行。『賜物』の『現代雑記』誌上における連載開始(〜38年)。6月、フランスへ。9月、イリーナとの関係を断ち切る。『暗箱』の英訳に着手し、『暗闇の中の笑い』と改題する。12月、戯曲『事件』脱稿。

1938年　(39歳)　1月、『賜物』脱稿。3月、戯曲『事件』初演。『暗闇の中の笑い』がアメリカで出版される。9月、戯曲『ワルツの発明』を執筆。作品集『密偵』が刊行される。11月、『処刑への招待』刊行。12月、初の英語小説『セバスチャン・ナイトの真実の生涯』に着手。

1939年　(40歳)　1月、『セバスチャン・ナイトの真実の生涯』脱稿。2月、共通の知人を介してジェイムズ・ジョイスと会食する。5月2日、肺がんのため母エレーナがプラハで亡くなる。秋、『賜物』第二部を構想。10月、スタンフォード大学でひと夏講義をもつ話がまとまる。10–11月、『魔法使い』(邦題『魅惑者』)執筆。

1940年　(41歳)　最後のロシア語小説『孤独な王』の執筆に取りかかるが未完に終わり、そのうち2章分がそれぞれ短篇「北の果ての国」、「孤独な王」として発表される。ナボコフ一家、アメリカ行きの舟に搭乗、5月28日にニューヨーク到着。アメリカ自然史博物館で鱗翅目類研究に取りかかる。

1941年　(42歳)　3月、ウェルズリー大学で2週間の講義。6–8月、スタンフォード大学でクリエイティヴ・ライティングとロシア文学の講義。6月、グランドキャニオンにて新種の蝶を発見、ネオニンファ・ドロテアと命名。9月、ニューヨークからウェルズリーへ移動。ウェルズリー大学比較文学部に専任講師として赴任。12月、『セバスチャン・ナイトの真実の生涯』刊行。

1942年　(43歳)　ハーバード大学比較動物学博物館の指定研究員となり、以降4年間は文学作品執筆以上に鱗翅目類研究に勤しむ。1月、『アトランティック』誌に、英語による短篇第一作目となる「アシスタント・プロデューサー」を発表。

1944年　(45歳)　8月、『ニコライ・ゴーゴリ』刊行。

1945年　(46歳)　2月、編訳詩集『三人のロシア詩人たち』刊行。7月12日、アメリカに帰化。9月、ウェルズリー大学で、ロシア語初級に加えて中

級クラスも教え始める。

1946年　(47歳)　ウェルズリー大学で語学に加え、翻訳によるロシア文学講義も担当。

1947年　(48歳)　5月、短篇「暗号と象徴」執筆。6月、『ベンドシニスター』刊行。12月、短篇集『九つの物語』刊行。

1948年　(49歳)　春、重度の肺疾患のため度々床につく。コーネル大学にロシア文学の准教授として招かれ、7月、ケンブリッジからイサカへ移住。ナボコフ家初めての自動車購入。9月、翻訳によるロシア文学、原文によるロシア文学の講義を担当。授業用に、中世ロシア叙事詩『イーゴリ軍記』の英訳に取り組む。

1950年　(51歳)　4月、肋間神経痛で入院。9月からはロシア文学に加え、ヨーロッパ・フィクションの巨匠たちに関する講義も開始。7月頃、『ロリータ』執筆開始。

1951年　(52歳)　2月、『確証』刊行。2-3月、短篇「ヴェイン姉妹」執筆。6月、ハーバード大学で客員講師を務める。9月、新学期より、翻訳によるロシア文学、ロシア文学におけるモダニストの発展、ヨーロッパ・フィクションの巨匠を教授。10月、最後の短篇「ランス」執筆。

1952年　(53歳)　春、ハーバード大学スラヴ文学科にて客員講師。4月、1930年代に執筆され雑誌掲載されたロシア語最後の小説『賜物』が、ようやく一冊の本の形で出版される(ロシア語原文)。

1953年　(54歳)　12月、『ロリータ』脱稿。

1955年　(56歳)　アメリカの出版社に『ロリータ』刊行を拒否されたため、ヨーロッパへ原稿を送る。9月、パリのオリンピア・プレスが出版。12月、ロンドンの『サンデー・タイムズ』紙上で、グレアム・グリーンが『ロリータ』をその年の三大傑作の一つとして賞賛。

1956年　(57歳)　2-3月、『ロリータ』をめぐる論争活発に。3月、ロシア語短篇集『フィアルタの春、およびその他の短篇』刊行。9月、『アンカー・レヴュー』誌に、「『ロリータ』と冠する作品について」寄稿。12月、イギリスの要請でフランス政府は、『ロリータ』及び24のオリンピア・プレス出版作品を発禁とする。

1957年　(58歳)　5月、『プニン』刊行。6月、『アンカー・レヴュー』誌が『ロリータ』の三分の一をナボコフのあとがきと論評つきで掲載。12月、『エヴゲニー・オネーギン』脱稿。

1958年　(59歳)　3月、レールモントフの『現代の英雄』英語訳発表。8月、ようやくアメリカでもパトナム社より『ロリータ』出版。3週間で10万部の売れ行き。9月、短篇集『ナボコフの一ダース』刊行。コーネル大学から一年間の休暇を与えられる(次年2月より)。

1959年　(60歳)　2月、イサカからニューヨークへ。『イーゴリ軍記』翻訳を完成。8月、映画台本『ロリータ』執筆について、キューブリックと会合。『詩集』刊行。9月、ロシア語小説の英語版として『断頭台への招待』出版(ドミトリーと共訳)。9月、妹エレーナ、弟キリルに会いにヨーロッパへ。フランス、イギリス、イタリア版の『ロリータ』宣伝活動。10月、ガリマール社からフランス語版『ロリータ』刊行。11月にはイギリスでも出版。

1960年　(61歳)　2月、アメリカへ帰国。9月、キューブリックに『ロリータ』映画台本送付。11月、再びヨーロッパへ。

1961年　(62歳)　10月、スイス、レマン湖畔のホテルベルモントからモントルーパレスへ移る。12月、『青白い炎』脱稿。

1962年　(63歳)　4月、『青白い炎』刊行。6月、映画『ロリータ』のプレミア出席のためニューヨークへ。その後再びヨーロッパへ戻る。9月、モントルーパレスに居を構える。

1963年　(64歳)　5月、英語版『賜物』刊行。

1964年　(65歳)　6月、『エヴゲニー・オネーギン』ようやく刊行。9月、英語版『ディフェンス』(ロシア語版原題は『ルージン・ディフェンス』)刊行。

1965年　(66歳)　7月、エドマンド・ウィルソンによる『エヴゲーニー・オネーギン』の批評に対する反論文を書く。この論争は他の論者を巻き込みながら白熱していく。英語版『目』(ロシア語版原題は「密偵」)刊行。

1966年　(67歳)　自伝『記憶よ、語れ』改訂終了。2月、戯曲『ワルツの発明』英語版刊行。春夏にかけてイタリアにて『アーダ』執筆のかたわら、『芸術作品の中の蝶』執筆のため美術館巡り。5月、英語版『絶望』改訂版刊行。

1967年　(68歳)　1月、『記憶よ、語れ』刊行。8月、ロシア語版『ロリータ』刊行。

1968年　(69歳)　4月、英語版『キング、クィーン、そしてジャック』刊行。10月、『アーダ』脱稿。

1969年　(70歳)『アーダ』刊行。

1970年　(71歳) 9月、英語版『メアリー』(ロシア語版原題『マーシェンカ』) 刊行。

1971年　(72歳) 春、ドミトリーと共にロシア語短篇の英訳を始める。3月、『詩とチェスプロブレム』刊行。12月、英語版『青春』(ロシア語版原題『偉業』)刊行。

1972年　(73歳) 10月、『透明な対象』刊行。

1973年　(74歳) 4月、英訳短篇集『ロシア美人、およびその他の短篇』刊行。11月、『強硬な意見』刊行。

1974年　(75歳) 2月、映画台本『ロリータ』刊行。5月、新作小説『ローラのオリジナル』のひらめき。8月、『道化師をごらん!』刊行。11月、ロシア語版『マーシェンカ』、『偉業』がアーディス社より再刊。以降、ナボコフの全ロシア語作品をアーディス社が再出版することになる。

1975年　(76歳) 1月、英訳短篇集『独裁者殺し、およびその他の短篇』刊行。7月末、山腹で転倒。8-9月、体調を崩し、検査の結果、前立腺に腫瘍が見つかる。10月、手術。腫瘍は良性。12月、改訂版『エヴゲーニー・オネーギン』出版。

1976年　(77歳) 3月、英訳短篇集『ある日没の細部　およびその他の短篇』刊行。5月、転倒で脳震盪を起こし、入院。6月、腰痛がひどく、夏の遠出は延期。原因不明の感染症で発熱。6-9月、意識昏迷で入院、夏にかけて譫妄状態が続く。秋、衰弱著しく睡眠も取れず、『ローラのオリジナル』にもほとんど手をつけられず。

1977年　(78歳) 3-5月、ドミトリーからもらった風邪をこじらせ、ローザンヌの病院に入院。6月、再び発熱して再入院。6月末、気管支炎発生。7月2日、ローザンヌ病院にて死去。7月7日、ヴェヴェイにて火葬、クラレンス墓地に埋葬。享年78歳。

(小西昌隆・メドロック皆尾麻弥)

ウラジーミル・ナボコフ　主要著作リスト

長篇小説

Машенька, 1926. 英訳 *Mary*, 1970. 邦訳『マーシェンカ』(大浦暁生訳、新潮社、1972)

Король, дама, валет, 1928. 英訳 *King, Queen, Knave*, 1968. 邦訳『キング、クィーン、そしてジャック』(出淵博訳、集英社『世界の文学』第8巻所収、1977)

Защита Лужина(『ルージン・ディフェンス』), 1930. 英訳 *The Defense*, 1964. 邦訳『ディフェンス』(若島正訳、河出書房新社、1999; 改訳新装版 2008)

Подвиг(『偉業』), 1932. 英訳 *Glory*, 1971. 邦訳『青春』(渥美昭夫訳、新潮社、1974)

Камера обскура(『暗《カメラ》箱《オブスクラ》』), 1933. 英訳 *Laughter in the Dark*, 1938. 邦訳『マグダ』(仏訳より、川崎竹一訳、河出書房新社、1960;『マルゴ』篠田一士訳、河出書房新社、1967)

Отчаяние, 1936. 英訳 *Despair,* 1937, 改訂版 1966. 邦訳『絶望』(大津栄一郎訳、白水社、1969)

Соглядатай(『密偵』), 1938. 英訳 *The Eye*, 1965. 邦訳『目』→ 短篇集 *Nabokov's Quartet*

Приглашение на казнь(『処刑への招待』), 1938. 英訳 *Invitation to a Beheading*, 1959. 邦訳『断頭台への招待』(富士川義之訳、集英社『世界の文学』第8巻所収、1977)

Дар, 雑誌初出 1937-38, 単行本 1952(ニューヨーク). 英訳 *The Gift,* 1963. 邦訳『賜物』(大津栄一郎訳、白水社、1967; 改訳版、福武文庫、1992; 沼野充義訳、河出書房新社、2010)

The Real Life of Sebastian Knight, 1941. 邦訳『セバスチャン・ナイトの真実の生涯』(富士川義之訳、講談社, 1970. 再録『世界文学全集』第101巻、1976; 講談社文芸文庫版、1999)

Bend Sinister, 1947. 邦訳『ベンドシニスター』（加藤光也訳、サンリオ文庫、1986；みすず書房、2001）

Lolita, 1955（パリ。アメリカ初版 1958）．著者自身によるロシア語訳 Лолита, 1967. 邦訳『ロリータ』（大久保康夫訳、河出書房新社、1959, 1967, 1974, 1977；新潮文庫版 1980；若島正訳、新潮社、2005；新潮文庫版 2006）

Pnin, 1957. 邦訳『プニン』（大橋吉之輔訳、新潮社、1971）

Pale Fire, 1962. 邦訳『青白い炎』（富士川義之訳、『筑摩世界文学大系』第 81 巻所収 , 1984；ちくま文庫、2003）

Ada, or Ardor: A Family Chronicle, 1969. 邦訳『アーダ』上・下（斉藤数衛訳、早川書房、1977）

Transparent Things, 1972. 邦訳『透明な対象』（若島正・中田晶子訳、国書刊行会、2002）

Look at the Harlequins!, 1974. 邦訳『道化師をごらん！』（筒井正明訳、立風書房、1980）

The Enchanter, 1986.（ドミトリー・ナボコフによる英訳。ロシア語の原作 Волшебник『魔法使い』1939 年執筆、生前未発表）邦訳『魅惑者』（出淵博訳、河出書房新社、1991）

The Original of Laura, 2009.（1975 年頃～1977 年執筆、未完・生前未発表）邦訳『ローラのオリジナル』（若島正訳、作品社、2011）

短篇集

Возвращение Чорба, 1929.（『チョールブの帰還』短篇と詩を収める）

Соглядатай, 1938.（『密偵』表題作と短篇を収める）

Весна в Фиальте и другие рассказы（『フィアルタの春、およびその他の短篇』）, 1956.

Nabokov's Dozen, 1958. 邦訳『ナボコフの一ダース』（中西秀男訳、サンリオ SF 文庫、1979 ちくま文庫、1991）

Nabokov's Quartet,　1967. 邦訳『四重奏／目』（小笠原豊樹訳、白水社、1968. 4 つの短篇の他、中篇『目』を併せて収録）

A Russian Beauty and Other Stories, 1973. 邦訳『ロシア美人』（北山克彦訳、新潮社、1994）

Tyrants Destroyed and Other Stories（『独裁者殺し、およびその他の短篇』), 1975.

Details of a Sunset and Other Stories（『ある日没の細部、およびその他の短篇』), 1976. 邦訳『ロシアに届かなかった手紙』（加藤光也訳、集英社、1981）

The Stories of Vladimir Nabokov, 1995. 邦訳『ナボコフ短篇全集』I・II（諫早勇一・貝澤哉・加藤光也・杉本一直・沼野充義・毛利公美・若島正訳、作品社、2000-2001）；『ナボコフ全短篇』（秋草俊一郎・諫早勇一・貝澤哉・加藤光也・杉本一直・沼野充義・毛利公美・若島正訳、作品社、近刊予定）

詩集

Стихи（『詩集』), 1916.

Альманах. Два пути.（『文集　二つの道』), 1918.（アンドレイ・バラショフの詩とあわせて共同で出版）

Гроздь（『房』), 1922.

Горний путь（『天の道』), 1923.

Стихотворения 1929-1951（『詩集　1929-1951』), 1952（パリ）.

Poems（『詩集』), 1959.

Poems and Problems, 1971.（詩およびチェスプロブレム集）

Стихи（『詩集』), 1979（アナーバー、アメリカ合衆国）.

Стихотворения, 2002（サンクト・ペテルブルク。マリヤ・マリコヴァ編、これまでのところ最も充実したロシア語版詩集）

戯曲など

The Waltz Invention: A Play in Three Acts, 1966.（『ワルツの発明』、Изобретение Вальса, 1938 の英訳）

The Man from the USSR and Other Plays: With Two Essays on the Drama, 1985.（ドミトリー・ナボコフ編訳による英語版戯曲集）

Lolita: A Screenplay, 1974.（『ロリータ』の映画用脚本）

Трагедия господина Морна. Пьесы. Лекции о драме（『モルン氏の悲劇。戯曲集。演劇講義』), 2008.（モスクワ。アンドレイ・バビコフ編、ナボコフ

の戯曲および演劇論の集成）

翻訳（自作以外）

Николка Персик, 1922.（ロマン・ロラン『コラ・ブルニョン』のロシア語訳）

Аня в стране чудес, 1923.（ルイス・キャロル『不思議の国のアリス』のロシア語訳）

Three Russian Poets: Pushkin, Lermontov, and Tyutichev, 1945（アメリカ）. 増補イギリス版 *Pushkin, Lermontov, Tyutichev: Poems*, 1947.

Lermontov, *The Hero of Our Time*（レールモントフ『現代の英雄』）, 1958.

The Song of Igor's Campaign（『イーゴリ軍記』）, 1960.

Eugene Onegin: A Novel in Verse, 1964, 改訂版 1975.（プーシキン『エヴゲニー・オネーギン』のナボコフ自身による英訳と詳細な注釈、全４巻）

Verses and Versions, 2008.（ブライアン・ボイドおよびスタニスラフ・シュヴァブリン編、ナボコフ自身による英訳詩の集成）

評論・講義・研究など

Nikolai Gogol, 1944. 邦訳『ニコライ・ゴーゴリ』（青山太郎訳、紀伊國屋書店、1973；平凡社ライブラリー版、1996）

Notes on Prosody（『韻律学ノート』）, 1963.（後に『エヴゲニー・オネーギン』に収録）

Lectures on Literature, 1980. 邦訳『ヨーロッパ文学講義』（野島秀勝訳、TBS ブリタニカ、1982；新装版 1993）

Lectures on Ulysses: *A Facsimile of the Manuscript*, 1980.（講義草稿のファクシミリ版）

Lectures on Russian Literature, 1981. 邦訳『ロシア文学講義』（小笠原豊樹訳、TBS ブリタニカ、1982；新装版 1993）

Lectures on Don Quixote, 1983. 邦訳『ナボコフのドン・キホーテ講義』（行方昭夫・河島弘美訳、晶文社、1992）

Nabokov's Butterflies: Unpublished and Uncollected Writings, 2000.（鱗翅類に関する著作の集成。ブライアン・ボイド、ロバート・パイル編）

自伝・書簡など

Conclusive Evidence: A Memoir（『確証――回想記』), 1951.

Другие берега（『向こう岸』), 1954.（ニューヨーク。上記の自伝『確証』の改訂ロシア語版）

Speak, Memory: A Memoir（『記憶よ、語れ――回想記』), 1960.（再版にあたり『確証』を改題して出版したもの）邦訳『ナボコフ自伝　記憶よ、語れ』（大津栄一郎訳、晶文社、1979）

Speak, Memory: An Autobiography Revisited（『記憶よ、語れ――自伝再訪』), 1966.（上記の自伝『確証――回想記』／『記憶よ、語れ――回想記』の、ロシア語版『向こう岸』もふまえた再改訂増補版）

Strong Opinions（『強硬な意見』), 1973.（インタビュー集）

The Nabokov-Wilson Letters: Letters between Nabokov and Edmund Wilson, 1979.

Переписка с сестрой（『妹との往復書簡』), 1984.

Selected Letters: 1940–1977, 1989. 邦訳『ナボコフ書簡集1――1940–1959』、『ナボコフ書簡集2――1959–1977』（江田孝臣・三宅昭良訳、みすず書房、2000）

Dear Bunny, Dear Volodya: The Nabokov-Wilson Letters, 1940–1971, 2001.（1979年刊の往復書簡集の増補改訂版）邦訳『ナボコフ＝ウィルソン往復書簡集　1940–1971』（中村紘一・若島正訳、作品社、2004）

著作集

Novels and Memoirs 1941–1951; Novels 1955–1962; Novels 1969–1974, 1996.（いずれもブライアン・ボイド編、『ライブラリー・オヴ・アメリカ』）

Собрание сочинений американского периода в пяти томах, 1997–1999.（『アメリカ時代著作集』全5巻、シンポジウム社。ロシア語訳による英語作品の集成）

Собрание сочинений русского периода в пяти томах, 1999–2000.（『ロシア時代著作集』全5巻、サンクト・ペテルブルク、シンポジウム社。ロシア語作品の集成）

（沼野充義・秋草俊一郎）

書《か》きなおすナボコフ、
読《よ》みなおすナボコフ

2011年6月20日　初版発行

編者　若島《わかしま》 正《ただし》・沼野《ぬまの》充義《みつよし》

発行者　関戸雅男

発行所　株式会社　研究社

〒102-8152　東京都千代田区富士見2-11-3
電話番号　営業　03(3288)7777（代）　編集　03(3288)7711（代）
振替　00150-9-26710
http://www.kenkyusha.co.jp/

KENKYUSHA
〈検印省略〉

装丁　久保和正

カバー・イラスト　板倉厳一郎

本文デザイン　久保和正＋mute beat

印刷所　研究社印刷株式会社

ISBN 978-4-327-47224-5 C3098